누군가
誰か

옮긴이 **권일영** anuken@gmail.com
1987년 아쿠타가와 상 수상작인 무라타 기요코의 『남비 속』을 우리말로 옮기면서 번역을 시작, 일본어와 영어로 된 소설들을 주로 작업했다. 미야베 월드 시리즈의 『누군가』, 『이름 없는 독』, 『쓸쓸한 사냥꾼』 등을 번역했다.

이 도서의 국립중앙도서관 출판예정도서목록(CIP)은 서지정보유통지원시스템 홈페이지(http://seoji.nl.go.kr)와 국가자료공동목록시스템(http://www.nl.go.kr/kolisnet)에서 이용하실 수 있습니다. (CIP제어번호 : CIP2015019812)

누군가 誰か

미야베 미유키

권일영 옮김

북스피어

* 일러두기 : 본문의 모든 주는 옮긴이 주입니다.

인생에 부족함이 없거나, 또는 행복한 삶을 사는 탐정은 미스터리의 세계에는 무척 드문 것 같다는 생각을 늘 하고 있습니다.

평범하고 이렇다 할 장점도 없지만 일상생활이 안정되어 있어 포근한 행복 속에 사는 탐정.

이 작품은 그런 인물이 주인공입니다.

그 결과 그가 추적하는 사건은 아주 사소한 것이 되었습니다.

그 사소함 속에 독자 여러분의 마음에 남는 것이 있다면 좋겠습니다.

지은이

어두워, 어두워, 하며
누군가 창문 밖을 지난다.

방 안에는 가스등 켜졌어도
문밖은 아직 환할 텐데

어두워, 어두워, 하며
누군가 창문 밖을 지난다

사이조 야소,
시집 『사금砂金』에서

1

끈끈한 열기를 머금은 바람이 서쪽에서 불어와 바싹 마른 콘크리트 보도를 쓸고 지나간다. 바람의 뒤끝에는 시원한 느낌이 들었다. 하지만 더위는 가게를 닫을 시간이 다 되었는데도 나가지 않고 이야기에 정신이 팔린 손님처럼 당분간 물러나지 않을 기세다.

흰 바탕에 또렷한 글씨의 입간판은 두 가닥 철사로 전신주에 묶여 있어, 거센 바람에도 끄떡없이 충성스러운 보초마냥 꼿꼿하게 서서 눈부신 햇살을 반사하고 있다. 거리 여기저기에 야한 입간판을 그야말로 아무렇게나 마구 설치하는 업자와는 달리 경찰은 역시 꼼꼼하다. 철사의 매듭을 노끈처럼 깔끔하게 꼬아 말아 두었다. 쓸데없이 입간판에 접근하는 조심성 없는 누군가가 손가락을 찔리거나 하지 않도록 한 배려일 것이다. 아주 잘한 일이다.

그렇게 조심성 없는 사람이 있을까. 바로 여기 있다. 나다. 주머니에서 꺼낸 큼직한 손수건으로 이마에 흐르는 땀을 훔쳤다. 목덜미를 닦고 내친 김에 손목시계를 보았다. 오후 두 시다. 시계 문자판에서는 세 겹으로 쌓은 아이스크림콘을 든 만화 캐릭터 강아지가 웃고 있다.

이건 모모코한테 빌린 것이다. 몇 달 전에 망가진 뒤로 수리도 하지 않고 서랍에 넣어 둔 내 손목시계 대신 딸이 빌려 준 것이다.

"아빠 시계는 어떻게 했어?"

"망가졌어. 어쩌면 전지가 다 닳았는지도 몰라."

"고치면 되는데."

"휴대전화가 있으면 손목시계는 필요 없을 것 같아서."

"근데 오늘은 시계가 필요한 거야?"

"응. 사실은 휴대전화도 망가졌단다."

세상에 태어난 지 사 년밖에 되지 않았는데도 벌써 웃음의 달인이 된 내 딸은 내가 늘 반하지 않고는 못 배기는 웃음을 지으며 이렇게 말했다.

"아빠는 뭐든 망가뜨리는 명인이네."

모모코의 작은 머릿속에 '명인'이란 말을 등록한 건 누굴까. 아니면 책이나 영화, 만화일까. 누가 가르쳐 주었건 딸은 그 말을 매우 정확하게 사용했다. 애들은 숨 쉬듯 쉽게 배운다. 그래서 아내나 나나 좋지 않은 표현은 절대 입에 올리지 않으려 조심하고 있다.

하지만 지금은 그 금기를 깨고 소리 내어 욕을 퍼붓고 싶다. 다행히 여기엔 모모코가 없으니까. 어째서 이리 더럽게 더운 거냐고. 그러면 해님이 말대꾸할 것이다. 그렇다면 너는 왜 이렇게 길가에 멍하니 서 있는 거지?

볼일이 있어서다. 이 간판을 보러 왔다. 사고 현장을 내 눈으로 확인하기 위해 찾아온 것이다. 사고가 일어났던 바로 그 시각을 골라서.

동서로 뻗은 십오 미터 폭의 큰길을 따라 난 조용한 주택가. 내가 입간판과 함께 서 있는 쪽에는 모두 삼백여든아홉 가구나 되는 대형 아파트가 일찌감치 가을 풍경을 연출하는 비늘구름이 떠 있는 푸른 하늘을 배경으로 솟아 있다. 올려다보면 무대장치의 배경 그림처럼 비현실적인 느낌이 들 정도로 멋진 건물이다.

아파트 오른편에는 규모가 훨씬 작은 연립주택이 두 채. 왼쪽에는 더 작은 상업용 건물과 낡은 단독주택이 어깨를 마주하고 있다. 맞은편 길 건너에는 자그마한 어린이공원이 있고, 그 옆에도 단독주택이 올망졸망 늘어서 있다. 공원 뒤편에는 '다카자키 전자'라는 회사 이름을 내건 회색 건물이 보인다. 한 달치 용돈을 몽땅 걸고 내기를 해도 좋다. 저 어린이공원은 다카자키 전자 직원들의 휴식처로 쓰일 게 틀림없다. 한겨울과 한여름을 제외한 모든 계절에 그들은 공원 벤치나 그네에 앉아 무릎 위에 도시락을 펼칠 것이다. 점심시간이면 공원을 이용하는 아이들 대부분이 아직 학교라는 울타리에 갇혀 있을 테니까.

큰길에 늘어선 가로수는 무성한 잎을 매단 가지를 펼치고 있다. 가로수 아래 흙을 드러낸 네모난 땅에는 어디나 예외 없이 갖가지 풀꽃이 있었다. 알록달록한 꽃들이 피어 있다. 잡초가 아니다. 동네 주민들이 정성껏 가꾸고 있을 것이다.

이 동네가 마음에 들었다. 딱 와 보고 나서 바로 그렇게 느꼈지만, 입간판 옆에서 삼십 분 이상 시간을 보낸 지금은 이리 이사와도 좋겠다는 기분까지 들었다.

도로를 따라 서쪽으로 눈길을 돌리니 회색 콘크리트가 크게 파도치듯 솟아오른 것이 보인다. 포장이 잘못된 게 아니다. 다리가 있기 때문이다. 그 아래로는 도쿄 도내치고는 무척 맑은 강물이 흐르고 있다. 강둑은 산책로로 꾸며져 진달래가 쭉 심어져 있다. 한가로이 거닐어도 좋을 테고, 낚싯줄을 드리워도 좋을 것이다. 아내도 분명 기뻐하겠지. 아내에게 낚시를 가르쳐 줄 수도 있다. 미끼는 내가 끼워 줄 테니 서비스 만점이다.

정말로 이사 오고 싶어지는 동네다. 어렸을 때부터 강가에 있는 집을 동경했다. 좀 전에 거짓말을 했다. 입간판 옆에 삼십 분이나 있었던 게 아니다. 그 가운데 이십오 분 정도는 다리 위에서 동네를 내려다보며 멍하니 서 있었다.

적당히 경사져 부드러운 반원을 그리는 다리.

아름다운 여성의 곡선을 쓰다듬듯, 다리의 윤곽을 눈으로 천천히 더듬었다.

페달을 힘껏 밟아 자전거를 내달리기에는 딱 좋은 곳이었다.

지금으로부터 열아흐레 전, 애들은 방학이고 어른들도 한창 여름 휴가철이었던 8월 15일 오후 두 시였다. 누군가가 자전거를 타고 이 다리를 그렇게 건너 스피드를 줄이지도 않고 입간판과 내가 서 있는 이곳까지 달려왔다.

그리고 한 남자를 치었다. 남자는 심하게 넘어져 보도에 머리를 부딪친 뒤 응급병원으로 실려 가는 도중에 사망했다. 사인은 뇌타박상이었다.

예순다섯 살인 그 남자는 사체 부검 결과 사망 원인뿐만 아니라 위의 유문부幽門部 위의 아래쪽 십이지장과 이어지는 부분에 초기 암이 있다는 사실이 밝혀졌다. 그러나 그 암이 그의 생명을 앗아가려면 아직 상당한 세월이 필요했을 것이다. 그의 목숨을 끊은 것이 너무 빨리 달린 자전거였다는 사실에는 변함이 없다.

다리를 건너 바람을 타고 달려라, 달려, 페달을 밟고 달려라.

범인은 아직 잡히지 않았다. 그래서 관할서인 조토 경찰서는 사고 현장에 이 입간판을 세웠다.

〈8월 15일 오후 2시경, 이곳에서 자전거에 의한 사망 사고가 발생했습니다. 사고를 목격하신 분은 연락 주시기 바랍니다.〉

'사망 사고', '목격', '연락' 그리고 조토 경찰서의 전화번호가 빨간 글자로 적혀 있다.

그렇다. 이건 분명히 뺑소니 사고다. 바로 그런 까닭에 나도 여기서 있다.

범인을 잡으려는 건 아니다. 나는 경찰관도 변호사도 검사도 아니다. 물론 사립탐정도 아니다. 처자식이 있는 서른다섯 살 회사원이다. 운전면허는 있어도 총기 취급 자격이 있는 게 아니라서 권총도 갖고 있지 않다. 될 수 있으면 선량하게 살아가려는 아주 평범한 시민이다.

그래도 자전거를 타고 길을 달리다 사람을 죽이는 일이 쉽게 일어날 수 있는 사회에서는 계속 선량하고 평범하게 살아간다는 것도 실은 대단히 위대한 일일지 모른다.

그저께 밤이었다. 저녁 식사를 마친 모모코는 벌써 꿈나라로 가 있었다. 낮에 무척 신나게 놀았는지, 딸은 내가 『호호 아줌마』의 첫 번째 에피소드를 두 쪽도 읽어 주기 전에 새근새근 잠이 들고 말았다. 솔직히 이야기하면 약간 섭섭했다. 호호 아줌마 이야기를 더 읽고 싶었던 것이다. 어렸을 때 무척 좋아했던 책이라 다시 읽을 수 있기를 고대하고 있었다.

하지만 모모코와 약속을 했다. 어떤 책이든 아빠만 먼저 읽지 않겠다고. 늘 모모코와 함께 읽고 함께 즐기자고. 그래서 책을 덮어 딸 방의 작은 책꽂이에 꽂아 두고 아내가 있는 거실로 물러났다.

아내는 소파에 앉아 있었다. 아무것도 하지 않고 그냥 멍하니 텔레비전을 보고 있다. 보기 드문 일이다. 집에서 쉴 때, 아내는 대개 책을 읽는다. 아니면 늘 손을 움직인다. 수채화를 그릴 때도 있고 천 조각짜리 직소퍼즐에 도전할 때도 있다. 오밀조밀한 프랑스 자수를 놓을 때도 있다. 한때는 통신교육으로 패치워크를 배웠다. 하지만 이것도 보기 드물게 반년 만에 그만두고 말았다.

"나한테는 맞지 않는 것 같아. 천과 천을 짜 맞춰서 재미있는 무늬를 만들 수가 없네."

그러면 그만두면 되지 않느냐고 내가 말했다. 짜 맞추며 즐기는 일은 그것 말고도 얼마든지 찾을 수 있다.

요즘은 전통 종이를 써서 종이인형을 만드는 데 몰두하고 있다. 매일 저녁 식사가 끝나면 부랴부랴 도구 상자를 펼쳤다.

그런데 오늘 밤은 아무것도 하지 않았다. 한 손에 텔레비전 리모컨을 들고 별 관심 없는 표정으로 프로그램 중간에 나오는 CF를 보고 있을 뿐이었다.

말을 걸려 하자 아내가 나를 보았다. 그리고 리모컨으로 텔레비전을 껐다.

"금방 잠이 든 모양이네."

내가 옆에 앉을 수 있게 약간 비켜 주었다. 그러지 않더라도 소파는 앉을 자리가 충분하다. 결혼 전의 내 연봉을 전부 쏟아 부어도 소비세까지는 감당하지 못할 정도로 비싼 수입 가구다. 아내가 비켜 준 것은 옆에 앉아 달라는 뜻이다.

그래서 그렇게 했다. 아내는 생긋 웃으며 리모컨을 플로어 테이블 위에 내려놓았다.

"실은 말이야, 자기하고 의논하고 싶은 게 있어."

나는 순간 이혼 이야기를 꺼내는 게 아닐까 하는 생각이 들었다.

믿어지지 않는 행운을 누리면서도 그걸 언제 빼앗길지 몰라 조마조마해하지 않으려면 배짱이 얼마나 필요한 걸까. 만약에 그게 양동이 하나만큼이라면 내가 갖고 있는 것은 한 컵 정도밖에 되지 않을 것이다. 이 컵이 양동이만큼 커질 가능성도 없다.

결혼한 지 칠 년. 나는 늘 내 컵을 소중하게 다루어 왔다. 작기는 하지만 전혀 없는 것보다는 낫다. 자주 뒤집어 안에 든 것을 쏟아 버리는 컵이라도 손바닥으로 긷는 것보다는 낫다.

"오늘 말이야, 낮에 아버지하고 식사를 했어."

내 심장이 불규칙하게 뛰었다. 장인? 점점 이혼 이야기 냄새가 난다. 나는 긴장했다.

"그때 나온 이야긴데……."

아내의 말투는 느릿했다.

"아버지가 자기에게 부탁해 보래. 직접 이야기하면 되지 않느냐고 했더니 그러면 회장 지시가 되기 때문에 자기가 거절하기 힘들어진다고. 날보고 이야기해 보라며 고집을 부리시는 거야."

분명히 그렇다. 장인은 내가 다니고 있는 이마다 콘체른의 회장님이니까.

하지만 '부탁한다'는 걸 보면 이혼 이야기는 아닌 모양이다. 장인이 당신의 사랑하는 딸 곁에서 나를 쫓아내려고 하면 그야말로 명령 하나면 끝나는 일이니까. 나는 내 배짱을 담고 있는 컵의 손잡이를 꼭 고쳐 쥐었다.

"자기는 아직도 아버지 이야기가 나오면 표정이 바로 굳어지네. 그래도 무척 부드러운 면이 있는 분인데. 자기를 마음에 들어 하고."

아내는 간지럼을 탄 듯이 웃으며 나를 간질이듯이 손가락을 옆구리로 가져왔다.

내 아내 스기무라 나호코는 스물아홉 살이지만, 웃으면 스물넷으로 보인다. 대부분의 여자들과는 달리 화장을 하면 서른하나로 보이는 경우도 있고, 맨얼굴이면 스무 살로 보일 때가 많다.

어느 나이로 보이건 미인이다.

"집사람입니다" 하고 소개하면 누구나 "어머, 예쁜 부인이시네요"라고 한다. 또는 "멋쟁이 사모님"이라고. 밝히기 전에는 누구도 우리가 부부라고 생각하지 않는다.

흔히 나를 아내의 비서로 여긴다. 운전기사로 보는 경우도 있다. 남매로 오해받은 적도 한번 있는데 아내는 그 뒤 한동안 "사이좋은 부부는 얼굴까지 닮는다잖아" 하며 기뻐했다. 나도 기쁘기는 하지만 속으로는 고개를 저었다. 우리에게 남매냐고 물은 사람은(부티크 점원이었는데) 달리 오해하느니 그게 가장 나을 거라고 판단했던 것 같다.

화장을 하지 않은 맨얼굴에 면으로 된 간편한 홈드레스를 입고 부드러운 머리카락을 묶어 한쪽 어깨에 얹은 지금은 열여덟 아가씨 같았다. 날씬해서 약간 야윈 듯하고 얼굴은 창백하다. 그래도 발랄해 보이는 것은 눈동자가 맑기 때문일 것이다. 말이 나온 김에 이야기하면 아내의 시력은 양쪽 다 맨눈으로 1.5다. 그러니 그렇게 많은 책을 읽을 수 있을 것이다. 부잣집 딸이 백화점의 출장 판매원보다 서점 출장 판매원과 먼저 친해진다는 건 드문 일이다—이렇게 잘 아는 척 이야기하지만 '출장 판매원' 이란 존재는 아내와 사귀고 나서야 처음 알았다. 나와 내가 자란 환경에서는 가게란 손님이 찾아가는 '장소' 지 손님 집을 공손하게 찾아오는 '사람' 은 아니었다.

"아빠 운전기사였던 가지타 씨 이야긴데……."

풀 네임은 가지타 노부오이다. 아내가 '였던' 이라는 과거형을 쓴 것은 그가 이미 고인이 되었기 때문이다. 아내의 얼굴을 보면서 무슨 이야기를 꺼내려는 것인지, 즉 장인의 의뢰 내용이 무엇인지를 맞혀 보려고 했다.

"이제 납골식을 할 땐가?"

장인은 당신이 아끼던 운전기사였던 가지타 씨의 납골식에 또 자기 대신 출석해 달라고 하는 모양이다. 그러나 아내는 나무라듯이 살짝 내 무릎을 쳤다.

"납골식은 아직 이르지. 이제 겨우 보름 지났는걸."

"돌아가신 게 지난달 15일이었지?"

나도 까먹은 건 아니다. 8월 15일이라는 날짜는 기일치고는 상당히 인상적인 날짜다.

가지타 씨가 죽었다는 소식은 가루이자와에 있는 리조트 호텔에서 들었다. 전화를 건 것은 장인의 제1비서로, 내가 늘(속으로만) 경외의 마음을 담아 '얼음여왕' 이라고 부르는 인물이다.

'얼음여왕' 은 이마다 회장님이 내가 가지타 씨를 문상하고 장례식에 참석하기를 바란다고 전했다. 나는 알겠다고 하고 바로 짐을 꾸려 집으로 돌아가기로 했다. 아내는 내가 혼자서는 상복 넣어둔 곳을 모를 거라고 걱정하며 함께 돌아가겠다고 했지만 나는 잘 설득해서 포기하게 했다. 그게 회장님의 명령이었기 때문이다.

'얼음여왕'은 이렇게 말했다.

"요 일주일 동안 도쿄는 무척 더울 겁니다. 최고 기온이 삼십육칠도가 되는 일도 드물지 않겠죠. 회장님은 적어도 이 무더위가 수그러들 때까지는 아가씨와 따님이 가루이자와에 머무시기를 바라고 계십니다."

나는 그 지시에 따랐다. 아니, 장인이 그렇게 말씀하시지 않더라도 나는 혼자 돌아갔을 것이다. 체온보다 높은 기온이 나호코의 몸에 미칠 영향이 걱정되었기 때문이다. 당신 딸을 걱정하는 건 당신만이 아니랍니다, 장인어른.

어쨌든 내 입장에서는 회사에서 준 여름휴가를 며칠 일찍 마감했을 뿐이다. 아내와 딸은 모모코가 유치원에 가야 하는 날까지 그대로 가루이자와에서 지내다가 도쿄로 돌아왔다.

"가지타 씨 장례식은 어땠어?"

질문을 받고 내가 대답했다. "간소하지만 엄숙했어."

장례식에 참석한 사람은 의외로 적었다. 오봉 연휴음력 7월 15일 즈음의 전국적 휴가 및 귀성 기간 때문이기도 했겠지만 가지타 씨가 이마다 콘체른의 임원들이나 손님을 모시는 역할을 하는 '차량부' 정사원이 아니라, 어디까지나 장인의 개인적인 운전기사였다는 점도 영향을 미쳤을 것이다.

장인은 그 장례식에 마치 고인의 친한 친구였던 것처럼, 하지만 이름은 눈에 띄지 않는 조화를 보냈다. 이마다 콘체른에서는 차량부에서 가지타 씨와 안면이 있었던 걸로 보이는 몇몇 사람이 왔을 뿐이었다. 장인도 오지 않았다. 말하자면 나는 대리인이었던 셈이다.

한동안 그 의미를 생각했었다. 그리고 가지타 씨와 관련해서 내가 기억하고 있는 일들을 장인 또한 잘 기억하고 있을 거라는 결론을 내렸다.

아주 조금이지만 장인과 비밀을 공유한 듯한 친밀감을 맛보았다.

보름 전 일을 떠올리며 회상에 잠겨 있던 나를 아내의 목소리가 깨웠다.

"가지타 씨가 돌아가시고 아버님 생활에도 약간 변화가 생겼겠지. 언제 어디를 가더라도 차량부 사람들과 함께니까. 아무래도 그게 거북하신 모양이야. 물론 허전하시기도 할 테고. 역시 나이 탓일지도 모르겠어."

"그렇게 생각하지는 않는데."

나는 아내가 자기 아버지를 '아버님'이라고 부르는 것을 들으면 늘 약간 주눅이 든다. 모모코가 '할아버님'이라고 부를 때도 마찬가지다.

둘 다 가족의 호칭으로는 내 어휘에 등록된 지 그리 오래되지 않았으니까.

"아니야, 환경 변화에 쉽게 익숙해지지 못한다는 건 나이 때문이야. 스스로도 인정하셨고."

내 장인이자 아내의 아버지이며, 재계 주요 인사 가운데 한 사람인 이마다 요시치카는 올해 나이 일흔아홉이다. 아내는 막내로 나이 차가 많이 나는 오빠 둘이 있다. 스무 살이 많은 큰오빠는 이마다 콘체른 사장이고, 열여덟 살 많은 작은오빠는 이마다 콘체른의 전무이사다. 두 사람의 직함은 그뿐만이 아니다. 겸임하고 있는 산하 기업의 임원 직책이 많다. 도저히 다 외울 수 없을 정도다. 이마다 콘체른의 조직도는 아직도 내 눈에는 무서울 정도로 정교한 진화 계통도로만 보인다. 그것도 외계 생태계의 것 같다.

그걸 해독하려고 노력한 시기도(아주 짧은 기간일망정) 있었지만, 그 노력은 결실을 맺지 못하고 끝났다. 그래도 아무런 불편이 없다는 것만은 이제 잘 알고 있다. 어쨌든 그들은 꼭대기에 있고, 그들 머리 위에는 장인밖에 존재하지 않는다는 것만 알아 두면 된다.

그리고 나는 그 말단에 있다는 사실도.

그러면 나호코는 어디 있는 걸까. 계통도 밖에 있다. 그 옆에 붙어 있는 아주 예쁜 컬러 일러스트라고 하면 어울릴까.

아내의 어머니도 계통도 밖에 있다.

장인이 쉰 살에 낳은 딸이라면 누구나 눈치 챌지도 모르지만, 나호코를 낳은 어머니는 장인의 정식 부인이 아니다. 다시 말해서 두 오빠와 배가 다르다.

아내는 그런 이유로 특별히 어려움을 겪지는 않았다고 한다. 아버님이나 오라버니들도 내겐 늘 잘 대해 주셨는걸. 지금도 그렇고.

나호코의 어머니는 긴자 외곽에 부모로부터 물려받은 작은 갤러리를 갖고 있었다. 그분 자신도 화가였지만 미술계에 이름을 남길 만한 작품을 그리지는 못했다. 갤러리 수입으로 검소하게 살면 생활에 곤란은 없기 때문에 좋아하는 그림을 그리며 살아갈 수 있었던 행복한 여성이었을 것이다.

그분이 어떤 인연으로 이마다 요시치카와 만났는지, 자세한 사정은 모른다. 딸인 나호코가 모르니 내게 가르쳐 줄 수가 없는 것이다. 장인도 이야기해 주지 않는다고 한다.

어쨌든 이마다 요시치카와 혼외 관계를 맺어 나호코가 태어났을 때, 아내의 어머니는 서른다섯이었다. 이마다 요시치카는 나호코를 딸로 인정했지만 생활은 물론 따로 했다. 그래도 나호코 말에 따르면 어머니와 둘이 사는 것은 즐거웠다고 한다. 아버지도 무척 자주 만났다고 한다.

나호코의 어머니는 나호코가 열다섯 살 되던 해에 세상을 떠났다. 급성 심부전이었다. 미성년자였던 나호코는 아버지 집으로 들어갔다. 성도 아버지를 따르게 되었다. 그때 처음으로 오빠들과 대면했다.

나호코에게는 다행스럽게(이렇게 이야기하면 실례일지도 모르지만), 아마다 요시치카의 본부인도 그때 이미 세상을 떠난 상태였다. 장인보다 다섯 살 연상이었다고 들었다. 그분은 나호코 어머니보다 두 해 먼저 세상을 떠났다.

두 오빠도 뜻밖에 함께 살게 된 예쁜 여동생에게 나쁜 감정을 품을 만한 예민한 나이는 이미 아니었다. 큰오빠는 결혼해서 자식도 있고, 작은오빠는 갓 결혼한 상태였다고 한다. 이마다 콘체른의 후계자이자 젊은 재계 인사로 바쁜 그들은 나호코에게 적당한 무관심과 그걸 차갑게 느끼지 않을 만큼의 친절함을 보여 주었다. 물론 그들이 그렇게 쾌적한 거리를 유지했던 것은 나호코가 그들과 다투어 이마다 콘체른이라는 거대한 '자산'을 나눌 존재가 아니라는 이야기를 자주 들었기 때문이기는 할 테지만.

나호코는 태어날 때부터 몸이 약했다. 비대증이라고까지 할 수는 없지만 심장이 보통 사람보다 약간 크다. 사람 목숨을 좌우하는 이 장기는 사이즈가 크면 그걸 움직이기 위한 부담이 커져 오히려 약해진다고 한다. 어머니도 그랬다니 유전일 것이다.

어린 시절 나호코는 몇 번이나 죽을 뻔했다. 별것 아닌 감기에도 열이 높아지면 그녀의 허약한 심장에는 말 그대로 치명적이다.

친구들과 밖에 놀러 다닐 수도 없고, 체육 시간에는 견학만 했다. 소풍이나 이동 수업, 운동회에도 참가할 수 없었다. 그뿐 아니라 여러 달 휴학을 해야 했던 적도 있어, 결과적으로 초등학교를 칠 년간 다녔다. 중학교와 고등학교는 각각 삼 년 만에 무사히 졸업, 대학에도 합격했지만 제대로 다닐 수가 없어 결국 이 년 만에 그만두었다.

학교에서는 늘 외톨이라 외로웠다고 한다. 다만 어머니에게 그림 그리는 것을 배웠고, 책과 친했던 그녀는 따분함을 주체하지 못하는 일은 없었다. 친구들은 공상의 세계 속에 많이 만들었다.

이마다 요시치카는 사랑스러운 딸의 그런 문제를 잘 알고 있었다. 어쨌든 자신의 인맥을 동원하여 소아과로 유명한 병원이라면 닥치는 대로 나호코를 데리고 가 진찰을 받았다고 하니까.

그래서 나호코가 어머니를 잃고 기댈 곳 없는 처지가 되었을 때, 이 아버지가 생각한 것은 단 하나뿐이었다. 딸이 평생 세상의 번거로운 일들로부터 해방되어 안락하고 마음 편하게 살 수 있게 해 주자. 이마다 콘체른의 재력이라면 그런 정도는 아무것도 아니다.

나호코의 현재의 생활은 이렇게 해서 마련되었다.

지금도 여전히 나호코와 차분하게 거리를 두고, 때때로 상냥하게 인사를 건네는 손윗처남들은 둘 다 나보다 나이가 위다. 머리도 나보다 훨씬 좋다. 세상 물정에 밝다는 식의 표현을 쓰면 실례가 될 것이다. 처남들은 마음만 먹으면 세상을 자기 생각에 맞게 바꿀 수 있는 위치이고, 그럴 능력도 되는 사람들이다. 물론 장인도 마찬가지다.

다행히 이마다 가문의 세 남자는 내게만이 아니라 세상의 상당한 부분에도 자기들이 지닌 그런 힘을 함부로 사용하려 하지 않는다. 내가 그렇듯이 그들도 한 인간으로서 다양한 장점과 단점을 함께 지니고 있지만(그럴 것이다!), 단점 가운데 '심술궂음'이라는 항목은 없다. '폭군'이란 요소도 없다. 적어도 가족들에 대해서는. 그런 점에 나는 경의를 표하고 싶다.

"가지타 씨가 운전하는 차는 나도 네댓 번 탔어." 내가 말했다.

"아버님과 함께?"

"응. 그룹 홍보실에 들어간 뒤 몇 번인가 모실 기회가 있었으니까."

다만 그 가운데 한 번은 칠 년 반 전의 일이다. 내가 아직 이마다 콘체른 회장실 직속인 이마다 그룹 홍보실에 근무하지 않을 때였다. 평생 잊을 수 없는 경험이었지만 아내는 그걸 모른다.

그때 차 안에서 나눈 대화를 통해 나는 나호코와의 결혼을 승낙받았다. 장인은 지금과 마찬가지로 그때도 정신없이 바빴기 때문에(재계 인사 가운데 바쁘지 않은 사람이 어디 있나?) 대화는 길지 않았다. 기껏해야 한 시간 정도 될까. 내 미래의 장인과 나를 태운 은색 메르세데스 벤츠는 가랑비가 내리는 시내를 빙빙 돌았다. 운전석에 앉은 가지타 씨는 마치 자신이 차의 일부이기라도 한 듯이 메르세데스를 매끄럽게 운전했다. 장차 장인이 될 분과 이야기하는 자리라 숨이 막힐 정도로 긴장한 나는 스스로를 격려하기 위해, 혹은 이마다 요시치카 앞이라 해도 주눅 들지 않는다는 걸 보여 주기 위해, 대등한 남자 대 남자라는 것을 과시하기 위해 가지타 씨에게 농담을 건네려 했다. 그런데 기사 양반은 공장 출하 때부터 이 차에 딸려 나온 겁니까? 아니면 딜러가 기사 양반을 옵션으로 붙인 겁니까?

재미없는 농담이었다. 결국 말을 꺼낼 수가 없었다. 나는 이마다 요시치카 앞에서 주눅이 들어 있었고, 대등한 남자 대 남자도 아니었으니까.

내 기억에 남아 있는 것은 운전석의 가지타 씨가 내내 아무 말 없이 기품 있는 애프터 쉐이브 로션 냄새를 아주 희미하게 풍기고 있었다는 것뿐이다.

내가 내릴 때 가지타 씨도 운전석에서 내려 뒷좌석 문을 열어 주었다. 가랑비를 맞으면서도 자세를 바르게 하고 옆에 서 있었다.

그리고 내게만 들릴 정도의 작은 목소리로, 내게만 보일 정도로 살짝 웃음을 지으며 이렇게 말했다.

"축하드립니다."

내가 받은 최초의 축복이었다. 그 말 뒤에 '그렇지만 말이야' 라거나 '앞으로 힘들겠군', '솜씨 좋군', 시기, 냉소, 의심, 경멸 등등 다양한 표정이나 몸짓이 따라붙지 않은 순수한 '축하' 였다. 내 눈에는 그가 기뻐해 주고 있다는 것이 보였다. 마음이 전해져 왔다. 그것은 우리 부모가 끝내 하지 않았던 축복의 말이었다. 그래서 또렷하게 기억하고 있다.

장인도 기억하고 있는 모양이다. 들렸던 것이다. 그런 이유로 수많은 비서나 보좌진 가운데 누군가를 보내면 될 곳에 일부러 나를 대리인으로 내세워 가지타 씨의 저 세상으로 가는 여행길을 배웅하게 했을 것이다.

그리고 이번에는 그 가지타 씨에 관련된 일로 장인은 내게 뭔가 부탁이 있다고 한다—.

가지타 씨는 사고로 죽었다. 한여름 햇볕이 내리쬐는 보도에서 자전거에 치였다. 친 사람은 도망쳐 버렸다. 가지타 씨를 발견하고 119 신고를 해 준 것은 지나가던 주부였다.

범인이 잡혔다는 소식은 아직 없다. 자전거에 의한 보행자 사상 사고는 꾸준히 늘고 있다고 한다. 자전거가 보행자와 함께 보도를 달릴 수 있도록 교통규칙이 바뀐 것은 어제오늘의 일이 아니다. 다만 사소한 충돌이 아니라 구급차를 부를 정도의 사상 사고가 많아진 것은 최근 몇 년 사이의 일인 모양이다. 그 원인으로는 자전거의 성능이 좋아져 누구나 쉽게 빠른 속도를 낼 수 있게 되었다는 것과 휴대전화 보급이 관계가 있는 게 아닐까 추측된다고 한다. 나도 길을 걷다가 뒤에서 곡예를 하듯 핸들을 꺾으며 추월하는 자전거라거나, 자전거를 타면서 휴대전화를 거는 사람들이라면 본 적이 있다.

장인의 의견은 다른 듯했다. 가지타 씨를 문상하고 장례식에 참석한 뒤 회장실에 보고하러 갔을 때 내뱉듯이 이렇게 말했다.

"민도民度가 떨어진 거야."

몰상식한 사람이 늘고 있다—이렇게 바꿔 말하면 이해하기 쉬울 것이다. 길에서 이런저런 일을 하면 이러저러한 문제가 생길 수 있으니 해서는 안 된다는 브레이크가 결여되어 있다. 나는 장인의 의견에 동의했고, 그 분노도 이해할 수 있었다. 당장이라도 장인의 입에서 계속 타락해 가고 자기중심적이 되어 가기만 하는 일본인과 지금의 교통규칙에 대한 비난과 항의의 호통이 터져 나오는 게 아닐까—얼핏 그런 생각을 하며 기대했다. 장인의 호통은 보는 사람을 상쾌하게 만들어 주는 면이 있기 때문이다. 야단맞는 당사자가 아닌 한.

장인은 젊었을 때 '맹금猛禽'이란 별명으로 불렸다고 한다. 여든이 가까운 지금도 그 면모는 그대로 남아 있다. 일본인치고는 드물게 멋진 매부리코에 치켜 올라간 눈초리와 무서운 눈매. 몸집은 작고 가냘프지만 그게 오히려 장인의 외모에 위엄을 더해 주고 있었다. 세상 사람들은 흔히 몸집이 작은 남자는 기가 세다고 한다. 전투기도 대부분의 수송기나 여객기보다 사이즈가 훨씬 작지 않은가.

기동력을 살려 드넓은 하늘을 마음대로 날아다니며 몸집이 더 큰 새들은 들어갈 수 없는 숲속까지 내려가 먹이를 잡는다. 장인의 별명에는 그런 의미가 담겨 있었을 것이다.

이마다 콘체른의 전신은 장인이 당신의 부친으로부터 물려받은 도쿄에 있던 운송회사로, 영업 범위는 간토 지방 일대로 한정되어 있었다. 공업 자재나 작은 부품들을 짐차에 실어 나르는 일을 주로 하고 있었다.

장인은 그 회사를 손수 이만큼 키웠다. 지금도 물류업은 이마다 콘체른의 중요한 핵심 분야이기는 하지만 운반하는 것은 여전히 공업 부품이나 자재가 중심이기 때문에 장인이 독자적으로 개척한 외식 산업 체인점이나, 흡수하고 통합하기도 한 다른 회사의 이름들이 일반

인들에게는 더 널리 알려져 있을 것이다.

물론 규모의 차이는 있다. 가장 작은 회사는 도쿄와 하카타에 점포 하나씩만 있는 고급 에스테틱 살롱이다. 나는 가 본 적도 없지만 나호코는 몇 차례 이용해 보고 수수한 살롱이라며 놀라워했다. 유명한 무대 여배우가 단골로 드나드는 살롱인데 말이다. 아니, 그렇기 때문인지도 모른다. 여성지 같은 데는 절대 알리지 않고, 취재 요청에도 응하지 않고, 광고도 하지 않는다. 그러면서도 엄청난 요금을 받지만 효과는 확실히 있다고 한다.

장인이 에스테틱 살롱에 간 적은 없지만, 그 무두질한 가죽 같은 색의 얼굴은 늘 윤기가 있어 피로한 기색이 보인 적도 없다. 가지타 씨의 횡사에 화를 낼 때는 흥분한 탓인지 혈색이 더욱 좋아 보였다.

"가지타에게는 딸이 둘 있네. 큰딸이 조만간 결혼을 할 예정이었어. 다른 사람에게 폐가 되는지도 모르고 자전거를 마구 달리는 놈들 때문에 성실하게 살던 사람이 딸의 결혼식을 볼 수 없게 되어 버린 셈이지."

문상과 장례식에서 나도 가지타 씨의 두 딸을 만났다. 가지타 씨는 오 년 전에 아내를 앞세웠기 때문에 큰딸이 상주를 맡았다. 신부 의상보다 먼저 어머니를, 그리고 아버지를 떠나보내기 위한 상복을 입게 된 자매는 그물에 잡혀 조롱 안에 갇힌 새처럼 서로 어깨를 맞대고 떨고 있는 것처럼 보였다.

그런 이야기를 하자 아내는 고개를 크게 끄덕이며 몸을 틀어 방향을 바꾸었다. 한쪽 손을 내 무릎 위에 얹었다.

"그 따님들 이야기야."

가지타 씨의 딸들은 장례식이 끝나고 일주일 정도 지난 뒤에 장인에게 직접 인사를 하러 왔다고 한다. 그때 장인은 그 아가씨들에게 경찰 수사에 진전이 있으면 알려 달라, 또 어려운 일이 있다면 바로 의논하러 오라고 했다고 한다.

그 며칠 뒤 가지타 자매가 장인에게 연락을 했다. 의논드릴 일이 생겼다는 것이다. 장인은 기꺼이 휴일에 집으로 오라고 초대했다. 그 아가씨들의 이야기를 듣고, 이건 자기보다 사위에게 어울리는 일이라고 판단한 것이라고 한다.

아내는 나를 좀 놀라게 해 주려 했는지, 일부러 약간 뜸을 들이고 나서 말했다.

"가지타 씨의 따님들은 책을 쓰고 싶대."

"책?" 나는 눈썹을 치켜들어 보였다. 내 눈썹은 끄트머리가 처졌기 때문에 이러기는 상당히 어렵다.

"아버지의 전기라고 해야 할까?" 아내는 그렇게 말하며 자신의 표현에 고개를 살짝 갸웃거렸다. "그건 거창한 표현이네. 말하자면 아버지가 어떻게 살아왔고, 어떤 사람이었는가를 글로 써서 책으로 출판하고 싶다는 게 아닐까?"

그제야 장인의 생각을 알 수 있었다. 나는 편집자다. 책 만드는 일이라면 편집자가 나서야 한다.

"그럼 내게 그 원고를 봐 달라고 하는 건가?"

"아마도. 구체적인 내용은 그 아가씨들을 만나 들어 보는 게 빠르겠지. 그런데 자기는 어때? 맡건 거절하건 한 번은 만나 달라고 아빠가 말했는데, 자기가 내키지 않는다면 내가 대신 만나도 돼."

마음은 고맙지만 장인은 내가 거절하리라고는 생각도 하지 않을 것이다. 하물며 수고를 아끼기 위해 나호코를 대신 내보내리라고는 상상도 못할 것이다.

"아니, 괜찮아. 만나 볼게. 그 아가씨들이 진정이 되면 한 번 더 만나서 위로의 말도 하고 싶었고."

"시간 낼 수 있어?"

"물론이지."

"그래."

아내는 또 생끗 웃었다. "고마워. 아버지가 멋대로 한 결정에 따라줘서."

장인이 멋대로 한 의뢰라는 생각은 별로 없다. 칠 년 하고도 반년 전, 나는 바다에 뛰어들 결심을 굳혔다. 이제 그 바다에 물이 한두 컵 늘어난다 해도 별 상관은 없다.

"바로 연락해 볼게."

그렇게 약속하고 이야기를 마무리했다. 그리고 우리는 애를 일찍 재운 젊은 부부에게 어울리는 시간을 보내기로 했다.

2

이마다 콘체른의 본사 빌딩은 지하철 긴자선 신바시 역에서 도보로 이 분 거리다. 그 이 분을 걷는 데는 비가 오더라도 우산이 필요 없다. 지하철 C8 출구를 통해 직접 건물 안으로 들어갈 수 있기 때문이다.

본사 빌딩은 지상 이십이 층 건물이다. 이른바 인텔리전트 빌딩인데, 굳이 설명하지 않더라도 최근 십 년 사이에 새로 지은 빌딩이라면 다 그럴 것이다. 지하는 삼층까지 있고, B2와 B3은 주차장으로 쓴다. 모든 층을 이마다 콘체른에서 쓰는 것은 아니고, 삼분의 일 정도는 임대를 주고 있다. 외국 자본 계열의 금융 기관이나 특수 법인이 많다.

강철과 유리로 지어진 바벨탑 같은 이 빌딩 뒤편에는 이마다 콘체른이 소유한 건물이 또 하나 있다. 고풍스러운 둥근 기둥이 떠받치고 있는 이 삼 층짜리 건물에는 '빌딩'이라는 옛날식 표기가 어울린다. 완공된 것은 쇼와 1년1926년이라고 한다.

장인이 처음으로 산 도심에 있는 건물이다. 이마다 콘체른의 성장기였던 장인의 삼십대 시절 십 년 동안 이 건물 일부는 사택으로도 썼다고 한다. 직장과 주거가 함께 붙어 있었던 것이다.

그래서 장인은 주변 토지를 매입하여 새 사옥을 짓기로 결정했을 때도 이 건물 철거를 허락하지 않았다. 분명히 우아한 디자인이고, 그 유명한 다이이치생명第一生命 1902년 창립된 회사 빌딩을 십분의 일로 축소해

놓은 듯하다. 하지만 건축 역사상 뛰어난 가치를 지닌 것도 아니고, 또 연합국 주둔군 가운데 누군가가 접수해서 사용했다거나 하는 역사적인 의미도 없다. 있는 것이라고는 장인의 정성뿐이다.

결과적으로 이 '빌딩'은 '현대 그 자체'처럼 인텔리전트한 신사옥 건물 발치에 조용히 웅크리고 있게 되었다. 사원들은 다들 '별관'이라고 부른다.

내가 근무하는 사무실, 이마다 콘체른 그룹 홍보실은 이 별관 삼층에 있다.

C8 출구를 거쳐서 별관으로 가려면 신사옥 빌딩의 로비를 거쳐야만 한다. 두 건물은 서로 등을 지고 서 있다. 사원인 나도 들어갈 때 한 번, 나올 때 한 번 사원증을 들어 수위에게 보여 줘야만 한다. 그게 귀찮아서 나는 대개 다른 출구로 나가 별관 정면 입구로 들어간다. 모르는 사람이 보면 다른 회사 사원으로 여길 것이다.

별관은 당연히 현대적인 오피스 빌딩으로는 사용하기 힘들다. 사용할 수 있는 전력의 상한선이 낮기 때문에 대형 컴퓨터나 전력을 많이 쓰는 최신 사무기기 설치 대수에 한계가 있는 것이다. 그래서 장인은 굳이 이 '빌딩'을 모두 사무실로 채우려 하지는 않았다. 일층은 내부 장식을 바꾸어 세를 줬다. '스이렌睡蓮'이라는 찻집과 '아비시온'이란 꽃집이 들어와 있다. 이층에는 그룹 산하에 있는 회사가 세 개 들어와 있는데, 그 가운데 하나가 '도신샤東晋社'라는 출판사다.

그룹 홍보실은 삼층 한 층을 모두 쓰고 있어 주제넘게 보일 수도 있지만 삼분의 일은 '사사 편찬실'이 쓰고 있고, 자료실도 넓기 때문에 실제로 쓰는 사무실은 방 두 개뿐이다. '빌딩'이라고 하지만 사택으로 쓰였을 정도의 규모라 애당초 크게 넓지는 않다.

일층에 있는 '스이렌'은 그 공간을 알뜰하게 활용해 제2차 세계대전 이전의 영화에 나오는 서양식 찻집 모습으로 꾸며져 있다. 채광용 작은 창을 장식한 스테인드글라스나 박스석을 둘러싼 세련된 나무 칸막이가 차분한 분위기를 자아내고 있다. 나도 여기서 책을 읽는 걸 좋아한다.

복고풍이라는 걸까. 이런 스타일의 가게는 여자들에게 인기가 있다. 몇몇 잡지나 텔레비전 프로그램에도 소개된 적이 있어, 점심시간 같은 때는 바깥까지 길게 줄을 선다. 그래도 건물주 체면을 생각해서인지 삼층에서 커피나 샌드위치 배달을 부탁하면 놀랄 정도로 빨리 갖다 주니 고마운 일이다.

별관에는 엘리베이터가 없다. 이층과 삼층에서 일하는 사람들은 '여기부터는 관계자 이외에 출입을 삼가 주십시오'라는 팻말이 서 있는 계단을 이용하게 된다. 발소리가 시끄럽고, 겨울에는 바닥이 너무 차가워서, 그걸 막기 위해 폭이 넓은 계단에는 진홍색 카펫이 깔려 있다. 그래서 '스이렌'이나 '아비시온'에 온 손님이 위에도 다른 가게가 있는 줄 알고, 팻말이 있는데도 잘못 알고 들어와 버리는 일이 이따금 있었다.

에이프런을 걸친 '스이렌'의 지배인이 에칭 기법으로 세공한 아름다운 유리문을 닦고 있다. 유리 세정제 냄새가 풍겼다. 이 가게는 모닝 서비스를 하지 않기 때문에 문을 늦게 연다. 나는 지배인과 인사를 나누고 삼층까지 계단을 올라갔다.

오전 여덟 시 삼십 분. 그룹 홍보실 사무실 출입구는 아직 잠겨 있었다. 내가 제일 먼저 출근한 것이다. 본사 쪽은 부서별 조례가 있거나 이른 아침 회의가 있어서 사원들이 더 일찍 출근한다. 별관은 별세계다.

벽 쪽에 있는 타임카드를 찍고, 들어 올려 여는 방식의 낡은 창을 열어 환기를 시켰다. 손걸레를 가져다 책상 위의 먼지를 정성껏 닦았다. 내 책상 위뿐만 아니라 양쪽 옆에 있는 책상과 내친 김에 작업대 겸 회의용 큰 테이블까지. 그리고 탕비실에 있는 커피메이커를 세팅하고 자리에 앉았다.

나는 수화기에 손을 얹고 꼼꼼한 글씨로 적혀 있는 메모를 다시 보았다. 가지타 씨의 두 딸 이름이 발음까지 적혀 있고, 그 아래 전화번호가 있었다.

큰딸의 이름은 사토미. 작은딸은 배나무 리梨에 아들 자子를 써서 리코라고 읽는다. 집은 고엔지高円寺 남쪽에 있는 아파트다. 보름 전까지는 아버지와 딸 세 식구가 거기 살았다.

"사토미 씨는 결혼 준비 때문에 회사를 그만두었으니 언제든 연락하면 된대. 다만 이런저런 볼일이 있어서 외출할 때가 많으니 집에 전화를 하려면 아침이나 저녁 시간이 낫겠지. 다음은 휴대전화."

나호코가 그렇게 말했다. 틀림없이 집 전화번호에 휴대전화 번호도 적혀 있고, 괄호 안에 '장녀'라고 덧붙여져 있다. 하지만 불쑥 그녀의 휴대전화에 걸기는 꺼려졌다. 집에 전화해 보고, 연락이 닿지 않으면 그때나 휴대전화로 걸어 보기로 하자.

번호를 잘못 누르지 않도록 조심하면서 신중하게 눌렀다. 탕비실 쪽에서 커피 향이 풍겨 온다. 창밖에서는 움직이기 시작한 신바시 거리의 소음이 들려온다. 다행히 창문을 열어 놓아도 통화에 지장이 있을 정도의 소음은 아니다. 오히려 기분 좋을 정도의 소리들이다.

신호가 몇 차례나 울렸다. 집에 없다면 부재중 메시지가 나올 것이다. 하지만 신호가 열 번 가도 받지 않아 수화기를 내려놓으려 했다.

그때 숨이 찬 여자 목소리가 들렸다.

"예, 가지타입니다. 여보세요?"

허스키하고 또렷한 목소리였다.

가지타 씨의 장례식에서는 장인 대리인으로 참석했기 때문에 자매와 이야기를 나눌 기회도 있었다. 하지만 그때는 이렇게 인상에 남을 만한 목소리를 들은 기억이 없다. 그러고 보니 두 사람의 외모도 특별히 인상에 남지 않았다는 기분이 든다.

"실례지만 가지타 사토미 씨 되십니까?"

"그렇습니다만."

나는 의자에서 자세를 고쳐 앉았다. "안녕하십니까? 이런 시간에 죄송합니다. 저는 이마다 콘체른에 근무하는 스기무라 사부로라고 합니다."

아아, 하며 사토미가 약간 놀라는 소리를 냈다. 안녕하십니까, 하고 얼른 인사를 했다.

"아버님의 장례식 때도 회장님을 대신해 조문을 드렸습니다. 그런 자리에서는 여러 사람을 한꺼번에 만나게 되니 기억하지는 못하실 테지만요—."

내 말을 자르고 가지타 사토미가 말했다.

"아뇨. 기억합니다. 그때는 감사했습니다. 저어, 그런데, 전화를 주신 건 저희가 이마다 회장님께 부탁드린 일 때문이신가요?"

"예, 그렇습니다."

그녀의 목소리가 작아졌다.

"죄송합니다. 뻔뻔스러운 부탁을 드렸는데 이렇게 일찍 연락을 주시다니. 게다가 전화를 빨리 받지도 못하고. 베란다에 있었습니다."

빨래를 널 시간대인가? 오늘은 날이 좋다. 얼핏 보기에도 늦더위가 심할 것 같은 하늘이다.

"신경 쓰실 것 없습니다. 한번 만나 뵙고 제가 도움이 될 수 있을지 어떨지 검토하는 것도 포함하여 자세한 이야기를 들어 보라는 회장님 말씀이 있었습니다. 언제쯤 시간을 내 주실 수 있을까 해서 연락 드렸습니다."

"저는 언제든 괜찮습니다. 오늘이라도 상관없습니다. 아, 참, 그런데 동생이."

"그렇군요. 두 분을 함께 뵙는 편이 좋겠습니다만."

"잠깐—잠깐만 기다려 주시겠습니까?"

급히 이야기하더니, 그녀는 전화기 곁을 떠난 모양이었다. 통화 보류 버튼을 누르지 않은 듯 마루에 슬리퍼가 탁탁 부딪히는 빠른 발소리가 들렸다.

"리코, 리코" 하고 부른다. 동생도 아직 집에 있는 모양이다. 그녀가 무슨 일을 하는지는 듣지 못했다.

이윽고 다시 탁탁 하는 발소리가 들렸다.

"여보세요? 기다리시게 해서 미안합니다. 동생도 오늘 시간이 된다고 합니다. 너무 서두는 건가요?"

"아뇨, 괜찮습니다."

놀고먹는 건 아니지만 대책 없이 바쁘지도 않다. 그래도 가지타 사토미는 연신 미안해했다.

서로 시간을 조정하여 오후 두 시에 '스이렌'에서 만나기로 했다.

가지타 사토미는 내 얼굴을 기억하고 있다고 했지만 만약을 위해 이마다 콘체른의 그룹 홍보지를 들고 나가기로 했다. 그 이야기를 듣더니 비로소 사토미의 목소리에 긴장이 풀렸다.

"스기무라 씨는 그 홍보지의 기자로 계신다지요? 회장 선생님께 들었습니다. 원래는 출판사 편집자로 계셨던 분이라 이런 일에는 안성맞춤이라고요."

역시 장인은 처음부터 나를 염두에 두고 있었던 것이다. 그런데 '회장 선생님'이란 말은 처음 듣는 호칭이다.

내가 좀더 부드러운 목소리로 말했다. "그건 회장님이 저를 지나치게 높게 평가하신 겁니다. 실제로 제가 어느 정도 도와드릴 수 있을지 모르겠습니다. 아버님의 인생을 적은 책을 내고 싶다고 하시는 거죠?"

가지타 사토미는 왠지 잠깐 머뭇거리고 나서 대답했다. "예."

"출판사에 근무할 때도 저는 인물 평전이나 인물 전기 같은 분야는 해 본 적이 없습니다. 그러니 상세한 말씀을 듣고 더 적합한 사람이 있다면 소개하겠습니다. 아니면 제가 아는 사람에게 부탁해서 적합한 편집자를 찾을 수도 있을 거라고 생각합니다."

가지타 사토미는 왠지 또 뜸을 들였다. 그리고 이렇게 말했다. "스기무라 씨는 회장 선생님의 따님과 결혼하셨죠?"

"예, 그렇습니다."

장인이 "그런 이야기라면 사위에게 부탁하면 된다"고 말씀하신 건가—하는 생각이 얼핏 들었지만, 생각해 보니 장례식 때 내가 스스로를 그렇게 소개했었다.

"회장 선생님은 스기무라 씨를 무척 신뢰하고 계신 듯했습니다."

'예, 그렇습니까' 라고 대답할 수도 없고, '그것도 역시 과대평가하신 겁니다' 라고도 대답할 수 없어 나는 "감사합니다"라고만 했다.

그 뒤 또 부자연스럽게 대화가 끊겼다.

"그리고 저어, 이상하게 생각하실지 모르겠지만……."

가지타 사토미의 허스키한 목소리가 더욱 낮아졌다. 수화기를 손으로 가린 모양이다.

"두 시 약속 말인데요, 저희 둘이 나가게 될 텐데, 동생을 먼저 돌려보낼 테니 그 뒤에 조금 더 시간을 내 주실 수 있겠습니까?"

내 눈이 약간 커졌다. "괜찮습니다만."

"여러모로 죄송합니다. 그러면 두 시에 찾아뵙겠습니다. 위치는 압니다. 정말 감사드립니다."

서로 정중한 인사를 나눈 뒤에 전화를 끊었다.

"안녕?"

고개를 드니 책상 너머에 소노다 실장이 서 있었다. 오늘도 기묘한—이렇게 이야기하면 실례지만—상당히 개성적인 복장이다.

"아침부터 열심히 하네."

소노다 에이코는 대학을 나와 이마다 콘체른에 근무한 지 올해로 이십팔 년째가 되는 베테랑 사원이다. 사무직으로 여러 부서를 거쳤고, 관련 회사나 산하 기업에 파견 나갔던 경험도 풍부하다. 아마 여기서 정년을 맞게 될 그녀가 자신의 회사 경력 마지막을 장식할 이 직책, '그룹 홍보실장 겸 그룹 홍보지 편집장'을 어떻게 받아들이고 있는지는 알 수 없다.

내가 보기에는 소노다 실장이 지금 현재의 상태를 즐기고 있는 것 같다. 답답한 정장과 하이힐을 벗어 버리고, 물론 제복을 입어야 하는 의무에서도 해방되어 아시아 민족의상 같은 원피스나 바지 차림(그 대부분은 직접 지은 옷이다. 천은 방콕이나 타이베이에서 사 온다고 한다)에 스니커나 슬립온slip-on을 신고 출근해 흡연실 이외의 장소에서도 뻐끔뻐끔 담배를 피며(엄격한 사내 금연 제도가 시행되고 있는 본사 빌딩에서는 이건 큰 죄다), 누구에게나 '편집장님'으로 불린다. 그런 모든 환경을 만끽하고 있는 듯하다.

하지만 대부분의 사원들은 나하고 생각이 전혀 다른 모양이다. 그들은 소노다 에이코라는 '개인'을 보고 있는 게 아니라 그룹 홍보실에 유배된 간부 사원이라는 '입장'을 보고 있으니까.

"오후에 사람 만날 일이 생겼습니다. '스이렌'에 있을 텐데 시간이 좀 걸릴지도 모르겠습니다."

나는 가지타 사토미가 마지막에 덧붙인 수수께끼 같은 부탁이 마음에 걸렸다.

"상관없어. 오늘은 한가할 테니까."

소노다 편집장은 자기 책상으로 다가가 회전의자를 빼더니 얼굴을 찌푸렸다. 말없이 의자에 있던 서류를 아무렇게나 밀쳐 바닥에 떨어뜨리고 걸터앉았다.

"어째서 이런 데다 교정쇄를 둔 거지?"

"편집장님에게 보여 드리려는 교정쇄겠죠, 아마."

소노다 편집장의 책상 위는 늘 이른바 '정돈 불가능 증후군'에 걸린 젊은 여자의 방이 이럴 것이다 싶은 상태다. 분명히 편집장이 볼 수 있도록 메모나 메시지를 남기기 위해서는 고민을 해야 한다. 하물며 매달 쏟아져 나오는 교정쇄에 이르면 더 말할 나위 없다.

그러고 있는데 다른 부서원들도 출근하여, 회전의자 위의 수수께끼가 풀렸다. 편집장 이하 여섯 명뿐인 작은 부서라 이런 수수께끼는 그리 오래 가지 않는다.

제일 막내 직원이 다음 달에 들어갈 '사시사철 일본 순례'를 편집장이 일찍 봐 주었으면 했던 것이다. 직원들의 의견을 듣고 쓰는 간단한 기사였지만, 처음 단독으로 중역 가운데 한 사람을 인터뷰하고 구성한 기사라 조바심이 났던 모양이다.

"담당자가 교정쇄 체크 했잖아? 수정도 끝났고? 그렇다면 됐지. 문제없어."

내가 과거의 경험을 통해 쌓아 온 '편집장의 모습'이라는 것은—하긴 이런 것 자체가 신뢰할 만한 것은 아니지만—소노다 편집장에 의해 크게 바뀌었다. 좋게 이야기하면 대범하다. 나쁘게 이야기하면 대충대충. 그렇게 넘어간다. 나는 바로 그런 이유로 우리 편집장님은 행복하다고 생각한다. 하지만 다른 직원들은 바로 그런 이유로 소노다 에이코가 불행하다고 생각한다.

이마다 콘체른 회장실 직속 그룹 홍보실. 이렇게 써 놓고 보면 엄숙하고 상당히 권위 있는 부서처럼 보인다. '홍보실'이란 이름 때문에 화려해 보이기도 한다. 하지만 이건 언어의 마술이다. 장인이 계속해서 사업을 확대해 온 결과 이마다 콘체른 안에는 많은 회사—각양각색의 업종이 동상이몽을 하게 되었다. 장인은 그것이 종업원 상호간의 커뮤니케이션 부족으로 이어질까 봐 불안해했다. 그리고 딱 십 년 전에 회장 명령으로 이 부서가 만들어졌던 것이다.

업무는 이마다 콘체른의 모든 사원에게 배포하는 사내보를 만드는 일이다.

에누리 없이 그뿐이다.

물론 그 전에도 사내보는 있었다. 물류 그룹을 비롯해 업종이 같은 관련 기업이나 계열 회사가 개별적으로 발행하고 있었던 것이다. 그런 것들은 지금도 나온다.

그런 사내보와 그룹 홍보지는 유래와 기능이 완전히 다르다. 교류다운 교류도 없다. 우리는 좋게 말하면 완전히 독립된 별동부대인 것이다.

한편 그룹 외부를 상대하는 제대로 된 홍보부는 본사 빌딩 안에 있다. 거기야말로 진짜 '홍보'를 하며, 상황에 따라서는 '총사령부'가 되는 경우도 있다는 아주 유능한 부서다. 우리 그룹 홍보실과는 그 유래나 기능이 완전히 다르다. 해와 달처럼.

나도 들은 이야기지만, 회장실 직속이란 간판을 내걸고 그룹 홍보실이 생겨났을 때, 회사 일각에서는 여기 배치되는 직원은 결국 회장의 스파이가 아니겠느냐는 억측이 나돈 적이 있다. 스파이란 표현은 그래도 온건한 편이고 '게슈타포'라고 한 사람들도 있었다고 한다.

이건 조직 안에 있다 보면 사람은 나쁜 상상만 하고 싶어진다는 표본이다.

장인은 용의주도한 분이기 때문에(이건 농담이 아니다) 실제로 회사 안에 스파이를 풀어 놓고 있을 테고 그들에게 게슈타포가 할 만한 일을 시킬 수도 있을 것이다. 그러나 그룹 홍보실은 다르다. 그렇지 않다면 내가 이 부서에 배치될 까닭이 없다.

나호코와 결혼할 때, 장인이 제시한 조건이 그랬다. 이마다 콘체른에 근무하며 그룹 홍보실에서 기자 겸 편집자로 일할 것.

결국은 늘 장인의 눈길이 미치는 곳에 있으라는 이야기다. 이 경우 '눈'은 바로 '권력'이지만.

나는 그때 어린이용 도감이나 그림책을 전문으로 내는 작은 출판사인 '아오조라쇼보'에 근무하고 있었다. 대학을 갓 졸업한 나를 채용해 준 고마운 회사다. 좋아하는 일이었다. 정년까지 일하고 싶었다. 어린이 책을 만드는 것은 내게 충분히 보람 있는 일이었다.

그래도 나호코를 포기할 수 없었던 나는 장인의 그 제안을 받아들였다.

'아오조라쇼보'는 좋은 회사였다. 나는 그 회사가 계속 좋은 회사일 수 있기 위해 반드시 필요한 존재는 아니었다. 한편 내게는 나호코가 필요했다, 나호코도 나를 필요로 했다. 그래서 달리 방법이 없었고, 선택은 힘들지 않았다.

'아오조라쇼보'의 동료들은 나를 위해 기뻐해 주었다. 대단한 출세라고. '팔자 고쳤다'는 말이 무슨 뜻인지 몰랐던 것은 아니다. 다만 내가 그런 소리를 듣게 되리라고는 상상도 하지 못했다.

그 무렵 나는 나호코와 단둘이 있을 때 이외에는 제대로 기뻐할 수도 없었다. 어쩌면 아직 마찬가지일지도 모른다. 꼭 기뻐해야 할 필요가 있는 기회가 적어져 깨닫지 못할 뿐이지.

그런데 좀 얄궂게도, 그렇게 해서 내가 일하게 된 이 그룹 홍보지의 제호가 '아오조라' 였다. 발행인은 물론 장인, 이마다 요시치카다.

그래서 이런 생각이 들었다. 어쩌면 장인은 가지타 자매의 책을 그룹 홍보실에서 낼 속셈인지도 모른다고. 차마 자비 출판을 하게 만들 수는 없다고 생각할 것이다. 또 단행본 발행인으로 판권에 당신의 이름을 올리고 싶은 건지도 모른다.

아래층에 있는 '도신샤' 는 주로 해외의 경제학이나 마케팅 분야 책을 번역 출판하고 있다. 그 고급 에스테틱 살롱과 마찬가지로 장인이 반은 인간관계 때문에, 반은 취미 삼아 인수한 회사인데, 내는 책들이 무척 전문적인 양질의 책이라 의미 있는 인수였다. 하지만 이 출판사는 결코 비즈니스 관련 서적 분야의 베스트셀러를 내는 회사가 아니어서 당연히 경영은 빡빡했다. 게다가 거래하는 서적 총판도 학술 관련 서적만 다루고 있어, 불쑥 『우리 아빠의 추억』 같은 책을 갖고 가봐야 취급하려 들지 않을 것이다. 인수한 뒤에도 운영은 예전 경영진(그래 봤자 몇 안 되는 인원이지만)에게 일임하고 있는 장인이지만 그런 정도는 알고 있을 것이다. 그렇다면—.

그런 문제들에 관해서는 가지타 자매의 이야기를 들어 본 뒤에 장인의 생각을 확인해 봐야겠다고 마음속에 메모를 했다.

누군가와 만날 약속이 있을 때는 반드시 십오 분 전에 약속 장소에

도착하려고 한다. 하지만 가지타 자매에게는 선수를 빼앗겼다. 내가 '스이렌'에 들어서자 두 사람은 이미 짙은 호박색 아이스티를 앞에 두고 창가 박스석에 앉아 있었다.

우리는 거의 동시에 서로를 발견했다. 가지타 자매는 나란히 의자에서 일어나 인사를 했다.

"기다리시게 해서 미안합니다."

"아뇨, 저희가 그냥 일찍 온걸요. 이 가게는 정겨운 곳이라서."

맞은편 왼쪽의 여성이 그 허스키한 목소리로 말했다. 한눈에 그녀 쪽이 나이가 위라는 걸 알 수 있었다. 옆에 앉은 동생 리코는 서로 고개를 숙이는 자기 언니와 내 얼굴을 흥미롭다는 듯이 번갈아 쳐다보았다.

여자가 상복을 입으면 평상복일 때와는 완전히 인상이 달라지기도 한다. 가지타 자매도 예외는 아니었다. 특히 언니 쪽은 전통 상복 때문이기도 할 테지만 장례식 때는 사십대로 보였다. 연분홍 원피스를 입은 지금은 서른쯤 되어 보인다. 내 인상에 남지 않은 것이 이상할 정도로 이목구비가 또렷한 미인이다. 이른바 '마담 커트'라고 하는 건가? 기품 있는 쇼트 커트의 헤어스타일이 잘 어울린다. 귀에는 피어스가 반짝거렸다.

동생은 어깨까지 내려와 크게 웨이브를 그리는 머리카락을 아주 밝은 색으로 염색했다. 갈색에 상당히 짙은 붉은 빛이 섞여 있다. 옷차림도 그에 어울리게 대담했다. 선명한 꽃무늬 블라우스에 길이가 무척 짧은 스커트 차림이다. 아주 잘 어울렸다. 젊음이 넘치고 아름답다.

두 사람의 정확한 나이는 모른다. 다만 이렇게 나란히 있는 걸 보면 나이 차이가 제법 나는 자매인 모양이다. 동생 쪽은 기껏해야 스무 살 정도로밖에 보이지 않았다. 오늘 아침, 직장에 나가는 사람이라면 출근했을 시각에 집에 있었던 것도 학생이라면 이해가 간다.

"무작정 드린 부탁인데 시간을 내 주셔서 감사합니다."

내가 주문한 아이스커피가 나올 동안 가지타 사토미는 다시 정중하게 인사를 했다. 동생도 비로소 "감사합니다"라고 했다. 언니와는 달리 어린애 같은 목소리였다.

"이 가게에는 아버님과 함께 오신 적이 있나 보군요."

이야기를 풀어 가기 위해 내가 물었다. 사토미가 대답했다.

"아버지는 가부키를 좋아하셨습니다. 보고 싶은 공연이 있으면 우리에게 함께 가자고 하셨죠. 여기서 만나서 차를 마시고 난 뒤에 가부키자긴자에 있는 극장에 가서 관람하고 그다음에는 긴자에서 식사를 하는 게 코스였죠."

"즐거웠겠군요." 나는 그렇게 말했지만 속으로 놀라고 있었다. 가지타 씨와 가부키가 좀 연결이 되지 않았던 것이다. 나는 가부키를 몇 차례 봤지만 익숙하지 않아 그 재미를 이해하지 못하고 있다.

"저는 영화가 더 좋았지만요." 리코가 말했다. 입술이 윤기 있게 빛났다. 립글로스다.

"신바시엔부조긴자에 있는 극장에 간 적도 있었잖아?"

언니에게 묻는다. 언니가 고개를 끄덕였다. "그건 꽤 오래전이지. 〈검은 도마뱀에도가와 란포의 대표작 가운데 하나〉을 보러 갔을 때야."

이렇게 아름다운 두 딸을 데리고 다녔다니, 가지타 씨도 무척 자랑스러웠으리라.

"가지타 씨 일은 정말 안타깝게 되었습니다. 회장님도 무척 허전해 하십니다. 가지타 씨가 그리우신 모양이더군요."

자매는 기쁜 듯이 웃었다. 웃는 리코의 왼쪽 뺨에 보조개가 또렷하게 드러났다.

"회장 선생님에겐 정말 크게 신세를 졌습니다. 뭐라 감사드려야 할지 모르겠습니다."

맞다, 그래. 이 호칭이다.

"전화로도 회장님을 그렇게 부르시던데."

"아아, 그렇습니다." 사토미는 살짝 손을 들어 입을 가렸다. 쑥스러운 모양이다. "죄송합니다. 멋대로 '선생님' 이라고 불러서."

사과할 일은 아니다. 약간 신흥종교 교주를 부르는 것처럼 들릴 뿐이다.

"저희 같은 사람들이 허물없이 '회장님' 이라고 부르기는 꺼려져서요. 우리는 늘 그렇게 부르고 있습니다."

"아빠가 그렇게 불렀어요." 리코가 덧붙였다. 그리고 몸을 살짝 앞으로 디밀더니 아이스티 잔 아래 부분에 손을 대고 내 얼굴을 똑바로 쳐다보았다.

"장인이 그렇게 높은 분이면 기분이 어떠세요? 아무래도 기가 죽게 되나요?"

무슨 실례되는 소리를, 하며 사토미가 당황해 주의를 줬다. 나는 웃었다.

"그렇죠. 식은땀이 납니다. 회장님은 아시다시피 아직 정정하시고 두뇌 회전도 빠르시니까요."

"그렇지만 스기무라 씨는 데릴사위는 아니죠? 성이 다르니까."

언니의 못마땅해하는 표정은 아랑곳하지 않고 리코는 더욱 솔직한 질문을 던졌다.

"예. 데릴사위는 아닙니다. 하지만 처가살이를 하는 거나 마찬가지죠."

역시 그렇구나, 하듯이 고개를 끄덕이며 리코는 천진한 얼굴로 아이스티 빨대를 입에 댔다. 그녀의 긴 손톱에는 정교한 네일아트가 되어 있다. 스스로 한 것이라면 대단한 솜씨다.

"스기무라 씨는 하실 일이 있으니 쓸데없는 소리는 그만둬."

사토미는 동생을 제지하더니, 바로 앞에 있는 잔을 불쑥 옆으로 물리고 나를 바라보았다.

"스기무라 씨는 저희가 회장 선생님께 의논드린 건에 관해서 어느 정도 알고 계신가요?"

일단 전화로 이야기한 정도라고 내가 설명했다. 장인으로부터 직접 들은 것은 아니고 아내를 통해 들었다는 이야기는 생략했다. 굳이 '기를 펴지 못하는 사위' 임을 강조할 필요는 없다.

"그렇습니까……? 정말 죄송합니다. 회장 선생님의 호의를 핑계 삼아 투정을 부려서."

"어때서 그래? 회장 선생님이 '무슨 일이든 의논하라' 고 말씀해 주셨는걸. 인사치레로 그런 말씀 하실 분이 아니잖아."

살짝 입을 비죽거리면서 반박을 하더니 리코가 말을 이었다.

"아빠의 전기를 쓰겠다는 이야기는 제가 꺼냈어요."

나는 고개를 끄덕였다. 아무래도 그런 것 같다고 느끼기 시작하던 참이었다.

"실례지만 리코 씨는 학생인가요?"

그녀는 얼른 얼굴 앞으로 손을 내밀고 살랑살랑 저었다.

"아뇨, 그렇지 않아요. 대학 문학부 같은 데 다니는 건 아니에요. 말하자면 프리터죠."

고등학교를 나와 대학입시를 치렀지만 다 떨어져, 처음에는 재수를 해서 다시 도전할 작정이었다고 한다. 그러나 학원을 다니다 보니 왠지 싫증이 났다고 웃으며 설명을 했다.

"지금은 집 근처에 있는 맥도날드에서 아르바이트를 하고 있어요. 계속 프리터로 살 수는 없어서 미용학교라도 갈까 생각했는데 아빠가 찬성했었죠."

미용사라. 저 네일아트가 자기 작품이라면 소질은 있을 것 같다.

"그러면 가지타 씨도 기대가 크셨겠네요."

"어차피 너는 금방 싫증을 낼 거다, 하며 웃으셨죠. 저는 어렸을 때부터 뭘 배우거나 학원 같은 건 꾸준히 한 적이 없었어요. 피아노도 그렇고 발레나 수영 교실도 그렇고."

멋쩍은 듯이 머리카락을 만진다.

"무슨 일에든 고개를 디밀고 싶어 하지만 금방 흥미를 잃어 버려요. 정말 쉽게 싫증을 내죠. 아빠는 그걸 잘 알고 계셨어요. 그러니 그냥 해 보는 소리라고 여기셨겠지만, 그래도 제가 정말로 노력해서 미용사 자격을 따면 나중에 가게를 내 주겠다고 하셨죠."

붙임성 있고 거리낌이 없다. 부모의 사랑을 듬뿍 받고 자란 아가씨로구나, 하는 생각이 들었다. 게다가 만약에 내가 짐작하는 대로 가지타 리코가 아직 스무 살 정도라면 상당히 늦둥이다. 아버지는 더 많은 애정을 쏟았을 것이다.

이야기할 때도 몸짓 손짓은 물론 표정도 풍부하고 에너지가 넘쳐 보이는 동생과 약간 딱딱할 정도로 차분한 언니. 가지타 씨는 물론 사토미도 마찬가지로 사랑했을 것이다. 다만 자매의 나이 차이와 타고난 성격 차이가 자석의 양극처럼 다른 타입의 여성으로 만들었다. 리코의 이야기에 맞장구를 치면서 나는 그런 생각을 했다.

"아시겠지만 아빠를 죽인 범인은 아직 잡히지 않았어요."

즐거운 추억 이야기가 일단락되자, 리코는 입을 꾹 다물었다가 그렇게 말했다.

"아직 보름밖에 지나지 않았는데도 경찰에서는 연락도 오지 않죠. 정말로 수사를 하고 있는지 어떤지도 의심스러워요."

"글쎄요, 그건." 나는 그녀의 생각에 부드럽게 의문을 제기했다. "사람이 한 명 사망한 사고인데요."

"하다못해 상대가 자동차였다면 다르겠죠. 대응이 좀 달라졌을 거예요. 그렇지만 자전거잖아요? 게다가 목격한 사람 이야기에 따르면 아버지를 친 건 어린애인 모양이에요. 애써 수사해서 잡아 봤자 제대로 처벌할 수도 없죠. 경찰도 의욕이 나지 않는 게 아닐까요?"

그건 처음 듣는 이야기다. 목격자가 있었다는 이야기조차 듣지 못했다.

이렇게 사교적인 아가씨이니 올 여름에 가지타 씨가 세상을 뜨기 전까지는 레저도 상당히 즐겼을 것이다. 그래도 요즘 젊은 여성들은 여름에 태운 피부를 무척 빨리 벗어 버린다. 리코의 뺨은 얼룩 하나 없이 희다. 그 뺨을 살짝 붉히며 리코는 화를 내고 있었다.

"전 그래서 아빠에 관한 책을 쓰려고 생각한 거예요."

어느 틈에 한쪽 손을 꼭 쥐고 있다.

"그냥 내버려두면 아버지를 치어 죽인 애는 마치 그런 일은 없었다는 듯이 깨끗하게 잊어버릴 테죠. 아무도 추궁하지 않으면 그런 좋지 않은 기억은 스스로 잊으려고 할 테니까요. 그 애에게 아빠는 생판 남이죠. 한여름에 보도에 멍하니 서 있던 사람 잘못이라고 생각해 버릴지도 몰라요. 저는 그걸 용서할 수 없다는 거예요."

사토미가 동생을 말리려고 뭔가 말하려 했다. 나는 그걸 막기 위해 질문을 했다. 리코가 하려는 이야기를 계속 듣고 싶었던 것이다.

"아버님의 인생에 관한 책을 쓰는 것이 범인을 잡아내는 데에 도움이 된다고 생각하세요?"

머리카락이 흐트러질 정도로 거세게 머리를 저으며 리코는 "아뇨"라고 대답했다.

"직접 도움이 될지 어떨지는 모르겠어요. 다만 저는 그 애에게 가르쳐 주고 싶은 거예요. 아빠는 길가에 서 있는 전신주나 표지판 같은 게 아니에요. 자전거에 치여 콘크리트에 머리를 부딪쳐 아픔과 두려움을 느끼며 고통스럽게 죽은 거죠. 아빠가 자기 목숨이 위태롭다는 걸 느꼈을 때는, 남겨질 우리 걱정을 했을지도 몰라요."

나는 천천히 고개를 끄덕였다. 사토미는 눈을 내리깔고 있었다.

"그 애로 하여금 깨닫게 하고 싶은 거예요. 네가 죽이고 모른 체하는 사람은 두 딸의 아버지였고, 어엿한 직업이 있었고, 가부키를 좋아했고, 아내를 먼저 떠나보내고 쓸쓸해하며 다음 달로 예정되어 있는 딸의 결혼식을 기다리고 있었고, 손자가 태어나기를 무척 고대하고 있었고, 그것 말고도 훨씬 더 많이, 여러 가지를—."

리코는 약간 떨며 일단 말을 끊더니, 다시 갈라진 목소리로 말을 이었다.

"사람이었어요. 예순다섯 살이니 앞으로 화려한 미래가 있는 건 아니겠지만, 평범한 운전기사였지만, 그래도 우리들에겐 소중한 아빠였어요. 젊은 시절에는 무척 고생하면서 우리를 키워 준 사람이었어요. 신문에 날 만한 훌륭한 사람은 아니었지만, 그래도 어엿한 사람이었어요. 성실하게 일하며 살아왔다고요."

리코가 고개를 들었다. 눈꼬리가 붉어져 있다.

"그런 아빠의 인생을 모두 재현해서, 나는 그 애 앞에 넌 이 사람을 죽인 거라고 들이밀고 싶은 거예요. 육십오 년 동안 열심히 살아온 이 사람의 인생을 네가 끝내 버린 거라고."

나는 살짝 소름이 돋았다. 감동했기 때문인지도 모르고, 약간 두려웠는지도 모르겠다. 어째서 두려운 걸까? 나는 사내보 기자를 하기에는 상상력이 지나치게 풍부한지도 모른다. 그래서 이 화내는 아가씨 앞에서, 매우 정당한 그 소망을 들으며 나도 모르게 가지타 노부오의 육십오 년 인생을 떠안은 범인 입장이 되고 말았다.

"사람 목숨을 앗아가 버렸어요. 그런 걸 입 싹 닦고 잊을 수는 없죠. 우리는 화가 나고 슬퍼요. 그걸 범인이 알아 주었으면 좋겠다는 거예요."

가지타 리코는 몸을 틀어 옆에 놓여 있던 핸드백을 열고 손수건을 꺼냈다. 하지만 이미 눈물이 한 방울 뚝 떨어져 내렸다.

무슨 이야기를 해야 할까. 할 말을 찾고 있는데 사토미가 조용히 입을 열었다.

"동생은 그렇게 하면 범인이 견디지 못하고 자수하지 않을까 생각하고 있는 겁니다."

나는 말없이 자매를 향해 여러 차례 고개를 끄덕여 보였다.

"그렇지만 저는 일이 그렇게 쉽게 풀릴 거라고는 생각하지 않습니다. 작가도 아니고 저널리스트도 아닌 우리들이 쓴 책을 아무리 찍어봤자 세상 사람들이 그걸 볼 일은 거의 없을 겁니다. 하물며 아버지를 친 범인이 진짜 어린애라면 그런 책이 있다는 것조차 모르겠죠."

"그러니까 그냥 책만 내는 게 아니라고 했잖아!"

리코가 언성을 높여 언니에게 대들었다. 손수건으로 닦아 눈이 오히려 더 붉어졌다.

"책을 만들면 그걸 텔레비전 방송국이나 주간지 같은 데 보내고 부탁해야지. 매스컴에서 다뤄 주면 널리 알려질 거야, 분명히! 그러면 경찰도 태도가 달라질 테고."

그러고 보니 최근 비슷한 일이 있었던 것이 생각났다. 오빠의 이상한 죽음을 경찰이 자살로 처리하자 받아들일 수 없었던 여동생이 독자적으로 끈질기게 수사를 하여 그 결과를 한 권의 책으로 만들어 냈다. 그것이 주간지와 텔레비전 뉴스쇼에서 화제가 되어 결국 경찰이 재수사에 착수했던 것이다.

내가 그 이야기를 하자 리코가 덤벼들 듯이 말했다. "예, 맞아요. 그죠? 실제로 그런 일이 있는걸요."

"그건 흔한 일이 아니야." 사토미는 고개를 저었다. "지금까지도 다른 유족들이 그런 책을 낸다거나 실종된 가족에 관한 정보를 달라고 텔레비전에서 호소한 일은 있잖아. 하지만 성과가 없었던 경우가 더 많아."

"해 보지도 않고 포기하면 가능성은 제로야. 해 보지 않으면 몰라."

나는 생각했다. 아무리 장인이라도 전혀 업종이 다른 미디어 쪽에 영향을 미칠 수 있을 거라고는 생각할 수 없다. 하지만 어느 정도의 인맥은 갖고 있을지도 모른다.

"회장님도 지금 이야기를 들으셨겠죠?" 내가 물었다.

"예, 전부 말씀드렸어요."

리코가 힘차게 대답했다. 그다음 이야기를 물을 필요는 없었다. 사토미가 먼저 대답해 주었다.

"회장 선생님은 그런 책을 만들 수 있다면 적당한 곳에 이야기를 해 다룰 수 있도록 해 보자고 말씀해 주셨습니다. 하지만 그건 너무 뻔뻔하죠."

"어째서?" 리코가 초등학생처럼 입을 삐죽 내밀었다.

"어리광을 부리는 데도 정도가 있다는 이야기야."

"하지만 회장 선생님은—"

"어지간히 해 둬."

나는 자매의 말다툼을 갈라놓았다. "지금까지 텔레비전 방송국이나 신문사에 이야기해 본 적은 없습니까? 책 없이?"

리코가 화가 난다는 듯이 대답했다. "해 봤지만 소용이 없었어요."

나는 기억을 떠올렸다. "작년이던가……? 텔레비전 뉴스 프로그램에서 마구 달리는 자전거 때문에 일어나는 사상 사고에 관한 특집을 한 걸 본 적이 있습니다. 그게 어느 방송국이었더라?"

리코는 그 특집을 알고 있었다. 방송이 될 때 본 것은 아니지만, 아버지가 돌아가신 뒤에 인터넷으로 찾아 보았다고 한다.

"자전거 교통사고 피해자나 유족이 모이는 사이트가 있어요."

"거기 아버님 이야기를 올리셨나요?"

"몇 번 썼습니다. 많은 격려 메일과 위로해 주는 이야기를 들었어요. 하지만 범인이 그런 사이트를 볼 리는 없겠죠."

"피해를 당한 분들이 많습니다." 사토미가 말했다. "사고가 너무 많아서 매스컴도 일일이 다룰 수 없는 거겠죠. 좀더 화제성이 있지 않으면."

터놓고 이야기하자면 현실이란 게 원래 그런 것이리라.

그렇다면 화제성을 만들겠다는 리코의 생각이 어긋난 것은 아니다. 하지만 그녀가 생각하는 것처럼 일이 잘 풀릴지 어떨지에 대해서는 나도 사토미와 동감이다. 상당히 비관적일 수밖에 없다.

나는 당혹스러워 약간 화가 나기 시작했다. 가지타 자매—특히 동생인 리코가 이런 정도 생각을 하고 있다면 장인은 왜 스스로 움직이려 하지 않을까? 책을 만들면 그걸 팔아 주겠다는 우회적인 방법을 취하지 않더라도 장인이 직접 입을 열면 된다. 오래 나를 태워 온 운전기사가 폭주 자전거에 뺑소니 사고를 당해 사망했다. 범인은 잡히지 않았다. 나는 의분을 느끼고 있다, 라고.

큰 사건이 아니기 때문에 모든 곳에서 몰려오지는 않겠지만, 그렇게 하기만 한다면 텔레비전 방송국이나 신문에서 다뤄 줄 곳이 있을 것이다.

뺑소니 범인이 어린애일지도 모른다는 가능성이 제동을 건 걸까? 장인이 나서서 움직여 다행히 범인이 잡혔을 때, 재계 거물이 자기 영향력을 총동원해서 힘없는 미성년자를 몰아세운 것처럼 보일지도 모른다는 걸 꺼려하고 있는 걸까—?

아마 그럴 것이다. 장인은 너무 잘 알고 있으니까. 구체적인 사물과 현상을 거리를 두고 바라보았을 때 '무슨 일이 있었는가?' 가 아니라 '어떻게 보이는가?' 하는 문제 쪽에 관심이 쏠려 버리는 세상 사람들의 변덕스러움을.

"제가 몇 번이나 말렸습니다."

사토미가 사과하듯이 고개를 숙이고 말했다.

"그런데 얘가 멋대로 회장 선생님에게 전화를 걸어서."

리코는 불만스럽다는 듯이 입을 꾹 다물고 있다. 반쯤 남은 아이스티 잔을 집어 들더니 쭉쭉 소리를 내며 빨대로 거칠게 빨아 마셨다.

"언니도 잊은 건 아니겠지?"

잔을 움켜쥐고 화난 목소리로 말했다.

"아빠 몸에는 자전거 타이어 자국이 또렷하게 남아 있었잖아. 친 현장을 본 사람이 있었던 게 아니기 때문에 자전거에 치였다는 걸 바로 알 수 있었던 것은 그 때문이었어."

"잊을 리가 없지." 사토미가 중얼거렸다.

"허리에서부터 등까지 타이어 자국 낙인이라도 찍힌 것 같았어."

"이제 그만 해."

"분하지 않아? 아빠가 얼마나 아프고 괴로웠겠어—?"

사토미가 한쪽 손으로 얼굴을 덮어 버렸기 때문에 리코는 말을 잇지 못했다.

"방금 목격자가 있다고 하셨죠?"

리코의 주의를 내 쪽으로 끌기로 했다. 그녀는 잔을 탁자에 내려놓고 고개를 끄덕였다.

"예, 사고가 있었던 도로 옆에 사는 학생이에요."

"그 학생도 사고 순간을 목격한 건 아니겠군요?"

"그렇기는 하지만, 아빠가 자전거에 치였을 시간에 집앞을 무서운 속도로 달려가는 자전거를 봤던 거죠. 빨간 티셔츠를 입은 사내아이가 타고 있었다고."

그 학생 집은 가지타 씨가 사고를 당한 현장에서 서쪽으로 이십 미터 정도 떨어진 곳이라고 한다.

"아빠가 사고를 당한 장소와 도로 같은 쪽에 있는 집이에요. 그래서 창으로 내다보아도 아빠가 보도에 쓰러져 있는 게 보이지 않았겠죠. 지나가는 자전거만 보였던 거예요."

"무슨 소리가 들려 밖을 내다본 건 아닌가요?"

"안타깝게도 그렇지가 않더라구요. 진짜 우연히 이층 창 너머로 얼핏 봤을 뿐이래요."

8월 15일 대낮, 무더위 때문에 지나다니는 사람도 드문 도로에서 일어난 일이다. 창밖으로 내다본 사람이 있다는 것만 해도 다행이었다. 충돌 순간, 어느 정도 소리가 났을 테지만 주위에 있는 집들은 창문을 걸어 잠그고 냉방을 하고 있었다. 아무도 듣지 못했다 해도 무리가 아니다.

“오봉 연휴라 도쿄 인구가 반 정도 줄었을 때잖아요?”

리코는 내게 대드는 듯한 말투로 물었다.

“아빠를 친 건 그 자전거가 틀림없어요. 그런 시간에 자전거가 여러 대 돌아다녔을 리는 없죠. 쓰러져 있는 아빠를 발견하고 구급차를 불러 준 이웃 아주머니도 그때 주위에는 사람이 전혀 없었다고 했어요. 햇볕이 쨍쨍 내리쬐고, 거리는 텅 비고, 차도 다니지 않았대요.”

오봉 연휴의 귀성 시즌, 텅 비어 쥐죽은 듯 조용한 거리 풍경이 눈에 떠오른다. 배기가스의 총량이 줄어들어 하늘은 티 없이 푸르다.

“그 자전거를 탄, 빨간 티셔츠를 입은 애가 아빠를 죽인 범인이 확실해요.” 리코가 잘라 말하며 또 주먹을 불끈 쥐었다.

분명 그럴 가능성은 높다. 그래서 장인은 표면에 나서려 하지 않는 거라는 생각이 들었다.

나도 오른손 주먹을 살짝 쥐고 코 아래 댔다. 신중하게 생각하는 것처럼 보이면 좋겠다는 생각을 하면서.

“그러면—아버님에 관해 책을 쓰는 건 주로 동생 분이 되는 건가요?”

사토미가 나를 나무라듯이 불쑥 고개를 들었다. 리코는 힘차게 고개를 끄덕였다.

“예, 제가 쓸 겁니다!”

“가지타 씨의 인생을 제대로 쓰자면 여러 가지 조사도 필요하고 사람들을 만날 필요가 있을 거라고 생각합니다. 아버님 젊은 시절 일은 두 분도 모를 테고. 옛날 이야기를 해 줄 사람이 바로 연락이 닿으면 괜찮지만, 예를 들어 아버님의 옛날 동료 같은 경우에는 현주소나 연락처도 알 수 없을 가능성이 있죠. 어머님이 살아 계신다면 또 다르겠지만요."

"노력할 거예요. 괜찮아요. 전 이래 봬도 조사하는 건 자신 있어요."

의욕이 넘치는 동생 옆에서 사토미는 한숨을 쉬고 있다.

"그런데 회장님이 출판할 곳에 관해서는 무슨 약속이 있었습니까?"

리코는 멍한 표정을 지었다. 화를 낼 때는 드러나지 않던 어린애 같은 말투가 되살아났다.

"엥? 어—, 회장 선생님은 출판사도 경영하시잖아요?"

'도신샤'를 말하는 것이다.

"거기서 내겠다고 말씀하셨습니까?"

"글쎄요, 그런 느낌이었는데……. 안 되나요?"

나는 장인으로부터 한 포인트 따냈다. 전지전능하신 장인어른도 출판물 총판에 대해서는 잘 모르시는 모양이다.

"뭐 그건 차차 의논하죠. 일단 리코 씨는 어떤 내용을 쓰고 싶은지, 생각하는 걸 정리해 보면 어떻겠어요? 머릿속으로만 생각해서는 쉽게 정리되지 않습니다. 적어 보는 게 좋죠. 그러면 자연히 누굴 만나서 어떤 걸 조사해야 할 것인가에 대한 준비가 되기도 할 겁니다."

리코는 백에서 작은 수첩을 꺼내더니 내 조언을 적어 넣었다.

"회장 선생님께도 말씀을 들을 수 있겠죠?"

"염려할 일 없을 겁니다."

개인 운전기사로서의 가지타 노부오 씨를 가장 잘 알고 있는 사람이다. 내게 이런 일을 시키고 자기만 꽁무니를 빼지는 않을 것이다.

"자, 이제 그만 일어나자." 사토미는 동생을 채근했다. "넌 화장을 고치고 오는 게 낫겠다."

이 말은 마법처럼 효과가 있었다. 리코는 얼른 자리에서 일어섰다. 울었기 때문인지 분명히 눈가의 화장이 약간 번져 있었다.

그녀가 화장실로 가자, 사토미는 내 얼굴을 바라보며 말했다. "죄송합니다. 일단 저 애와 함께 나갔다가 돌아오겠습니다. 잠깐만 기다려 주시겠습니까?"

나는 알았다고 했다. 여기까지도 충분히 내용 있는 만남이었지만, 오히려 이제부터가 진짜라는 느낌이 들었다.

3

이십 분가량 지나 가지타 사토미가 돌아왔을 때, 나는 벽 쪽으로 옮겨 앉아 있었다. 왠지 그러는 게 사토미의 마음이 차분해질 거라는 생각이 들었다.

가게에 들어와 아까 앉아 있던 자리에 내가 보이지 않자 그녀는 순간 무척 당황했다. 내가 살짝 손을 들자 바로 안도한 표정을 지었다. 너무나 갑작스럽게 긴장이 풀렸기 때문에 장례식 때와 비슷할 정도로 나이가 들어 보았다.

동생에게 거짓말을 하고 먼저 보낸 뒤에 다시 온다는 것. 동생이 없는 곳에서만 이야기할 수 있는 무언가를 숨기고 있는 것. 그녀에게는 둘 다 같은 무게의 부담인 듯했다.

에어컨을 틀어 놓은 가게에 계속 있었기 때문에 우리는 둘 다 따뜻한 음료를 주문했다. 향이 좋은 '오늘의 커피'가 나오자, 가지타 사토미는 컵을 집어 들고 눈을 내리깐 채로 '휴' 하고 한숨을 내쉬었다.

"너무 죄송합니다."

지금까지 들은 것 가운데 가장 작은 목소리였다.

나는 그녀에게 미소를 지어 보였다. "사과할 건 없습니다. 그보다 실례인 줄은 알지만, 지금 하시려는 말씀의 내용을 제가 맞혀 봐도 되겠습니까?"

사토미가 고개를 들었다.

"사토미 씨는 아버님의 인생에 관해 쓴 책 같은 건 내고 싶지 않은 거죠? 아버님의 과거를 조사하고 싶지 않은 겁니다. 그렇죠?"

두 손으로 컵을 든 채, 사토미는 질문에 질문으로 답했다. "눈치를 채셨군요?"

"특별히 예민하지 않은 사람이라도 눈치 챌 수 있습니다. 그것도 이런 일로 회장님께 부탁을 한다는 것은 송구스럽다고 하는 거리낌 때문이 아닙니다. 뭔가 다른 이유가 있죠. 하지만 그 이유를 동생에게 털어놓을 수는 없는 겁니다."

가지타 사토미는 내 얼굴을 빤히 바라보며 뜻밖에 수줍은 듯이 웃음을 지었다.

"제가 그렇게 속이 빤히 들여다보이는 사람인데 리코는 왜 알아차리지 못하는 걸까요?"

"가족이기 때문이죠. 그리고 사토미 씨 스스로도 동생이 결코 눈치채지 못하게 애쓰고 있기 때문일 겁니다."

이해가 된다는 듯이 크게 고개를 끄덕이더니, 사토미는 컵을 내려놓고 "죄송합니다. 담배 피워도 되겠습니까?" 하고 물었다. 그녀가 담배를 피운다는 것은 의외였지만 물론 전혀 문제가 될 게 없다.

"그러시죠. 저도 전에는 피웠습니다."

"끊으신 건가요?" 핸드백에서 염색 천을 붙인 예쁜 담배 케이스를 꺼내 같은 커버를 씌운 라이터로 불을 붙였다. 가느다란 멘톨이다.

"열여섯 살부터 피웠지만 딸이 태어났을 때 끊었습니다."

"그러세요? 저도 십대 때부터 피우기 시작했는데 도무지 끊을 수가 없어서요. 애가 생기면 끊어 볼까?"

사토미는 우아하게 고개를 돌리고 연기를 내뿜으며 웃었다.

"결혼이 얼마 남지 않았다면서요? 축하드립니다."

아까 리코는 결혼식이 시월이라고 했었다.

"감사합니다. 아버지는 제가 결혼한다니까 기뻐하시기보다는 오히려 안심하신 듯했습니다. 간신히 치운다는 심정이었을까요? 하지만 손자 얼굴은 빨리 보고 싶어 하셨습니다."

나는 말없이 고개를 끄덕였다. 사토미는 동생이 곁에 있을 때보다 훨씬 편안한 표정을 짓고 있다.

"이미 눈치를 채셨겠지만 리코와 저는 나이 차이가 꽤 납니다. 딱 열 살 차이죠. 그 애는 스물둘, 저는 서른둘입니다."

내 예상은 나이 차이에 대해서는 정확했지만, 연령에 대해서는 근소한 차이로 틀린 셈이다.

"사실은 리코 위로 동생이 한 명 더 있었죠. 중절했다고 합니다. 어머니는 그걸 무척 괴로워했습니다. 낳고 싶었지만 그때는 경제적으로 너무 힘들어 아버지나 어머니나 죽어라 일을 하셨습니다. 도저히 젖먹이 아기를 키울 엄두가 나지 않았다고 하시더군요."

그 무렵의 자세한 사정은 나중에 알게 되었는데, 그런 일이 있었던 것은 사토미가 여섯 살, 초등학교에 들어간 해 봄의 일로 어렴풋이 기억하고 있다고 했다. 어머니가 하룻밤 집을 비웠다가 이튿날 돌아왔는데 안색이 나빴고 며칠이나 자리에 누워 있었던 것을.

"삼십 년 가까이 된 이야기라 중절 수술 뒤의 몸조리도 지금보다 훨씬 어려웠을 테니 몸에도 부담이 컸겠죠. 부모님 두 분 다 더 이상 애를 낳을 수 없을 거라고 포기하고 계셨던 모양입니다. 그래서 리코가 생겼을 때는 정말로 기뻐했을 겁니다."

나는 멍하니 장인과 나호코의 얼굴을 떠올리고 있었다. 늦게 얻은 자식. 그것만으로도 사랑스럽다. 다시는 애가 생기지 않을 거라고 포기하고 있었다면 더욱 그럴 것이다.

"그 때문일까요? 부모님은 두 분 다 리코에게 엄하시지는 않았습니다. 아버지가 특히 어리광을 받아 주셨고요……. 리코는 늘 아버지의 '샛별' 이었습니다. 끔찍하게 아끼는 딸이었죠. 제가 무척 질투했었습니다. 그래 봤자 아무 소용이 없다는 걸 깨달을 때까지는."

"큰딸은 힘들죠." 내가 말했다.

"스기무라 씨 형제 분은?"

"위로 형과 누나가 있습니다. 저는 둘째 아들입니다."

"그런데 어째서 이름이—?"

자주 듣는 질문이었다. 사부로三郎라는 빤한 이름 때문이다.

"그냥 셋째 자식이라는 의미겠죠. 우리 부모님은 남녀평등주의입니다."

사토미는 웃으며 익숙한 손놀림으로 담배를 꼈다. 역시 어제오늘 피우기 시작한 게 아니다. 미인에다 기품이 있고, 아마 학교에서도 내내 우등생이었을 사토미가 십대부터 담배를 피웠다는 건 아마도 부모의 애정을 둘러싼 동생과의 갈등 때문인지도 모른다.

"열 살 차이다 보니 부모를 보는 눈도 다르더군요." 사토미가 말했다. "그만큼 부모와 지낸 시간이 길기 때문이죠. 동생이 모르는 것을 저는—여러 가지 알고 있습니다."

드디어 본론이다.

"아버지가 회장 선생님 차를 운전하게 된 지 올해 유월로 십일 년이 되었습니다. 아시죠?"

"예, 가지타 씨는 저보다 더 오래 회장님을 알고 지내셨죠."

평일에는 차량부에 임원 담당 운전기사가 있기 때문에, 장인이 가지타 씨를 부르는 것은 주말뿐이었다. 그래서 개인 고용 운전기사였지 정사원은 아니었던 것이다.

주말에 장인이 어디 가야 할 일이 있거나 누군가와 만날 약속이 생기면 가지타 씨를 불렀다. 접대를 하거나 받는 골프와 회식, 이사와

위원을 맡고 있는 각종 모임 출석, 개인적인 쇼핑이나 관람 등이 대부분이었을 테지만, 회사 내부—다른 임원들은 물론이고 함께 살고 있는 장남 부부에게조차 알리고 싶지 않은 용건으로 외출하는 일도 물론 있었을 것이다. 중요도는 그쪽이 훨씬 높다.

장인이 사위 후보인 나와 만날 때도 가지타 씨의 차를 타고 왔던 걸 잊어서는 안 된다.

가지타 씨는 그걸 모두 알고 있으면서도 굳게 입을 다물고 아무에게도 이야기하지 않았다.

"평일에 아버지는 개인택시를 하셨습니다. 원래 그쪽이 본업이었으니까요. 그것도 아시죠?"

"그렇게 들었습니다만."

"택시 회사에 들어간 건 아버지가 마흔 되시던 해였습니다. 그 일이 맞았겠죠. 십 년 만에 개인택시 면허를 땄습니다. 회사를 그만두고 독립하려 했을 때 윗분으로부터 그만두지 말고 전세 승용차 부문으로 옮기지 않겠느냐는 권유를 받았답니다. 하지만 아버지는 더 이상 월급생활은 싫었던지 거절했습니다."

"회장님의 개인 운전기사가 되는 데는 전임자의 소개가 있었다면서요?"

"예, 그렇습니다. 하시모토 씨죠. 그분은 아버지가 택시 회사에 다니던 시절 선배예요. 근속 십오 년 만에 전세 승용차 부문으로 옮겨, 거기서 몇 차례 회장 선생님을 모실 기회가 있었는데 회장 선생님 마음에 들었는지 늘 지명을 받게 되었답니다."

그 하시모토란 전임자는 전세 승용차 회사에 정년까지 근무했다.

그리고 퇴직을 하면서 이마다 요시치카의 주말 개인 운전기사로 고용되었던 것이다.

그래서 그가 고용되었을 때는 이미 예순다섯 살이었다. 사 년가량 무사히 근무했는데, 지병인 당뇨의 영향으로 시력이 나빠져 그만두게 되었다. 그리고 옛 후배인 가지타 씨를 후임으로 추천했다고 들었다. 내 이야기에 가지타 사토미는 고개를 끄덕였다.

"맞습니다. 하시모토 씨와 아버지는 아버지가 독립하고 난 뒤에도 내내 친하게 지냈습니다. 아버지의 운전 실력을 높이 평가해서 진짜 형제처럼 사이가 좋았죠. 나이로는 삼촌과 조카 같았지만요."

주말만이라고는 해도 다시 피고용인 신분이 되는 것이고, 태울 상대는 거물이다. 하시모토라는 운전기사로부터 자기 후임이 되라는 이야기를 처음 들었을 때 가지타 씨는 고사했다고 한다. 자기는 도저히 할 수 없다, 만에 하나 실수라도 하면 큰일이다—.

"그런데도 하시모토 씨가 워낙 끈덕지게 권했다고 합니다. 아버지 이외에는 안심하고 추천할 수 있는 사람이 없고, 이마다 회장님은 훌륭한 분이라면서요. 너무 끈질기게 권하시는 바람에 아버지도 결국 승낙하게 되었던 겁니다."

"상당히 막무가내로 부탁했군요. 몰랐습니다."

그러고 보니 나는 가지타 씨에게 수고한다는 감사의 말을 한 적이 없었다. 물론 그럴 기회도 별로 없었지만.

"원래 주말에만 이용하는 전용 운전기사를 고용한다는 것은 회장님의 고집이었습니다. 물론 회사 내부 사람에게 알리고 싶지 않은 일이 있기 때문이라는 건 이해가 되지 않는 바도 아니지만요."

"예전에는 주말에 외출하실 때도 차량부 소속 운전기사를 쓰셨답니다. 하시모토 씨 이전에는."

사토미의 말에 나는 약간 놀랐다. 장인의 개인 운전기사는 훨씬 오래된 습관일 거라고 믿고 있었다.

"몇 차례 좋지 않은 일이 있어서—정보 누설이라고 합니까? 그렇다고 해도 회사의 중요한 일에 관한 것은 아닙니다. 회장 선생님의 지극히 개인적인 일이죠. 그 일 때문에 완전히 정나미가 떨어져 버렸다고 합니다."

"회장님이 그런 이야기를?"

"예. 아버지에게 말씀하셨다고 합니다. 남의 입단속을 할 수는 없다고요. 물론 그러니까 당신은 제대로 하라는 의미가 담긴 이야기였을 겁니다. 아버지도 그렇게 말씀하셨습니다."

나는 생각했다. 장인이 누군가를 만났다. 누구와 골프를 치러 나갔다. 무얼 샀다. 어느 술집의 누구누구를 마음에 들어 하는 모양이다. 그런 하찮은 소문이라도 차량부를 통해 회사 안에 퍼지면 좋은 이야깃거리가 되어 마구 퍼질 것이다. 혹은 그걸 주워듣고 장인의 환심을 사는 재료로 쓰려는 사람도 생길 것이다. 분명히 골치 아프다.

소문의 출처를 캐내 처벌하려 해도 차량부에는 수많은 사원이 있다. 무엇보다 그런 정도 일로 일일이 눈을 치켜뜨고 범인을 찾는다는 것도 점잖지 못하다.

그러나 개인 운전기사라면 무슨 이유에서든 마음에 들지 않을 때는 바로 갈아치우면 그만이다. 훨씬 속이 편하다는 걸까?

"그런데 예전 일을 자세하게 알고 계시는군요."

나는 진짜로 감탄하고 있었다.

"아버지가 자주 이야기해 주셨습니다. 어떻게 해서 나 같은 사람이 회장 선생님을 모실 수 있었는지, 너희들이 이상하게 여길 거라면서요."

나는 상상해 보았다. 딸들에게 자기 자신에 대해 멋쩍은 듯이, 그러면서도 약간은 자랑스럽게 이야기하는 가지타 씨의 표정을.

"하지만…… 어머니나 하시모토 씨도 이 세상 분이 아니기 때문에 그런 내용을 알고 있는 건 이제 저 혼자밖에 남지 않았네요."

깨끗한 유리창 너머로 밖에 심어 놓은 나무를 보는 사토미의 표정이 문득 흐려졌다.

"동생은 아무것도 모릅니다. 앞으로도 모르겠죠."

내게 하는 말이 아니라, 다른 누군가에게 이야기하는 것 같은 말투였다. 아마도—가지타 씨에게.

그녀가 다시 나를 바라보았다.

"좀 전에도 말씀드렸듯이 아버지가 택시 회사에 들어간 건 마흔 살 때였습니다. 하시모토 씨나 회장 선생님과의 인연이 맺어진 것도 그 회사에 들어갔기 때문입니다. 그렇지만 아버지에겐 거기 들어가기 이전의 인생도 있었습니다. 그리고 그건 아버지의—그 뒤의 인생과는 상당히 다른 것이었죠."

나는 갑자기 마음이 편치 않아졌다. 내게 남아 있는 가지타 씨의 인상이 무너지는 게 싫었다.

—축하드립니다.

나를 축복해 준 가지타 씨의 경륜이 묻어나는 미소를 그대로 간직하고 싶었다.

하지만 이제는 피할 수 없다.

"굴곡이 심한 인생—이라고 하면 좀 과장일지도 모르겠네요. 그리 화려했던 적은 없었으니까요. 불안정한 인생이라는 편이 오히려 정확하겠군요."

사토미는 그렇게 말하고 눈을 깜빡거렸다.

"아버지는 도치기 현에 있는 미즈라는 마을에서 태어났습니다. 농사를 짓는 집이었는데, 꽤 풍족했다고 하지만 아버지는 형제들과 사이가 좋지 않아 중학교를 졸업하자 바로 가출하다시피 도쿄로 나와 버렸습니다. 그 뒤로 고향과는 완전히 인연을 끊었고, 우리도 친할아버지나 친할머니, 친척을 아무도 모릅니다. 연락을 하고 싶어도 아무런 연락처도 없고."

장례식 참석자가 적었던 것이 기억났다.

"어머니는 도쿄에서 태어났지만, 역시 가정환경이 복잡해서—외할아버지가 바람기가 있어서 늘 시끄러웠답니다. 경제적으로도 어려워 어머니는 고등학교를 중퇴하고 일을 하기 시작했죠. 기술도 없고, 배운 것도 없다 보니 어쩔 수 없이 물장사 쪽으로 풀리게 되었다고 하시더군요. 다만 예전에는 십대 소녀가 일할 수 있는 물장사라는 게 별로 없었기 때문에 찻집이라거나 이자카야일본의 선술집 종업원 같은 걸 하다가 아버지와 알게 되었던 겁니다. 아버지는 그때 가마타에 있는 작은 공장에서 공원으로 일하고 있었다고 합니다."

두 사람은 동갑이었다. 만나자마자, 스무 살에 결혼을 했다고 한다.

"가정을 꾸리기는 했지만 소꿉장난 같은 것이었죠. 게다가 아버지는 계속 직장을 옮기고……. 한 직장에 반년 이상 다닌 적이 없었답니다. 그러면서도 남들처럼 놀고 싶을 나이라서 늘 돈이 없고.”

“그 가지타 씨가—그런 시절이 있었다니, 하는 생각이 드는군요.”

“딸인 제가 이렇게 이야기하면 이상하지만, 그렇죠.”

콧대만 센 녀석이 헛된 생각만 하고 있었다—가지타 씨는 사토미에게 젊은 날의 자신을 그렇게 표현했다고 한다.

“말하자면 이런 거죠. 언젠가는 성공하겠다. 부자가 되겠다. 이런 욕심만 잔뜩 있었던 거예요. 출세해서 금의환향하고 싶었겠죠. 사이가 나빴던 형제들 앞에 보란 듯이 나서고 싶었을 테고. 하지만 그렇게 되려면 어떻게 해야 하는지도 모르고, 구체적인 목표도 찾지 못한 채 그저 되는 대로, 말 그대로 하루 벌어 하루 먹고 살았던 거겠죠. 우리 부모님의 이십대란 그런 식이었을 거예요.”

이미 사십 년도 더 된 일이다. 일본이 제2차 세계대전 패전 뒤의 시대가 끝나고 막 고도성장의 서광이 비치던 무렵이다. 보잘 것 없는 자리일지라도 일거리는 찾자면 얼마든지 얻을 수 있다. 젊은 부부가 둘이 살아가는 데는 문제가 없다. 다만 그렇게 살아서는 미래가 보이지 않는다. 세계적으로도 찾아보기 힘든 고도성장 시기는 일본이라는 나라가 완전히 하나의 기업처럼 움직이던 시기이기도 했다. 그 안에서 제대로 뿌리내리지 못하고 살아가는 일은 지금보다 훨씬 힘들었을 것이다.

“어머니는 호스티스나 근교 여관 종업원으로 일하기도 했답니다. 아버지하고도 종종 싸우고 헤어졌다 다시 합치고.”

사토미는 살짝 웃었다. 눈이 작아졌다.

"어머니가 자세한 이야기는 해 주시지 않았지만 그 무렵에 애가 생겼던 것 같습니다. 하지만 그런 상태에서는 낳을 수가 없고……. 저 다음에 생긴 아기를 뗐을 때 어머니는 무척 힘들어했죠. 그런 모습으로 미루어 생각해 보면 그게 두 번째는 아닌 것 같았으니, 유산했던 게 아닐까 생각됩니다."

"사토미 씨가 태어나기 전이라는 겁니까?"

"예. 저는 부모님이 서른셋에 낳았으니까요."

안정된 직업을 갖지 못하던 가지타 씨가 겨우 정착을 하게 된 것은 그 무렵이었다고 한다.

"그때까지 아버지는 그야말로 어처구니없을 만큼 여러 직장을 전전했다고 합니다. 어머니도 전부 다 기억하지 못한다고 했었죠. 공장을 다니는가 하면 가게 점원을 하기도 하고, 세일즈맨도 했고, 질이 좋지 않은 사채업자의 심부름을 한 적도 있었다고 합니다. 불법으로 경마 마권을 팔다가 아버지가 잠깐 밖에 나간 사이에 단속이 있어 모두 체포되어 버리고, 아버지 혼자만 간신히 도망친 적도 있다고 들었습니다."

사토미는 이야기하며 입가에 미소를 짓고는 있었지만 눈빛은 어두웠다.

"이럭저럭 지내다 우연히 인연이 닿아 들어간 장난감 만드는 회사의 사장님이 좋은 분이셨습니다. 너희들도 언제까지나 젊은 건 아니다, 정신 차려라. 그렇게 야단을 치며 사람을 만들어 주셨다더군요. 시간급으로, 요즘 식으로 이야기하면 아르바이트로 채용되었지만 열심히 하면 정사원으로 만들어 주겠다고 하셨죠. 일을 하나하나 가르쳐 주시고, 그때까지 제대로 살 곳도 없어서—집세가 밀려서 쫓겨난 거지만—고생하던 부모님을 기숙사에서 살게 해 주시기도 했습니다."

하치오지에 있는 '도모노 완구'란 회사였다고 한다. 그 기숙사에서 사토미를 낳은 것이다.

"어머니도 사장님의 권유로 호스티스 일을 그만두고 같은 회사에서 사무를 보았는데, 제가 태어나자 그 사장님은 집에서 부업을 할 수 있도록 해 주셨습니다. 그래서 또렷하게 기억하고 있습니다. 깨끗한 완구 부품이 집에 잔뜩 있었던 걸."

"그럼 두 분 다 아버님이 택시 회사로 옮길 때까지는 내내 거기 근무하셨던 겁니까?"

내 질문에 사토미의 눈빛은 더 어두워졌다.

"아뇨……. 그렇지는 않습니다. 결국 그만두고 말았는데, 그건 또 다른 복잡한 사정이 있어서."

이야기하기 힘든 모양이었다. 머릿속에 퍼뜩 떠오르는 것이 있었다. 조금 전에 한 중절 이야기였다. 그건 사토미가 여섯 살 때였다고 한다. 사토미의 부모가 계속 도모노 완구에서 일하고 있었고, 사원 기숙사에서 안정된 생활을 하고 있었다면 굳이 아기를 포기할 일은 없었을 것이다.

고개를 끄덕였을 뿐, 입 밖에 내지는 않았다.

"어쨌든 그게…… 그렇게 돼서."

사토미는 담배를 꺼냈다. 손가락을 약간 떨고 있는 것 같았다. 공연한 생각일까?

"아버지는 바람직하다고는 할 수 없는 인생을 살아왔습니다. 아니, 나중에는 성실하게 살았다고 생각합니다. 하지만 그렇지 못한 시기도 있었던 분입니다. 그래서 저는 동생이 아버지의 그런 과거를 캐내지 못하게 하고 싶습니다. 지금 그 애는 아무것도 모릅니다. 하지만 아무리 아마추어가 한다 해도 열심히 조사하고 돌아다니면 뭔가 알게 되겠죠."

불을 붙이지 않은 채로 담배를 손가락 사이에 끼우고 만지작거렸다. 부러질 것 같다.

"말씀드린 것처럼 아버지는 수상한 사람들과 사귄 적도 있습니다. 말단이었지만요. 동생이 뭔가 실마리를 잡아 그런 사람들을 취재기자처럼 찾아가는 것도 걱정이 됩니다. 아버지가 모처럼 잘라 낸 악연을 그 애가 연결해 버린다면—."

결국 사토미는 담배에 불을 붙이지 않은 채로 재떨이에 내려놓았다. 이번에는 확실히 알 수 있었다. 손가락 끝이 떨리고 있었다.

"동생이 상처받는 것도 걱정이고 동생이 캐낸 과거 때문에 아버님의 명예가 손상되는 것도 걱정이다. 그게 솔직한 심정이로군요."

내가 물었다. 사토미는 고개를 들고 끄덕였다. 긴장한 눈빛이다.

"예. 아버지의 부끄러운 옛 이야기가 회장 선생님 귀에 들어가게 하고 싶지 않습니다. 아버지는 회장님으로부터 무척 신뢰를 받았습니다. 정말 잘 대해 주셨죠. 그걸 그대로 간직하고 싶습니다."

그런 이유로 이런 이야기를 이마다 요시치카에게는 할 수가 없을 것이다.

나는 스스로 생각하기에도 최고로 부드러운 미소를 지었다. 모모코가 열이 났을 때 머리맡에서 딸을 위로해 주기 위해 짓는 미소. 괜찮아, 하룻밤만 자고 나면 열이 내릴 거야. 아빠가 내내 곁에 있어 줄게. 그러니 마음 놓고 자렴.

"무슨 사정인지 잘 알겠습니다. 무슨 생각을 하시는지도. 하지만 그리 걱정하지 않아도 될 겁니다."

리코가 사토미의 생각처럼 아버지의 과거에 쉽게 접근할 수는 없을 것이다. 그렇기 때문에 그녀에게 위험한 일이 일어날 가능성도 적다. 리코에게는 실마리가 없기 때문이다. 위험을 피하려 한다면 언니인 사토미가 정보를 감추면 그만이다.

사토미는 내 낙관적인 의견을 숨죽여 듣고 있는 것 같았다.

"말씀하신 대로 부모님의 옛일은 동생보다 사토미 씨가 훨씬 더 잘 알고 있습니다. 사토미 씨가 가장 중요한 정보원이죠. 그러니 동생을 컨트롤할 수도 있을 겁니다."

"컨트롤?"

"예. 너무 옛날로 거슬러 올라가는 것도 책의 취지에 어긋납니다. 최근 십 년 동안, 이마다 요시치카의 운전기사가 된 뒤의 아버지 인생을 재현하는 것만으로도 충분하지 않겠느냐, 아버지가 어떻게 살았고, 무얼 좋아했는가, 그걸 구체적으로 쓰면 되지 않느냐고 제안하는 겁니다. 실제로도 그렇게 하는 게 설득력 있는 책이 될 테고요."

이건 편집자로서의 의견이기도 하다. 일에 착수해 보면 금방 알게 되겠지만 아무리 시간이 있다 해도 아마추어의 조사로는 한 사람의 인생을 십 년 거슬러 올라가기도 버거운 일이다. 목표를 좁히는 편이 낫다.

"동생 분이 책을 만드는 일 자체를 단념하게 하기는 어려울 것 같군요. 너무 심하게 반대하면 오히려 이상하게 여길 겁니다. 그건 우리 회장님도 마찬가지겠죠. 그리고 이 책을 쓰는 건 의미가 있는 일이라고 생각합니다. 일이 잘되어 매스컴에서 다뤄 준다면 정말로 범인을 찾아내는 계기가 될지도 모릅니다."

가지타 사토미는 얼어붙은 듯이 꼼짝도 하지 않았다. 손가락만 떨고 있다. 두 손으로 꼭 맞잡고 있는데도 그 떨림은 멈추지 않는다.

"그래도…… 괜찮을까요?"

옷으로 가린 몸 안 어딘가에 있는 작지만 깊은 상처에서 흘러나오는 것 같은 목소리였다.

나는 낙관적인 미소를 지웠다. 아니, 자연히 지워졌다. 그녀의 마음을 헤아려서가 아니다. 깨달았기 때문이다.

약간 지나칠 정도로 생각이 깊고 치밀하게 생각할 줄 아는 이 여자가, 지금 내가 이야기한 것과 같은 대안을 스스로 생각해 내지 못했을 리 없다. 하지만 그럴 수가 없었다. 그래서 제삼자가 나서서 동생을 막아 주기를 바랐다.

왜냐하면, 너무 두렵기 때문에.

어째서, 무얼 그렇게 두려워하고 있는 걸까?

"가지타 씨." 그녀를 불렀다. 가능한 한 조용히 부른 셈인데, 그래도 사토미는 깜짝 놀랐다.

"제가 오해한 걸지도 모르지만, 아직도 뭔가 걱정거리가 있는 것 같군요. 그것도 아주 구체적인 걱정 말입니다. 지금까지 말씀하지 않은 내용이겠죠."

그녀는 외면하고 있었지만 나는 계속해서 사토미를 뚫어지게 쳐다보았다. 그리고 눈빛으로 말을 걸었다. 그 구체적인 걱정거리가 무엇인지 내게 가르쳐 주지 않겠습니까?

그녀는 혼자서 어두운 곳으로 가고 있다. 나는 그녀를 부르고 있다. 되돌아오는 게 좋겠다며. 그리고 왜 그런 곳으로 가려 하는지 가르쳐 달라고 부탁하고 있다.

부탁은 간신히 통했다. 그녀의 눈이 다시 깜빡거리기 시작했다.

사토미는 한 손으로 뺨을 누르더니, 아까 내려놓았던 담배를 집어 들어 천천히, 그리고 신중하게, 처음 라이터를 만져 보는 초등학생처럼 조심스럽게 불을 붙이고 깊이 빨아들였다.

"뭔가를 숨긴다는 건 어려운 일이군요." 그녀가 말했다.

"그건 착한 사람이란 증거죠." 내가 말했다. 위로가 아니다. 내 신조다.

"이상하군요. 회장 선생님께서는 스기무라 씨는 좋은 편집자라고 말씀하셨을 뿐입니다. 우리 사위는 사업엔 전혀 재주가 없지만 책은 만들 줄 안다고요."

장인에게 칭찬받는 모습을 상상하기 어려웠다.

"동생과 함께 회장 선생님을 만나 뵈었을 때도 전 목구멍까지 말이 올라왔습니다. 회장 선생님께 말씀드리고 싶었죠. 하지만 아버지가 불쌍해서 간신히 참았습니다. 그 뒤로도 그런 이야기는 하지 않으려 했습니다. 그런데 처음 뵙는 거나 마찬가지인 스기무라 씨에게 왜 이런 말씀을 드리게 된 걸까요?"

그건 사토미가 알고 있기 때문이다. 나라는 우회 경로라면 훨씬 저항이 적을 거라는 사실을. 나는 장인의 부속품, 아니 부속품도 되지 못하는 하찮은 존재다.

사토미는 이야기를 하고 싶은 것이다. 뭔가를 숨기는 것은 어려운 일이 아니다. 괴로울 뿐이다.

사토미가 가지런한 입술을 열어 말을 이었다.

"저는 아버지의 위태로운 과거가 완전히 끝나지는 않은 게 아닌가 하는 생각이 듭니다. 옛날—이런저런 수상한 일을 하던 시절에 맺어진 나쁜 인연이 끊어지지 않은 게 아닌지 불안해서 견딜 수가 없어요."

어린아이는 모든 어둠 속에서 괴물의 모습을 찾아낸다. 불쑥 내 머릿속에 그런 말이 떠올랐다. 어디서 읽은 구절일까? 육아 관련 책인가? 그래서 부모들은 애들이 뭔가를 두려워할 때 무시하고 웃어넘겨서는 안 된다.

그 가르침에 따른다면 혼자서 집을 보는 어린애 같은 눈빛을 하고 있는 이 여자를 비웃어서는 안 된다. 두려움에 떠는 사람은 지푸라기라도 잡는다. 나는 지푸라기다.

"그렇게 걱정하는 데는 무슨 근거가 있습니까?"

부드럽게 물었다. 사토미는 광택이 나는 테이블의 나뭇결을 바라보며 살짝 고개를 끄덕였다.

"있습니다. 아버지의…… 태도가 이상했어요."

그녀의 결혼이 결정되고, 이런저런 준비로 바빠지기 시작할 무렵, 가지타 씨가 뜬금없이 이렇게 중얼거렸다는 것이다.

"네가 시집가기 전에 제대로 정리해 두어야 할 일이 있다, 라고요.

무얼 정리하는 거냐고 물었더니 당황한 듯이 말을 얼버무렸지만요."

정리해 두어야 할 일.

"결혼자금 준비라거나, 결혼하시면 가지타 씨는 동생과 둘이 살게 될 테니 그러기 위한 준비 같은 걸 말씀하신 건 아닌가요?"

"아닙니다." 사토미는 단호하게 고개를 저었다.

"그런 건 이미 다 정리해 두었죠. 결혼 자금은 제게 저축한 게 있었고—."

사토미가 답답하다는 표정을 지었다.

"그런 게 아닙니다. 말투나 표정이 전혀 달랐죠. 그때 아버지가 생각하시던 것이 그런 가정적인 문제는 아니었던 게 확실합니다."

그녀는 몸을 내 쪽으로 디밀며 내 얼굴을 쳐다보았다.

"틀림없이 훨씬 더 중요한 일이었을 겁니다. 그리고 아버지는 실제로 그 무언가를 정리하려 하셨겠죠. 그러다 그런 변을 당한 게 아닌가 하는—."

"그런 변?"

내가 생각하기에도 뜻밖일 정도의 큰 목소리로 되묻고 있었다.

사토미가 대답했다. 말이 아니라 훨씬 더 무겁고 들기 힘든 것을 내게 건네듯이 신중하게 뜸을 들여서.

"이건 우연히 일어난 뺑소니 사고가 아니에요. 누군가가 아버지를 노린 거죠. 아버지는 살해당한 게 아닌가 생각하는 겁니다."

나는 조금씩 간격이 벌어지는 징검돌을 잘 건너뛰어 왔다. 하지만 여기서 갑자기 다음 징검돌이 십 미터나 멀리 떨어져 있다는 것을 깨달았다. 그런 기분이 들었다.

"그건…… 비약이 너무 심하군요."

"그런가요?"

"예. 아버님이 사채업자 심부름을 한 적이 있다 해도 이건 차원이 다른 문제입니다. 아버님이 하신 말씀도 달리 해석할 여지가 얼마든지 있고요."

사토미는 숨을 죽이고 입술을 꾹 다물었다.

"분명히 그럴지도 모릅니다. 하지만 근거는 그뿐만이 아니에요. 실제로 우리는 예전에 범죄에 말려든 적이 있었는걸요. 저는 지금도 또렷하게 기억하고 있습니다. 아버지 역시 한시도 잊은 적이 없었을 거예요."

이십팔 년 전의 일이라고 한다. 1975년, 가지타 사토미가 네 살 때였다.

"저는 유괴를 당했습니다. 이틀 밤을 갇혀 있어 집에 돌아가지 못했었죠. 저를 유괴한 사람은 아버지 때문이라고 했습니다. 아버지에게 원한이 있어서 저를 죽이겠다고, 분명히 그렇게 말했습니다. 다행히 죽지 않고 살아났지만, 그래도 진짜 위험했었죠. 부모님은 저를 데리고 도망쳤습니다. 겨우 정착한 도모노 완구를 그만둘 수밖에 없었던 것도, 그런 불안정한 삶으로 되돌아간 것도 전부 그 때문이었죠."

4

햇살이 입간판에 하얗게 반사되어 눈이 부시다. 여기 적혀 있는 글귀도 외울 수 있을 정도로 여러 번 읽었다. 손수건으로 땀을 닦으며, 나는 빙글 돌아서서 다시 우뚝 솟은 아파트를 올려다보았다. 아파트 벽도 하얀색이었다. 대규모 보수공사를 하면서 외벽을 다시 칠한 지 얼마 되지 않는지 이쪽도 눈이 부시다.

그레스덴하이츠 이시카와. 이게 이 아파트의 정식 명칭이다. 이시카와는 땅 주인의 이름이 아니라 이 매력적인 아치를 그리는 다리 아래로 흐르는 운하의 이름이다. 또한 이 동네 이름이기도 하다.

건물은 도로 쪽으로 마치 '凹요' 자를 뒤집어 놓은 모양을 하고 있다. 한가운데 빈 공간은 파란 잔디와 화단이 있는 아름다운 정원으로, 도로와 접한 부분에 지붕이 달린 자전거 주차장이 마련되어 있었다. 부지 안의 통로는 건물과 정원 사이에 낀 상태로 되어 있고, 산뜻한 블록으로 깔끔하게 포장되어 있다.

부지 안으로 들어가는 출입구는 두 군데, '凹' 자의 좌우 각 가장자리 부분에 있었다. 동일 직선상에 있지만 건물이 크기 때문에 두 출입구는 상당히 떨어져 있다. 여기저기 나무가 서 있어 적당히 프라이버시를 확보하면서 차분한 풍경을 보여 주고 있었다.

나와 입간판이 서 있는 곳은 '凹' 자의 왼쪽 끄트머리, 방향으로 따지면 서쪽 출입구였다. 서쪽 건물은 동쪽 건물보다 삼분의 일 정도 짧다. 나머지 부분이 2단식 주차 공간으로 되어 있는 것이다. 동쪽 출입구에는 보도 쪽으로 차량 통행금지 표지판이 있지만 서쪽에는 같은 표지판이 주차 공간 바로 앞, 부지 안쪽 통로 가운데쯤에 만들어져 있는 것도 그 때문이다.

관리실은 동쪽 건물 일층에 있었다. 조금 전 아파트 준공일과 정식 명칭이 적혀 있는 화강암 기념비를 보러 갔을 때 슬쩍 고개를 디밀고 들여다보았다. 로비에 있는 사무실 안쪽, 작은 경비실 안에 옅은 회색 제복을 입은 남자가 앉아 있다. '외부인은 경비실에 말씀해 주십시오' 라는 안내문이 눈에 잘 띄는 곳에 걸려 있었다.

와이셔츠를 입은 등에 땀이 흘러내리는 것을 느끼면서 나는 아직 거기에 서 있었다. 입간판을 보았다. 이제 어떻게 할까? 내친 김에 관리실을 찾아가 볼까?

8월 15일. 그날 오후, 가지타 씨가 방문객으로서 경비실에 들렀는지 어쨌는지는 알 수 없다. 하지만 찾아가 봐야 소용없을 건 확실하다. 관리 회사도 오봉 연휴 기간이었기 때문이다. 창구는 닫혀 있었다.

불쑥 내 팔꿈치 옆을 스치듯이 자전거 한 대가 지나갔다. 흰머리의 자그마한 노인이 입에 담배를 물고 느긋하게 페달을 밟고 있다.

노인과 엇갈려 또 한 대가 다가온다. 뒤에 어린이를 태운 여성이었다. 둘이서 큰 소리로 뭐라 이야기하면서 지나갔다. 나는 반걸음 물러서서 입간판에 등을 붙이듯이 하여 길을 양보했다. 어머니와 아이의 말다툼을 지켜보고 있는데 등 뒤에서 따릉따릉 하는 소리가 들렸다. 또 자전거였다. 날보고 조심하라는 소리다.

"미안합니다."

내 곁을 지나가면서 에이프런을 걸친 젊은 여자가 말했다. 보도에서 있는 훼방꾼을 지나치더니 힘껏 페달을 밟아 속도를 올리고 점점 멀어져 간다.

여기는 그야말로 자전거 천국이다.

가장 가까운 JR역에서 여기까지 내 걸음으로 십오 분가량 걸렸다. 역전에는 사람이 붐비는 쇼핑센터가 있다. 오는 길에도 대형 슈퍼마켓이 있었다. 버스를 타기에는 어중간한 거리라 통근이나 통학, 쇼핑에 자전거는 이 지역 주민들의 중요한 교통수단일 것이다.

그건 충분히 이해할 수 있다. 하지만 걸어 다니기가 좀 힘든 것도 사실이다.

아무도 들어줄 사람 없는 한숨을 한 번 내쉬고, 나는 천천히 걸음을 옮겼다. 관할 조토 경찰서를 찾아가 보자. 공연히 그레스덴하이츠 이시카와 안을 어슬렁거리기보다 효율적일 것 같다는 생각이 들었다.

자전거에 치였을 때, 가지타 씨는 왜 그레스덴하이츠 이시카와 앞에 서 있었을까?

"그 아파트나 이시카와초나 우린 전혀 모르는 곳입니다."

가지타 사토미는 그렇게 말했다. 살았던 적도 없고 아는 사람이나 친척도 없다고 한다.

"오봉 연휴가 한창인 때 아버지는 왜 굳이 그런 곳에 갔는지, 거기서 무얼 했는지, 납득할 만한 이유가 떠오르지 않습니다."

자기 아버지가 그레스텐하이츠 이시카와의 서쪽 출입구에 서 있었던 것은 아버지의 과거와 관계가 있는 게 틀림없다고 사토미는 생각하고 있었다. 사토미가 수상하게 느껴 의심을 품고 있는, 그녀의 표현에 따르면 '제대로 정리해 두어야 할 일'의 이면에 숨겨진 그 무엇과 관계가 있다는 것이었다.

어제 나는 오후 시간 절반을 가지타 자매의 이야기를 듣는 데 썼다. 나머지 반은 가지타 사토미의 이야기를 들었다. 그리고 저녁 식사 후의 한가한 시간을 두 사람에게 들은 이야기를 기록하는 데 충당했다. 평소 그룹 홍보지 「아오조라」의 기자인 내가 사용하는 집에 있는 컴퓨터는 어젯밤 무척 당황했을 것이다. 인터뷰 원고를 고쳐 쓰거나 잘못 쓴 원고(이건 물론 내 원고다)의 손질 때문에 혹사당하는 컴퓨터는, 의문부호가 붙었다고는 해도 갑자기 살인이니 유괴니 하는 단어가 나오는 문장을 적기 시작한 내가 제정신인가 의심했을지도 모른다.

조토 경찰서는 사 층짜리 낡은 건물로, 요즘 건물들처럼 세련된 모습은 찾아볼 수가 없었다. 전체가 옛날식 그대로, 철근 콘크리트와 유리창으로 이루어져 있다. 역시 쌀쌀맞은 철제문을 지나 땀을 닦고, 보초를 서고 있는 제복 경찰관이 서 있는 정면 입구를 향해 걸어가면서, 나는 문득 노무라 요시타로1974년 모스크바 국제영화제에서 마쓰모토 세이초 원작의 〈모래 그릇〉으로 심사위원 특별상 수상 감독이 찍은 마쓰모토 세이초 원작 영화의 한 장면을 보는 듯한 기분이 들었다.

건물 오른쪽에 있는 방문객용 주차장 제일 앞줄에 자랑스럽게 엠블럼을 번쩍이는 푸른색 비엠더블유가 떡하니 자리 잡고 있는 것을 보기 전까지는 그런 착각이 계속되었다. 안타깝다. 저 차가 코롤라나 블

루버드였다면 그런 기분을 좀더 느낄 수 있을 텐데.

경찰서 안은 햇볕이 들지 않는 덕분에 시원했다. 의외로 많은 사람들이 있었다. 안내 창구 쪽으로 다가가, 셔츠 타입의 제복을 입고 모자를 쓴 경찰관에게 보름 전에 관할 구역 안에서 일어난 교통사고에 대해 알아보고 싶은 것이 있다고 했다.

"사고 관계자이십니까?"

"사고로 사망한 분의 유족으로부터 의뢰를 받았습니다."

넓은 의미에서는 '관계자'가 아닐까? 경찰관은 눈썹을 꿈틀 움직이고, 내 땀에 젖은 와이셔츠를 쳐다보았다.

"변호사님?"

"그렇지는 않습니다."

"이 복도 안쪽에,"

경찰관은 카운터에서 약간 몸을 앞으로 내밀며 사람들이 오가는 로비 오른쪽을 가리켰다.

"방범 상담실이라고 있습니다. 우선 그쪽으로 가 보십시오."

"방범 상담은 아닌데요."

"어쨌든 그리 가 보세요."

내 뒤에 선 중년 남자가 나를 밀쳐내듯 안내 창구의 경찰관에게 뭔가 질문을 했다. '○○ 씨 있어?'라고 한 것 같았다. 경찰서에 찾아오는 방문객에게 어울리는 첫마디라고는 생각할 수 없었지만 안내 창구의 경찰관은 제대로 대답을 해 주는 모양이었다.

나는 리놀륨이 깔린 바닥을 걸어 방범 상담실로 향했다. 바닥은 깔끔하게 청소되어 있다.

곧 고딕체로 '방범 상담실'이라고 적힌 하얀 팻말을 발견했다. 그 팻말 아래 있는 문은 스프링식—손잡이는 없고 밀면 미는 방향으로 열리는 방식이다. 내가 문으로 다가가는데 바로 그때 문이 휙 열리더니 안에서 머리를 새빨갛게 물들인 키가 큰 중년 여자가 나왔다. 마른 몸매에 화장이 짙다. 외출할 차비를 하다가 깜빡 잊고 그냥 밖으로 나와 버린 것 같은 차림이다. 말하자면 내 감각으로는 그런 패션은 속옷 수준이라는 이야기다. 그 여자는 나와 부딪힐 뻔했다. 여자는 노골적으로 화난 표정을 지으며 나를 노려보더니 휙 가 버렸다. 그 여자가 지나간 자리에는 진한 향수 냄새가 남았다. 그걸 실마리로 삼으면, 아니 그 냄새를 따라가면 얼마든지 그 여자를 미행할 수 있을 정도로 짙은 흔적이었다.

흔들거리는 문을 바라보며, 가지타 사토미에게 사건 담당 형사의 이름을 물어볼걸 그랬다는 후회가 삼 초가량 들었다.

이제 와서 후회해 봐야 별 도리가 없어, 문을 밀었다. 스프링이 삐꺽거렸다.

의외로 넓은 방이었다. 관공서가 흔히 그렇듯이 폭 넓은 카운터에 접이식 의자가 쭉 늘어서 있다. 카운터는 오픈이 아니라 수지로 만든 칸막이가 있어 간단한 부스처럼 되어 있었다. 얼른 둘러보니 다섯 개인 부스 가운데 네 개는 먼저 온 손님이 앉아 있다. 다행히 비어 있는 부스는 바로 내 앞쪽이었다. 아마 방금 나간 그 중년 여자를 상대했을 젊은 여자 경찰관이 볼펜으로 서류에 뭔가를 적어 넣으면서 고개를 들어 나를 쳐다보았다.

번호표 같은 것은 보이지 않았고, 순서를 기다리는 사람도 없는 것 같아 나는 고개를 숙여 인사를 하고 말을 걸었다.

"말씀 좀 묻겠습니다."

"잠깐만 기다려 주십시오."

여경은 서류를 쓱쓱 쓰더니 일어서서 카운터 뒤의 캐비닛 위에 놓여 있던 나무 상자 안에 집어넣었다. 안쪽 사무용 책상에도 제복을 입은 경찰관이 몇 명 앉아 있다. 내 시야에 들어오는 거리에 있는 두 사람은 모두 전화 통화를 하고 있었다.

"자, 앉으시죠."

돌아온 젊은 여경은 내게 의자를 권했다.

"저는 조토 경찰서 방범 상담실 히구치 순사입니다."

그녀는 밝은 푸른색 제복의 가슴에 단 신분증을 살짝 잡아 내 쪽으로 보여 주었다. 이름, 신분, 얼굴 사진. 이 여경은 사진이 잘 받지 않는다는 생각이 들었다.

"상담에 들어가기 전에 여기 주소와 성함을 적어 주십시오."

카운터 위에 한 장의 종이가 놓여졌다.

방범 상담 접수표라는 제목이 붙어 있다.

히구치 순사는 무척 총명해 보이는 눈으로 나를 바라보았다. 나는 이름과 주소를 사실대로 적었다.

지난해 회사 단체 건강검진을 받을 때 나를 포함한 그룹 홍보실에 있는 몇 사람이 흉부 뢴트겐선 촬영을 두 번이나 찍을 뻔했던 적이 있다. 말하자면 헷갈렸기 때문인데, 큰 병원 안을 순서대로 돌아다니며 검진을 받다 보니 나나 동료들이나 다음에는 어디로 가야 하고, 어떤 검사를 마쳤고, 어떤 검사가 남았는지 알 수가 없었다. 다만 흉부 뢴트겐 촬영이 끝났다는 것은 인식하고 있어, 또 찍어야 한다는 것은 아무래도 이상하다고 여기면서도 검진받을 사람들을 바쁘게 정리하는 담당자 앞에서 누구도 그 이야기를 꺼내지 못했다. 기입하라고 나눠준 문진표는 틀림없이 약 한 시간 전에도 적은 것이었는데, 결국 우리는 아무 말 없이 그걸 또 적어 냈다.

지금도 그때와 똑같은 기분이었다.

다 적고 볼펜을 내려놓자, 히구치 순사는 서류를 자기 쪽으로 끌어당겨 힐끔 보더니 살짝 미소를 지었다.

"그런데, 어떤 상담이십니까?"

나는 자칫하면 '흉부 뢴트겐 촬영은 이미 끝났는데요'라고 말할 뻔했다.

"실은 방범 관련 상담이 아닙니다."

나는 가지타 노부오의 뺑소니 사고에 대해 설명했다.

"저는 사망한 가지타 씨를 아는 사람입니다. 그분에게는 딸이 둘 있는데, 경찰 수사가 진전이 있는지 어떤지 무척 신경 쓰고 있습니다. 일주일가량 전부터 아무런 연락도 받지 못한 것 같더군요. 그래서 제게 부탁을 했습니다."

조토 경찰서에 온 것은 내 의지이고 부탁을 받은 것도 아니지만, 그렇다 해도 내 말이 거짓은 아니다.

히구치 순사는 눈을 깜빡거렸다. 그런 표정을 지으니 훨씬 더 어려보였다.

"그러시다면 교통과 담당이군요."

"그렇게 생각했는데 안내 창구에 이야기했더니 이리 가라고 하더군요."

"담당자 이름은 아십니까?"

"그게." 나는 갑자기 땀이 났다. "듣기는 했는데 까먹었습니다."

거짓말입니다. 가지타 사토미 씨로부터 담당 형사 이름을 듣지 못했습니다. 물어볼 생각도 하지 못했습니다. 불쑥 유괴니 살인이니 하는 뜬금없이 이야기를 늘어놓는 바람에 그럴 수가 없었죠—라고 속으로 변명을 늘어놓았다.

히구치 순사가 다시 눈을 깜빡거렸지만, 이번에는 예쁘게 보이지 않았다. 분명 내 대답을 의심하고 있을 것이다.

"사건 수사 상황에 관해선 외부인에게 함부로 알려 드릴 수 없습니다. 가지타 씨 유족의 뜻을 담당 형사에게 전달하고 연락을 드리도록 권유하면 어떨까 생각합니다."

히구치 순사는 아주 친절한 공무원이었다. 이 상황에서는 그게 가장 알맞은 대응일 것이다.

"그렇겠군요. 이거 죄송합니다." 사과는 했지만 바로 일어서지는 않았다.

"묻고 싶은 게 있는데요—."

내가 적은 접수표를 손에 들고 막 일어서려던 히구치 순사는 고개를 살짝 갸웃거렸다.

"자전거에 의한 사상 사고가 요즘 드물지 않은가 보죠? 텔레비전 뉴스 프로그램에서 특집을 본 적은 있지만, 주변 사람이 자전거에 치여 세상을 떠나게 될 줄은 상상도 못했기 때문에 여태 놀란 가슴이 가라앉지 않습니다."

살짝 고개를 끄덕이더니 히구치 순사는 내 얼굴을 똑바로 쳐다보았다. "자전거끼리의 접촉사고나 자전거가 보행자를 치거나 부딪쳐 쓰러지는 사고는 분명히 늘어난 것 같습니다. 다만 자전거 사고의 경우 110번긴급 신고용 전화번호으로 신고가 되지 않는 경우가 많기 때문에 경찰 입장에서도 전체 발생 건수를 정확하게 파악하고 있지는 못합니다."

살짝 부딪혀서 양쪽 다 약간 아프고 자전거에 흠집이 난 정도라면 굳이 경찰에 연락하거나 하지는 않는다는 이야기이다. 서로 미안하다고 얼른 사과하는 경우도 있고, 멍청한 녀석, 눈을 똑바로 뜨고 다니라며 고함이나 치고 그냥 넘어가는 일도 있을 것이다.

"그러면 가지타 씨 같은 케이스는 드문 예로군요. 사망 사고에 빼소니까지."

"그렇죠."

"이 방범 상담실에 자전거가 집 주위에서 너무 빨리 지나다녀 무서워서 견딜 수가 없다, 그러니 어떻게 좀 해 달라는 진정이나 상담이 들어오는 일이 있습니까?"

이런 정도라면 대답해도 괜찮을 거라고 판단했는지, 히구치 순사는 나를 바라보며 고개를 끄덕였다.

"전에 받은 적이 있습니다. 일반 가정이 아니라 통학로인 케이스였지만요."

"그런 경우에는 어떻게 처리합니까?"

"간판이나 포스터로 주의를 환기시킵니다."

"그러면 상황이 개선됩니까?"

히구치 순사는 그걸 확인하는 것은 자기 일이 아니란 표정을 지었다. 동시에 그 표정은 그런 문제에 대해서는 생각해 본 적이 없다는 것을 솔직하게 드러내고 있었다.

"조금 전 가지타 씨가 사고를 당한 아파트 출입구에 다녀왔습니다." 내가 말했다. "자전거 천국이었습니다. 가지타 씨 사고 말고도 경찰에 신고하지 않은 사고가 있었다고 해도 이상할 게 없겠더군요."

"관리인에게 물어보는 게 좋을지도 모르겠네요."

적절한 어드바이스였다. 그러겠습니다, 감사합니다, 하고 나는 자리에서 일어났다.

결국은 '뭘 하러 온 거지?' 하고 자문자답하면서 밖으로 나왔다.

가지타 씨가 당한 사고에 뭔가 수상한 구석이 있었는지를 알고 싶었던 것이다. 사고가 아니라 고의적인 살인이었음을 암시하는 요소가 있었는지 어떤지를 알고 싶었다.

그러기 위해서는 안내 창구 같은 데 물어봐야 소용이 없다는 걸 깨달았다.

텔레비전 서스펜스 드라마에 나오는 탐정 역할을 하는 사람들은 훨씬 더 효율적으로 움직인다. 그들은 대부분 아주 친하게 지내는 경찰관이 있는데다, 또 절묘하게 그 경찰관이 사건 수사의 중심에 있기도 하다.

다른 길을 선택하면 헤맬 것 같아, 올 때와 같은 길을 되짚어 역으로 돌아가기로 했다. 나를 매료시킨 이시카와 다리의 아치 위에서 또 잠시 서서 강 풍경을 즐겼다.

수심은 얕다. 자세히 보니 질퍽한 침전물이 쌓인 강바닥에, 찌그러진 석유 깡통과 빈병 같은 것들이 가라앉아 있는 게 빤히 들여다보였다. 강 반대편으로 건너가 보니 난간 바로 아래 자전거가 한 대 잠겨 있는 것도 보였다. 처음 왔을 때는 경치만 보았기 때문에 아래는 내려다보지 못했다.

내가 그러고 있는 사이에도 자전거 몇 대가 다리를 오갔다. 젊은이도 있고 주부도 있다. 노인도 있고 어린이도 있다. 모두 별로 힘들이지 않고 아치를 올라와 쏜살같이 달려 내려간다.

내가 자전거를 자주 타고 다니던 것은 대학 시절까지였다. 취직하고 하숙을 나와 이사 간 연립주택은, 허름했지만 역이나 상가와 가까워 자전거를 탈 필요를 느낄 수 없었다. 결혼한 뒤에는 더욱 필요 없었다. 출퇴근하기 무척 편한 곳에 살고 있고, 내가 쇼핑을 하러 갈 일도 없고, 아내와 외출할 때는 택시를 부른다. 그런 생활에 완전히 익숙해져 있다.

내가 타고 다니던 시절의 자전거는 경사가 급한 언덕이나 다리에는 약했다. 이 이시카와 다리 같은 경사진 길을 올라갈 때는 모두 안장에서 일어나 낑낑거리며 페달을 밟아야 했다. 지금 이렇게 보고 있으면 아무도 그러지 않는다. 기어만 바꾸면 어떤 길도 문제가 없다. 전동식 자전거도 나오는 세상이다.

그렇기 때문에 충돌하면 운 나쁜 사람은 죽기까지 한다.

하지만 누군가를 죽이고 싶을 때 자전거로 치어 버리겠다고 생각하는 건 역시 효과적이지 못한 방법이다. 예를 들면 자전거로 소리 없이 다가가 뭔가로 때린다거나 칼로 찌르는 쪽이 확실하다. 그렇게 하고 다시 소리 없이 도망친다. 자전거는 흉기가 아니라 어디까지나 발 역할을 한다. 그게 자연스러운 발상이다.

강바람을 들이마셔서 상쾌해지자, 나는 집으로 돌아가려고 다리를 내려왔다. 중간에 멈추지 않고 다리를 쭉 건너가 보고 싶었다.

그때 갑자기 모퉁이에 있는 집의 창으로 얼굴을 내밀고 있는 할머니와 눈이 딱 마주쳤다. 얼른 고개를 숙이자 할머니도 고개를 끄덕여 인사를 한다. 부드러운 표정이었다.

"안녕하세요?" 내가 인사를 했다. 그러자 할머니도 한 번 더 고개를 끄덕였다.

양쪽 다리 옆에는 신호등과 횡단보도가 있었다. 이시카와 운하의 양쪽 기슭에 각각 강변을 따라 난 일방통행 길이 있는데, 그게 이 길과 만나기 때문이다. 양쪽 기슭의 길은 둘 다 일차선 좁은 길이라 교통량은 매우 적다. 아까도 그랬지만 지금도 여기를 지나가는 자동차는 아주 드물다. 그래서 자전거로 다리를 건너는 사람들은 다리 양쪽의 신호등 색깔이 빨강인지 파랑인지 거의 신경을 쓰지 않는 것 같았다. 속도를 늦추지 않고 쏜살같이 지나갈 수 있는 것도 그 때문이다.

할머니가 창문으로 고개를 살짝 내밀고 있는 목조 이층집은 다리 이쪽 편 기슭—그레스텐하이츠 이시카와에서 먼 쪽—의 신호등을 건넌 모퉁이에 있었다. 낡은 기와지붕이 삐뚜름해 보인다. 벽에 붙은 널빤지가 느슨해져 있다. 그래도 전혀 손질을 하지 않은 건 아니다. 창틀이나 할머니가 기대고 있는 난간은 비교적 새것이다.

"여전히 덥구려."

할머니가 말을 걸어 왔다. 연세가 얼마나 되었을까. 치아가 듬성듬성하고, 뺨이나 눈가에도 주름이 깊다. 머리카락은 새하얗다. 목이 둥글게 파인 원피스—아주 서민적인, 흔히 '앗팟파품이 넓고 허리를 조이지 않는 원피스 형식의 여름 옷'라고 부르는 옷이다—를 입고 목에 수건을 걸치고 있었다.

"그렇군요."

"추분 때까지는 덥겠어."

느릿한 말투로 그렇게 이야기하며 할머니는 수건 끄트머리를 잡고 얼굴에 부채질하듯 살랑살랑 부쳤다.

"그렇겠죠. 안녕히 계세요."

나는 오른쪽 방향으로 돌아 또 다리를 오르기 시작했다. 이상한 사람으로 여겨질지도 모른다. 하지만 할머니는 방긋 웃었다.

"수고하시구려." 할머니의 목소리가 들렸다. 나는 걸음을 멈추지 않고 살짝 뒤를 돌아보며 고개를 꾸벅 숙였다.

아까 지나올 때는 저 창문이 닫혀 있었을 것이다. 낯선 남자가 다리 근처에서 어슬렁거리고 있으니 살펴보기 위해 내다보았을지도 모른다. 그래도 참 친절한 할머니다. 실적을 올리지 못해 고민하는 세일즈맨으로 오해한 걸까?

이시카와 다리를 다 건넜을 때 팔에 걸치고 있던 웃옷 안주머니에서 휴대전화가 울렸다. 액정화면을 들여다보니 등록되어 있는 전화번호였다.

'아버지' 라고 표시되어 있다.

"여보세요."

잡음과 함께 "자넨가?" 하는 목소리가 들렸다.

"예, 접니다."

"지금 어디 있나?"

장인은 이동중인 모양이다. 통화 상태가 별로 좋지 않다.

"가지타 씨가 돌아가신 현장 근처에 있습니다."

그걸 어떻게 해석해야 할지 모르겠다는 듯이 장인은 잠시 뜸을 들였다. 하지만 장인은 시간을 낭비하지 않는 양반이다. 잘 들리지 않는 휴대전화로 시시콜콜한 이야기를 하지는 않는다.

"가지타 씨 딸들을 만난 모양이더군. 밤 약속까지 시간이 비는데, 잠깐 이야기 좀 하지 않겠나?"

"예, 알겠습니다."

어쨌든 장인에게 보고해야 한다고 생각하고 있었다.

"그럼 유라쿠 클럽에서 보세."

"삼십 분 정도면 도착할 수 있을 겁니다."

"나도 그 정도 걸리겠군."

전화는 끊어졌다. 나는 우선 웃옷을 걸치고, 그다음에 휴대전화를 잘 집어넣었다. 손목시계는 딸에게 빌린 것이고, 휴대전화는 아내에게 빌린 것이다. 역시 집에서 나올 때 빌렸다.

—자기 휴대전화는 수리를 하기보다 기기 변경을 하는 게 더 낫겠어. 망가진 뒤로 그냥 내버려두었지? 오늘 나갈 일이 있으니 내가 대신 다녀올게.

그러니 오늘 밤 집에 돌아가면 새 휴대전화가 와 있을 것이다. 그러면 모모코에게 손목시계도 돌려줄 수 있다.

아내의 휴대전화인데 장인은 바로 '자넨가?' 하고 물었다. 내가 가지타 자매를 만난 일도 이미 알고 있다. 정보원은 나호코밖에 없다. 그리고 점심때 아내는 외출을 했다. 분명히 또 둘이서 점심 식사를 했을 것이다.

나도 그런 정도는 추리할 수 있다.

5

'유라쿠 클럽'은 제2차 세계대전 이전부터 영업을 해 온 유서 깊은 회원제 클럽이다. 회원 대부분은 재계 인사인데, 회비와 시설 부담금만 제대로 내면 경영하는 회사의 규모는 따지지 않는다. 다만 업종은 가린다. 제조업과 운수 물류업에 종사하는 사람들이 압도적으로 많다. 장인한테 들은 이야기로는 일본 패전 뒤 얼마 지나지 않아 상사회사의 경영자나 임원을 회원으로 받아들이느냐 어쩌느냐로 말들이 있었다고 한다.

'출신이 떳떳치 못한 수상한 패거리들이 많았기 때문'이라고 한다.

고집도 세고 프라이드도 높은 클럽들이 다 그렇듯이 회원 수는 적다. 장인은 그 점이 마음에 드는 모양이다.

유라쿠초에 있는 교통회관 옆의 작은 빌딩 꼭대기 층. 엘리베이터에서 내리면 작고 깔끔한 홀이 있다. 바닥에 깔린 카펫은 푹신푹신하고, 왼쪽 벽에는 르느와르의 소품이 걸려 있다. 오른쪽 창가 공간에는 늘 꽃이 장식되어 있는데, 단순한 꽃꽂이라기보다는 오브제에 가깝다. 때로는 내 어깨 높이까지 꽃을 장식하는 경우도 있다. 오늘은 멋진 카사블랑카가 활짝 피어 있다. 꽃가루는 꼼꼼하게 제거되어 있다.

"어서 오세요."

접수 코너에서 서먼핑크 빛 정장을 입은 여성이 천천히 일어서서 미소 지었다. 내가 알기로 클럽이 열려 있는 시간에 그녀가 이 자리를 비운 적은 한 번도 없었다. 접수 담당 아가씨라고 부르면 실례가 될 것이다. 그녀는 이 클럽의 간판이다. 성은 기우치이고 언제 보아도 잘 어울리는 멋진 정장을 입고 있다는 것과 홀 창가의 독창적인 꽃꽂이는 그녀의 작품이라는 사실을 나는 알고 있다. 하지만 그 외에는 아무것도 모른다.

"이마다 회장님은 와 계십니다. 늘 앉는 자리에서 기다리고 계십니다."

"고마워요."

처음 여기 온 것은 나호코와 결혼한 직후였다. 물론 장인을 따라 왔는데, 그때나 지금이나 기우치 씨의 미소와 행동거지는 전혀 변함이 없다. 나는 약간 변했다. 오랫동안 그녀의 안내를 받거나, 메시지를 맡기거나 전달받기도 하고, 이런저런 수고를 끼칠 때 "고맙습니다"라고 하지 않을 수 없었다. 그런데 언제부턴가 그 "고맙습니다"에서 '습니다'가 빠졌다.

물론 그래도 기우치 씨의 반응에는 변함이 없다. 그녀가 속으로 무슨 생각을 하고 있는지는 모르지만 그렇다고 해서 내가 불안을 느끼는 일은 없다. 그런 점이 장인의 제1비서인 '얼음여왕'과 다르다. '얼음여왕'은 내가 무얼 어찌하건, 아무리 바뀌어도 여전히 불안을 느끼게 만든다. 너는 여기 어울리지 않는 사람이라는 무언의 메시지를 던지기 때문이다.

장인은 창가 소파에 앉아 등받이에 몸을 깊숙이 기대고 커튼이 반쯤 드리운 통유리 창으로 유라쿠초 거리를 내려다보고 있었다. 테이블 위에 놓인 커피 잔에는 아직 손을 대지 않은 모양이다.

"오래 기다리셨겠습니다."

나는 깍듯이 인사를 하고 나서 앞에 있는 팔걸이의자에 앉았다. 별다른 주문이 없으면 이제 곧 커피가 나올 것이다.

"아카사카에서 온 걸세." 장인이 말했다. "의외로 길이 붐비지 않더군."

나는 모모코의 손목시계를 보았다. 오후 네 시 사십오 분이다.

장인은 약간 졸린 것 같았다. 피곤한 건지도 모른다. 유라쿠 클럽에 있을 때는 집에 있을 때보다 느슨해 보이는 경우가 있다.

"여기도 손님이 없군."

라운지는 텅 비었다. 호박색으로 빛나는 둥그스름한 의자 라인이 간접 조명을 받아 여성스러운 자태를 드러내고 있다.

"다음 약속은 몇 시입니까?"

"여섯 시에 나가면 되네."

내 커피가 나왔다. 이곳 보이들은 언제 보아도 바지 주름이 면도날처럼 날카롭다.

보이가 내 앞에 커피를 내려놓자 나는 또 "고마워요"라고 했다.

장인은 가죽 소파 등받이에서 등을 뗀 뒤, 잠깐 눈을 깜빡거리고 나서 내 얼굴을 보았다.

"점심때 나호코가 왔었네."

역시.

"가지타 씨 따님들은 어제 회사 쪽에서 만났습니다. 말씀을 드리는 게 늦어져 죄송합니다."

'죄송해서 몸 둘 바를 모르겠습니다' 라고까지는 하지 않을 정도로 나도 장인과 가까워졌다.

"그건 됐네."

블랙커피를 한 모금 마시더니, 장인은 편안한 느낌이 들게 물었다.

"그래, 어떤가? 책을 내도 되겠던가?"

장인은, 어쩌면 그런 기회가 닥쳐서 만약에 내가 진짜로 마음을 먹는다면 한 손으로 멱살을 잡고 들어 올릴 수 있을 정도로 가냘픈 체구의 노인이다.

그런데도 나는 주눅이 든다. 가령 이 노인이 내 장인이 아니라 그저 재계 유명인이고, 우연히 내가 그 앞에 서게 되었다 해도 역시 압도당할 것이다.

그게 부끄럽지는 않다. 아마도.

"말씀드리기 좀 복잡합니다."

나는 그렇게 말머리를 꺼냈다.

"책을 내는 게 어렵다는 말씀은 아닙니다. 다만 아무래도 사토미 씨와 리코 씨 사이에 의견이 통일되어 있지 않은 것 같습니다."

장인은 커피 잔을 받침 위에 내려놓더니 두 손을 양쪽 무릎 위에 얹고 손바닥으로 무릎을 감쌌다. 이삼 년쯤 전부터 무릎 관절통으로 병원에 다니기 시작했다. 그 즈음부터 앉아 있을 때는 이런 자세를 취하는 일이 잦아진 듯하다.

"무릎 덮개를 가져오라고 할까요?"

"아닐세, 괜찮아."

장인은 권유를 살짝 물리치며 잠깐 눈이 부신 듯한 표정을 지었다.

"그 애들은 나이 차이도 나고 성격도 다르니까. 옛날부터 그랬지."

가지타 씨와 십일 년을 알고 지내 왔으니 그 아가씨들이 십일 년 동안 어떻게 성장해 왔는지, 장인도 어느 정도 이야기를 들어 알고 있을 것이다.

"사토미는 늘 신중하고, 리코는 활달해. 이 문제로 날 찾아왔을 때도 리코는 힘이 잔뜩 들어가 있었지만 사토미는 계속 미안해했지."

장인은 가지타 자매에게 '씨'를 붙이지 않았다.

"그 애들 의견이 서로 맞지 않는 건 드문 일은 아니야."

"사토미 씨나 리코 씨나 회장님을 무척 존경하면서도 친근하게 느끼고 있는 것 같았습니다. 회장님은 가지타 씨 일가와 무척 친하게 지내셨군요."

"뭐, 그런 정도는 아니지만."

장인의 눈빛은 부드러웠다.

나는 가슴이 답답해졌다. 사토미의 말이 떠오른다. 몇 번이나 회장 선생님께 털어놓으려 했지만 말이 나오지 않았습니다. 아버지가 가엾어서 겨우 참았습니다.

하지만 내게 털어놓은 이상 이제 장인 귀에 들어가리라는 사실은 각오하고 있을 것이다. 내 입장에서는, 리코에게는 결코 이야기하지 않겠다는 룰만 지킬 수 있을 따름이다. 가지타 자매에게나 나에게나 이마다 요시치카는 매우 중요한 인물이다. 숨길 수는 없다.

"실은—."

어젯밤 기록을 하면서 머릿속이 정리되었기 때문에 제법 요령 있게 설명할 수가 있었다.

내 보고가 끝나자 장인은 손을 들어 보이를 부르더니 커피를 한 잔 더 주문했다. 내가 내 커피 잔을 집어 들려고 하자 장인이 말했다.

"저쪽도 새로 내린 커피로 바꿔 주게."

보이가 새 커피를 내려놓고 가자, 장인은 약간 아픈 듯이 신음을 하면서 다리를 꼬더니 소파에 몸을 깊숙이 묻었다.

"사토미는 고지식한 애라서."

천장 둘레 테두리의 정교한 조각을 올려다보면서 중얼거렸다.

"그 때문인지 모든 일에 비관적이랄까 소극적이랄까, 좋지 않은 측면을 지나치게 의식하는 면이 있어."

"제가 받은 인상도 그랬습니다. 물론 아주 똑똑하고 착한 아가씨지만요."

"음. 결혼이 늦어진 것도 그런 일이 있었기 때문인지도 모르겠군. 뭐 그건 중요한 이야기는 아니지만."

가지타 인생의 그늘진 부분이라—하며 연극 대사 같은 투로 말했다. 그리고 내 얼굴을 쳐다보았다.

"사토미가 네 살 때 유괴를 당했다고 하는 이야기 말인데, 전혀 앞뒤가 맞지 않는군. 더 자세하게 물어보지는 않았나?"

실제로 나도 앞뒤가 맞지 않는다는 생각을 하고 있었다. 가지타 사토미는 구체적인 상황에 관해 질문하려 하면 무척 꺼려했다.

—죄송합니다. 어쨌든 그런 일이 있었다는 것만 알아 주세요. 자세한 기억은 떠올리고 싶지 않습니다. 하지만 꾸며 낸 이야기는 아닙니다. 모두 실제로 있었던 일입니다.

장인은 심각한 표정을 짓더니 코를 찡그렸다.

"그래서 범인이 몸값을 요구했다거나, 경찰에 신고했다거나 하는 이야기는—?"

"아뇨, 그런 일은 없었답니다."

말하자면 몸값을 노린 유괴였는지는 나도 물어보지 않을 수 없었다. 사토미는 확실하게 아니라고 대답했다.

—돈이 목적이 아니라 아버지에게 원한이 있는 사람이 아버지를 괴롭히기 위해 저를 유괴했던 겁니다. 범인이 그렇게 말하는 걸 들었으니 틀림없습니다.

뾰족한 턱 끝을 문지르며, 장인은 잠시 생각에 잠겨 있었다.

"이해가 안 되는군."

"무슨 일이 있었던 건 확실합니다만."

"으음. 그 애에겐 상당히 무서운 일이었겠지. 하지만 유괴라고 단정하기에는 너무 막연하다는 느낌이 들어. 좀더 자세한 내용을 알기 전에는 판단할 수가 없겠지."

나는 움츠러들었다. 맞는 말씀이지만 어제는 도저히 그 이상 캐물을 수가 없었다. 너무 끈덕지게 굴면 가지타 사토미가 울음을 터뜨리고 말 것 같았다.

"가지타는 딸이 예전에 그런 사건에 말려들었던 적이 있다는 이야기를 한 적이 없었어. 하기야 만약 정말로 그런 일이 있었다고 해도 내게 이야기해 주지 않았을 테지만 말이야. 쉽게 할 수 있는 이야기가 아니겠지."

장인은 천천히 커피를 한 모금 마셨다.

"네 살 때 일이라고 했지?"

"예."

"그 나이라면, 영국에선 '망아지도 말 행세를 못 할 나이'라고 하는데."

장인이 영국에 대해 잘 아는 척하는 건 아니지만, 양복을 맞출 때는 단골 양복점에서 정통 영국식 스타일을 고집한다. 겉감이나 안감은 물론이고 단추나 상의 칼라까지 본토에서 들여오는 본격파다. 이런 속담이나 금언은 삼십 년 동안 단골로 삼아 온 그 양복점 주인이 자주 입에 올리는 모양이다.

"꿈과 현실, 자기 자신에게 일어난 일과 영화나 텔레비전에서 본 일을 제대로 구별하지 못하는 게 아닐까?"

확실히 서스펜스 드라마의 한 장면이라고 해도 이상하지 않은 이야기이다.

"그보다 문제인 것은 사토미가 그 사건과 가지타의 죽음을 연관시켜 생각하고 있다는 것이지. 아무리 그래도 그건 비약이 너무 심해."

"회장님도 그렇게 생각하십니까?"

"누구나 그리 생각하겠지. 가령 사토미의 말 그대로 정말로 가지타에게 깊은 원한을 품고 있는 사람이 있었다면 가지타를 죽이려 할 때 자전거로 칠까?"

그도 지당한 말씀입니다.

"그건 아무래도 사고일 거야. 그런데 사토미는 왜 그렇게 지나친 생각을 하는 걸까?"

생각이 깊은 것도 정도가 있다며 장인은 슬쩍 쓴웃음을 지었다.

"하긴 그게 그 애 천성이긴 하지만 말이야. 걱정이 많고 좋지 않은 쪽으로 상상하는 경향이 강해. 이건 가지타에게 들은 이야기인데, 그 사람이 택시 운전을 할 때 도쿄에서 택시 강도가 일어나면 사토미는 그때부터 며칠씩 안절부절못했다더군."

"아버지가 강도나 당하지 않을까 걱정한 나머지?"

"그래. 심정은 이해가 가지만, 식욕을 잃고 밤에 잠도 제대로 못 이뤘다니 약간 신경과민일 거야."

그때 가지타 씨는 그런 이유 때문에 직업을 바꿀 생각까지 했다고 한다.

"결국 바꾸지는 않았지만 말이야. 자기 집사람에게 직업을 바꿔도 마찬가지일 거라는 소릴 들었다더군. 가지타가 공장에서 일하면 사토미는 또 다른 걱정을 했겠지. 아버지가 공장 기계에 다치지나 않을까. 사무실에서 일을 하면 출근하다가 플랫폼에서 떨어져 전차에 치는 게 아닐까."

"그럼 회장님 운전기사가 된 건 다행이었겠네요."

"사토미는 끊임없이 사고를 걱정한 것 같아."

"아, 그건 그렇겠군요. 가장 기본적인 걱정이죠."

그야말로 무얼 해도 마찬가지다. 가지타 사토미를 동정하면서도 나도 모르게 웃었다. 장인의 미소도 더 커졌다.

문득 나호코가 자기 아버지의 이런 표정을 보면 질투하지 않을까 하는 생각이 들었다. 설명할 필요도 없이 나호코는 장인의 단 하나뿐인 사랑스러운 딸이며, 장인은 딸을 끔찍하게 사랑하는 아버지이다. 그렇지만 자기 아버지가 자기 모르는 곳에서 다른 사람의 딸 이야기를 하며 이렇게 따스한 미소를 짓고 있다는 사실을 알게 된다면 마음이 싱숭생숭할 것이다.

어쩌면 내가 바람을 피우는 것보다 훨씬 더 심한 질투를 하지 않을까? 아, 물론 나야 바람 따윈 피우지 않고, 하늘에 맹세코 다른 여자에게 마음을 빼앗기거나 하지도 않겠지만.

장인은 어깨를 흔들며 한숨을 내쉬었다.

"그야 가지타를 친 범인이 잡히면 사토미도 쓸데없는 생각은 하지 않겠지."

"저도 그렇게 생각합니다."

"경찰 수사가 진행되기를 진득하게 기다리기 괴롭다면 리코에게만 맡겨 두지 말고 함께 책을 만들면 될 거야. 뭔가 하고 있으면 기분 전환이 될 테지."

"자기 결혼식이 얼마 남지 않았다는 그런 행복한 생각을 해 주면 좋을 텐데요."

"그 이야기 말인데, 그 애가 뭐라 하지 않던가?"

"결혼 이야기 말입니까?"

아무 말도 듣지 못했다.

"그래? 내겐 결혼식을 연기할 생각이라고 했었지. 상중이니 당연하다는 거야. 고지식하지? 뒤로 미루면 가지타가 오히려 실망할 텐데. 사토미가 결혼하기를 손꼽아 기다리고 있었으니까."

뺨의 주름이 깊어졌다.

"상대방의 가족들이 상중이라는 것 때문에 꺼려한다거나 하는 그런 사정이 있을지도 모르죠."

"음……."

"리코 씨는 뭐라고 합니까?"

"그 애도 연기하는 데 찬성하더군. 결혼식보다 뺑소니 범인을 잡는 게 먼저라고 흥분하던걸."

거기에도 자매의 성격 차이가 그대로 드러난다. 사토미는 세상 사람들의 눈이나 상식에 어긋나는 일들에 신경을 쓴다. 리코는 자기 마음 내키는 쪽이 우선이다.

"여기 오기 전에 가지타 씨가 사망한 현장에 다녀왔습니다."

장인이 몸을 약간 앞으로 디밀었다. "그렇다고 했지. 일부러 다녀온 건가?"

나는 대략적인 현장의 모습을 설명했다.

"그렇다면 역시 사고로군."

"그레스덴하이츠 이시카와는 지은 지 꽤 되지만 상당히 살기 좋아 보이는 아파트입니다."

이 말을 하고 나서 나는 지금까지 생각도 못했던 것이 머리에 떠올랐다. 장인과 이야기하다 보면 사소한 일로도 이런 경우가 자주 있다.

"가지타 씨가 이사를 생각하고 있었던 건 아닐까요?"

"전거轉居를 한다?"

예스러운 말투다.

"회장님께 그런 이야기는 없었습니까?"

장인은 살짝 생각에 잠겼다. "글쎄, 기억이……."

일하는 중에는 거의 말이 없는 사람이었으니 말이야, 라고 문득 생각났다는 듯이 덧붙였다.

"사토미 씨는 가지타 씨가 왜 이시카와초에 있었는지 도무지 이해할 수 없다고 합니다. 이사할 집을 찾거나, 그럴듯한 집을 보러 갔다면 그 수수께끼도 풀리는 셈이라고 생각합니다만."

"가설로는 그쪽이 훨씬 그럴듯하군."

"좋은 동네였습니다. 저도 살고 싶다는 생각이 들더군요."

이런 개인적인 감상에는 아무런 코멘트도 돌아오지 않았다.

"그 뒤 지역 관할인 조토 경찰서에 들러 보았는데요."

장인은 두 눈썹을 약간 치켜들었다. 흰 눈썹이 섞여 전체적으로 흐려진 눈썹이다. 오랜 세월 부하들의 엉뚱한 발상이나 의외의 제안, 결과적으로 성공했지만 처음에는 파천황이라고밖에 생각할 수 없었던 아이디어를 들을 때마다 위아래로 움직이느라 마모된 경영자의 눈썹이다.

"아니, 경찰에 갔었나?"

"예. 가만히 생각해 보니 그럴 필요는 없었던 것 같지만, 그때는 그렇게 하는 게 순서라는 생각이 들어서요."

내가 생각하기에도 구차한 변명 같았다.

"자네 혼자 갔다면 담당자도 못 만났겠군."

"방범 상담실로 가 보라더군요."

장인은 매부리코를 천장으로 향하고 재미있다는 듯이 웃었다. 나는 수줍게 웃어 보였다.

"마치 탐정 같은 기분이 들었습니다. 저도 사토미 씨로부터 영향을 받은 거겠죠."

"순진하기는."

"제가 생각해도 바보 같습니다. 다만 책을 낼 거라면 경찰의 수사 진행 상황에 대해서도 알아 둘 필요가 있어서, 다음에는 리코 씨에게라도 함께 가자고 해서 들을 수 있는 이야기를 듣고 올 생각입니다."

나는 장인의 턱 언저리를 바라보면서 물었다. "회장님께선 가지타 씨를 친 것이 어린애 같다는 이야기를 들으셨습니까? 그런 목격자 증언이 있는 것 같습니다."

"누구한테 들었나?"

"리코 씹니다."

장인은 고개를 끄덕였다. "나도 그 애한테 들었네. 빨간 티셔츠를 입은 소년이라던데. 맞는 이야기 아니겠나? 밤중에 술 취한 사람이 그랬다면 또 모를까, 여름 한낮에 자전거를 마구 달리다니. 어른일 리가 없겠지."

"그렇죠. 바로 그렇기 때문에 리코 씨가 만들려는 책의 효과에 기대를 걸어 볼 수가 있겠죠. 리코 씨는 회장님으로부터 생전의 가지타 씨와 어떻게 지내셨는지를 비롯해 이런저런 이야기를 듣고 싶다는데, 괜찮으시겠습니까?"

"괜찮지."

"출판사를 어디로 할 것인지, 생각하고 계신 곳은 있습니까?"

내 예상과는 달리 장인은 선뜻 이렇게 대답했다. " '도신샤' 쪽에는 어울리지 않겠지. 우리가 낼 수도 없고. 아는 사람에게 부탁할까 생각하고 있는데."

장인이 이야기한 출판사는 나도 이름 정도는 아는 곳이었다. 크지는 않지만 견실한 출판사다.

"아시는 출판사입니까?"

"사장과 알고 지내네. 아직 이야기를 꺼내지는 않았지만, 아마 떠맡아 주겠지."

다만 돈벌이가 될 만한 이야기가 아니니 될 수 있으면 그쪽을 번거롭게 하고 싶지는 않다고 말을 이었다.

"그래서 자네가 원고를 다듬어 주었으면 하는 거야. 사토미가 싫어해서 리코 혼자 하게 된다면 더욱 그렇지. 문외한이 책을 쓸 수는 없을 테니. 그 애는 워낙 생각이 치밀하지 못해. 게다가 지금까지 긴 문장 같은 건 써 본 적도 없겠지."

나는 '알겠습니다' 라고 다시 대답했다.

"그룹 홍보실 업무에 지장이 생길 것 같으면 형식적으로라도 「아오조라」 업무로 해 두면 될 걸세."

"아뇨, 괜찮습니다."

지장이 있을 정도로 바쁜 업무 스케줄은 아니다. 소노다 편집장에게 미리 양해를 구해 두기만 하면 된다.

"쓸데없는 이야기일지도 모르지만 한 가지 회장님 의향을 여쭤 보고 싶습니다."

나는 표현을 신중하게 골라 약간 미적거린다 싶을 만큼 우회적인 표현으로 범인이 소년일 가능성이 높은 이상 회장님은 될 수 있으면 전면에 나서서 가지타 자매를 돕지는 않는 게 낫겠다고 생각한다—는 의견을 이야기했다.

장인은 재미있다는 듯이 눈을 반짝거렸다.

"그건 자네 스스로 생각했나?"

"예."

"도야마가 같은 소리를 하더군."

도야마란 다름 아닌 제1비서 '얼음여왕', 그 사람이다.

"그렇습니까? 회장님께서는 그런 문제에 대해선 신경 쓰지 않으셨던 건가요?"

장인은 몸을 소파에 기댔다. 아주 고급스러운 가죽이 살짝 매끄러운 소리를 냈다.

"생각도 못했지."

어디서 출판을 할 것인가 하는 문제에 이어, 내 추측은 또 어긋난 셈이다.

"도야마 말로는 요즘 사람들이 제 자식밖에 모르니 조심하는 게 좋겠다고 하더군. 그 말을 듣고 보니 그럴지도 모르겠다는 생각이 들긴 하지만, 그렇다고 그렇게 엉거주춤한 입장을 취하는 건 별로인 것 같아."

"알겠습니다."

이 문제에 관해서는 추측이 빗나가 약간 기뻤다.

"또 한 가지 여쭙겠습니다."

장인은 여전히 재미있어하는 눈치다.

"회장님은 내내 가지타 씨가 운전하는 차를 타셨는데—."

"주말에만 탔지. 그것도 볼일이 있을 때뿐이었어."

"예. 하지만 십일 년이니까요. 그동안에 사토미 씨가 말했던 것 같은 일, 그러니까 그, 가지타 씨의 과거에 관해 뭔가 느끼신 게 있습니까?"

"뭔가라니, 그게 무슨 소린가?"

점점 더 재미있어한다. 나는 설명하기 힘들어 난처했다.

"뭔가 수상한 구석이라고 하면 너무 거창하지만, 굳이 표현하자면 그런 의미입니다."

장인은 소파에 푹 기댄 채로 팔짱을 끼고 생각에 잠겼다. 대답을 기다리는 동안 나는 장인의 그 수수한 색조의 양복 천에 짙은 붉은 빛을 띤 가는 실이 섞여 있다는 걸 깨달았다.

"이렇다 할 건 없었네." 장인이 대답했다. 그리고 흘낏 내 눈을 쳐다보았다. 재미있어하는 것 같은, 그러면서도 뭔가 슬쩍 숨기고 있는 듯한 눈치였다. 그래서 나는 장인이 그 대답을 하기 전에 '하지만 그러고 보니 이런 이야기가 있었는데,' 운운 하는 말을 하지 않을까 기대했다.

이마다 요시치카에게 사람 보는 눈이 없을 리가 없다. 가지타 씨 문제에 대해서도 어쩌면 뭔가 느끼고 있었던 게 아닐까?

하지만 장인은 약간 뜸을 들인 뒤 이렇게 말을 이었다. "신상 관련 이야기도 들은 적이 없어. 아, 먼저 세상을 떠난 부인 이야기는 했었지. 고생만 시켰다는 한탄이랄까? 듣기에 따라서는 주책없는 아내 자랑이지. 착한 부인이었던 모양이야. 그러고는 가지타가 개인적으로 한 이야기라면 오로지 딸들 이야기뿐이었지."

이번에는 장인이 "아, 그러고 보니" 하고, 나를 똑바로 바라보며 말했다.

"사토미와 리코 중간에도 사실은 애가 하나 생겼었다는 이야기는 들어서 알고 있었네."

장인은 몸을 쓱 당기더니 이제 거의 남아 있지 않은 두 잔째의 커피를 다 마셨다. 장인이 지금 뭔가를 얼핏 보여 주기만 하고 그게 무엇인지 가르쳐 주지 않는다는 느낌을 받으며 나는 시계를 보았다. 여섯 시 십 분 전이었다.

"오늘은 이 정도 해 두세."

장인이 자리에서 일어섰다. 나도 일어섰다.

"번거로울 테지만 리코를 잘 이끌어 주게. 그리고 사토미가 너무 심각하게 생각하면 내게 보내고. 결혼식 연기 문제도 포함해서 그 애와 잘 이야기해 보겠네."

"알겠습니다. 회장님이 직접 말씀을 하시면 사토미 씨도 분명히 진정이 되겠죠."

장인은 씩씩한 걸음으로 라운지를 나갔다. 아래까지 따라 나올 필요는 없다고 해서 나는 엘리베이터 앞에서 배웅하기로 했다.

보이와 함께 엘리베이터에 오르기 전에 장인은 살짝 불만스러운 듯이 푸념하는 말투로 말했다.

"나호코에게 들었는지 모르겠지만, 가지타가 세상을 떠서 내 개인 운전기사 제도는 없앴네. 이제 와서 누구에게 사람을 구해 달라고 부탁하는 것도 번거롭고 말이야. 차량부 녀석들 신세를 질 수밖에 없지. 하지만 다들 운전이 서툴러서 골치야. 가지타가 그립군."

그건 가지타 씨에게는 최고의 조사弔辭일 것이다. 나도 모르게 미소를 지었다. 문득 보니, 옆에서 함께 배웅하던 기우치 씨도 미소를 짓고 있다.

"기우치 씨는 가지타 씨를 아십니까?" 내가 물었다. 유라쿠 클럽은 토요일에도 문을 열기 때문에 가능성은 있다.

"뵌 적이 있습니다."

장인은 주말에 볼일이 있어서 외출하면 커피를 마시러 불쑥 여기에 들른다고 한다.

"비 오는 날이었는데 제가 우산을 들고 차가 있는 곳까지 바래다 드리러 나갔을 때였죠. 잠깐 인사만 드렸을 뿐입니다."

장인은 가지타 씨를 가리키며 "이 사람이 내 운전기사야. 안 그래요, 운전기사 양반?" 하며 소개했다고 한다.

"회장님께서 미소라 히바리를 좋아한다는 건 아세요?" 이번에는 기우치 씨가 물었다.

놀랐다. 미소라 히바리는 위대한 국민가수이고 앞으로 그런 가수는 나오지 않을 거라고 생각하지만 그 가수와 장인이 얼른 연결되지는 않았다. 물론 지금까지 그런 이야기를 들어 본 적도 없다.

"전혀 몰랐네. 그래요?"

기우치 씨는 '어머, 비밀이었나?' 하며 살짝 장난기 어린 표정을 지었다.

"가지타 씨 차로 이동하실 때는 자주 '미소라 히바리 전곡집' 을 들으셨답니다. 그래서 그때도 '안 그래요, 운전기사 양반?'이라고 하는 노래의 그 가락을 흉내 내어 말씀하셨던 거죠."

그 대목을 재현하는 기우치 씨도 '운전기사 양반'이라고 하는 부분에 가락을 붙여 노래했다. 가지타 씨는 겸연쩍은 듯 웃었다고 한다.

"재미있는 이야기군요."

리코에게 들려주면 얼른 채택할 것 같다.

"가지타 씨 따님이 아버지의 추억을 담은 책을 쓰려 하고 있는데. 혹시 괜찮다면 지금 해 주신 이야기를 쓰고 싶습니다."

기우치 씨는 어머, 하며 눈을 동그랗게 떴다. "그렇습니까? 회장님이 괜찮으시다면 저야 상관없죠. 분명히 기억하고 계실 테고요."

가지타 씨란 운전기사는 자전거에 치여 세상을 떠났다면서요, 하고 그녀가 물었다.

"그래요. 아직 범인은 잡히지 않았지만."

"저는 신문에서 읽었습니다."

"기사가 났었습니까?"

전혀 몰랐다.

"지역 기사를 다루는 면에 조그맣게 났었죠. 중앙 일간지의 도쿄도 지역판은 배달되는 지역에 따라 기사 내용이 약간 달라지잖아요. 제가 사는 곳이 가지타 씨가 사고를 당한 곳—아마 이시카와초였죠?"

"아, 맞아요."

"그 옆 동네입니다. 그래서 작지만 기사로 나온 게 아닐까요?"

과연. 하지만 옆 동네라니, 우연이다.

"현장인 이시카와 다리 근처를 지나가 본 적은 있나요?"

기우치 씨는 살짝 고개를 저었다. 희미한 향수 냄새가 났다.

“제가 이용하는 역하고는 반대 방향이라서 거의 지나갈 일이 없죠. 하지만 그 일대는 전체적으로 자전거 통행량이 많은 곳이에요. 저도 장보러 갈 때는 애용하죠.”

이 사람이 자전거를 타고 슈퍼마켓에 장보러 가는 모습을 상상하기 힘들었다. 하지만 기우치 씨는 더 놀라운 이야기를 했다.

“애들이 유치원 다닐 때는 데려다 주거나 데리고 올 때도 자전거를 이용했습니다. 하지만 한번 아이를 뒷자리에 태운 채로 넘어진 적이 있죠. 너무 무섭더군요. 어머니에게도 크게 혼이 났고요. 그래서 자동차 면허를 다시 땄습니다. 전에 따기는 했는데 장롱 면허라 벌써 유효기간이 지났었거든요.”

실례인 줄은 뻔히 알지만, 그걸 의식하기도 전에 나는 반사적으로 그녀의 오른손 약지를 보았다. 결혼반지는 없었다. 기우치 씨는 시선을 눈치 챘을 테지만 방긋 웃는 표정은 변함이 없었다. 또한 아무런 설명도 덧붙이려 하지 않았다.

“애가―?”

“딸입니다. 초등학교 삼학년이죠.”

“엄마를 닮아 미인이 되겠군요.”

기우치 씨는 얌전하게 입을 가리고 감사합니다, 하며 웃었다. 나도 머쓱함을 감추기 위해 함께 웃었다.

회사에 돌아오니 그룹 홍보실에 남아 있는 것은 소노다 편집장뿐이었다. 마침 잘됐다. 나는 간단하게 내가 회장으로부터 의뢰받은 일을 설명했다.

“흐음.”

편집장은 회전의자에 기대어 발을 꼬고 흔들며 말했다. “재미있는 일이네.”

“모든 일이 잘 풀려서 진짜로 범인이 자수하게 된다면 좋겠습니다.”

“설사 그런 결과를 얻지 못할지언정 책을 만든다는 사실으로도 그 딸들에겐 의미가 있겠지.”

「아오조라」 편집부는 금연이지만, 편집장은 빠끔빠끔 담배를 피우고 있다. 마일드세븐이다.

“자식이 아버지의 인생을 더듬어 올라간다니, 흔히 있는 일은 아니죠.”

앞머리를 아무렇게나 쓸어 올리면서 편집장은 아득한 곳을 바라보는 표정을 지었다.

“그래. 난 생각도 못 해 봤어. 아버지가 돌아가셨을 때.”

편집장의 아버지는 그녀가 대학을 나와 이마다 콘체른에 입사한 해에 돌아가셨다고 한다.

“내가 일류 기업에 들어갔다고 무척 기뻐하셨지. 쉰 살이었으니까 일찍 돌아가신 편에 들어가겠지만, 시집도 가지 않고 손자도 보여 드리지 않는 내 불효를 맛보지 않으셔도 되니 그건 나름대로 다행일지 모르지.”

게다가 난 외동딸인데, 하며 갑자기 맥 빠진 듯이 웃었다.

"불효라면 저도 누구 못지않습니다"라고 맞장구를 치며 나는 다른 질문을 했다.

"결혼할 예정이라 식을 올릴 날짜까지 잡았는데 부모가 갑자기 돌아가셨다—이런 경우라면 역시 연기해야 할까요?"

"상중이라서?"

"예. 상식적인 판단으로."

"그건 글쎄. 절대로 연기해야 하는 건 아니겠지. 그것도 가지타 씨 이야긴가?"

"그렇습니다. 딸이 둘 있는데, 큰딸 쪽이."

"어머니는 뭐라 하신대?"

"가지타 씨 부인은 오래전에 고인이 되셨습니다."

편집장은 담배를 눌러 끄더니 머리 뒤로 손깍지를 끼었다. "그렇다면 상대방 가족과 의논해야 하지 않을까? 결혼식은 언제로 예정되어 있대?"

"시월이랍니다."

"뭐야? 다음 달이잖아? 연기할 거라면 느긋하게 움직일 수가 없겠네."

그렇지만 말이야—하고 의자를 삐걱거리며 편집장이 몸을 내 쪽으로 디밀었다. "결혼식은 가능하면 연기하지 않는 편이 좋아."

"어째서죠?"

"결혼이란 게 물론 쌍방이 기쁘게 골인하는 거지만, 역시 쇠뿔도 단김에 뽑아야 하는 거 아니겠어? 나는 경험한 적이 없어서 들은 이야기지만, 그렇다고들 하지 않나?"

나는 내 경우를 떠올려 보았다. "분명히 그렇기는 하군요."

"그러니까, 부득이한 사정이 있다고 해도 한번 연기하면 왠지 기세가 꺾이는 일이 있는 모양이야. 실제로 그런 일이 있었어. 내 동기 가운데."

결혼식까지 이 주일 남았는데 신랑 될 사람이 교통사고로 입원해 어쩔 수 없이 연기를 했다고 한다. 그런데 결국 결혼 자체가 깨져 버렸단다.

"그 교통사고에서 가해자 측이었다거나 후유증이 남았다거나 하는 사정 때문이 아니고요?"

"그래. 혼자서 벽에 충돌한걸. 다친 건 보름 만에 다 나았고."

"그래도 그 케이스는 좀 특별한가?" 하며 편집장은 자기 말에 스스로 의문을 표시했다.

"원래 위태위태한 구석이 있는 커플이었으니까. 남자가 이런저런 소문이 끊이지 않았었고. 아, 내 동기는 여자 쪽이야."

"회사 동기 이야깁니까?"

"응. 그래서 파혼을 했는데, 내 동기는 회사를 그만뒀어. 여자만 손해지."

그 남자 이름을 가르쳐 주었지만 내가 아는 사원은 아니었다.

"뭐, 경사스러운 일이니 간소하게 가족들만 모시고 식을 올리더라도 연기하지 않는 편이 낫지 않을까? 가지타 씨도 딸이 예정대로 결혼하는 걸 기뻐할 거야."

사토미에게도 그렇게 이야기해 주기로 마음먹었다.

✕

집에 돌아오자 정중한 증정식이 있었다. 나호코가 최신 모델 휴대전화를 준비해 두고 있었다. 사용 설명서가 두툼해서 제대로 사용하려면 꽤 애를 먹을 것 같았다. 매장 담당 직원에게 아주 자세한 설명을 듣고 왔다는 나호코에게 레슨을 받았다. 그리고 나도 정중하게 모모코에게 손목시계를 반납했다.

세 식구가 저녁 식사를 마치고, 그날 밤은 모모코와 둘이서 『호호 아줌마』를 한 편 읽었다.

"하나만 더 읽어 주면 좋겠는데……."

어린 딸은 무척 아쉬운 듯이 말했다.

"내 눈이 졸리대."

"정말이구나. 너무 졸려서 저절로 감기겠네."

모모코는 킥킥 웃음을 참았지만, 바로 잠이 들었다.

거실로 돌아와 나는 나호코에게 먼저 장인이 미소라 히바리를 좋아한다는 걸 알고 있었느냐고 물었다. 아내는 깜짝 놀랐다.

"전혀 몰랐어. 아버지와 음악 이야기를 한 적이 없는걸."

화랑을 운영하던 여성과 친해질 정도니 그림에는 흥미가 있을 테고 지식도 있을 것이다. 하지만 음악과는 전혀 거리가 멀 거라며 나호코는 흥분했다.

"미소라 히바리란 가수는 어떤 노래를 부르지? 나 잘 몰라."

역시 아내의 인생에는 아무리 불세출의 위대한 가수 노래라 해도 가요가 들어갈 틈새는 없었을 것이다.

"듣고 싶어?"

"응!"

"그럼 열려 있는 가게를 찾아 CD 사 올게."

어젯밤에는 컴퓨터 앞에만 달라붙어 있느라 아내와 제대로 이야기도 하지 못했다. 나는 서비스를 하기로 마음을 먹었다.

다행히 가까운 곳에 있는 백화점이나 쇼핑몰은 밤늦도록 문을 열기 때문에 '미소라 히바리 전곡집'을 구하기는 쉬웠다. 내친 김에 아이스크림 가게에 들러 아내와 딸이 좋아하는 맛으로 사 들고 서둘러 돌아왔다.

집에서 조용히 지내는 일이 많은 아내이기 때문에 오디오는 신경을 쓴다. 아파트의 방음은 완벽하고, 모모코의 방은 거실에서 떨어져 있으니까 문을 닫아 두면 깰 염려가 없다. 아내는 아이스크림을 먹으며, 나는 찬 맥주에 나호코가 만들어 준 카나페를 먹으며 미소라 히바리의 명곡을 계속해서 들었다.

나호코는 곡명 목록을 보고 제일 먼저 〈운전기사 양반〉이란 노래를 골랐다.

"이거구나. 안 그래요, 운전기사 양반?"

흥겨운 가락에 맞춰 리듬을 타면서 어린애처럼 기뻐했다.

"아버지도 재미있는 말씀을 하셨네."

아내는 〈야와라柔〉나 〈슬픈 술〉은 몰랐지만 〈흐르는 강물처럼〉은 들은 적이 있다고 한다.

"그런가? —이게 미소라 히바리 노래였구나."

"누구 다른 사람이 노래하는 걸 들었어?"

"아시야고베 시와 인접한 고급 주택이 많은 도시에 사는 고모님."

그렇게 말하고는 웃음을 터뜨렸다. 장인의 여동생인데 처가의 친척 가운데는 장인이 외도로 낳은 나호코를 가장 귀여워하는 분이다.

"고베 대지진 뒤에 집을 고치는 김에 증축했어. 그때 집 안에 노래방 시설이 된 방도 만들었고. 집들이 때 축하하러 갔다가 몇 곡 들었지."

하지만 이렇게 멋진 노래로 들리지는 않았어, 라고 날름 혀를 내밀며 말했다.

"미소라 히바리란 사람 대단한 가수였구나. 하늘이 내린 거야, 이 목소리는."

나도 그렇게 생각한다.

"이런 훌륭한 재능을 지닌 사람도 수명이 다하면 죽을 수밖에 없지. 하늘은 그런 면에서만은 아주 공평해. 그건 차라리 잔혹하다는 생각까지 들어."

아내는 〈운전기사 양반〉만이 아니라 〈오마쓰리 맘보〉도 무척 마음에 들어 했다. 배워서 부르고 싶다고 했다. 그럼 다음에 노래방에 한번 갈까?

"노래방에 가 본 적 있어?"

"별로 기회가 없었어. 최근에 가 본 건 홍보실 식구들과 송년회 때였지."

"그런 데는 모모코가 부를 만한 노래도 있나?"

"노래책에 '다 함께 하는 노래'나 '동요' 같은 페이지가 있었어."

"그럼 셋이 가 보자."

잠드는 게 아쉬울 정도로 다른 걱정이—가령 그런 것이 있었다 해도—전혀 들지 않을 만큼 즐거운 밤이었다.

6

아침 일찍 다음 호 기획 회의를 마치고 내 책상에 앉아 일을 시작하려는데 전화가 울렸다. 리코의 전화였다.

"안녕하세요?"

발랄한 목소리다.

"아버지의 옛날 앨범을 정리한 뒤에 연하장과 편지를 담은 상자를 발견했는데, 쭉 훑어 보고 저 나름대로 앞으로의 방향을 정리해 보았어요. 좀 봐 주시겠어요?"

기꺼이 그러겠다고 대답했다. 사토미가 없는 자리에서 리코에게 묻고 싶은 것도 있다. 오후 한 시에 또 '스이렌' 에서 만나기로 했다.

오전에는 인터뷰해야 할 건이 하나 있었다. '그늘의 철인들' 이라는 연재 기획물 취재다. 이마다 콘체른 산하 그룹 회사에서 총무나 서무 업무를 담당하는 사원들의 생생한 목소리를 듣자는 기획이다. 아무리 특수한 영업을 하고, 전문직 사원이 많은 회사라 해도 안에서 살림살이를 꾸리는 총무나 서무가 없이는 아무 일도 할 수 없고, 이런 부서가 제대로 하느냐 못하느냐에 따라 실적에도 영향이 미친다. 그러니 총무나 서무는 숨은 공로자라는 소노다 편집장의 아이디어로 시작한 기획이다. 연재 타이틀로는 '공로자'란 표현이 너무 평범하다고 해서 '철인'으로 정했다. 내 생각에는 둘 다 마찬가지인 것 같지만.

인터뷰 대상은 대개 총무과장이다. 총무와 서무가 분리 독립되어 있는 회사일 경우에는 서무 쪽 책임자를 우선적으로 만난다.

이번 달에는 '이마다 그린 가든'이란 조경 회사 차례였다. 그룹 계열사의 건물과 사무실 조경 및 녹화, 임대 관엽식물 관리 등을 두루 담당하고 있다. 이마다 콘체른의 직계 자회사다.

서무과장은 삼십대 후반의 여성이었다. 그녀보다 두세 살 어려 보이는 남자 사원이 함께 나왔다. "저는 서무 담당은 아니지만 모처럼 생긴 기회라 꼭 드리고 싶은 이야기가 있어서." 그러면서 내게 명함을 내밀었다.

직함은 '옥상 녹화 프로젝트 〈제네시스 플랜〉 특별 연구원'으로 되어 있다.

"이마다 그린 가든은 프로젝트 팀을 짜서 도심부에 있는 빌딩 옥상 녹화에 관해 적극적으로 연구를 하고 있습니다. 몇 가지 진행되고 있는 실험 프로젝트도 있습니다. 대도시의 열섬현상에 대한 근본적인 해결책이며, 도시 주거환경을 극적으로 개선할 가능성을 지닌 빌딩

옥상 녹화에 관해서 그룹 기업의 여러분이 좀더 이해를 해 주셨으면 합니다."

나는 그가 잠깐 숨을 돌리기를 기다렸다가 부드럽게 말을 가로챘다. 아주 흥미 있고, 또한 현실적인 비즈니스 찬스에 관한 이야기라고 생각하니 다른 기회에 특집을 마련해 보겠다, 그건 어떤가?

그가 얼른 되물었다.

"언제 특집을 실을 수 있습니까?"

"얼른 기획 회의를 열어 결정되면 바로 알려 드리겠습니다."

실제로 재미있는 기사가 될 것이다. 하지만 이 사람 혼자 길게 자기 선전이나 하게 만들어서는 안 된다.

"제목을 정해 크게 다뤄 주신다면 그건 대환영이죠……."

그러고 나서야 겨우 서무과장 인터뷰를 시작할 수 있었다. '제네시스 플랜' 씨는 자리를 떠나지 않고 그녀 옆에 눌러앉았다.

어느 회사에서나 안살림을 맡은 사원들의 고민이나 애로사항에는 공통점이 있다. 하루하루 처리해야 할 잡무는 끝이 없다는 것. 같은 일을 반복하는 경우가 많다는 것. 번거롭고 시간과 에너지가 들어가는 것에 비하면 성취감이 떨어진다는 것. 사내 다른 부서 사람들의 이해와 협력, 평가를 받기 힘들다는 것.

"지지난 호였던가요? 이마다 빌딩관리의 총무차장님이 같은 말씀을 하신 것이 인상적이었는데, 그분도 여성이었죠?"

역시 내가 인터뷰했던 사람이다.

"예, 그렇습니다."

"여사원의 경우 서무과장이나 총무 쪽의 차장이 되면 상당히 출세한 걸로 여겨집니다. 하지만 남자 사원의 경우에 그런 포지션들은 출세 코스에서 벗어나 있는 걸로 생각합니다. 결국 총무나 서무는 남자가 평생 할 일은 아니라는 거죠. 그래서 여자에게 맡겨도 되지 않겠느냐는 생각일 겁니다. 그런 시각부터 바꾸지 않으면 앞으로 회사는 더 나아지지 않을 거라고 생각합니다만."

'제네시스 플랜'이 뭔가 말을 하려는 표정을 지었지만 나는 그럴 기회를 주지 않았다. 여자 서무과장 역시 그쪽은 쳐다보지도 않았다.

"회사 안살림은 중요합니다. 소규모 회사라면 이 분야에 힘을 기울여 일이 잘 돌아가게 하기만 해도 대폭적인 경비 절감이 되어 무턱대고 하는 구조조정보다 효과가 더 좋은 경우도 있습니다."

나는 열심히 들었다. 이런 기사를 실으면 반드시 공감과 반향이 있다. 그게 엄청 큰 이마다 그룹 안에서 업종에 얽매이지 않는 횡적 연대를 만드는 계기가 된다면 「아오조라」의 존재 의의도 크게 높아질 것이다. 그녀의 이야기는 무척 구체적이라 재미있었다.

인터뷰가 끝나갈 무렵에 내가 물었다. 현재 가장 바라는 일이나 해결되었으면 하는 문제가 있다면 말씀해 주십시오.

여자 서무과장은 망설임 없이 바로 대답했다. "아주 개인적인 문제인데요."

"상관없습니다."

"역시 애 문제입니다. 큰애가 유치원 졸업반이고 작은애는 놀이방에 다닙니다. 제 경우 단순히 업무 때문만이 아니라 회사 행사를 처리하기 위해서도 휴일에 출근하는 일이 많습니다. 그러다 보니 토요일이나 일요일에 안심하고 애를 맡길 수 있는 곳이 없어 고민입니다. 만날 친정 부모님에게 맡길 수도 없고……."

"남편 분에게 봐 달라고 하면 되지 않습니까?" '제네시스 플랜' 이 끼어들었다.

"역시 늘 맡길 수는 없죠. 남편도 일에 쫓기니까요."

달리 도저히 맡길 곳이 없어서 몇 차례 같은 아파트에 사는 주부에게 부탁한 적이 있었다고 한다. 마음씨 좋은 사람이고 애들을 좋아하는데다가 친절해서 무척 도움이 되었다고 한다. 하지만.

"작년 겨울 큰애가 손에 화상을 입고 돌아왔습니다. 크게 다치지는 않았지만……. 팬히터를 만졌다더군요. 그 부인도 너무 미안해하며 몇 번이고 사과를 했습니다. 저도 깜짝 놀랐지만 뭐라고 할 수는 없죠. 호의로 애를 맡아 주셨으니. 하지만 만약에 더 크게 다칠 경우에는 어쩌지, 그런 일이 일어나지 말라는 법도 없다는 생각을 하니 속이 쓰려서……."

그 뒤로 그 주부에게는 맡기지 않게 되었다고 한다. 그 결과 관계도 어색해졌다. 너무 안타깝다며 어두운 표정을 지었다.

"그렇지만 말이죠."

'제네시스 플랜' 이 또 끼어들었다. "애가 언제까지나 애로 있지는 않죠. 좀더 자라면 크게 손이 가지 않을 겁니다. 그러니까 육아에는 끝이 있다는 이야기죠. 하지만 기업 활동에는 끝이 없습니다. 위에 있는 분들이 당장의 일에만 얽매이지 않았으면 좋겠군요."

분위기가 어색해졌다. 인터뷰 시간도 지났기 때문에 나는 그녀에게 거듭 고맙다는 인사를 하고 녹음테이프를 껐다. '제네시즈 플랜' 씨가 특집 기사를 꼭 부탁한다고 몇 번이나 다짐을 하며 회의실을 나가자, 여자 서무과장은 쓴웃음을 지으며 목소리를 죽여 말했다.

"저 사람은 '제네시스 플랜' 이야기가 회장님 귀에 들어가기를 바라고 있는 거예요. 아무래도 「아오조라」는 회장님이 직접 발행하시는 특별한 사내보니까 좋은 기회라고 생각하고 있는 거죠."

나도 쓴웃음을 지었다. "잘 알겠습니다. 다만 각 회사에서 진행하고 있는 프로젝트라면 「아오조라」 같은 데 부탁하지 않아도 회장님은 다 알고 계십니다."

그래도 재미있을 것 같아서 그 사람의 의도와는 상관없이 특집은 하겠다고 약속했다.

오전 인터뷰의 여파 때문인지, '스이렌' 에서 리코를 기다리는 동안 나는 직장과 가정의 양립이라거나 일하는 여성의 결혼과 출산, 직장과 육아를 함께 한다는 문제들에 대해 생각하고 있었다. 그래서 리코가 맞은편 자리에 앉자 먼저 이렇게 물었다.

"본론에 들어가기 전에 묻고 싶은 게 있는데요, 언니는 결혼식을 연기하려 한다면서요?"

리코는 말 그대로 눈을 깜빡였다. 오늘은 아이섀도가 지난번보다 짙은데, 입고 있는 옷의 색조도 드라마틱할 정도로 화려해 잘 어울렸다. 무척 아름다워 보였다.

"언니가 그렇게 말했나요?"

"두 분이 회장님을 찾아갔을 때 그런 이야기가 나왔다고. 회장님한테 들었습니다."

아아, 그렇구나, 하며 리코는 고개를 끄덕였다. "정식으로 의논을 드린 건 아니에요. 이야기를 하다 보니 잠깐 그런 말이 나왔다고나 해야 할까?"

"정말 그렇게 하실 생각인가요?"

"그게 낫다고 생각하지 않으세요? 아직 아버지를 죽인 범인을 찾지 못했어요. 들떠 있을 때가 아니죠."

말투에 가시가 돋아 있었다. 아직 자매의 견해는 일치되지 않은 채로 맞서고 있는 상태인 듯하다.

"사토미 씨의 약혼자 가족이 상중에 식을 올리기 꺼리는 건 아닌가요?"

"글쎄요, 그런 건 신경 쓰지 않는다고 생각하는데요. 그쪽 부모님은 언니를 마음에 들어 하시는 것 같고요."

"그렇다면 연기하지 않아도 되겠네요. 뺑소니 범인이 잡히느냐 마느냐 하는 것와 사토미 씨의 경사는 별개의 문제죠. 언니도 들떠서 결혼하는 건 아닐 테고. 회장님도 예정대로 식을 올리면 가지타 씨가 기뻐할 거라고 말씀하셨습니다."

리코는 아무 대꾸도 없었지만 납득하지 않고 있다는 건 표정으로 알 수 있었다. 나는 회장님의 의향을 사토미에게 전해 달라고 리코에게 부탁할 작정이었지만 직접 연락을 취하는 게 낫겠다고 생각했다.

리코는 브랜드 제품 숄더백 말고도 2박 정도 여행을 할 때 사용할 만한 큼직한 보스턴백을 들고 왔다. 지금은 리코 옆 자리에 떡하니 놓여 있다.

"리코 씨가 정리한 아버님 자료는 그 안에 있습니까?" 내가 물었다.

"예, 일단 눈에 띄는 건 모두 담아 가져왔어요."

요란한 소리를 내며 지퍼를 열더니 잔뜩 부풀어 오른 큼직한 봉투와 고무줄로 묶은 낡은 종이상자 등을 꺼내 테이블에 늘어놓았다. 노트도 한 권.

"제가 짠 취재 항목과 그 바탕이 된 사진이나 편지에 번호를 붙여서 대조하면 알 수 있도록 해 두었죠. 보시겠어요?"

펼친 페이지를 대충 보기만 해도 상당히 꼼꼼하게 되어 있다는 걸 알 수 있었다.

"겨우 이틀 사이에 애 많이 썼군요."

리코는 기쁘다는 듯이 웃었다. 주위가 환해지는 것 같은 웃음이었다.

"열심히 했어요, 저. 진심인걸요."

봉투 안의 사진이나 서류, 종이 상자 안에 있는 편지 종류에는 쪽지가 붙어 있었다. 번호나 메모가 적혀 있다. 더욱 감탄했다. 보겠습니다, 라고 내가 말하자 리코는 살짝 애교를 부리듯이 고개를 갸웃거렸다.

"저, 점심을 아직 안 먹었어요. 배가 고프네. 식사를 해도 괜찮을까요?"

"아아, 눈치가 없어서 미안해요. 그렇게 하죠."

"추천 메뉴 있나요?"

"뭐든 다 맛있어요. 오늘 점심에는 치킨 피카타였던가?"

리코는 기쁘다는 듯이 메뉴를 골라 지배인을 불렀다. 나는 그녀의 노트 검토 작업에 들어갔다.

조사 범위를 최근 십 년 이내의 일들로 좁히라는 내 조언을 리코는 그대로 받아들인 듯했다. 택시 회사 시절에 가지타 씨와 친했을 만한 두 사람이 '이야기를 들을 사람' 맨 앞에 올라 있었다. 이 두 사람은 가지타 씨의 장례식 때도 온 모양이다. 노트에 적힌 이름 아래 현주소와 전화번호도 함께 적혀 있다. 그 사람들과는 연하장도 매년 주고받아, 올해 것에 메모 쪽지가 붙어 있었다.

택시 회사에 다닐 때 가지타 씨는 장기 동호회에 들어 있었던 모양이다. 한 해에 한 번 토너먼트 대회에 출전했을 때 찍은 기념사진이 종이상자 안에 들어 있었다. 리코는 그 가운데서 연하장이나 장례식 방명록 등에서 연락처를 알게 된 사람을 골라내, 동호회의 총무 역할을 한 사람이 당시 본사에 있던 무선 담당 데라이란 사람이라고 적어 놓았다. 그는 지금도 이 택시 회사, '도쿄 공동 무선 택시 주식회사'에 근무하고 있는 모양이다. 가마타 영업소라고 다른 색 볼펜으로 적혀 있다.

"아버님은 장기를 좋아하셨군요."

노트에서 눈을 떼고 물었다. 리코는 막 샌드위치를 한입 가득 베어 무는 중이었다. 난처한 기색도 없이 그대로 고개를 끄덕여 보였다.

"잘 두지는 못하면서도 좋아했다고 해야 할까요?"

샌드위치를 씹으면서 말하더니 아이스커피를 마셨다.

"대회에 나가서는 한 번도 이기지 못했대요. 그것도 데라이 씨가 가르쳐 주신 거예요."

"그분과 연락이 되었군요."

"예, 오늘 오전에요. 아빠가 돌아가신 걸 전혀 몰랐다고 하더군요. 깜짝 놀란 것 같았어요. 예전 동료가 아무도 알려 주지 않다니 너무하다면서요."

여름 휴가철에 갑자기 세상을 떴기 때문에 연락이 제대로 닿지 않은 게 아닐까?

"아빠는 동호회에는 열심히 나가셨대요. 그렇지만 뭐 워낙 서툴다 보니 집에서는 말을 하지 않았던 거죠. 언니나 저나 들어 본 적이 없어요. 대회에 나가다니, 전혀 눈치도 채지 못했죠. 신문에 실린 장기 묘수풀이는 혼자 자주 했지만 도통 풀지 못해 애를 먹었어요. 결국 형편없는 하수였던 거죠."

서툴다, 형편없는 하수라고 단언하는 말투에는 애정이 담겨 있었지만 표현으로는 매몰차다.

악의는 없지만 표현이 약간 심하다. 이런 사람을 우리 어머니는 '입에 독이 있다'고 한다. 다름 아니라 어머니 자신이 주위 사람들로부터 그런 소리를 듣는 걸 써먹었을 뿐이다. 리코의 독은 차라리 귀엽다. 어머니의 입에는 살모사의 독이 있고, 나도 몇 번이나 물렸다.

'이야기를 들을 사람' 목록 안에는 하시모토 부인의 이름도 있었다. 가지타 씨의 선배인 하시모토 씨는 장인과 가지타 씨를 직접 연결한 사람이기도 하다. 하지만 안타깝게도 당사자는 이미 이 세상 사람이 아니다.

하시모토 부인의 이름은 도시코. 현재 팔십 세로, 사이타마 현 교다 시에 있는 양로원에서 지내고 있다고 적혀 있다.

"하시모토 도시코 씨 이야기는 그분 자제에게 들었나요?"

배가 어지간히 고팠는지, 아니면 내가 서두는 것 같아 쫓겼는지 리코는 식사를 마치고 가느다란 멘톨 담배에 불을 붙이고 있었다.

"그래요. 아드님이 장례식 때 와 주셨기 때문에 바로 연락이 닿았죠."

"양로원에 계신다면—건강 상태는 어때요?"

"별로 좋지 않은 것 같아요. 노인성 치매가 진행되고 있다던데."

"그렇다면 옛날 이야기를 듣기는 어려울지도 모르겠군."

리코는 후우, 하며 귀엽게 연기를 내뿜었다.

"그렇겠죠? 무리예요. 아빠가 회장 선생님의 개인 운전기사가 된 경위와 그 뒤의 생활에 관해서는 회장 선생님한테 들으면 되니 굳이 양로원까지 찾아갈 건 없겠죠?"

나는 동의했지만 일단 메모지에는 하시모토 도시코에 대해 적어 두었다.

리코는 책의 구성—즉 가지타 노부오의 인생을 크게 세 챕터로 나누고 있었다. 제1장은 어린 시절. 2장이 성인이 되어 택시 운전기사로 일하기 전까지의 생활. 그리고 제3장이 그 뒤의 인생인데, 여기는 두 부분으로 나뉜다. 도쿄 공동 무선 택시 주식회사 직원 시절과 이마다 요시치카의 개인 운전기사가 된 뒤 세상을 뜰 때까지의 기간이다.

리코가 담배를 끄고 나서 말했다.

"저는 늦둥이예요. 아빠와 엄마가 마흔셋일 때 태어났으니까요."

가지타 씨와 먼저 세상을 떠난 부인은 동갑이었다.

"아빠가 공동 무선 택시에 들어간 건 마흔 살 때였기 때문에 저는 사실 택시 운전을 하던 아버지 모습밖에 보지 못했죠. 그래서 아무래도 그쪽에 비중이 가게 되는데, 그건 괜찮겠죠? 취재 대상을 최근 십 년 정도로 좁힐 거니까요."

"괜찮을 겁니다. 그 이전 일들은 리코 씨가 부모님 생전에 들었던 추억담에 사람들에게 이야기를 조금 들어 덧붙이는 정도면 충분하겠죠. 아버님이 돌아가시기 직전까지 활기차게 살았던 분이라는 걸 책을 읽는 사람들에게 전할 수 있으면 됩니다."

리코는 내가 상자에서 꺼내 늘어놓은 사진을 보고, 그 가운데서 유난히 낡은 한 장을 집어 들며 생긋 웃었다.

"이거, 아빠가 애기였을 때 찍은 사진이에요."

세피아 빛으로 퇴색한 흑백 사진으로 볼이 오동통한 아기가 눈을 크게 뜨고 카메라를 보고 있었다. 한 살 정도 되었을까? 어른 품에 안겨 있는 게 아니라 등받이가 높은 화려한 의자에 혼자 앉아 있다. 아마 사진관에서 찍었을 것이다.

"이 아기 얼굴은 아까 리코 씨가 눈을 깜빡거릴 때의 표정하고 똑같군요."

"그런가? 별로 닮았다는 이야기를 듣지 못했는데."

사토미는 여동생이 아버지의 과거를 아무것도 모른다는 식으로 이야기했지만, 리코는 가지타 씨가 어려서 고향집을 뛰쳐나와 그 뒤로는 친형제들과 인연을 끊은 상태라는 걸 정확하게 알고 있었다. 아버지로부터 들었다고 한다.

"아버지가 갖고 있는 애기 때 사진은 이거 한 장뿐이래요. 그게 재미있어요. 가출할 때 옛날 사진 한 장은 갖고 나오는 게 낫겠다고 생각해서 고향집 벽 액자에 들어 있던 걸 몰래 떼어 가지고 나왔다는 거예요."

"추억거리 삼아 가져온 모양이죠."

"그게 아니에요." 리코는 재미있다는 듯이 손사래를 쳤다. "장래를 위해. 언젠가 출세해서 입지—아, 뭐더라. 자주 쓰는 말인데."

"입지전적 인물?"

"그래, 그래, 맞아! 그렇게 되면 신문 같은 데서 취재하러 오잖아요? 재계 잡지 같은 데서. 그때 필요할 거라고 생각해서."

리코가 웃었다. 나도 미소를 지었다. 젊은 시절 가지타 씨의 힘찬 기세와 청운의 뜻, 그걸 이루지 못하고 맞이한 삶의 종반에 사랑스런 딸에게 웃는 얼굴로 그걸 이야기할 수 있었던 그의 행복을 기리며.

"아빠는 회장 선생님처럼 되고 싶었을 거예요, 분명히."

리코는 깔끔하게 손질된 손톱에 에나멜을 바른 손가락 끝으로 사랑스럽다는 듯이 낡은 사진 속의 아기 머리를 쓰다듬으며 미소 지었다.

"아빠는 '난 모험심이 강했어'라고 했어요. 하지만 인생의 성공이나 행복은 모험심으로 손에 쥘 수 있는 게 아니다, 그러니 너도 결혼 상대를 고를 때는 그걸 잘 생각하라고 하셨죠. 모험심이라거나 야심 같은 건 양념과 같아서 있으면 인생이 맛있어진다, 하지만 양념만으로는 훌륭한 요리가 되지 않는다고요."

"멋진 말씀이군요. 책에 사용합시다."

리코는 기쁜 듯이 고개를 끄덕였다.

아버지의 과거에 관한 사토미의 고민은 아마 대부분이 쓸데없는 걱정이고, 그녀의 내성적인 마음이 만들어내고 있는 환영의 먹구름일 것이다. 하지만 리코가 아버지를 사랑하고 지금도, 그리고 앞으로도 내내 그 추억에 익숙해져 갈 거라는 사실을 솔직하게 드러내는 이 웃는 표정을 보니 거기에 결코 흠집을 내고 싶지 않다는 사토미의 바람은 나도 이해가 될 것 같은 느낌이 들었다.

"이런 구성이면 괜찮을 것 같네요."

마음이 훈훈해졌다. 내가 말했다.

"아버님의 어린 시절 이야기는 리코 씨가 들은 이야기로 재구성할 거죠? 아니면, 아버님 고향을 찾아가 볼 생각인가요?"

리코는 고개를 저었다. 물들인 머리카락이 반짝거린다.

"그렇게까지는 하고 싶지 않아요. 그냥 미즈라는 곳을 찾아가 사진이나 찍어 올까 생각중이에요. 아빠가 돌아가신 뒤에 딸이 처음으로 찾아가는 아빠의 고향이죠. 좀 로맨틱하지 않아요?"

책의 앞머리를 그 장면으로 하겠다고 했다. 첫 장면으로는 분명히 그림이 될 것 같다.

"공동 무선 택시 시절과 회장님의 개인 운전기사 시절 일은 취재에 불편함이 없고. 그러면 문제는 그 이전의 제2장 부분이 되는데—."

리코가 만든 리스트에는 '주식회사 도모노 완구'라고 적혀 있었다. 사토미가 이야기하던 그 회사였다. 이십팔 년 전, 가지타 부부가 함께 그곳에서 일할 때 사토미 '유괴' 사건이 있었다. 그래서 부부가 도망치듯 떠나 모처럼 안정되었던 그때까지의 생활을 포기하지 않을 수 없었던 운명의 그곳.

리코가 어떻게 이 회사를 알게 되었는지, 답은 빤했다. 사진이 남아 있었던 것이다. 메모도 붙어 있다.

컬러 단체사진이었다. 남녀노소가 뒤섞여 대략 서른 명가량이 오종종 모여 있다. 함석지붕의 허름한 작업장 같은 건물이 뒤로 보였다. 그리고 그 벽에 '주식회사 도모노 완구'라고 페인트로 큼직하게 적혀 있었다.

회사 정문이라고 할 정도의 번듯한 모양새는 아니지만, 여기가 정면 출입구일 것이다. 모인 사람들의 양옆에 제법 그럴 듯한 한 쌍의 설 장식용 소나무가 서 있다. 사진에 찍혀 있는 사람들은 남자는 양복 차림이고 여자들 반 정도는 기모노 차림이었다. 사원 모두가 사장을 둘러싸고 신년회를 열고, 그때 기념 촬영을 했을 것이다.

모두들 웃는 얼굴이다. 술을 한잔 걸친 듯 보이는 사람도 있다. 한가운데 앉아 있는 오십대 초반의 부부가 아마 사장 부부일 것이다. 두 사람 다 기모노 차림에, 남편 쪽은 무릎 위에 아기를 안고 있었다.

"아, 그렇지. 이 사진이 실마리가 되었어요."

리코는 사진 위에 손가락을 얹었다.

"아시겠어요? 이게 아빠와 엄마예요."

가지타 씨의 얼굴은 나도 알아볼 수 있었다. 짙은 회색 양복에 검은 넥타이를 매고 있다. 머리카락은 올백으로 빗어 넘겨 윤기가 흐르는 검은색이다. 리코가 가리킨 여자는 옷 전체에 바둑판무늬가 있는 기모노를 입고 가지타 씨 왼쪽에 서 있다. 머리가 짧고, 수려한 이마에 눈썹이 또렷하다. 얼굴 생김새가 사토미와 닮았다.

부부 사이에는 두세 살 정도 된 여자애가 카메라를 향해 고개를 갸웃하며, 약간 눈이 부신 표정으로 서 있다. 단발머리에 어머니와는 색이 다른 바둑판무늬 기모노를 입고 있었다. 긴 소매를 어깨 부분에 징근 차림이 앙증맞다.

"이게 사토미 씨군요."

리코는 고개를 끄덕이더니 입을 꾹 다물었다.

"언니는 이 사진을 쓰면 안 된대요."

"원래는 앨범에 있던 거겠죠?"

"예. 그런데 자기 어렸을 때 사진이니까 네가 멋대로 가지고 나가거나 책에 실을 권리는 없다며 고집을 부리는걸요. 왜 그렇게 심술궂은 걸까."

사토미에게는 무서운 기억을 떠올리게 만드는 사진이고, 현실적인 걱정과 직결되는 과거이기도 하다. 무슨 핑계를 대서든 동생이 다가가지 못하게 하려는 것이리라.

"이 도모노 완구란 회사에 대해 리코 씨는 전부터 알고 있었나요?"

"부모님한테 얼핏 들은 적은 있어요. 택시 운전기사가 되기 전에는 아빠가 여러 가지 일을 했었던 모양이에요. 그 가운데 하나가 완구 공장인데 엄마도 함께 일했었다고."

그뿐만 아니라 사토미의 이야기로는 가지타 일가는 사원 기숙사에서 살고 있었다.

"아버님과 어머님은 이 시절 이야기를 하신 적이 있었습니까?"

"거의 없어요." 리코는 고개를 젓고 새 담배를 한 개비 뽑아 손가락 사이에 끼웠다.

"이 회사 망했대요. 다음 직장을 찾느라 힘들었다고 했죠. 하지만 일이 힘들고 월급은 적어서 어차피 오래 근무할 수 있는 회사는 아니었다고 했었나?"

도모노 완구에 대해 가지타 씨는 리코에게 그런 식으로 이야기한 모양이다.

"어쨌든 제가 태어나기 전 일이니까요."

"앨범 안에 이 회사에서 찍은 걸로 보이는 사진이 더 있었습니까?"

"없어요. 설날 사진이고, 엄마와 언니가 기모노를 입은 사진은 드물기 때문에 이것만 갖고 있던 게 아닐까요?"

리코가 도모노 완구에 대해 알게 된 것은 어머니가 세상을 떠났을 때, 역시 옛날 앨범을 보다가 이 사진을 발견하고 가지타 씨에게 물어봤기 때문이라고 한다. 가지타 씨가 많은 이야기를 해 주지는 않은 모양이다.

"어머님이 돌아가신 건—?"

"오 년 전이에요. 자궁암이었죠. 진찰을 받고 발견했을 때는 이미 전이가 되어서."

"그밖에 아버님이 택시 회사에 들어가기 전에 일하셨던 곳의 실마리가 될 만한 사진은 남아 있지 않나요?"

"스냅사진은 있지만 가족사진이 대부분이고 실마리가 될 만한 건 찾지 못했어요. 그래서 이것밖에 믿을 게 없겠구나 싶은 생각에."

원래 우리 부모님은 사진을 싫어했어요, 라고 리코가 말했다. "옛날 사진이 얼마 없죠."

싫어서 찍지 않았던 걸까? 아니면 그때 처분해 버렸을까?

과거를 청산하기 위해. 나는 그런 생각을 하다가 얼른 접었다. 다시 드라마의 탐정이라도 된 듯한 착각을 해서는 안 된다.

"그렇다면 분명히 이건 중요한 실마리입니다. 하지만 회사가 망했다고 하면—."

가지타 씨의 그 말이 사실인지 어떤지는 일단 차치해 두고.

"그때 여기서 일하던 사람들을 찾는 건 간단한 일이 아니겠네요. 어쩌죠? 이 부분의 취재는 제가 할 수 없을까요? 이 문제 이외의 부분에 대한 취재나 인터뷰만 해도 리코 씨가 벅찰 텐데."

리코의 얼굴이 확 밝아졌다. "괜찮으시겠어요?"

"예. 리코 씨만 괜찮다면."

"다행이네. 사실은 좀 골치 아프겠다는 생각을 하고 있었어요. 부탁드릴게요."

나는 빙긋 웃어 보였다. 도모노 완구를 리코의 취재 범위에서 제외하면 일단 사토미의 불안은 가라앉힐 수 있을 것이다.

"언니는 그 시절 일들을 기억하고 있는 것 같아요?"

"기억이 안 난대요. 이 사진을 찍은 것도, 설날에 기모노를 입은 것도 기억이 나지 않는다고 해요."

리코가 또 화난 표정을 지었다.

"언니는 정말이지 전혀 협조적이지 않아요. 그저께 밤에—스기무라 씨를 만난 뒤인데—한바탕 했어요. 언니는 제가 회장 선생님이나 스기무라 씨가 잘 대해 준다고 너무 함부로 군다, 혼자서 할 수 없는 일을 다른 사람에게 기대어 하려는 건 잘못이다, 끈질기게 설교를 했어요. 저는 분해서."

"언니에겐 언니 나름대로 생각이 있을 겁니다. 우리 회장님에게 폐를 끼쳐서는 안 된다고 조심스럽게 생각하고 있는 것은 물론, 어쩌면 이런 책을 내서 뺑소니 사건의 수사를 하고 있는 경찰의 심기를 불편하게 만들지나 않을까 걱정하고 있을지도 모르죠."

"그렇게 될 수도 있을까요?"

"그럴 수도 있다고 생각합니다. 경찰도 관공서도 사람들이 모인 집단이니까요."

"그건 이상하지 않아요? 경찰이 얼른 해결을 못하고 있으니까 유족들이 더 열심히 하라는 건데."

"설교하는 걸로 들릴지 모르지만—언니와 리코 씨는 나이 차이가 꽤 나죠? 사회 경험에 차이가 있어요. 그래서 그런 문제를 처리하는 데도 약간 차이가 나는 거예요. 그 점은 헤아려 주는 게 좋죠."

리코는 피우던 담배를 비벼 껐다. 필터에 깨문 자국이 남아 있었다.

"뭐, 저는 제 생각대로 할 거예요. 이젠 언니가 도와주길 바라지도 않아요."

"현실적으로 그게 좋을지도 모르겠네요. 리코 씨의 취재가 착착 진행되어 뜻한 바대로 책이 나올 수 있을 것 같아지면 언니의 걱정이 누그러질지도 모르죠. 회장님도 이 일에 너무 신경 쓰지 말라고 언니에게 이야기하겠다고 말씀하셨습니다."

리코에게 웃어 보이면서 덧붙였다.

"언니는 자기 결혼 문제에 신경 쓰게 하죠."

리코는 웃지 않았다. 진지한 눈빛으로 힐끔 나를 보았다.

내가 물었다. "리코 씨는 역시 결혼식을 연기하는 게 낫다고 생각하는 건가요?"

"그야……."

리코가 입을 삐죽 내밀고 뭔가 말을 하려 했을 때, 그녀가 테이블 구석에 놓아두었던 휴대전화가 울리기 시작했다. 오르골 같은, 깔끔한 착신 멜로디였다. 어디선가 들어 본 적이 있는 곡이었다. 무슨 곡이었더라?

“잠깐 실례합니다.”

리코는 얼른 휴대전화를 집어 들더니 귀에 대면서 일어섰다. 종종걸음으로 ‘스이렌’ 출입구 쪽으로 이동했다.

“여보세요?”

전화를 받는 목소리가 내 귀에 들렸다. 하지만 그다음은 리코가 가게에서 나갔기 때문에 들리지 않았다.

리코가 돌아올 때까지 나는 메모지에 요점을 정리하고, 내가 해야 할 일과 그 순서를 생각했다.

오 분쯤 지나 리코가 돌아왔다. 조금 전의 기분 나쁜 표정은 사라졌다. 눈빛이 밝아져 있다.

“한 가지 생각났는데요.”

자리로 돌아온 리코에게 내가 말했다.

“아버님과 어머님이 처음에 어떻게 사귀게 되었는지 아세요? 그 부분에 관한 에피소드가 제2장에 약간 들어가면 좋겠군요.”

“부모님이요? 그렇군요.”

리코는 눈을 굴리며 천장을 올려다보았다. “무척 금슬이 좋은 부부였어요. 제가 들어서 알고 있는 옛날 이야기라도 괜찮은가요?”

“물론. 두 분의 젊었을 때 사진이나, 그렇지, 결혼식 사진은 없습니까?”

“부모님은 결혼식을 올리지 않았어요. 아, 그렇지만 어머니가 돌아가시기 얼마 전에 택시 회사 후배가 결혼할 때 중매를 섰어요. 그때 사진이라면 있을 겁니다.”

“그거 잘되었군요. 그 커플도 인터뷰를 해 보면 어떨까요?”

"그렇군요. 그렇게 할게요."

리코도 노트에 메모를 했다.

자연스럽게 들리도록, 나도 메모지를 펼치면서 물었다. "아버님이 돌아가신 장소는 큰 아파트 앞이었죠? 고토 구에 있는 이시카와초."

"예, 그래요. 평소 자전거가 많이 다니는 길이라고 관리인이 그러더군요."

"이야기해 봤습니까?"

"장례식이 끝난 뒤에 인사하러 갔었죠. 언니가 폐를 끼쳤으니 꼭 가야 한다면서. 구급차를 불러 준 분 댁도 찾아갔었어요. 과자 상자를 들고. 그분은 미안해하더군요."

사토미다운 마음 씀씀이다.

"아버님이 왜 거기 계셨는지, 뭔가 짚이는 게 있습니까?"

"글쎄요……."

리코는 머리카락을 쓸어 올리며 고개를 저었다.

"하지만 아빠는 자주 그랬어요. 시간이 나면 낮이나 밤이나 훌쩍 나가는 거죠. 워낙 운전하는 걸 좋아해서 특별히 갈 곳이 없어도 여기저기 드라이브를 하셨어요."

"그럼 돌아가신 날도 차를 갖고 나가셨나요?"

"예. 택시에 '영업하지 않습니다' 라는 팻말을 내걸고 타고 갔었죠. 현장 바로 옆에 노상 주차를 했었어요. 나중에 찾아올 때 약간 번거로운 절차가 있었죠."

8월 15일, 가지타 씨가 외출한 것은 오전 열한 시경이었다고 한다. 자매는 둘 다 집에 있었기 때문에 아버지가 나가는 걸 배웅했다.

—잠깐 나갔다 오마. 시간이 그리 많이 걸리진 않을 거야. 저녁은 집에서 먹을게.

"리코 씨나 사토미 씨도 행선지나 용건을 묻지 않았어요?"

"그럴 필요가 없는걸요. 골든위크4월 말~5월 초의 휴일이 많은 기간나 여름 휴가철, 설 연휴 같은 때는 시내에 차가 없잖아요. 운전하기 편해서 기분이 좋다며, 그런 때는 정말 자주 드라이브하러 나갔으니까요."

리코는 전날까지 친구와 오키나와로 여행을 갔다가 와서 노느라 피곤했기 때문에 그날은 하루 종일 집에 있었다. 사토미는 오후에 외출했다. 그래서 가지타 씨의 사고 소식을 알리는 조토 경찰서의 전화를 맨 처음 받은 사람은 리코였다고 한다.

"경찰에서도 물었습니까? 아버님이 거기 뭘 하러 갔는지?"

"물었죠. 그래서 그쪽까지 드라이브 갔을 거라고 대답했지만 특별히 이상하게 여기진 않았어요."

리코는 살짝 고개를 갸웃거리며 나를 쳐다보았다.

"그게 무슨 문제가 되나요?"

"아뇨, 그게 아니고요. 그냥 물어본 겁니다."

"그러세요? 뭐 우리 입장에서는 굳이 이야기할 일이 아니었기 때문에요."

이 '우리'는 '아버지와 나'의 의미이자 '언니와 나'의 의미이기도 할 것이다. 리코는 아주 자연스럽게 '아버지는 여느 때와 마찬가지로 좋아하는 드라이브를 나갔다'고 생각하고 있기 때문에 이 문제에 관해서 언니와 의견을 교환할 일은 없었을 것이다.

만약에 의논을 했다면 결코 머리 회전이 둔한 아가씨 같지는 않으니 언니가 뭔가 꺼림칙해하고 있다는 사실을 눈치 챘을 것이다.

"그렇군요. 하지만 산책치고는 너무 멀리 가셨네요. 도쿄 시내 서쪽에서 동쪽이니."

"그렇지 않아요. 차를 갖고 나간걸요. 아빤 프로 운전기사고. 당일치기로 더 멀리까지 나가는 일도 있었어요."

스기무라 씨, 뭔가 신경 쓰이시는 게 있나요, 하며 치켜 올리듯 눈을 크게 떴다.

"아뇨, 별일 아니에요. 다만 어제 나도 현장에 다녀왔는데요. 그 아파트, 좋더군요. 그래서 혹시 아버님이 이사를 생각하고 계셨던 게 아닌가 하는 생각이 들었어요."

"이사?"

"예. 언니가 시집가면 리코 씨와 아버님 두 분이 살게 되겠죠. 방이 비면 허전하잖아요? 그래서 알맞은 곳으로 이사를."

리코는 무뚝뚝하게 어깨를 움츠렸다. "그런 이야기는 전혀 없었어요. 오히려 좁아서 곤란했기 때문에 언니가 나가면 공간이 비어 편해질 거라 생각했는데."

그런데 실제로는 아빠가 돌아가셔서 구멍이 뻥 뚫렸다—고 슬픈 듯이 덧붙였다.

"그렇습니까? 이런, 이거 실례했습니다. 마음 아픈 기억을 떠올리게 해서."

실례하는 김에 어제 무작정 조토 경찰서를 찾아간 이야기를 리코에게 털어놓았다. 리코는 개그라도 들은 듯이 소리 내어 웃었다.

"경찰에는 제가 연락할게요. 역시 수사가 어떻게 되어 가고 있는지 유족이 딱부러지게 이야기하는 편이 더 나을 것 같네요."

"부탁할게요. 그리고 한 가지만 더."

나는 테이블 위에서 두 장의 사진을 골라냈다. 한 장은 도모노 완구 단체사진, 또 한 장은 가지타 씨의 영정으로 쓴 사진이었다.

"이 두 장, 빌려도 괜찮겠어요?"

"그러세요. 아빠 사진은 필름도 있어요."

"컬러 복사를 뜰 테니까 괜찮아요. 깨끗하게 다루도록 주의하겠습니다."

그녀가 서류나 사진을 모아 정리하는 걸 나도 도왔다.

"회장님은 인터뷰라면 언제라도 시간을 낼 테니 연락하라고 했어요. 리코 씨와 사토미 씨를 딸처럼 친근하게 여기시는 것 같더군요."

리코가 웃었다. "회장 선생님은 집에 놀러 오신 적도 있어요."

놀랐다.

"댁으로요?"

"예. 물론 이따금 오신 거지만, 두 번인가 세 번. 처음 오신 건 제가 아직 중학생 때였죠."

주말에 가지타 씨를 부른 김에 차를 타고 들렀다고 한다.

"아빠가 권한 건지도 모르지만요……."

한 시간가량 가지타 씨 집에 머물다 차를 마시고 돌아갔다고 한다.

"두 번째 오셨을 때는 긴자에 있는 센비키야일본에서 가장 오래된 과일가게에서 과일을 잔뜩 사오셨죠."

개인 운전기사의 검소하면서도 따스한 살림에 장인은 장인 나름대로 마음이 끌렸는지도 모른다.

보스턴백 지퍼를 닫으며 리코가 아무런 거리낌 없이 말했다. "회장 선생님에게 따님이 계시는데 사정이 있어서 오래 함께 살지 못하셨잖아요? 그래서 또래 여자애가 있는 일반 집이 희한해 보이고 재미있었던 게 아닐까요?"

천연스레 말하고 나서 바로 앞에 있는 내가 바로 '사정이 있는 딸'의 남편이라는 걸 기억해 낸 모양이다.

"앗, 죄송합니다."

날름 혀끝을 내밀었다.

"괜찮습니다. 회장님의 그런 심정이 저도 왠지 이해가 됩니다."

리코는 약간 애교를 부리는 것 같은 눈짓을 하며 웃었다. "남자들은 모두 로맨티스트로군요."

"그런가요?"

"손에 들어온 것은 모두 보물인데, 손에 넣을 수 없는 것을 훨씬 더 소중한 보물로 여기죠."

나는 내 손에 들어온 보물을 생각했다.

손에 넣지 못한 것 가운데 그 이상 탐나는 것은 없을 것 같다는 생각이 들었다.

7

사무실로 돌아와 가지타 씨 집으로 전화를 걸었다. 사토미가 바로 받았다. 그저께는 정말 실례가 많았습니다, 하고 정중하게 인사를 했다. 목소리가 어두웠다.

얼른 용건을 이야기했다. 리코의 취재 방침이 결정되었다는 것. 그 구성으로 책을 만든다면 사토미가 걱정하고 있는 사태에 이르지는 않으리라는 것. 도모노 완구에 대해서는 내가 조사할 예정이라는 것.

"뭔가 알아내게 되더라도 리코 씨 귀에 들어가지 않도록 하겠습니다. 안심하세요. 그보다—."

회장님이 당신을 만나고 싶어 한다, 결혼에 관해서도 회장님은 가능하면 예정대로 진행하는 게 낫겠다고 말씀하신다는 이야기를 했다.

"저어……." 사토미가 말꼬리를 흐렸다.

내가 선수를 쳤다. "죄송합니다. 제가 멋대로 사토미 씨가 아버님에 대해 지니고 있는 생각이나 의문에 관해 회장님께 말씀드렸습니다. 숨기면 복잡해질 것 같아서."

"그렇습니까? 아뇨, 리코만 모르면 됩니다. 스기무라 씨에게 말씀드릴 때는 스기무라 씨가 회장 선생님에게 전해 주셨으면 하는 생각이 있었습니다."

"그렇게 말씀하시니 안심이 되는군요. 회장님은 사토미 씨가 공연한 걱정을 한다고 하셨습니다. 아주 섬세하고 진지한 사토미 씨다운 마음고생이라고요."

사토미가 살짝 웃었다.

"자세한 말씀은 회장님한테 직접 듣는 게 좋겠죠. 예전에 있었던 무서운 일에 대해서도 자세하게 말씀을 드려 보시면 어떻겠습니까? 회장님은 사토미 씨를 딸처럼 여기고 계십니다. 그래서 걱정을 하시는 거죠."

"감사합니다."

보이지는 않지만 그녀의 긴장한 표정이 약간 누그러진 얼굴을 상상했다. 전화를 끊을 때는 나도 마음이 편해져 있었다.

그럼, 다음은 도모노 완구다.

장소는 하치오지라고 사토미가 말했다. 삼십이 년 전에 사토미는 그 회사 사원 기숙사에서 태어났다. 두 살인가 세 살이 되던 설날에는 사옥 앞에서 기모노를 차려입고 사진을 찍었다. 최근 삼십 년간 일본 경제가 보여 준 격심한 부침은 과연 도모노 완구를 지금도 같은 장소에 남겨두었을까?

나는 수화기를 들고 전화번호 안내를 눌렀다.

"하치오지 시내에 있는 주식회사 도모노 완구 말씀이십니까?"

안내양이 아름다운 목소리로 되물었다.

"예. 완구 제조 회사입니다. 도모노는 가타카나로 표기합니다."

딸깍딸깍 하고 키보드 두드리는 소리가 들렸다.

"그 회사 이름으로는 나오지 않습니다. 완구 소매점 가운데 도모노 완구라고 등록된 곳은 있습니다."

소매점?

"장난감 가게 말입니까?"

"예. 제조 회사는 아니지만, 가타카나로 도모노 완구입니다."

"그 번호 괜찮습니다. 가르쳐 주십시오."

녹음된 음성이 흘러나온다. 나는 0426으로 시작되는 번호를 받아 적었다.

사진으로 보기에 도모노 완구 사옥은 조립식 건물 같은 간단한 구조이기는 하지만 나름대로 규모가 있는 건물이다. 부지도 넓은 것 같다.

창업자가 어느 시점에 제조업을 그만두고 공장을 닫고 토지를 매각. 다만 완구업계에 관련된 사업을 완전히 그만두기는 아쉬워 그 지역에 장난감 가게를 차렸다—이런 스토리일지도 모른다.

신호음이 한 번 울렸을 뿐인데 바로 응답이 있었다. "예, 도모노 완구점입니다."

활달한 여성 목소리였다.

"실례합니다만, 거기는 장난감 가게인가요?"

"예? 아, 그렇습니다."

"전화로 갑자기 죄송합니다. 저는 삼십 년 정도 전에 하치오지 시내에 있던 완구 제조 회사인 도모노 완구 관계자 분을 찾고 있습니다. 상호가 비슷해서 어쩌면 가게와 뭔가 관계가 있지 않을까 싶어서 여쭤보는 건데요."

"어머." 활달한 여성은 활달한 목소리로 놀랐다. "그건 우리 할아버지 공장입니다."

빙고.

"그거 다행이군요. 할아버님이라고 하셨죠? 지금도 건재하시겠죠?"

"건재? 아아, 정정하세요. 여기 사시는걸요."

"자세한 내용은 직접 찾아뵙고, 제대로 인사를 드리고 나서 말씀드렸으면 합니다. 주소를 가르쳐 주실 수 있겠습니까? 아, 늦었지만 저는 이마다 콘체른의 그룹 홍보실에 있는 스기무라 사부로입니다."

활달한 여성은 내 이름을 소리 내어 복창하면서 받아 적었다.

"예전에 거기서 일했던 분이 인연이 있어서 저희 쪽에도 근무하셨는데 얼마 전 돌아가셔서."

"어머, 딱해라."

"그래서 추도 기사 같은 걸 쓰기 위해 그분의 옛날 이야기를 들으러 다니고 있습니다. 가지타 노부오란 사람입니다."

한자를 설명하자 그걸 되뇌면서 받아 적었다.

"가지타 씨는 부부가 사원 기숙사에 살았다고 합니다. 할아버님이 기억하고 계시면 좋겠네요."

"물어보겠습니다. 옛날 일은 잘 기억하시는 것 같으니까요. 저어, 그럼 여기 찾아오실 겁니까?"

"찾아뵙고 싶습니다. 할아버님은 언제 편하실까요?"

"글쎄요. 지금 잠깐 외출하셨으니 나중에 저희가 연락을 드릴까요?"

나는 정중하게 고맙다고 하고 그룹 홍보실 전화번호와 새로 산 내 휴대전화 번호를 알려 주었다. "잘 부탁드리겠습니다."

"예, 예, 알겠습니다."

전화를 끊고 나서 비스듬히 맞은편 자리에 있는 소노다 편집장과 눈이 마주쳤다.

"탐정 노릇이란 게 뜻밖에 쉽군요." 내가 말했다. 편집장은 돋보기 안경을 코끝으로 끌어내리며 수상쩍다는 시선을 던져 왔다.

삼십 년 가까이 지난 사진에서 오십대 초반이라면 이제 여든이 넘었다는 이야기다. 그러니 당연히 예상했어야 했다.

정정하게 오래 사는 노인들은 이따금 귀가 좋지 않은 경우가 있다.

도모노 완구점의 에이지로라는 노인이 내 휴대전화로 연락해 온 것은 그날 밤 여덟 시가 지나서였다. 식사를 하던 중이었기 때문에 나는 식당에서 나와 전화를 받았는데, 통화를 마치고 식탁으로 돌아오자 아내와 딸이 웃고 있었다.

"목소리가 굉장히 큰 분이네."

귀가 먹먹했다.

"그래도 덕분에 볼일이 하나 정리될 것 같아. 일요일에 하치오지에 다녀올게."

정정하게 오래 사는 노인은 왕왕 이야기를 나누기 힘들다. 에이지로 씨는 토요일까지 주민자치회나 행사 때문에 바빠서 안 된다는 얘기를 세 차례나 반복해서 설명해 주었던 것이다. 그래서 일요일에 만나게 되었다.

"꽤 시간이 걸릴지도 모르겠어."

"차로 갈 거야?"

"아니, 전차."

"그럼 돌아올 때 연락해. 신주쿠 역까지 마중 나갈게. 드라이브하고 밖에서 함께 뭐 먹자. 많이 늦지 않으면 우리도 저녁 식사를 좀 늦게 하면 되니까. 그렇지?"

아내와 딸은 얼굴을 마주 보며 생긋 웃었다. 나도 찬성했다.

"어디가 좋을까? 레스토랑테 오카자키는 어떨까? 모모코가 좋아하는 체리 타르트가 있는 곳이야."

아직도 귀가 먹먹해서 가게 선택은 아내와 딸에게 맡기고 나는 다시 식사를 시작했다. 일요일에는 꽤 힘든 취재가 될 것 같다.

오늘 밤도 차분하게 미소라 히바리를 듣자고 하기에 내가 설거지를 맡고—식기 세척기에 넣는 정도라면 나도 할 수 있다—아내는 욕탕에 들어갔다. 모모코는 좋아하는 만화영화 프로그램을 보고 있었는데 그게 끝나기도 전에 연신 하품을 하기 시작했다. 저녁을 먹기 전에 유치원에서 그렸다는 그림을 보여 주었는데, 이런 소리를 하면 자식 자랑이나 하는 팔불출이라고 놀릴 테지만, 네 살짜리치고는 놀라울 정도로 색채가 풍부하고 균형이 잡혀 있다는 생각이 들었다. 외가 쪽에 흐르는 그림 솜씨의 피가 모모코에게 더욱 짙게 나타났다는 생각이 드는 것 역시 내가 팔불출이기 때문이리라.

오늘 밤은 호호 아줌마의 모험담을 펼쳐 읽을 것도 없었다. 아이는 늦게까지 깨어 있어서는 안 된다는 우리 집의 교육 방침은 철벽같다.

집 전화가 울렸다. 아내는 아직 욕탕에 있었다. 수화기를 들었다.

"거기가 스기무라 씨 댁입니까?"

무뚝뚝한 질문은 우리 어머니 목소리였다.

"어머니." 내가 말했다. "그렇지 않아도 오늘 어머니 생각을 했는데."

"그러면 그렇지. 오늘은 이상하게 머리가 아프더니. 뇌졸중이 오는 게 아닐까 했는데 너 때문이었구나."

악의는 없지만 입에 독이 있다. 살모사다.

"배를 보냈다. 말은 해 둬야 할 것 같아서. 거기엔 관리인이니 파출부니 하는 물건을 받을 사람이 있어서 언제든 싱싱한 걸 보내도 괜찮다고 가즈오는 이야기하지만. 역시 알려 두는 게 나을 것 같아서."

가즈오는 형 이름이다. 고향 동사무소에서 일하면서 작은 과수원도 하고 있다. 결혼해 자식 둘을 낳고 부모님과 함께 살며 마음고생을 하는 성실한 일본 남자다.

"늘 고마워요."

"너희 집에는 배 같은 것보다 좋은 게 잔뜩 있을 테지만 우린 그것밖에 없으니까."

어머니는 매년 같은 소리를 한다.

"집사람이나 모모코도 기뻐하고—."

"전화는 바꾸지 않아도 된다." 득달같이 나를 말리며 어머니는 말을 이었다. "기요코가 안부 전해 달라고 하더구나."

기요코는 누나다. 우리 형제의 모교이기도 한 고향 초등학교에서 교사를 하고 있다. 매형도 어느 중학교 교사인데, 지난해에 교감이 되었다. 자식은 없다.

"그럼 잘 지내거라."

"다들 별고 없으시죠?"

"별고 있을 리가 없잖아. 넌 잘 지내냐?"

"우리도 다들 잘 지내요."

잠깐 침묵했다가 어머니가 말했다. "지난번에 텔레비전에 나왔더구나."

장인 이야기다.

"몰랐어요."

"NHK다. 교육 텔레비전. 뭐라고 하는 건지 어려운 이야기를 하던데. 너도 힘들겠다."

나는 대답을 얼버무렸다. 그럼 잘 지내거라, 하며 다시 한번 무뚝뚝하게 말하고 어머니는 전화를 끊었다. 도망치는 것 같았다. 아마 정말로 도망치는 걸 것이다. 나호코 아가씨와 통화해야 할 상황으로부터. 부모의 강경한 반대를 무릅쓰고 결혼하여 부모가 상상할 수도 없는 호사스러운 생활을 물려받아, 그 안에서 죽을 맛으로 지내고 있을 둘째 아들의 현실에 직면하는 것으로부터.

내가 결혼할 때 어머니는 내게 이제 넌 죽은 자식으로 생각하겠다고 했다.

그래서 나는 어머니가 걱정하시는 정도로 내 생활이 호화롭거나 마음이 불편하지는 않다고 이야기해 줄 수가 없다. 이미 죽은 자식으로 되어 있으니까. 어머니는 매년 이맘때쯤이 되면 죽은 자식에게 배를 보내고, 싱싱한 거니 제때 받아야 한다고 화난 목소리로 전화를 건다.

아버지는 전화를 받지 않기 때문에 벌써 몇 해나 제대로 이야기를 나누지 못했다. 형이나 누나하고는 좀더 자주 통화를 하지만 결코 집으로 전화를 걸지는 않는다. 회사로 전화를 한다. 아니면 내가 회사에 있을 시간대에 내 휴대전화로 건다.

마음이 울적해지면 내가 떠올리는 격언이 있다. 누가 한 말인가 하면, 이마다 요시치카가 한 말이다.

"아무리 축복받고 성공한 결혼이라도 어딘가에는 불효라는 요소가 담겨 있는 법이다."

이 말에서 아이러니를 느끼면 약간은 웃을 수가 있다.

장인은 가지타 씨에게도 이 격언을 가르쳐 준 일이 있었을까? 가지타 씨는 그 자신의 결혼에 대해서, 부인과 어떻게 사귀게 되었는지에 대해 누군가에게 허물없이 털어놓은 적이 있었을까? 리코가 알아내 줄지도 모른다.

8

팔 년 전 이른 봄 평일이었다. 나는 한 영화관에서 나호코를 처음 만났다. 긴자에 있는 개봉관이었는데, 오후 두 시가 조금 지나 시작한 영화였다.

그때 이미 월급쟁이 편집자였던 내가 그런 시간대에 영화관에 있었던 것은 그야말로 시간을 죽이기 위해서였다. 업무 상대의 사정 때문에 한 시간가량 비었던 것이다. 평소 같으면 서점이라도 어슬렁거렸을 테지만 그날은 너무 피곤해서 졸렸기 때문에 눈이라도 붙이려는 불순한 의도로 영화관을 찾았다.

객석은 반 정도 차 있었다. 그 시절 히트한 영화였다. 같은 줄 가운데쯤에 여자 관객이 혼자 앉아 있었다. 그래서 그 여자가 수상하게 여기지 않도록 나는 조심스럽게 거리를 두고 자리를 잡았다.

영화가 시작되고 잠시 꾸뻑꾸뻑 졸다가 깼다. 그런데 아까 그 여자 관객이 부시럭부시럭 움직이면서 뭐라고 작은 목소리로 말을 하고 있었다. 어느새 그 여자 옆에 남자가 앉아 있다. 그 남자에게 말을 하고 있었다.

뭐야, 커플이었나? 하고 생각하며 다시 잠을 청하려 했을 때 여자의 목소리가 살짝 들렸다.

"—이러지 마세요."

그 소리에 잠이 달아났다. 그 여자는 막 엉거주춤 일어나 내가 있는 줄 끄트머리 쪽으로 도망치려 하고 있었다. 옆에 있던 남자가 여자의 손목을 잡고 있는 모습이 스크린 빛으로 또렷하게 보였다. 그녀는 그 손을 뿌리치려 하지만 힘이 모자란 모양이었다.

나는 자리에서 일어나 그 여자 쪽으로 가 왜 그러느냐고 물었다. 영화관이라 다행이었다고 지금도 생각한다. 환한 곳에서 보면 내가 힘센 남자가 아니라는 걸 한눈에 알 수 있었을 테니까. 그랬다면 치한의 태도도 전혀 달랐으리라. 어둠이 내 편을 들어 주었다.

"당신, 숙녀 분에게 무슨 짓을 하는 거야. 그만둬."

목소리에 힘을 주고 야단을 치자 주위에 있던 관객들도 눈치를 채고 힐끔힐끔 쳐다보았다. 치한은 쯧, 하고 혀를 차더니 도망갔다. 양복 차림의 젊은 남자였던 걸로 기억한다. 그가 거칠게 문을 열고 닫았기 때문에 로비의 불빛이 들어와 나는 봉변을 당하고 있던 젊은 여자가 떨면서 울고 있다는 것을 알아차렸다.

그녀를 로비로 데리고 나왔다. 근처에 있던 의자에 앉히고 직원을 부르려 하자, 그녀는 그러지 말아 달라고 했다. 작은 백에서 깨끗한 손수건을 꺼내 눈물을 닦으며 창백한 얼굴로 정중하게 내게 고맙다는 인사를 했다.

"이런 일은 처음이라 깜짝 놀랐습니다. 감사합니다."

깔끔한 옷차림에 몸에 걸치고 있는 것이 고가품 같아 학생이라고는 생각할 수 없었다. 하지만 무척 어려 보였다.

입을 다물고 있으면 내게 실례라고 생각했는지, 말을 하는 게 마음이 안정이 되어 그런 건지는 몰라도, 약간 상기된 작은 목소리로 자주 혼자서 영화를 보러 온다느니 긴자의 일류 영화관이라 여태 기분 나쁜 일은 없었기 때문에 별 걱정을 하지 않았다느니 하는 이야기를 계속했다. 나는 맞장구를 치면서 당신이 잘못한 것은 아니고, 그렇게 노골적으로 막돼먹은 짓을 하는 치한은 드문데 많이 놀랐겠다고 하는 식의 이야기를 반복했다.

그녀가 얼굴이 아직 창백한 상태로 오늘은 그만 돌아가겠다고 하기에 밖까지 배웅해 주겠다고 했다. 그 치한이 아직 이 근처에 있다가 그녀에게 치근거릴지도 모른다는 걱정이 불쑥 들었기 때문이다. 그리고 무엇보다—솔직히 고백하면—그녀가 너무 예쁘고 매력적이라 약간 멍한 상태였다.

그녀가 머뭇거리기에 나는 '아까 그 녀석이 아직 어슬렁거리고 있으면 큰일이라서' 라고 얼른 설명했다. 그리고 나 자신은 이상한 놈이 아니라는 걸 보여 주기 위해 명함을 내밀었다. 그녀는 그걸 받아들고 눈물이 남아 있는 눈동자로 나를 빤히 쳐다보았다.

"아오조라쇼보?"

"예."

"저 '제레미와 푸' 시리즈를 읽고 있어요."

번역물 그림책 시리즈였다. 제레미라는 소년과 보름달 뜨는 밤에만 날개가 돋아 하늘을 날아다닐 수 있는 '푸' 라는 아기 코끼리가 모험을 하는 이야기이다. '아오조라쇼보' 가 펴낸 책 가운데서 제법 성공한 작품이었다.

"어린이 도서관 읽어 주기 모임에서 자원봉사를 하고 있거든요."

그야말로 제레미와 푸의 모험을 소리 내어 읽고 있는 것이었다.

"아이들에게도 무척 인기가 있어서 우리는 둘이 활약하는 다른 이야기를 그림 연극紙芝居 두꺼운 종이에 중요한 장면들을 그려 틀 안에 넣고 한 장면씩 설명하면서 보여 주는 그림 이야기의 일종으로 만들기도 해요."

그렇게 말하고 나서, 사실은 그러면 안 되는 거죠? 하며 난처한 표정을 지었다. 나는 웃었다.

"지은이가 화내거나 하지는 않을 겁니다."

어쨌든 그녀는 내가 다니는 출판사가 낸 책의 애독자였다. 나는 기뻤다.

함께 영화관을 나와 가장 가까운 택시 승강장까지 바래다주었다. 그녀는 정중하게 인사를 한 뒤, 차를 타고 떠났다.

다음 약속에 좀 늦었다. 왠지 마음이 들떠서 이야기에도 몰입하지 못했을 것이다.

그녀는 이름을 밝히지 않았다. 그게 무례하다는 생각은 들지 않았다. 동네를 걷고 있다가, 아주 예쁘고 여린 것이 길가에 떨어져 무심한 사람들에게 밟힐 뻔했던 것을 살며시 주워들어 지켜 준 것 같은, 그런 느낌이 남아 있었다. 한동안 그 기분을 소중하게 간직하고 싶었다.

며칠 뒤, 편집부로 내게 편지가 왔다. 봉투에 적힌 주소는 세타가야구 마쓰하라였고 보낸 이는 '이마다 나호코' 로 되어 있었다.

지난번에는 감사했습니다, 라고 꼼꼼하고 아름다운 글씨로 적혀 있었다. '제레미와 푸' 시리즈에 대한 감상도 적혀 있었다.

나는 바로 답장을 썼다. 달콤한 기분의 보존 기간이 조금 연장되어 기뻤다.

그런데 얼마 뒤 또 다시 편지가 왔다.

나는 또 답장을 썼다.

그 편지에 다시 답장이 왔다.

이렇게 해서 우리의 교제는 아주 클래식하게도 편지 왕래로 시작되었다.

요즘이라면 당장 이메일 주소를 서로 주고받아 연락을 할 것이다. 가볍고 재미있고, 빠르기 때문에 편하다. 그렇지만 나는 편지라는 고풍스러운 통신수단이 살아 있을 무렵에 나호코와 알게 된 걸 다행으로 여긴다.

편지에는 서로가 오로지 책과 영화 이야기만 적었다. 그녀는 편집자라는 내 직업에도 흥미를 갖고 있었다. 한편 영화관이 너무 무서워져 집에서 비디오만 보게 되었다고 했다. 하지만 그래서는 최신 개봉작은 볼 수가 없게 된다.

"다음에 이마다 씨가 영화관에서 보고 싶은 작품이 있다면 제가 보디가드로 따라가 드릴까요?"

망설인 끝에 이런 말을 꺼내기까지 넉 달 정도 걸렸을 것이다. 그때는 아직 그녀가 이마다 콘체른 회장의 딸이라는 걸 몰랐지만, 내게는 어울리지 않을 상당한 집안의 딸일 거라는 짐작은 했기 때문에 그런 말을 꺼내기 조심스러웠던 것이다. 그렇다, 나는 겁쟁이다.

지금도 이따금 나호코는 미소를 지으며 이렇게 말할 때가 있다.

"우스운 이야기지만 그 치한이 우리를 맺어 준 셈이야. 그렇지?"

아내가 이런 말을 재미있다는 듯이 해 주는 것이 나는 기쁘다. 교제를 시작하고 나서 꽤 시간이 흘러, 그때 치한이 그녀에게 무슨 짓을 하고 무엇을 하게 하려고 어떤 천박한 말을 건넸는지 나호코가 가르쳐 주었다. 이른바 무균 상태에서 자란 나호코 같은 여성에겐 심한 쇼크를 남겼다 해도 이상할 게 없는 내용이었다.

그때 순간적인 의분으로 내가 재빨리 행동을 취한 것을 나는 스스로에게 깊이 감사하고 있다. 그게 결과적으로 나와 나호코를 맺어 주었기 때문만은 아니다. 가령 맺어지지 않았다 해도 그 치한을 쫓아 버릴 수 있었던 것만도 다행이었다. 그 녀석의 가시는 분명히 이마다 나호코의 손가락을 찔렀지만 독이 퍼지기 전에 조치를 취할 수 있었던 것만 해도 다행이다.

✻

리코로부터 가지타 씨의 영정이 된 사진을 빌려 온 것은 「아오조라」에 기사를 실을 수 없을까 하는 생각이 들었기 때문이다. 가지타 씨는 정사원이 아니었기 때문에 지금까지 부음이 사내보에 실린 적이 없었다.

유라쿠 클럽의 기우치 씨와 나눈 이야기가 힌트가 되었다. 이마다 그룹 전체에는 엄청나게 많은 사원이 있다. 그 가운데는 기우치 씨와 마찬가지로 이시카와초 근처에 살거나 그곳을 잘 아는 사람이 있을지도 모른다. 「아오조라」라고 하는 매체를 이용하면 정보를 얻을 수가 있을 것이다. 의외로 등잔 밑이 어두운 법이다.

그런 이야기를 편집장과 하고 있는데 아르바이트 사원인 시이나 양이 끼어들었다. 현재 여자대학에 재학중이고 초등학교 때부터 지역 클럽에서 배구 선수로 뛰고 있어, 키가 무려 백칠십오 센티미터나 되는 아가씨이다.

"어차피 기사를 쓸 거라면 그 문장을 이용해서 내친 김에 전단지도 만들어 현장에서 뿌리면 어떻겠어요?"

"우리가 하자는 거야, 그걸?" 편집장은 얼굴을 찌푸렸다.

"제가 도울게요."

"종이건 복사건 무료가 아니야. 그런 소릴 하면 네 시급도."

"안 될까요? 별로 번거롭지도 않을 텐데."

시이나는 내 얼굴을 쳐다보았다. 나는 꺽다리인 그녀의 자그마한 얼굴을 올려다보았다. 멋진 아이디어라는 생각이 들었다. 좋은 이야기다.

"그런 건 경찰에 맡겨 둬." 편집장은 무뚝뚝했다.

"경찰은 전단지 같은 거 만들어 주지 않죠."

"맞아요. 입간판은 있었지만." 내가 말했다.

"그렇죠? 뉴스를 봐도 그렇잖아요? 유족 분들이 역 앞에서 나눠주는 거, 그거 모두 유족들이 직접 만들었겠죠."

"비용은 제가 부담하겠습니다." 내가 말했다. "복사는 편의점에서 할게요. 시이나는 근무 시간 이외에 도와줄래? 밥 살게."

"좋아요! 그럼 결정했어요."

시이나는 손뼉을 짝 쳤다. "아, 또 하나 생각났다. 오늘 제 머리가 잘 돌아가죠? 스기무라 선배, 입간판에도 가지타 씨 얼굴 사진을 복사해 붙이면 어떻겠어요?"

"그러는 게 무슨 의미가 있지?" 편집장이 끼어들었다.

"무슨 소리야?" 내가 몸을 시이나 쪽으로 디밀며 물었다.

"그런 입간판으로는 돌아가신 분에 관한 정보가 들어오지 않잖아요? 우리 집 근처에서 유치원 아이가 뺑소니 사고를 당한 적이 있는데, 그때도 '유치원생'이라고만 했지 그 이상의 자세한 내용은 적혀 있지 않았어요."

"피해자의 프라이버시지."

"그렇죠. 하지만 그 때문에 입간판을 보는 사람에겐 실감이 거의 나지 않아요. 그래도 유치원생의 경우에는 '아아, 이렇게 어린애가 가엾게도' 하는 생각이 들지만 가지타 씨의 경우는 아저씨라서."

입간판에는 뺑소니 사망 사고가 있었다는 내용밖에 적혀 있지 않았다.

"돌아가신 건 이분입니다, 하고 사진을 붙여 두면 훨씬 현실감이 느껴지지 않겠어요? 남의 일이 아니라는 느낌이 들고 기억을 더듬기도 쉬워질지 모르죠. 스기무라 선배가 본 입간판은 하나뿐이었죠?"

"응. 다른 건 없었어."

"하지만 피해자 프라이버시야." 편집장이 다시 딴죽을 걸었다. "나는 말이야 신문이나 텔레비전에서 사건 피해자의 이름이나 얼굴 사진을 내보내는 건 반대야. 이상하다고 생각하지 않아?"

"그렇게 생각하기는 하지만 때와 장소에 따라 다르겠죠. 이번에는 어쨌든 정보가 필요하니까요. 공개수사라고 생각하면 되지 않겠습니까?"

이야기가 너무 거창해졌다. 그러고 보니 시이나가 대학에서 신문학을 전공하고 있다는 것이 생각났다.

「아오조라」에 가지타 씨 기사를 싣는 일은 오케이를 받았지만 편집장은 기분이 언짢아 보였다.

"그냥 책을 내는 걸 도와주는 정도 아니었어? 범인 찾기까지 할 거야?"

"내친 김에 하는 거죠. 별 지장 없을 겁니다. 전단지만 만들 거라니까요."

나는 오후 내내 참호에 숨은 병사처럼 웅크리고 앉아 기사 초안을 잡았다.

월급쟁이가 직장 상사의 눈치를 살피지 않을 수는 없는 노릇이라 그날은 저녁까지 책상을 비울 수 없었다. 일은 그럭저럭 바빴다. 그래도 느긋할 수 있었던 것은 그레스덴하이츠 이시카와의 관리실이 오후 아홉 시까지 열려 있다고 알고 있었기 때문이다. 관리실 게시판에 그렇게 적혀 있었다.

퇴근할 때 나호코에게 전화를 걸어 오늘 밤은 여느 때보다 늦을 테니 저녁을 먼저 먹으라고 했다. 아내는 호호 아줌마를 어디까지 읽었는지를 물었다. 오늘 밤은 내가 대타니까, 라며.

옛날 일이 얼핏 떠올라 나는 아내에게 말했다.

"호호 아줌마 이야기를 그림 연극으로 만들어 보면 재미있지 않을까?"

"내가 그리고?"

"왕년의 실력을 발휘하는 거지."

"호호호."

아내는 웃으며 전화를 끊었다.

이래저래 시간이 걸렸기 때문에 그레스덴하이츠 이시카와에 도착했을 때는 오후 일곱 시 반이 지나 있었다. 관리실이 있는 홀에는 형광등이 환하게 켜져 쭉 늘어선 우편함을 비추고 있다. 작은 창 너머로 여름용 반소매 제복을 입은 관리인이 앉아 있었다. 나와 엇갈려 무거워 보이는 서류가방을 든 샐러리맨이 우편함을 들여다보고 관리실에 인사를 하고는 엘리베이터 쪽으로 걸어갔다. 관리인은 그에게 '이제 오십니까?' 하고 인사를 했다.

홀로 들어와 바로 오른쪽 벽에는 아파트의 모양을 본뜬 게시판에 호수와 입주자의 성姓을 쭉 적어 놓은 것이 붙어 있었다. 군데군데 호수 표시만 있고 성은 빠져 있는 부분이 보이는데, 빈집일까? 아니면 이것도 프라이버시 때문일까?

"안녕하세요? 잠깐 실례합니다."

카운터 같은 작은 책상에 앉아 일지로 보이는 것을 적고 있던 관리인은 눈을 들어 내게 고개를 끄덕였다. 잡상인으로 오해하지 않도록, 나는 우선 명함을 주고 용건을 이야기했다.

"가지타 씨 사건을 해결하기 위해서 사내보도 협조하기로 되었기 때문에 기사를 쓰기 위해 취재를 하고 있습니다. 시간을 좀 내 주실 수 있겠습니까?"

나는 준비해 온 이달치 「아오조라」를 내밀었다. 통통하고 둥근 얼굴의 관리인은 쉰 살쯤 되어 보였다. 얼굴에 꼭 맞는 안경을 고쳐 쓰며 「아오조라」를 대충 훑어보았다.

"그러면 안으로 들어오시죠."

관리실로 들어가는 문을 열어 주었다. 방의 반을 감시 모니터와 각종 장비가 차지하고 있다. 내부 방송용 장비가 있고, 마이크도 고개를 세우고 있었다.

오래 써서 길이 들었지만 깨끗하게 닦인 작업용 책상에 회전의자가 몇 개 딸려 있었다. 관리인은 그 의자를 권했다.

"에—, 저는 관리실장 구보라고 합니다만."

제복 가슴을 툭툭 두드리고, 그다음에 등 뒤에 있는 작은 서랍을 열어 명함을 꺼내 내게 주었다.

"정말 미안합니다."

"그렇지만 그 사건이라면 우리는 별로 아는 게 없습니다. 여기는 닫혀 있었으니까요. 오봉 연휴 기간이라서."

"알고 있습니다."

나는 사고 이전에도 가지타 씨가 여기를 찾아온 적이 있는지 어떤지를 알고 싶었다.

가지타 씨는 여기 뭘 하러 왔던 걸까? 누군가를 만나러 온 건 아니었을까? 역시 신경이 쓰였다.

리코의 말대로 그냥 훌쩍 드라이브를 왔는지도 모른다. 하지만 나는 왠지 석연치 않은 기분이 들었다. 게다가 입간판에 불쑥 사진만 붙이고 돌아가기만 해서는 어린애가 심부름을 하는 것 같았다. 어차피 온 김에 관리인과 이야기를 해 보아도 좋으리라.

"뭐랄까, 운이 없었죠. 우리가 없을 때 그런 일이 일어나다니."

"그렇습니까? 아파트 관리와는 관계없는 일 같은데요."

"관계없지도 않습니다. 전에도 있었으니까요, 사고가."

"자전거와 보행자 사고가?"

"아니, 아니. 여기 입주자 승용차가 저 출입구 부근에서 자전거를 탄 애를 치었습니다. 막 나가는 순간에."

또 어린애 자전거인가?

"두 해쯤 전이었나? 그래서 거울을 하나 늘렸습니다."

그러고 보니 아파트 출입구에는 한 쌍의 볼록 거울이 설치되어 있었다.

"사소한 접촉 사고라면 더 많죠. 그때마다 회람을 돌려 주의하라고 부탁하지만 효과가 없군요."

"이렇게 입주자가 많으면 각양각색의 사람이 살고 있을 테니까요."

"맞아요, 맞아." 구보 관리실장은 이해해 주어 기쁘다는 듯이 진지하게 고개를 끄덕였다. "우리끼리 하는 이야기지만, 무슨 소릴 해도 듣지 않는 사람도 있으니까요."

나도 진지하게 고개를 끄덕였다.

"요 앞길은 자전거 통행량이 많더군요. 놀랐습니다."

"보통이 아니죠. 또 다들 속도를 내서."

관리인이 길을 쓸고 있다가 자전거에 부딪힌 일도 있다고 한다.

"이번 뺑소니 사고는 우리 입주자가 관련되어 있지는 않지만 일단 회람을 만들어 전체 가구에 배포했습니다. 출입할 때 조심해 달라고. 경찰에서도 그런 주문이 있었고."

나는 복사한 가지타 씨의 사진을 작업용 책상 위에 올려놓았다. "돌아가신 건 이분입니다."

구보 관리실장은 사진을 집어 들었다.

"허어, 나이가 꽤 되는 분이라고 이야기를 들었는데 생각보다 젊군요. 나이가 더 많은 줄 알았습니다."

"얼굴은 보신 적 없습니까?"

"이름도 모르겠네요. 가지타 씨라고 합니까?"

"경찰 쪽에서 문의는 없었나 보군요."

"여기 주민이 아니면 오지 않죠. 이 사람을 친 자전거도 앞길을 지나갔을 뿐이지, 여기서 나간 자전거는 아니었고."

그래서 다행이다, 하고 내심 안도하는 모습이었다.

"여기 주민 자전거였다면 번거로워졌을까요?"

"그야 당연히 그렇죠. 범인을 찾아내야 하니."

어린애였던 것 같다고 하지 않습니까, 하고 그는 목소리를 낮춰 말했다.

"아아, 그건 알고 계셨습니까?"

"주민자치회에서 들었습니다. 여기는 아파트 전체가 이시카와 1초메丁目의 주민자치회에 들어 있는데 모임에는 제가 대표로 나갑니다. 쓰레기 수거라거나 청소 당번이라거나, 마쓰리일본의 축제를 일컫는 말 때의 모금 같은 일들을 의논하니까요. 이사장이 가는 일도 있지만 대개는 제가 처리하죠."

그래서 주민자치회 임원들과는 친하다고 힘주어 말했다.

"친 자전거에 애가 타고 있는 걸 본 사람이 있다는 이야기라. 그래서 주민자치회 회장님이 이 주변의 중학교와 초등학교에 부탁해서 학교용 회람을 돌리려고 했는데 잘 안 되었죠."

"학교에서 거절했습니까?"

"정확한 정보는 아닌데, 학교에서 범인을 찾을 수는 없다고 육성회 회장님한테 야단을 들었다더군요."

관리실장은 쓴웃음을 지었다.

"자전거를 타고 달릴 때는 주의합시다, 하는 회람 정도라면 괜찮을 텐데 말이죠."

"그런 회람이었습니다. 그렇지만 안 된다고. 그 대신에 학교 단위로 자전거 안전교실이란 걸 하기로 약속을 받았지만요. 경찰에서 지도원을 파견해 교육을 시키기로."

"아아, 그건 괜찮겠군요."

나는 관리실을 메운 장비를 보았다. 여섯 개의 모니터에 흑백으로 움직임이 없는 화면이 비치고 있다. 엘리베이터 부근의 모습인 것 같았다.

"출입구 쪽에는 이런 감시 카메라가 설치되어 있지 않습니까?"

구보 관리실장은 오동통한 손을 저었다.

"없습니다. 몇 년 전인가 관리조합 이사회에서 설치하자는 안이 나오기는 했었지만. 총회에서 부결되었습니다."

프라이버시 침해가 되겠죠, 라고 그 부분만 묘하게 딱딱한 어조로 말했다.

"누가 몇 시에 나갔고 몇 시에 돌아왔는지. 누구와 돌아왔는지 말이죠. 감시하고 있는 것 같아지죠."

"아하."

감시 카메라가 있었다면 거기에는 가지타 씨가 자전거에 치인 순간의 영상이 찍혔을지도 모른다—관리실이 닫혀 있었다면 그것도 무리일까—고 나는 약간 기대를 했었지만 일이 그리 쉽게 풀리지는 않았다. 게다가 경찰에서 이미 확인을 다 했을 것이다.

"그런데 이 가지타 씨 말입니다. 사고 이전에도 여기를 찾아온 적이 없었나요? 기억 나지 않습니까?"

구보 관리실장은 안경을 치켜 올리며 사진을 집어 들었다.

"나는 본 적이 없는데."

"여기는 관리인이 몇 분이나 계십니까?"

"상근은 저를 포함해서 다섯 명 있습니다. 모두 출퇴근하지만."

"이 사진을 맡겨 놓을 테니 다른 분들에게도 물어봐 주시겠습니까?"

"그러죠."

선선히 받아들여 주었지만, 이상한 모양이었다.

"그런데, 그것과 사고가 무슨 관계가 있는 겁니까?"

아까부터 나나 구보 관리실장이나 사건이라고 했다가 사고라고 했다가, 뺑소니 사고라고 했다가 제각각 다른 표현을 쓰고 있다. 고의로 친 것은 아니니 사고다. 하지만 사람이 한 명 죽고, 가해자는 도망쳐 버렸으니 사건이다. 그 애매함 때문에 한 가지 표현을 쓰지 못하고 있는 것 같다.

"관계는 없을 거라고 생각합니다, 아마도. 다만 가지타 씨가 무엇 때문에 여기 왔었는지, 좀 확실치가 않아서요. 기사를 쓰려면 그런 상세한 부분을 확인할 필요가 있기 때문에."

"예. 큰 회사는 사내보도 본격적이로군요."

관리실장은 뭉툭한 손끝으로 콧등을 긁었다.

"이 양반 가족 분들에게 물어보면 알 수 있지 않습니까?"

"유족들도 모릅니다. 고인은 드라이브를 좋아했다고 하는데, 그래서 잠깐 차를 몰고 지나가던 길이었을 뿐이지 않은가 생각하고 있답니다. 경찰도 그렇게 이해하고 넘어간 것 같습니다."

"하지만 저 출입구에서 차를 세우고 내렸잖습니까?"

"그렇습니다. 바로 옆에 주차를 시키고."

"그렇다면 우리 쪽에 볼일이 있었던 건가?"

그는 관리실 창 너머로 출입구 쪽을 내다보는 눈짓을 했다.

"그렇지만 우리는 알 수 없으니까요. 일단 외부 손님들은 관리실에 이야기를 해 주십사 부탁하지만 그건 원칙이 그렇다는 거고요. 실제로는 입주자를 찾아오는 손님들에게 일일이 그렇게 번거롭게 해 드릴 수도 없어서."

"그렇군요. 현실적으로는."

"그렇죠? 그야말로 프라이버시의 문제가 되어 버립니다. 우리에게 이야기를 하는 건 외부 손님용 주차장을 사용할 때 정도죠. 그것도 주차 대수가 제한되어 있고, 하루 전에 예약을 하도록 되어 있기 때문에요. 외부에서 잠깐 왔다가 그날로 돌아가는 손님은 대개 앞길에 주차시키거나 저 앞에 있는 코인 파킹을 이용하는 모양입니다."

나는 그 말을 받아 적었다.

"어쨌든, 우리 동료들에게 물어보겠습니다. 크게 도움이 되지는 않겠지만."

"감사합니다."

자칫하면 잊을 뻔했다. 나는 얼른 입간판에 가지타 씨의 사진을 붙이고 싶다는 이야기를 꺼냈다. 구보 관리실장은 눈을 깜빡거렸다.

"괜찮지 않겠습니까? 만약 그렇게 해서 뭔가 알아낼 수 있다면 다행이죠."

"그렇게 되기를 바라고 있습니다. 그리고 조만간 입간판을 세워 둔 부근에서 전단지도 돌리고 싶은데요……."

구보 관리실장은 약간 머뭇거렸다.

"그건 글쎄요. 경찰에게 한마디 해 두는 게 좋을지도 모르겠군요."

"물론 폐가 되지 않도록 할 생각입니다만."

"우리야 안 된다고 할 수 없죠. 뭐 이사장에겐 이야기해 두겠습니다. 실제로 전단지를 돌리게 되면 사전에 알려 주십시오."

"예. 꼭 알려 드리겠습니다."

준비해 온 테이프로 가지타 씨의 복사 사진을 정성껏 붙였다. 여백 부분에 '가지타 노부오 씨 65세 직업: 운전기사' 라고 적혀 있다.

흰 바탕에 검정과 빨간 글자로 적힌 입간판에 흑백 사진을 붙인 것만으로도 분위기가 확 달라졌다. 시이나의 말이 맞았다. 얼굴도 이름도 없던 사망자가 입간판 안에서 숨 쉬고 있는 것 같았다.

작업을 마치고 나는 그 자리에 서서 합장을 했다.

부디 이 개량된 입간판이 아직 발견되지 않은 정보를 모으는 계기가 될 뿐만 아니라 가지타 씨를 친 문제의 자전거에 탔던 사람 마음에도 뭔가 새로운 영향을 미치기를.

그 사람이 사고 뒤에도 여기를 지나다닌다는 전제가 있어야겠지만.

아직 낮 더위는 심하지만 밤하늘에서는 가을 기운이 느껴졌다. 공기가 맑고 별이 시원스럽게 깜빡였다. 나는 하늘을 바라보며 이시카와 다리 위까지 걸어 올라갔다.

다리에서 어둠에 싸인 동네를 내려다보니 교차로 모퉁이에 있는 집 창가에 또 그 할머니가 걸터앉아 있는 모습이 보였다. 선명한 색상의 앗파파가 유난히 눈에 띈다. 바람을 쐬고 있는 모양이다.

저렇게 아무 생각 없이 창밖으로 동네를 바라보는 것도 즐겁겠구나, 하는 생각이 들었다. 하루 종일 수많은 사람들이 오갈 것이다. 이

웃사람들과 인사를 나눌 수 있다. 잠깐 멈춰 서서 이야기를 나눌 수도 있을 것이다.

혹시 가지타 씨 사건이 났을 때도 할머니는 창가에 있었던 게 아닐까?

다리에서 내려와 신호를 무시하고 짧은 횡단보도를 건넜다. 할머니는 내게 등을 지고 있었다. 놀라게 만들고 싶지 않아 좀 떨어진 곳에서 말을 걸었다.

"저어, 안녕하세요? 지난번엔 실례했습니다."

뒤를 돌아보고 할머니는 약간 의아하다는 표정을 지었다. 시간도 시간이고, 이번에는 세일즈맨으로 오해받고 싶지 않아서 나는 이름을 밝혔다. 할머니는 역시 의아하다는 표정을 지우지 않고 나를 바라보았다.

"삼 주 전쯤 저 아파트 앞에서 사람이 자전거에 치여 죽는 사고가 있었는데요."

"아, 예예."

할머니는 고개를 크게 끄덕였다. 창문이 열린 방 안에는 불이 켜져 있었고, 텔레비전 소리가 조그맣게 흘러나왔다. 무슨 요리를 하는지, 좋은 냄새가 풍겨 왔다.

"돌아가신 분은 제가 아는 사람입니다. 아직 친 사람을 찾지 못했는데, 실마리라도 얻고 싶어서 이 부근에 자주 오고 있습니다."

사고 당시의 일을 뭔가 알고 계시냐고 물으려 했을 때, 안쪽에서 누군가가 움직였다.

"할머니, 누구?" 여자 목소리가 들려왔다.

바로 에이프런을 걸친 마흔 정도 되는 여자가 창가로 다가왔다. 나는 고개를 숙이고 다시 한 번 이름을 밝히고 사정 이야기를 했다.

"어머, 고생이 많으시네요."

한쪽 손을 뺨에 대고 한 손은 할머니 어깨에 얹은 여자는 나를 대략 훑어보았다. 거리낌 없는 시선이라 크게 의심하는 것 같지는 않아 안심했다.

"그렇지만 우린 다리 이쪽 편이라……. 저쪽에서 자전거에 치여 돌아가신 분이 있다는 건 알고 있지만 그 이상은, 그렇죠?"

에이프런을 걸친 여자는 할머니에게 동의를 구했다. 할머니는 눈을 천천히 깜빡였다.

"그렇지. 미안허우."

"할머니는 자주 여기 앉아 계시지만, 여기서는 아파트 쪽이 보이지 않아서요."

그때 나는 튀어나온 창틀에 앉아 있는 할머니의 바로 뒤에 휠체어의 등받이가 있다는 것을 깨달았다. 에이프런을 걸친 여자도 내가 눈치 챘다는 걸 깨달았다.

"다리가 불편하세요. 그래서 여기서 바깥을 바라보며 기분전환을 하시는 거죠."

"경치가 좋겠네요. 강바람이 시원하고."

"모기가 많은 게 문제이기는 하지만요."

에이프런을 걸친 여자가 웃었다. 나도 웃었다. 할머니도, 조금 늦게 방긋 웃었다. 나는 두 사람에게 인사를 하고 천천히 이시카와 다리로 돌아갔다.

9

일기예보에서는 짙은 갈색 긴소매 셔츠를 입은 예보관이 이 늦더위도 이번 주말이면 끝날 거라고 하고 있었다. 가을이 점점 가까워지고 있습니다, 라고. 분명히 아침저녁으로 서늘한 바람이 불어오고, 맑게 갠 푸른 하늘에 걸린 새털구름이나 비늘구름도 가을 풍경이다.

하지만 오늘은 아침부터 기온이 치솟았다. 추오혼선線 하치오지 역에 내려 햇볕이 쏟아지는 거리를 걷다 보니 전차 안의 냉방 덕분에 식었던 등에 바로 땀이 나 흘러내리기 시작했다.

다행히 나는 방향 감각이 나쁜 편이 아니어서 하치오지 시가의 지리를 쉽게 파악할 수 있었고, 도모노 완구점은 역에서 그다지 멀지 않았다. 그래도 목적지에 도착했을 때는 일단 손수건으로 얼굴을 닦아야만했다.

자그마한 장난감 가게는 구 층짜리 멋진 아파트 일층에 있었다. 외벽은 벽돌색이고 꼭대기는 평평한 지붕이 아니라, 크리스마스 케이크 위에 얹은 초콜릿 오두막 같은 삼각형 지붕으로 되어 있었다.

한 칸 반 넓이의 가게 출입구 위에 비닐로 만든 빨간색 차양이 쳐져 있고, 거기에는 '장난감이라면 도모노'라고 적혀 있었다. 한쪽으로만 여닫는 자동문 가까이까지 장난감이 빼곡한 진열장이 있었다.

자동문을 열고 가게 안으로 들어갔다. 직사광선으로부터는 벗어났지만 좁은 통로는 푹푹 찌고, 비닐과 플라스틱 특유의 냄새가 풍겼다.

오른쪽 안쪽에 비디오게임을 해 볼 수 있는 게임기가 한 대 놓여 있었다. 게임을 하고 있는 손님은 없다. 화면도 꺼져 있다. 모니터 위에 골판지 상자로 만든 팻말이 놓여 있었다. 동글동글한 글씨로 '한 사람에 10분씩. 순서를 지키고 서로 양보하며 합시다' 라고 적혀 있었다.

나는 도모노 완구점에 호감을 느꼈다.

통로는 두 줄이었다. 내가 서 있는 곳은 왼쪽 통로였는데, 막다른 부분에는 프라모델 상자가 천장까지 쌓여 있었다. 오른쪽 통로로 옮기자 낡은 사무용 책상과 그 위에 자리 잡은 금전출납기가 보였다. 책상 안쪽으로는 의자 등받이가 보였다. 천장 한구석에서 미니 사이즈의 선풍기가 돌아가고 있었다.

통로를 걸어가면서 실례합니다, 하고 사람을 부르려 할 때 사무용 책상 뒤편에 쳐져 있던 커튼이 열렸다.

"예, 예. 나갑니다." 젊은 여자가 한 명 나왔다.

어떻게 안 걸까—하는 생각을 하다가, 바로 오른쪽 천장과 벽 경계에 튀어나와 있는 카메라가 있다는 걸 깨달았다.

"예, 어서 오세요."

쾌활한 이 목소리는 내 전화를 받았던 그 여자다. 만나려 하는 에이지로 씨의 손녀다.

"며칠 전 전화드렸던 이마다 콘체른의 스기무라입니다."

어머, 하듯이 젊은 여성은 살짝 고개를 갸웃거렸다.

"아, 할아버지를 뵙고 싶다고 하신 분이죠."

"예, 두 시에 뵙기로 약속을 해서."

"그러면, 죄송하지만 일단 밖으로 나가서 요 모퉁이를 돌아 뒤에 있는 엘리베이터를 타고 집으로 올라가 주세요. 맨 꼭대기 층입니다. 그 층엔 우리밖에 살지 않으니 금방 찾을 수 있을 겁니다."

손녀딸은 크게 팔을 저어 빙글 반원을 그리며 내가 가야할 길을 가리켜 주었다. 아파트 현관이 빌딩 뒤편에 있는 모양이다.

"그래도 괜찮겠습니까? 불쑥 올라가기가 죄송스러워서."

"취재라고 하셨잖아요? 상관없습니다."

거침없고 경계심도 없다. 내 용건이 뭔지 잊어버린 모양이다. 그런데 취재라니, 무슨 뜻일까?

"할아버지에겐 인터폰으로 알려 둘 테니까요."

밝은 목소리에 떠밀려 나는 뒤로 돌아갔다. 아파트 입구를 들어서자 깨끗하고 잘 손질되기는 했지만 타일과 타일의 틈새에 낀 때나 금속 처리 부분이 낡은 상태로 보아 지은 지 상당히 오래된 건물이라는 걸 알 수 있었다. 이십 년 이상은 되지 않았을까? 그렇다면—.

가지타 사토미가 이야기하는 '유괴' 사건이 일어나고, 가지타 씨 부부가 도망치듯 도모노 완구를 그만둔 것은 이십팔 년 전 일이다. 그 뒤 십 년도 지나지 않아 완구 제조 회사로서의 도모노 완구는 문을 닫고 말았다는 이야기가 된다.

이번 방문에 대해 약간 비관적인 예상이 들었다. 공장의 역사가 멀어지면 멀어질수록 에이지로 씨의 종업원들에 대한 기억과 기록이 실마리가 될 수 없기 때문이다.

꼭대기 층인 구층까지 올라가 엘리베이터 문이 열리자 바로 앞에 노인이 서 있었다. 남색으로 물들인 여름용 실내복 차림에, 고무 샌들을 신고, 부채를 들고 있었다.

"이마다 콘체른의 스기무라 씨?"

노인은 나보다 먼저 큰 소리로 그렇게 물었다. 기다리고 있었던 모양이다.

"예, 그렇습니다. 느닷없는 부탁인데도 시간을 내 주셔서—."

내 인사는 듣지도 않고 노인은 얼른 앞장서서 '자, 이리로' 하며 가 버렸다. 눈앞에서 엘리베이터 문이 닫히려 했다. 아직 내리지도 않았는데. 얼른 노인의 뒤를 따라갔다.

현관 옆에 있는 문에 걸린 문패를 보고 비로소 도모노는 한자로 '友野'라고 쓴다는 것을 알 수 있었다.

문 안쪽에서는 화장을 제대로 하고 시원스러운 원피스를 입은 여성이 맞아 주었다. 나이는 사십대 중반쯤 될까?

"오늘은 다시 덥군요. 고생하셨습니다."

이 사람도 경계하는 기색 없이 슬리퍼를 권한다. 에이지로 씨는 샌들을 벗고 복도를 쑥쑥 걸어갔다.

"좁은 집이지만 일단 들어오시죠. 혼자 오셨습니까? 카메라맨은 나중에 오시나 보죠?"

"예?"

카메라라니 무슨 말씀이냐고 물으려 했지만, 여자는 방글방글 웃으며 인사를 했다. "아, 저는 며느리인 도모노 후미코입니다."

"평소 같으면 시어머니도 계실 텐데. 마침 부인회에서 여행을 가셔서. 하지만 시아버님은 옛날 일을 잘 기억하고 계시니 충분히 취재에 도움이 될 겁니다."

또 취재라고 한다. 아무래도 유쾌한 착각이 끼어든 모양이다.

창 쪽으로 난 넓은 거실로 안내되어 가죽소파에 앉자, 나는 명함을 꺼내 정식으로 인사를 하고 궤도 수정에 들어갔다. 오해라기보다는 도모노 씨 식구들의 착각을 풀어 주는 데는 십 분가량 걸렸을까? 그 동안에 에이지로 씨는 오른쪽 귀에 낀 보청기를 몇 번이나 다시 조정하고, 후미코 씨는 '어머머' 라거나 '에구, 이런', '그랬나요?' 하는 말로 연신 추임새를 넣었다.

"죄송하게 되었습니다. 우리는 그만 텔레비전이나 잡지 쪽인 줄로만 알았네요."

"잡지잖아." 에이타로 씨가 큰소리로 말했다. 화가 난 게 아니라 정말로 가는귀가 먹은 것이다.

"잡지는 잡지지만 사내보예요, 아버님. 우리가 만들던 완구에 대해 들으러 오신 게 아니에요."

며느리는 에이지로 씨 옆에 앉아 익숙한 모습으로 통역을 하고 있었다. 한마디씩 또렷하게 발음하고 군데군데 장단을 맞추듯이 시아버지의 팔을 살짝 두드렸다.

"이마다 콘체른이잖아. 완구 회사도 갖고 있는 거 아닌가?"

그룹 계열사 가운데 완구 회사는 없다. 아직까지는.

그래도 나는 불쾌하지 않았다. 오히려 재미있다는 생각이 들었다. 거실 벽 한 면을 장식한 커다란 진열장에 '전시' 되어 있는 정겨운 장난감들이 미소를 짓게 만들었다. 이 전시물들은 이 집안사람들이 방문객에게 왜 그렇게 너그럽고, 그걸 바로 '취재' 로 받아들였는가 하는 수수께끼에 대한 답이기도 했다.

진열장 중간 높이 한가운데 장식되어 있는 것은 나무로 만든 '가타카타우리말로 '딸깍딸깍' 정도에 해당하는 의성어'였다. 걸음마를 배우는 아기가 밀며 걷는, 작은 유모차 같은 모양의 장난감이다. 이름 그대로 어린애가 걸을 때마다 딸깍딸깍 소리를 내며 앞부분에 붙은 틀에 찍어 낸 동물 모양 장식물이 움직인다.

그 옆에는 귀여운 파스텔 핑크와 유채꽃 같은 노란색의 '오뚝이'들이 눈을 크게 뜨고 늘어서 있었다. 후드가 달린 롬퍼스기저귀 등이 흘러내리지 않도록 상하의가 붙은 아동복를 입은 아기를 본뜬 디자인으로, 이마를 덮는 후드 끄트머리로 갈색 곱슬머리가 살짝 흘러나와 있다.

위쪽에 놓여 있는 것은 양철 로봇이나 우편함 모양의 저금통이었다. 딸랑이도 몇 개 있었다. 모두 다 대형 슈퍼마켓이나 양판점 완구 매장 등에서 사라진 지 오래된 장난감들이다.

황태자와 마사코 황태자비 사이에 태어난 딸 아이코 님이 '가타카타'를 밀며 걷는 사랑스러운 모습을 나도 뉴스를 통해 몇 번이나 봤다. 아이코 님이 쓰는 장난감이나 입고 있는 유아복 등에 관심이 모아져, 같은 것을 자기 자식에게도 사 주고 싶어 하는 전국의 젊은 부모들로부터 문의가 밀려들어 화제가 되었던 일도 기억에 새롭다.

'가타카타'는 예전에 도모노 완구의 주요 생산 품목이었다고 한다. 그래서 아이코 붐의 일환으로 관심의 대상이 되었던 이 정겨운 장난감에 대한 수요가 치솟아, 에이지로 씨에게도 여러 언론 매체로부터 취재기자가 찾아왔다. 원래 '가타카타'란 어떤 장난감인가부터 설명하지 않으면 알지 못하는 시청자가 그만큼 많아졌기 때문이리라.

"그런 취재도 세 달 전부터는 딱 끊어졌죠. 아이코 님도 이젠 '가타카타'를 갖고 놀지 않게 되었으니까요."

후미코 씨가 설명해 주었다.

"그러다 보니 우린 이것저것 질문을 받는 데 익숙해졌어요. 시아버님도 옛날 이야기 하시는 걸 좋아했고. 그래서 취재가 끊어진 뒤에는 왠지 허전하더군요. 또 취재가 오지 않으려나, 하는 생각을 하고 있던 상황이라 착각한 겁니다."

정말 죄송합니다, 하며 활짝 웃었다. 웃는 얼굴은 딸과 무척 닮았다.

"반갑군요. 이젠 다시 볼 수 없을 줄 알았습니다."

거실에 전시되어 있는 '가타카타'는 새것이 아니어서 동물 모양 플레이트의 색칠이 벗겨졌다. 바퀴도 약간 때가 탔다.

"그거 저희 딸이 쓰던 겁니다. 시아버님이 공장 문을 닫고 재고도 전부 다른 회사에 팔아 치운 뒤에도 손녀를 위해 남겨 두셨죠."

"가게를 보고 있는 따님 말씀인가요?"

"그렇죠. 원래는 그 애가 또 취재야, 라고 했습니다. 무척 덤벙거리죠."

나는 꾸밈없이 웃었다. 분명히 덤벙거리기는 하지만 씩씩한 목소리는 그 실수를 상쇄한다고 생각한다.

"저도 자식이 하나 있습니다."

"어머, 몇 살인데요?"

"네 살입니다. 딸이죠."

모모코가 막 걸음마를 시작할 무렵 나는 가타카타를 찾아 여기저기 돌아다녔다. 아내나 나나 걸음을 배우기 시작하는 어린애에겐 그 장난감이 필수품이라고 생각했던 것이다. 나는 특히 더 집착했다. 나도 그래 왔고, 조카들도 그 장난감을 갖고 놀았기 때문이다.

하지만 찾을 수가 없었다. 너무 아쉬워서 형에게 전화를 걸어 물어 보았더니 "우리 애들이 쓰던 '가타카타'는 창고에 있던 걸 끄집어냈어. 새것을 산 게 아니야. 우리 건 헌것이지. 지금은 그런 거 파는 데가 없잖아"라고 했다.

후미코 씨는 내 이야기에 진지하게 고개를 끄덕였다.

"국내에선 만드는 곳이 이제 몇 곳 안 됩니다. 이번 붐으로 다시 만든 공장도 있었던 것 같지만요. 하지만 아이코 님이 쓰던 건 수입품이라더군요."

입을 꾹 다물고 이야기를 나누는 손님과 며느리를 번갈아 바라보던 에이지로 씨가 불쑥 말했다. "사진은 찍지 않나?"

후미코 씨가 또 웃으며 그게 아니라고 다시 설명을 했다.

"뭐야." 에이지로 씨는 상황을 파악하자 보청기를 잡아당겨 뽑아 버렸다. "재미없군."

"그런 말씀 하지 마세요. 아버님, 이분은 옛날 공장에서 일하던 분에 대해 여쭤보러 오신 거예요. 아버님, 잘 기억하시잖아요?"

그러더니 "어머, 차도 내오지 않고 죄송합니다. 시원한 걸 내올게요" 하며 자리에서 일어섰다. 나는 기대에 어긋나 실망하고 있는 에이지로 씨와 둘이 남겨졌다.

마침 잘됐다. 나는 가지타 리코에게 빌려온 사진을 꺼내 에이지로 씨에게 보여 주었다.

"어? 이건 또."

에이지로 씨는 사진 끄트머리를 잡더니 목에 걸고 있던 돋보기안경을 쓰고 유심히 들여다보았다.

"오래된 사진이구려."

"기억나십니까?"

"기억나지. 우리 집에도 남아 있을 거야. 이런 기념사진을 찍은 건 그때 딱 한 번뿐이었는걸. 이거 1974년이지. 도모노 완구 창립 이십 주년이었으니까. 정월 사흗날에 사원들 가운데 나올 수 있는 사람은 모두 모아 신년회를 했지. 그리고 회사 앞에서 기념사진을 찍었네. 사진사를 불러서."

프로 사진사가 찍은 사진이었던 것이다.

1974년이다. 지금 서른두 살인 가지타 사토미는 1971년생이니, 그때는 세 살이었다는 이야기가 된다.

문제의 '유괴' 사건 한 해 전이다.

"이때가 창립 이십 주년이었다면 도모노 완구는 직접 세우신 회사인가요?"

나도 후미코 씨를 흉내 내어 한 마디씩 천천히 발음하려 했다. 그랬더니 이야기가 잘 통했다. 에이지로 씨는 고개를 크게 끄덕였다.

"원래 공장은 아버지가 하고 있었지. 전쟁중에는 비행기나 전차 부품을 만들었어. 하치오지에는 비행장이 있었거든. 전쟁 뒤에도 아버지는 요령이 있는 분이라 연합국 주둔군과 용케 거래를 텄지. 어쨌든 눈치가 빠른 양반이야. 한국전쟁 특수 때도 돈을 벌었지, 벌었어. 하지만 난 전쟁 도구를 만드는 건 싫었네. 그래서 완구 공장으로 업종을 바꿨지. 아버지는 마음에 들지 않는 모양이었지만 내가 사장이 되고 얼마 지나지 않아 돌아가셨으니까 불평이고 뭐고 없었어."

이윽고 찾아온 고도경제성장과 1960년대 중반부터 1970년대 중반까지의 베이비붐을 타, 결과적으로 그 업종 변경은 대단한 성공을 거두었다고 한다. 귀가 잘 들리지 않는 사람들이 그렇듯이 큰 목소리였지만 익숙해지니 힘들지는 않았다.

"혜안이 있으셨군요."

"엉?"

"앞을 보는 눈이 있으셨다고요. 큰 공장이네요."

"땅을 더 사서 계속 넓혀갔어."

이게 말이야—하며 기쁜 듯이 말하며 진열장 쪽으로 몸을 뻗어 손에 든 것은 분홍색 오뚝이였다.

"이건 자네 나이면 모를까? 오뚝이."

딸랑딸랑 하는 밝은 소리가 났다.

"예전에는 아기를 낳으면 반드시 이걸 사 줬어. 일본 아기들은 모두 이걸 갖고 논 거야."

내 조카들도 이런 오뚝이를 갖고 놀지는 않았다. 하지만 내가 어렸을 때 이것과 똑같은 오뚝이와 함께 찍은 사진이 있다. 나는 그 이야기를 했지만 에이지로 씨는 듣는 둥 마는 둥, 한동안 오뚝이를 쓰다듬고 나서 테이블 위에 올려놓았다.

"오래간만에 보는군요."

에이지로 씨는 다시 한번 오뚝이를 흔들었다.

"만져 보게. 이거 셀룰로이드야. 색이 선명하지? 1960년쯤까지는 우리 공장에서 가장 많이 만들었다네."

하지만 셀룰로이드는 불이 잘 붙어—라고 하며, 에이지로 씨는 오뚝이의 움직임을 멈추게 했다.

"그래서 플라스틱으로 바꿀 수밖에 없었어. 그때 나는 그게 싫었어. 이런 건 아기들이 만지잖아? 쓰다듬기도 하지. 플라스틱은 아기들에게 좋지 않은 게 아닌가 싶어 내키지 않았지."

'가타카타' 도 그렇지, 다른 데가 합성수지로 바뀌어도 우린 오랫동안 나무로 만들었네, 라고 자랑스럽게 말했다.

나는 눈을 동그랗게 뜬 오뚝이나 나무 냄새가 나는 막 완성된 '가타카타' 가 공장 제조 라인에 쭉 늘어서 있는 모습을 머릿속에 그렸다.

좋은 시절이었지, 라고 에이지로 씨가 중얼거렸다.

"그러면 상당히 큰 회사였겠습니다. 사원 기숙사도 있었다고 하던데요."

"있었지, 있었어. 바로 옆에 낡은 연립주택을 사들여서 수리한 거야. 지금도 있어. 건물은 새로 지었지만."

도모노 씨는 지금도 부자다.

"그렇게 성공한 사업인데 왜 공장을 접었습니까?"

내 물음에 에이지로 씨는 입을 오므리고 얼굴을 찌푸렸다.

"불이 났어."

"언제였습니까?"

"1976년 11월."

바로 대답했다. 1976년이라면 이십칠 년 전이다. 이 아파트에 대한 내 짐작은 정확하지 못했다. 지은 지 삼십 년 가까이 된 것이다. 바꿔 말하면 그만큼 잘 관리된 건물이라는 이야기도 된다.

에이지로 씨는 무척 아쉽다는 듯이 말했다.

"그토록 조심을 했는데. 공장을 계속 확장하며 넓혀가지 않았겠나? 그래서 시설도 계속 늘렸지. 그게 잘못이었어."

화재 원인은 누전이었다고 한다.

"계속 불탔어. 아, 엄청났지. 우리가 만들던 완구 재료는 불이 잘 붙는 것들뿐이었으니까. 공장은 거의 다 타버렸고, 이웃에도 폐를 끼쳤네. 종업원도 다치고. 그래서 난 완전히 풀이 죽었지. 부처님이 이젠 이 사업은 그만두라고 하시나 보다 생각했지. 그 무렵부터 슬슬 노동안전기준이란 게 까다로워지기 시작했고. 셀룰로이드에 매달렸으니 우리 회사 같은 데는 눈총을 받았지. 공장을 다시 지어 같은 사업을 계속하려 하면 엄청난 돈이 들겠고, 또 이 부근에도 주택이 늘어나 이웃 주민들도 좋은 표정을 짓지 않았고."

아아, 그렇군요, 하며 나는 추임새를 넣었다.

"나무를 써서 '가타카타'만 만든다면 가능하겠지만 그건 볼품없고. 그래서 아예 공장을 접기로 한 거지. 빚이 있었지만 땅을 절반가량 팔아서 갚고, 종업원들 퇴직금도 제대로 줬어. 그리고 남은 땅을 담보로 돈을 빌려 이 아파트를 지은 거야."

이 판단 또한 혜안이었다는 생각이 든다.

"자식 놈은 애당초 뒤를 이을 생각이 없었기 때문에 월급쟁이를 하고 있었는데, 내가 아파트를 짓겠다고 했더니 히죽히죽 웃으며 돌아와서 앞으로는 부동산을 갖고 있는 게 최고라더군. 아버지, 다마 뉴타운을 보세요, 하면서. 도쿄의 이쪽 방면에는 앞으로 계속 사람들이 이사와 살게 될 거라며 자식 놈은 자신만만했어. 동네도 점점 더 커질 거라면서."

타이밍도 기가 막혔던 것이다.

"열심히 하더군. 하지만 나는 이미 포기한 상태라 은행 교섭이나 부동산중개소와의 의논도 전부 떠맡겼지. 그래도 한동안 하는 모습을 보니 아파트 쪽도 잘되고, 연립주택도 다시 지으니까 젊은 부부나 학생들이 막 들어오더군. 땅을 더 사서 건물을 더 짓기도 했지. 자식 놈도 성공한 거야."

지난 시간을 음미하듯이 중얼거렸다.

"그래서, 그런 걸 보고 있자니 나도 좀 의욕이 나더군. 이제 와서 공장을 할 순 없지만, 그렇다면 장난감 가게를 해 보겠다고 했지. 자식 놈도 내가 할 일 없이 망령이 들면 골치다 싶었는지, 소일거리나 하라고 가게를 내 주었어. 아파트를 지을 때부터 일층은 임대 점포로 생각했기 때문에 거기를 개장해서."

그 뒤로 재작년에 가벼운 뇌경색으로 쓰러져 입원할 때까지는 손수 가게를 관리했었다고 한다. 옛날 장난감이 있는 가게라고 해서 잡지에서 다룬 적도 있다고 한다.

"이젠 틀렸어. 손녀에게 떠맡기고 있지. 이렇게 늙어서 할 수가 없어."

분명히 머리카락은 많이 빠졌고 얼굴이나 실내복 밖으로 드러난 팔에도 검버섯이 보인다. 하지만 행동은 정정하고 두뇌 회전도 빠르다. 결코 폭삭 늙거나 하지는 않았다는 생각이 들었다. 실제로 주민자치회에서도 활동하고 있는 것 같지 않던가.

"장난감을 좋아하시는군요."

"나?" 에이지로 씨는 자기 얼굴을 손가락으로 가리켰다. "그렇지.

전쟁중에는 만들고 싶어도 만들 수 없었으니까."

잠시 먼 곳을 바라보는 표정을 지었다.

"나는 말이야, 전쟁이 끝날 무렵에 징집을 당했어. 아버지 공장이 군수공장 취급을 받고 있어서 내내 미룰 수 있었지. 그런데, 징집당한 건 괜찮지만 1945년 3월이면 이미 물자도 바닥이 나고, 게다가 군인들을 태울 수송선도 없었네. 그래서 아무 데도 보내지지 않았어. 전쟁이 끝날 때까지 구주쿠리에서 굴을 파고 있었지. 본토 결전에 대비해 참호를 만드는 훈련이었지. 그래도 공습은 몇 번이나 당했지. 참 덧없는 짓이었어. 전쟁이 끝나자 전쟁하고는 전혀 관계없는 사업을 하기로 작정한 거야."

달리 목적이 없었다면 더 듣고 싶은 이야기였다. 하지만 시간은 한정되어 있다.

나는 가지타 씨 이야기를 꺼냈다.

"여기 있는 사람인데요."

에이지로 씨가 테이블에 올려놓은 사진에 손가락을 얹었다.

"가지타 노부오라는 종업원에 대해 기억이 나십니까?"

"가지타?" 에이지로 씨는 이름을 되뇌며 안경을 고쳐 쓰고 사진을 들여다보았다.

"처음에는 시간급 직원으로 들어왔는데 사장님께서 배려해 주어 정사원이 되었고, 부부를 사원 기숙사에서 살게 해 주셨다고 하더군요. 애도 거기서 낳았고. 아, 함께 사진 찍은 이 여자애입니다."

둥글게 쥔 주먹을 입에 대고 에이지로 씨는 으음, 하는 소리를 냈다.

"이 사진 이듬해, 1975년에 갑자기 공장을 그만두고 기숙사에서도 나갔습니다. 그 뒤로는 연락이 없었을 텐데, 그 당시 일을 뭔가 기억하고 계십니까?"

에이지로 씨는 생각에 잠겼다. 그때 후미코 씨가 무거워 보이는 쟁반을 들고 돌아왔다. 시간이 제법 걸린 게 이해가 갔다. 쟁반 위에는 아이스커피 잔 말고도 수북한 과일 그릇과 아이스크림 그릇이 얹혀 있었다.

"아니, 뭘 이렇게." 내가 말했지만 후미코 씨는 방글방글 웃으며 쟁반을 내려놓고 주섬주섬 테이블에 올려놓기 시작했다.

"이런, 젓잖아." 야단을 치며 에이지로 씨는 또 사진을 손가락으로 잡았다. 얼굴 가까이 대고 들여다본다.

"나는 말이야, 불이 났을 때 있던 종업원들이라면 한 명도 빼놓지 않고 기억하고 있어."

고개를 들고 에이지로 씨가 말했다.

"공연한 고생을 시켰으니까. 하지만 그 전의 일들은—이 사람이 우리 공장에 있었던 건 불 나기 전이지?"

"그렇습니다. 그 전이죠."

"몇 년 정도 우리 공장에 있었나?"

"당사자가 세상을 떠났기 때문에 저도 자세한 내용은 모르지만 사오 년—어쩌면 오륙 년 정도일지도 모릅니다. 도모노 완구에 대해 이야기해 준 건 이 사진에 찍혀 있는 따님이었습니다."

"이 애가?" 놀란 표정으로 에이지로 씨는 다시 사진을 눈 가까이 대고 들여다보았다. "이때가 세 살 정도였지 않은가?"

"그렇습니다."

"용케 기억하고 있군."

"본인 기억이라기보다 커서 부모님으로부터 이야기를 들은 모양입니다."

쟁반을 옆에 두고 에이지로 씨 옆에 걸터앉은 후미코 씨가 어디어디, 하며 들여다보았다. 에이지로 씨가 매정하게 팔꿈치로 찔렀다.

"넌 모르는 일이야. 네가 시집온 건 우리가 아파트를 짓고 나서잖아."

"예. 그렇기는 하지만." 후미코 씨는 전혀 주눅이 들지 않았다. "그렇지만 옛날 사진, 저도 보고 싶잖아요. 공장 이야기는 잘 모르는걸요."

그 손녀의 나이로 미루어 후미코 씨가 도모노 씨 집으로 시집온 것은 기껏해야 이십 년 전일 것이다.

"여보게, 이 녀석이 말이야." 에이지로 씨는 눈을 크게 뜨고 나를 보면서 팔꿈치로 후미코 씨를 찔렀다. "시집을 오고 나서 우리가 옛날에 완구 공장을 했었다고 하니 뭐라고 했는 줄 아나? 아아, 다행이다. 그 공장을 아직도 하고 있으면 돈도 못 받으면서 일할 뻔했네, 이러는 거야."

후미코는 깔깔 웃으면서, 그래도 약간은 변명하듯이 내게 말했다. "제 친정이 오모리에서 작은 공장을 했어요. 얼른 어른이 되어 이런 고생으로부터 벗어나고 싶다는 생각만 하면서 자랐죠."

"예에." 나는 애매하게 대답했다. 어느 편을 들 수도 없지만, 재미있었다.

"편하게 살 생각만 한 거지." 에이지로 씨가 또 흉을 본다.

"맞아요, 아버님. 하지만 덕분에 팔자 고친 거죠. 이 집에 시집온 게 다행이에요."

슬쩍 받아넘기는 느낌이었다. 늘 이런 식으로 대화를 주고받는지도 모른다.

"화재가 나기 전에는 공장도 잘되었으니까."

가장 잘될 때는 사무실과 공장을 합쳐 종업원이 마흔 명 이상 있었다고 한다. 그래도 일손이 딸려서 밖으로 부업을 내보내기도 했다고 한다.

"가지타 씨 부인도 애를 낳고 나서는 부업 일을 했다고 하더군요. 집에 예쁜 장난감 부품이 많이 있었던 걸 그 따님은 기억하고 있습니다. 사장님에겐 부모님이 크게 신세를 지고 은혜를 입었다고 하더군요."

작업은 기계화된 부분도 있었지만 중요한 부분은 수작업이라 어느 정도 익숙해져야 했다. 그래서 신참일 때는 회사 입장에서는 급여를 주고 일을 가르치는 셈이 된다. 많은 월급을 줄 수는 없다. 그게 싫어서 근무하다가 금방 그만두는 사람도 많았다고 한다. 지금과 달리 일본 경제가 쑥쑥 성장하던 시기, 경제의 청춘시대였으니 직장은 얼마든지 있었던 것이다.

그래서 사람들이 자주 들어오고 나가고 했다고 에이지로 씨는 말했다.

"가지타 씨라. 얼굴은 낯이 익은 것 같긴 한데. 그 사람이 내게 은혜를 입었다고 따님이 말했다고?"

"예."

"예의 바르군. 고용해서 월급을 줬을 뿐인데. 그런 건 경영자로서는 당연한 일이지. 일을 시키고 월급을 주지 않는다면 그건 사기야."

에이지로 씨는 입가를 주름을 잡으며 웃었다.

진득하지 못한 가지타 씨를 잡아 사원 기숙사를 마련해 주고 정착해 살게 했다. 공장에서 일을 가르쳤다. 그렇게까지 배려해 준 사람인데도 에이지로 씨의 기억은 흐릿하다. 그건 반면, 그때 에이지로 씨는 그런 일을 자주 했었다, 가지타 씨가 특별한 존재는 아니었다는 증거일 것이다.

후미코 씨가 말했다. "시아버님은 옛날부터 사람들에게 후하셨거든요."

그랬을 것이라는 생각에 나는 미소를 지으며 고개를 끄덕였다.

"가지타 씨가 그만두었을 때의 상황도 기억하지 못하십니까? 느닷없는 일이었다거나, 무례했다거나 하는 이상한 일이 없었나요. 따님은 그것도 걱정을 하고 있었습니다."

에이지로 씨는 야윈 팔로 팔짱을 꼈다. 실내복 목 언저리가 축 늘어졌다.

"글쎄. 좀 전에도 말했지만 종업원이 들어오고 그만두고 하는 일은 드물지 않았기 때문에. 이유도 가지각색이었지. 특별히 이상하게 생각된 적은 없었던 것 같은데."

도대체 이상한 일이란 게 어떤 건가, 하며 에이지로 씨는 진지한 표정을 지었다.

단도직입적으로 물어오자 나도 곤란했다. 얼른 머리에 떠오른 것은 역시 그 이야기였다.

"그렇군요. 예를 들면 아이 문제라거나."

"이 어린 딸—?"

에이지로 씨는 사진 속의 설빔을 입은 가지타 사토미를 가리켰다.

"가지타 씨 부부가 애 때문에 곤란해했다거나, 뭔가 그런."

나는 우물우물 말을 흐렸다. 이 분위기에서는 애가 유괴되는 소동이 있었던 것 같다는 이야기를 꺼내기는 역시 어려웠다.

"글쎄. 애가 병이 걸렸다거나, 그런 이야기 말인가?"

"예."

에이지로 씨는 의자 등받이에 기대어 얼굴을 찌푸렸다. 나는 약간 송구스러워졌다.

"뜬구름 잡는 것 같은 이야기군."

"죄송합니다."

"삼십 년 전 일이니까요." 후미코 씨가 거들어 주었다.

"그 무렵 장부라거나 출근부 같은 것도 이젠 전혀 남아 있지 않아서 말이야. 기억을 떠올리려 해도 실마리가 없어. 공장을 닫고 나서 그래도 몇 년인가는 보관하고 있었지만 왠지 그것도 미련을 떨치지 못하는 짓 같아서 십 년쯤 지났을 때 업자를 불러 전부 처분해 버렸지."

미안하구만, 하고 에이지로 씨가 사과했다. 아뇨, 워낙 무리한 부탁이었는걸요, 하며 나도 고개를 숙였다.

"성실하고 착한 종업원은 오히려 인상에 남지 않기도 해. 그러니 그 가지타 씨도 성실한 사람이었겠지."

그렇게 말하며 에이지로 씨는 자리에서 불쑥 일어섰다. 화장실에 가는 모양이다.

시아버지가 거실을 나가, 어딘지는 몰라도 복도 쪽 문이 쿵 하고 여닫히는 소리가 들리자 후미코 씨가 나를 바라보았다.

"죄송합니다. 저러고 계시면 전혀 변함이 없어 보이지만 시아버님은 역시 기억력이 좀."

작은 소리로 얼른 속삭였다.

"아아, 그렇습니까?" 나도 목소리를 죽였다. "재작년에 가벼운 뇌경색이 있었다고 아까 말씀을 들었는데—."

"그래요. 퇴원한 지 얼마 안 되었을 때는 휠체어를 탔었죠. 저렇게 완고한 분이라 재활 치료를 열심히 받아 지금은 몸은 거의 원래대로 돌아왔지만 머리는. 아뇨, 망령이 드신 건 아닙니다. 전혀 그렇지 않죠."

"예. 전혀 그렇게 느끼지 않았습니다."

"다만 기억력이 희미해졌다고 해야 할까요? 쓰러지시기 전까지는 옛날 일을 훨씬 더 자세하게 잘 기억하셨어요. 주위 사람들이 깜짝 놀랄 정도였는걸요. 당신께서 썼던 사람 일이라면 다 기억하고 계셨었죠. 하지만 지금은 좀."

걱정스럽다는 듯이 살짝 눈썹을 찡그렸다.

"기억하는 건 하시지만 입원하기 이전과 비교할 수가 없어요. 옛날 이야기도 잘 기억하지 못할 때가 있어서 당신께서도 어렴풋이 느끼고 계신 게 아닌가 생각합니다. 절대로 인정하시지 않지만요."

'가타카타' 때문에 취재기자들이 왔을 때도 실은 무척 힘들었다고 한다. 에이지로 씨의 기억이 일정치가 않아서 이야기 앞뒤가 맞지 않는 일이 있었기 때문이다.

"그래도 그렇게 외부에서 자극을 받는 건 좋다고 생각해서 저희도 기꺼이 취재 요청을 받아들였죠."

후미코 씨가 연신 "아버님은 옛날 일들을 잘 기억하고 계십니다"라고 말한 데는 격려의 의미도 담겨 있었던 모양이다.

"그랬습니까? 불쑥 이것저것 물어서 죄송합니다."

"아뇨, 아뇨. 그건 정말 괜찮습니다." 후미코 씨는 방긋 웃으며 내 사과를 물리듯이 손을 저었다. "다만 별로 도움이 되지 않은 것 같아서 좀 죄송한 생각이 드네요."

에이지로 씨가 옷에 손을 닦으며 돌아왔다. 후미코 씨는 내게 과일을 나누어 권했다.

"영차" 하는 소리를 내며 에이지로 씨가 앉았다.

"가지타 씨, 가지타 씨라."

기억을 떠올리려 했다.

나는 결국 내가 무슨 이야기를 들으러 왔나, 하는 생각이 들었다. 도모노 완구 시절의 가지타 부부의 이야기인가? 아니면 가지타 사토미가 기억해 내기도 이야기하기도 두려워하고 있는 '유괴 사건' 이야기인가?

어느 쪽이건 여기에는 아무것도 없는 것 같았다. 하지만 헛걸음이라는 생각은 들지 않았다. 나는 도모노 집안사람들이 좋아지기 시작했다.

"가지타 씨—운전을 했던 사람인가?"

에이지로 씨는 후미코 씨가 건네 준 과일 접시를 받아들면서 중얼거렸다.

“경트럭을 운전했었나? 그 사람은 운전을 하는가?”

“합니다. 돌아가실 때는 직업이 운전기사였습니다.”

“아아, 그럼 그건가?” 손뼉을 치고, 에이지로 씨가 몸을 앞으로 내밀었다. “공장에는 업무용 경트럭이 두 대 있었지. 특별히 운전기사를 쓰지 않았기 때문에 면허증이 있는 종업원에게 운전을 맡겼어. 재료를 운반시키기도 하고.”

그래 맞아 그래서, 하며 눈빛을 반짝인다.

“젊은 친구가 하나, 그 친구는 운전을 잘했었지. 꽃놀이를 갈 때 술에 취해서 멋대로 공장 차를 갖고 나가 충돌사고를 냈지. 친구들을 태우고 치도리가후치까지 갈 생각이었다던가? 그게 불이 나기 몇 해 전이었더라. 그 무렵 스무 살가량 된 사내 녀석이었으니 가지타 씨란 사람은 아닌 것 같지만.”

호되게 꾸짖기는 했지만 해고하지는 않았다고 한다. 젊은 한때의 실수여서.

“그렇지만 본인은 무척 면목이 없었겠지. 보름 만에 그만뒀어. 고향으로 돌아갔지. 아오모리에서 사과 농사를 지었기 때문에 한동안 가을이 되면 사과를 보내왔지. 다나카라고 했던가, 그 젊은 친구 성이?”

옛일을 떠올리며 혼자 웃었다. 후미코 씨가 나를 바라보며 미소 지었다. 나도 미소를 지었다.

“그 녀석이 차를 박았을 때는 나도 경찰에 불려가서 야단을 맞았지. 회사 차 관리를 제대로 하지 않았다고. 회사 규율을 똑바로 세우라고 하더군. 우리 공장 문제다, 경찰이 참견하지 않아도 제대로 하고 있다, 쓸데없는 참견이다, 라고 내가 호통을 쳐주었어. 그래서 그 뒤에 불이 났을 때는 쑥스럽더군. 파출소 앞을 지나다닐 수 없었어."

후미코 씨는 맞장구를 치면서 과일을 먹고 있었다. 나도 고맙게 먹었다. 아이스커피도 진하고 맛있었다.

역시 실패담이라는 건 기억에 잘 남는 모양이라, 그밖에도 몇 가지 재미있는 이야기가 나왔다. 오뚝이의 색깔을 새빨갛게 해 보았더니 달마를 닮은 인형처럼 되어 버렸다거나, 유행하던 큐피로즈 오닐이 1909년에 만든 인형 캐릭터 인형을 본뜬 천사 인형을 만들었는데 어찌 된 일인지 인상이 너무 좋지 않아 악평이 쏟아졌다거나. 에이지로 씨는 큰 목소리로 이야기하고 나와 후미코 씨는 무척 재미있어했다.

"완구를 만든다는 것도 힘든 일이었군요. 저어, 아버님. 옛날 종업원 분들 가운데 지금도 소식을 알고 있는 분들은 없으세요?" 후미코 씨가 물었다. 이야기가 계속 벗어나자 내게 신경을 써 준 것이다.

"없어. 모두 다 이리저리 흩어졌지. 소식이 닿지 않아."

"그렇지만 그 세키구치 씨라고 하셨던가? 내내 아버님 오른팔이었다는 분. 그분은 어때요? 연하장도 오고, 이따금 전화도 하지 않아요?"

"그 녀석? 아아, 그 녀석이라면 요전에 퇴원했다고 했었지."

간이 좋지 않아, 하며 얼굴을 찡그리고 내게 설명해 주었다.

"젊었을 때부터 술고래였어. 음, 세키구치라면 종업원들에 대해선 나보다 잘 기억할지도 모르겠군."

"그리고 시어머님이요. 여행에서는 내일 돌아오시죠. 회사 사무 쪽 일은 어머님도 도우셨잖아요? 아버님이 모르는 일도 알고 계실지 모르죠. 여쭤보면 어떠시겠어요?"

"그렇구나."

그런데 너도 잘 알고 있구나, 하며 에이지로 씨가 며느리를 바라보았다.

"어머니한테도 옛날 이야기를 들었으니까요."

"이거 마음이 놓이지 않는군. 둘이서 만날 무슨 이야길 하는 거냐?"

"걱정하지 마세요. 아버님 난처하실 이야기는 여쭤보지 않아요."

시아버지와 며느리가 유쾌하게 티격태격하는 걸 듣고 있으니 묘한 기분이 들었다. 언젠가 나도 이런 노인이 될 수 있을까? 이런 노후를 맞이할 수 있을까? 인생 말년에 이런 행복을 누리기 위해서는 앞으로 어떻게 해야 하는 걸까?

"그럼 결국 수확이 없었네."

운전을 하면서 아내가 말했다.

"그렇지. 뭐 리코 씨가 책을 쓰는 데는 도모노 완구 시절 이야기는 생략해도 괜찮겠다는 걸 알게 되었지만."

도심은 여느 때와 마찬가지로 저녁 시간의 정체를 보이고 있었다. 신주쿠 역 앞 터미널을 빠져나가는 데도 꽤 힘이 들었다.

직접 운전을 할 기회가 적은 것치고 나호코는 도심에서 운전하는 데나 정체에나 익숙했다. 무서워서 싫다며 수도 고속도로는 타지 않지만(나도 그게 마음이 놓인다), 그런 만큼 일반 도로는 잘 알고 있다.

뒷좌석에서는 모모코가 방금 사 준 그림책에 정신이 팔려 있었다. 나는 '아오조라쇼보' 시절부터 전철 이외의 탈것 안에서는 글자를 읽는 게 힘들었다. 꼭 멀미가 나는 것이다. 하지만 모모코는 아무렇지도 않다. 유전자 조합은 부모에게는 없는 장점을 지닌 다음 세대를 만들어 낸다.

"그 정도만 해도 하치오지까지 갔던 가치는 있었던 거지. 수고했어."

"예전에 사원 기숙사였다는 연립주택도 구경하고 왔어. 정말 바로 옆이었어."

"하지만 새로 지었다고 했잖아?"

"응. 그야말로 장소만 보고 왔을 뿐이지. 옛날 사진이 있을 거라면서 며느리가 한참 찾았지만 찾지 못했어. 모르타르 칠을 한, 상당히 탄탄하게 지은 건물이었던 모양이야. 며느리가 시집왔을 때만 해도 그 상태로 임대해 주고 있었대."

딸이 불쑥 작은 손을 뻗어 내 머리 옆에 그림책을 디밀었다. "아빠, 이거 뭐라고 읽어?"

모모코가 가리킨 글자는 '사막'이었다.

펼친 페이지에는 낙타를 타고 달이 뜬 사막을 가는 대상隊商의 그림이 그려져 있었다. 멀리 피라미드의 꼭대기가 보인다.

"사막이야."

글자는 읽을 수 있을 것이다. 뜻을 몰라 이해가 안 되는 모양이다.

"모래가 가득 있는 곳이야. 비가 오지 않아서 풀이나 나무가 자라지 않는단다."

"왜 비가 오지 않는 거야?"

"그건—그런 기후니까."

"기후가 뭔데?"

"날씨를 말하는 거지. 하늘이 맑다거나, 구름이 가득해 비가 내리거나 하는 걸 날씨라고 한단다."

흐음, 하며 어린 딸이 말했다. "그러면, 만약에 비가 내리지 않으면 나도 사막이 되는 거야?"

"그렇지 않아."

"왜?"

"네가 살고 있는 이 도쿄에는 비가 제대로 오니까 그렇지."

"어째서 도쿄에는 비가 오고 사막에는 비가 오지 않지?"

나호코가 웃음을 터뜨렸다. "낮에 내가 얼마나 고생하는지 알겠지?"

정말이다. "유치원 선생님은 위대해."

"자기도 예전엔 어린이 책을 만들었잖아."

"만든 건 작가지. 나는 그걸 책으로 냈을 뿐이야."

아내는 힐끔 룸미러에 비친 딸의 얼굴을 보고 방긋 웃으며 말했다. "모모짱, 다음은 집에 돌아가서 읽자."

딸이 그림책을 거두었다. 하지만 "낙타는 뭐야" 하며 모모코는 포기하지 않았다. 그 페이지가 마음에 든 모양이다.

"그건 동물이야. 사막에 있어. 하지만 동물원에도 있으니까 다음에 보러 가자."

"응!"

모모코를 데리고 우에노 동물원에 가면, 여기서는 낙타를 볼 수 있지만 등에 탈 수는 없다고 가르쳐 줘야만 할 것이다.

"오늘 오후에 모모코하고 함께 교실 견학을 다녀왔어." 나호코가 말했다.

"교실? 이번엔 뭘 배우는 거지?"

모모코는 세 살에 놀이방에 다녔고, 네 살부터 지금 다니는 유치원에 들어갔다. 그 이외에 유아 수영교실과 읽고 쓰기를 가르치는 학원에도 다닌다.

"리드미크오스트리아 음악 교육가 달크로즈가 창시한 음악교육법 체조 스쿨이야. 친구 어머니가 추천했어. 애들 신체감각을 높인다고 하던데. 입시에는 그런 것들도 상당히 중시되는 모양이야."

모모코가 지망하는—사실은 아내가 모모코를 입학시키고 싶어 하는 초등학교는 들어가기 상당히 어려운 사립학교였다.

모모코의 '입시' 문제는 어제오늘 시작된 것이 아니다. 딸이 유치원에 들어가자마자 우리 생활 속에 끼어들어 왔다. 그때까지는 대범하고 침착하던 아내가 유치원에서 알게 된 어머니들로부터 풍부한 정보를 얻게 되면서 눈을 뜬 것이었다. '이렇게 하는 게 낫다, 저렇게 하는 게 낫다, 이런 준비가 필요하다' 등등의 '지침'은 이쪽에서 바라는 이상의 농도와 빈도로 밀려들어 온다. 그 모두를 제대로 받아내다 보면 몸이 견디지 못할 정도라 나는 적당히 진정시키려 했지만 나호코는 진지했다.

아내도 모모코에게 지나친 기대를 걸거나, 무턱대고 영재교육을 시키기를 원하는 것은 아니다. 자기가 초등학교 때부터 사립에 다녔으니 모모코도 그래야 하는 것으로 자연스럽게 생각하고 있었을 뿐이리라. 하지만 귀에 들어오는 여러 가지 정보로 미루어 생각해 보니, 요즘 입시 경쟁은 자기 때와는 비교할 수 없을 정도로 치열하다는 것을 알게 되자 그때까지 느긋하게 지냈던 만큼 불안해졌을 것이다. 부모가 해 줘야 할 당연한 준비를 게을리해서 모모코의 진로가 뜻하지 않은 방향으로 흘러서는 안 된다.

"모모코는 그 교실에 흥미가 있는 것 같아?"

나는 힐끔 뒷좌석을 보았다. 딸은 아직 그림책에 정신이 팔려 있다.

"재미있는 모양이야. 유치원 친구들이 몇 명 다니고 있고."

유아 수영교실도 그런 식이었다. 친구랑 함께 다니니까 재미있을 거야.

"애가 싫어하지 않는다면 괜찮겠지만. 위치는 어디야?"

"지금까지 다니던 데보다 좀 멀어. 아오야마 1초메에 있으니까."

우리 집은 아사부에 있다. 유아 수영교실과 읽고 쓰기를 배우는 학원은 걸어서 갈 수 있는 거리다. 모모코를 데리고 가고 데려 오는 일은 아내와 내가 형편을 보아가며 하고 있다. 출퇴근하는 가정부에게 부탁할 때도 있다. 유치원에는 통학버스로 다닌다.

"차로 데리고 왔다 갔다 해야 하겠지. 그건 문제가 아니야. 그런데 내 운전이 불안해서—."

운전 솜씨가 아니라 몸 상태가 문제다.

"나중 일까지 생각해 봤어. 이번에 아예 누군가에게 확실하게 부탁하는 편이 나을까?"

모모코는 지망하는 초등학교에 합격하면 매일 고코쿠지까지 다녀야 한다. 지하철역으로 몇 정거장 될까—하는 생각을 하고 있는데 아내가 "어떻게 생각해?" 하고 바로 물어왔다.

"운전기사를 쓰겠다는 거야?"

"다카유키 오빠에게 의논해 볼 생각인데. 게이코짱이나 노리오 군도 초등학교 때는 내내 자가용으로 다녔잖아. 그 집도 새언니가 바빠서 사람을 썼을 거야."

다카유키는 아내의 작은오빠 이름이다. 게이코짱과 노리오 군은 작은오빠의 딸과 아들이다.

"괜찮지 않겠어? 누가 소개해 주면 마음이 놓이지."

선뜻 대답했지만 나는 비현실적인 느낌이 들어 마음이 진정되지 않았다. 입시는 그렇다 해도 자식을 통학시키기 위해 운전기사를 쓴다는 것은 내가 자라온 생활수준이나 그때 느꼈던 일상 감각과는 너무 동떨어진 일이다.

사실 지금 나는 반대해야 할 것이다. 아내에게는 분명히 재산이 있다. 갖고 있는 주식의 배당이나 명목상 임원으로 되어 있는 회사에서 나오는 보수로도 여유 있게 살아갈 수가 있다.

하지만 그건 모두 아내의 아버지가 마련해 준 것이다. 모모코는 나와 나호코의 자식이다. 그 애를 키우는 일은 장인이 아니라 내 몫이어야 한다. 내 능력으로 꾸려가야 한다. 사립 초등학교에 넣는 것은 괜찮다. 그 정도라면 내 월급으로도 어떻게 될 것이다. 하지만 운전기사를 써서 학교를 보낸다는 건 지나친 사치다. 전철을 타게 하자. 그러면 사회성도 생길 것이다. 이렇게 주장해야 할 것이다.

그러나 두세 번 눈을 깜빡였을 뿐, 그런 주장이나 신념은 날아가 버렸다. 대신에 '그렇게 했다가 혹시라도 무슨 일이 생기면' 하는 먹구름이 눈앞에 밀려왔다. 어린 모모코를 혼자서 밖에 내보낸다? 말도 안 돼!

나와 나호코의 결혼생활에는 해결과 화해와 조정이 필요한 몇 가지 문제가 얽혀 있었다. 그런 가운데 순수하게 우리 단 둘이 극복해야만 할 문제는 한 가지밖에 없었다. 자식 문제다.

결혼이란 것이 아직 현실적인 문제가 되기 이전인 십대 때, 나호코는 자기처럼 허약해서는 아기를 낳을 수 없다고 생각했던 모양이다. 아예 결혼하는 것조차 포기했었다고 한다.

다행히 신중한 검사와 친절한 진찰을 받은 결과, 나호코의 주치의로부터 좋은 소식을 들을 수 있었다. 괜찮아요, 출산할 수 있습니다. 다만 한 번뿐입니다. 두세 번씩 출산해서는 안 됩니다. 그래도 나호코는 뛸 듯이 기뻐했다. 그때 만약에 아기를 낳는 건 역시 무리라는 이야기를 들었다면 결혼도 백지로 돌리려 했다고 털어놓았다. 내게 아기를 낳아줄 수 없다는 건 너무 미안한 일이라고 생각했다고 한다.

불안한 요소는 많았지만 나호코는 대체로 안정적인 임신 기간을 보냈다. 입덧도 심하지 않았다. 혹시나 싶어 출산 예정일 보름 전부터 설비가 잘된 산부인과에 입원해, 제왕절개로 모모코를 낳았다.

모모코는 어쨌든 우리 부부의 하나뿐인 자식이다. 외동딸이다. 그런데 만에 하나 뜻하지 않은 일이 생긴다면—.

나호코는 살아갈 수 없을 것이다. 나도 마찬가지다. 살아 있다 해도 나머지 인생은 죽은 사람이나 마찬가지인 채로 살아갈 수밖에 없다. 하지만 나야 아무래도 상관없다. 나호코와 모모코만 생각하면 된다.

그래서 나는 반대할 수 없다. 내 재량이라거나 내 분수라는 소리는 꺼내지 않는다. 비현실적인 느낌 때문에 마음이 불편하더라도, 그건 내가 나 자신의 문제로 혼자서 처리하면 되니까.

"아니면 말이야, 학교가 결정되면 아예 근처로 이사하는 방법도 있을 거야."

아내의 말에 나는 또다시 비현실감으로 흔들렸다. 자식을 위한 운전기사냐, 자식의 통학을 위한 새 집이냐. 저항하지 않는다. 반대하지 않는다. 내게는—아니, 아내에게는 그럴 만한 여유가 있으니 괜찮지 않은가?

"이사도 재미있을지 모르겠네." 내가 말했다. 어색한 말투로 들리지 않기를 바라면서.

"어쨌든 당신 오빠나 새언니와 의논해 보는 게 어때? 경험자니까 말이야."

"응, 그럴게."

밀려 있는 자동차들 틈새로 요령 있게 끼어들면서 나호코는 살짝 고개를 끄덕였다. 눈은 앞을 보는 채로.

"모모코 통학 문제가 나왔기 때문은 아니지만—사토미 씨 이야기인데, 나 계속 마음에 걸려서."

이야기의 흐름과 아내의 표정으로 눈치는 챘지만 나는 "무슨 이야기인데?" 하고 물었다.

"처음 들었을 때부터 신경이 쓰였는데, 사토미 씨가 말했잖아. 네 살 때 누군가에게 유괴된 적이 있다고."

"응."

"어떤 상황이었을까? 유치원에서 돌아오는 길에 누가 억지로 차에 태웠다거나 묶여서 갇혔다거나—."

거기까지 말하고, 아내는 모모코가 듣지 못하도록 신경 쓰면서 얼른 목소리를 낮췄다.

"좋지 않은 상상만 하게 되네. 하지만 유괴란 게 그런 거잖아."

"그렇지. 하지만 돈을 요구하거나 하지는 않았던 모양이야."

"자세한 이야기는 듣지 못했어?"

"본인이 싫어해서."

정말 그런 일이 있었다, 하지만 이야기하고 싶지는 않다, 미안하다는 말을 반복했었다.

"그냥 넘어갈 거야? 더 이상 묻지 않고, 알아보지 않고 그냥 둘 거야?"

"아니, 상태를 보아 가면서 물어볼 생각이야. 도모노 완구에 갔다 온 것도 그럴듯한 계기가 될 테니까. 그리고 사토미 씨에게는 회장님에게 말씀을 드려 보면 좋지 않겠느냐고 했어."

"그래……? 그렇다면 다행이지만."

아내는 소녀처럼 입을 오므렸다.

"실제로 어떤 일이 있었건, 그 또래 애들에겐 낯선 곳에 끌려가서 집에 가고 싶은데 갈 수 없다는 것만으로도 엄청난 공포 체험이었을 거야. 그렇지? 그게 모모코였다고 생각해 봐."

나도 모르게 뒷좌석을 바라보았다. 모모코는 시트에 기대어 창밖을 흥미롭다는 듯이 바라보고 있다.

"그런 불길한 소리는 하지 마."

"그렇지만, 그래도 예를 들면 이해하기 쉬우니까. 안 그래? 얼마나 무서운 일인지 절실하게 상상할 수 있잖아? 그렇게 무서운 일인데도 자기나 아버님은 별로 중요하게 여기지 않는 것 같아서."

가볍게 여기고 있는 건 아니지만 사토미의 말 그대로 받아들이지 않고 있는 것은 분명했다.

"본인도 그런 이야기를 꺼냈으니 절대로 이야기하지 않겠다는 건 아니기 때문이라고 생각해. 다만 이야기해도 믿어 주지 않을 것 같아 불안한 게 아닐까? 게다가 그 사건—내가 보기에는 사건이라고 해도 괜찮을 것 같은데—상당히 중요한 문제라는 생각도 들어."

"가지타 씨의 알려지지 않은 과거라는 의미에서 말이야?"

"응. 리코 씨가 알지 못하게만 조심하면 되잖아? 이야기를 들어주고 싶어. 사토미 씨는 그때 분명히 엄청나게 무서웠겠지. 그 기억이 아버지의 과거를 어쩌면 실제 이상으로 어둡게 보이게 만드는 걸지도 몰라. 사토미 씨를 유괴한 사람은 겨우 네 살 먹은 아이에게 너희 아버지 잘못이라는 소리를 했잖아?"

나는 사토미의 표현을 떠올리며 모모코의 귀에 들리지 않도록 작은 목소리로 반복했다.

"너무하네. 그런 식으로 어린애를 겁주다니. 용서할 수 없어."

나호코가 화를 냈다.

"사토미 씨 말처럼 정말 그런 일이 있었는지 어떤지는 몰라."

나는 그건 네 살짜리 어린애의 기억이라는 점을 강조했다.

"장인어른도 그렇게 말씀하셨어. 게다가 사토미 씨에게는 약간 소심한 면이 있는 것 같다, 그래서 무슨 일이나 심각하게 받아들이는 버릇이 있다고 말이야. 그렇다고 해도 결코 싸늘하게 말씀하신 건 아니지만."

"그건 알아. 아버님이나 자기나 마음씨 좋고 상식적인 사람인걸. 본인이 싫다는데 억지로 캐어물을 수는 없겠지."

아내는 나를 보더니 얼른 정면으로 고개를 돌렸다.

"그렇지만 자기는 꺼리기도 한 거 아니야? 두려운 느낌이 들었다거나."

"내가? 사토미 씨에게?"

"그래. 묻기 힘들겠다고 생각해서. 혹시 너무 괴로운 이야기가 나오는 게 아닐까 싶어서."

"괴로운 이야기라—?"

아내는 옆얼굴로 더 이상은 정말 모모코가 있는 데서는 이야기하고 싶지 않다는 사인을 보냈다. 나는 깨달았다. 나호코는 사토미가 어린 여자애에게 못된 짓을 하는 나쁜 놈에게 잡혀간 게 아닌가, 그래서 그런 이야기를 하고 싶어 하지 않는 게 아니냐고 말하고 싶은 것이다.

약간 놀랐다.

"글쎄. 나는 거기까지는 생각하지 못했네. 장인어른도 그건 상상도 하시지 못한 게 아닐까?"

"그래? 그럼 그건 내 생각이 지나친 걸까? 하지만 제일 먼저 그런 생각이 들었어. 이게 여자와 남자의 차이일까?"

나는 그 점에 대해 생각해 보았다. 여러 가지 가정을 생각하는 사이 차는 레스토랑테 오카자키에 도착했다.

✕

저녁 식사는 호화롭고 즐거웠다. 넉넉한 공간을 차지하도록 배치된 테이블에서 주위 사람들을 신경 쓰지 않고 우리 식구만의 한때를 만끽했다.

이런 고급 레스토랑 중에는 아이를 데리고 오는 손님은 받지 않는 곳도 있다. 레스토랑테 오카자키에서도 우리가 단골손님인 이마다 가문과 관계가 있는 사람이 아니었다면 다르게 대했을 것이다.

다만, 한 가지만은 자신 있게 이야기할 수 있다. 어린애에게 외식을 시키는 것이 좋은 일인지 나쁜 일인지는 차치해 두고, 나호코는 외출했을 때 매우 엄하게 예절을 가르친다. 모모코가 말을 듣지 않거나, 큰소리를 지르고 투정을 부리면 점원들 앞에서라도 야단을 치고, 말을 해도 듣지 않으면 때리기도 한다. 실제로 최근에 외식하러 나갔다가 모모코가 자꾸 칭얼거리는 바람에 주문을 취소하고 돌아와 버린 일도 있었다.

그래서 어떤 식당에서나 우리가 단골손님이라든지 이마다 가문이라는 걸 내세우지 않더라도 모모코는 아주 예절 바른 어린이 손님으로 인정받을 수 있을 거라고 생각한다. 이건 아내의 공로다. 이런 곳에서는 아직도 어색해하는 나로서는 도저히 그런 식으로 딸에게 예의를 가르치거나 본보기를 보일 수 없을 것 같다. 그러느니 차라리 패밀리 레스토랑에 갈 것이다.

그리고 아내가 본보기로 삼고 있는 것은 아마 자신의 어린 시절이 아니라 두 오빠의 아들딸들이 받았던 예절 교육일 것이다. 태어나면서부터 부富를 물려받은 사람은 그걸 올바르게, 꼴사납지 않게 소비하는 매너를 익혀야 할 의무가 있다는 신념 아래.

그렇다고 해서 아내가 모모코에게 이마다 가문의 뒤를 잇는 일원으로서 사촌형제들과 나란히 출세하리란 기대를 하고 있는 것은 아니라고 생각한다. 다만 어떤 인생을 살건, 가령 모모코가 나 같은 월급쟁이의 아내가 되건 어떻게 되건 이마다 가문의 재산과 이름은 평생 따라다닐 테니, 그걸 욕되게 하지 않는 사람이 되도록 가르치려는 생각일 것이다.

모모코가 좋아하는 체리 타르트로 코스 요리를 마무리할 무렵에는, 나는 배가 불러 약간 졸릴 정도였다. 하지만 외출 때문에 흥분했는지, 여느 때 같으면 벌써 잠자리에 들었을 시간인데도 모모코는 눈빛이 초롱초롱했다.

돌아갈 무렵이 되어 모모코가 화장실에 가고 싶다고 해서 내가 데리고 갔다. 외출용 구두를 신고, 내 눈에는 아직 '아장아장'에 가까워 보이는 서툰 걸음으로 모모코가 파우더룸 문 안으로 들어가자 나올 때까지 걱정이 되어 견딜 수가 없었다.

"아빠, 손 잘 씻었어?"

통로로 나오자 모모코는 작은 손을 들어 보여 주며 내게 물었다. 손가락 사이에 물기가 남아 있었지만, 비누는 깨끗하게 씻어 냈다. 나는 칭찬을 해 주고 손수건을 꺼내 손을 닦아 주었다.

"페이퍼 타월에 손이 닿지 않았어." 모모코는 항의하듯이 설명했다.

"그런데, 아빠."

자리로 돌아가려는데 내 소매를 잡아당긴다.

"이거 뭐야?"

모모코가 가리킨 것은 사람 모양의 브론즈 상像이었다. 파우더룸 앞은 작은 휴게실처럼 의자와 조그마한 테이블이 놓여 있었다. 브론즈 상은 그 한쪽 구석에 놓여 있다.

묵직한 받침대 위에, 대충 이야기하면 '앞으로 구부린 사람' 으로 보이는 모습을 한 브론즈 상이 놓여 있었다. 팔과 발이 있기는 하지만 구부구불 휘어져 있다. 목은 길고 머리는 사람이라기보다는 뱀 머리처럼 뾰족하게 되어 있고, 밋밋해서 콧날은 전혀 없었다.

받침대에는 이 브론즈 상의 작가 이름과 제작연도, 그리고 '대지의 은총' 이란 제목이 적힌 명판이 붙어 있었다.

대지의 은총. 인간이 대지에서 태어났음을 상징하는 건지도 모른다. 그래서 지금 막 땅에서 솟아난 것 같은 모습을 하고 있을 것이다. 앞으로 구부리고 있는 것이 아니라 일어서려는 모습인지도 모른다.

"이거, 무섭지?" 모모코가 물었다. 간절히 내 동의를 구하는 눈빛이었다.

"모모짱, 이거 무서워?"

"응."

내 다리에 매달렸다.

이 가게에 오는 건 처음이 아니다. 파우더룸에도 몇 번 갔을 것이다. 그때마다 모모코는 이걸 보며 무서워했을까?

"그렇구나. 이상하게 생겼네. 그렇지만 이건 무섭지 않아. 괜찮아."

"정말?"

"아빤 알아. 모모코도 좀더 크면 알게 될 거야."

"어째서 얼굴이 없지?"

모모코는 브론즈 상에게 들릴까 봐 두려운 듯이 아주 작은 목소리로 물었다. 얼굴 부분에 콧날이 없다는 것이 공포의 원인인 모양이다.

"이걸 만든 사람은 얼굴이 없는 게 낫다고 생각한 거야."

"그치만 이상하잖아? 얼굴 없는 건."

"그렇지. 미술품이라는 건 말이야, 모모코. 이상한 것이라도 훌륭하다고 할 때가 있는 거야. 그것도 좀더 크면 잘 알게 된단다. 그러니 지금은 이게 무섭게 보이지만 무섭지 않은 거라는 것만 기억해 두자. 여기 와서 모모코가 화장실에 가고 싶을 땐 아빠가 늘 함께 와 줄 테니까."

예, 하고 딸은 씩씩하게 고개를 끄덕였다. 그 손을 잡고 자리로 돌아올 때 내 마음속에서 귀에 익은 짤막한 격언이 반짝거렸다.

어린아이는 모든 어둠에서 괴물의 모습을 찾아낸다.

나는 고개를 돌려 브론즈 상을 보았다. 문득 정신을 차리니 모모코도 그러고 있었다. 내가 웃자 모모코는 한 박자 늦게 생긋 웃었다. 브론즈 상은 시치미 뚝 떼고 있었다.

10

월요일, 출근하자마자 가지타 씨 집으로 전화를 하니 리코가 받았다. 나는 도모노 완구에 갔다 온 이야기를 했지만, 리코에게는 자세한 이야기를 하지 않았다. 관계자의 기억 가운데 이렇다 할 것은 없고, 거기에는 책에 쓸 내용이 없을 것 같다고 보고하는 정도로 그쳤다.

"일부러 찾아가 주신 건가요? 죄송해요. 하지만 역시 너무 오래된 일 같군요."

"그렇습니다."

"됐어요. 뭔가 아주 재미있는 에피소드가 나온 게 아니라면 저의—우리들의 편집 방침을 바꾸지 않아도 된다는 이야기죠."

그녀는 가지타 씨의 장기 동호회 사진을 축으로, 택시 회사에 다닐 때의 동료를 찾아 만나거나 편지를 보내고 있다고 한다.

"그런데, 언니는 지금 계세요?"

"있는데요, 언니에게 무슨?"

되받아치는 듯한 짧은 반문에는 '책은 제가 만드니까, 스기무라 씨는 저를 도와주시면 되니까, 언니에겐 볼일이 없잖아요?'라는 고집스러운 마음이 드러나 있었다. 솔직하다면 솔직하고, 어리다면 어리다.

"중요한 일은 아닌데요."

"전해 드릴게요. 뭐죠?"

묘하게 고집을 부린다.

"그럼, 제가 다시 연락할 거라고만 전해 주세요."

"그러니까, 무슨 일로?"

나는 웃었다. "정말로 결혼식을 연기할 건지 어떤지, 회장님이 걱정하고 계십니다. 그 문제로."

약간 뜸을 들이고 나서 리코가 말했다. "그럼 바꿔 드릴게요."

언니, 전화. 큰 목소리로 부르는 게 들렸다.

"죄송합니다. 기다리시게 해서."

사토미는 미안해했다. 나는 도모노 완구를 찾아갔던 일을 이야기했다.

"리코 씨하고는 아직 전투 상태인 것 같군요."

"죄송합니다. 그 애가 고집을 부리고 있는 것 같습니다."

"주제넘은 소리 같지만, 사토미 씨가 불안해하고 있는 걸 리코 씨에게 털어놓을 수는 없겠습니까?"

"그건……."

"무리입니까?"

"폐를 끼쳐 죄송합니다."

"폐라뇨, 무슨 말씀을. 하지만 아버님 책을 만드는 일을 두고 동생과 내내 말다툼 상태여서는 사토미 씨도 힘들 거 아닙니까?"

사토미는 입을 다물었다. 조금 있다가 작은 목소리로 말했다. "어제 회장 선생님께서 전화를 주셨습니다."

오후 두 시가 조금 지났을 때였다고 한다. 내가 도모노 완구에 있을 때였다.

"여러모로 걱정해 주셨고, 저를 만나고 싶지만 쉽게 틈을 낼 수 없다고 하시더군요. 정말 면목이 없어서."

"자꾸 그런 말씀 하실 것 없습니다. 그래, 뭐라고 하셨습니까?"

"결혼식 이야기요. 회장 선생님은 연기하는 게 좋은 일인지 모르겠다면서, 이런 일은 본인 마음이 중요하니 신랑 될 사람과 잘 의논해서 결정하라고 하시더군요. 다만 어떤 일이건 혼자 끌어안고 끙끙 고민하는 건 좋지 않다고 야단을 맞았습니다. 그게 제 나쁜 버릇이라고요. 아니, 위로해 주신 거라고 생각합니다. 부드러운 음성이었으니까요."

"저도 그렇게 생각합니다."

전화로 급하게 한 이야기에서는 유괴에 관한 화제는 나오지 않았으리라.

"뵙고 싶은데, 어렵겠습니까?"

"좀 있다가 쇼핑하러 나갈 텐데." 사토미는 목소리를 죽여 말했다. "전화드리겠습니다."

알겠다고 말하고 나는 수화기를 내려놓았다. 사토미가 나와 이야기하고 있는 걸 조금 떨어져서(무서운 표정을 하고) 귀를 쫑긋 세우고 있을 리코의 모습이 얼핏 떠올랐다. 언니, 내가 하는 일에 반대하면서 내 담당 편집자와 무슨 이야기를 하는 거야?

"안녕하세요?"

노래하듯 인사를 하며 시이나가 들어왔다.

"자매간의 다툼은 한번 꼬이면 풀기가 힘든 건가?" 내가 물었다.

"저는 남동생밖에 없어서 모르겠네요."

"시이나는 남동생과 다퉜을 때는 어떻게 해결했어?"

그녀는 주먹을 불끈 쥐고 배구로 단련된 두 팔의 근육을 자랑스레 보여 주었다.

"어렸을 때 이야기겠지."

"지금도. 제 동생은 힘이 약하니까요."

감탄스럽습니다.

사토미와는 점심시간 전에 통화를 했지만 만나는 것은 저녁때로 정했다. 그녀의 약혼자가 나를 한번 만나 인사를 하고 싶어 한다는 것이었다. 그의 이름은 하마다 도시카즈. 사토미와 동갑이고, 도쿄에 있는 컴퓨터 소프트웨어 회사에 다니고 있다고 한다.

"하마다 씨는 사토미 씨가 걱정하고 있는 일에 대해 아십니까?"

"그 사람에겐 전부 이야기했습니다."

"처음 만났을 때 말씀하신—그, 뭐냐, 사토미 씨가 네 살 때 유괴를 당해 무서웠던 일에 대해서도요?"

조금 망설이고 나서 사토미는 예, 라고 대답했다.

"그렇습니까?"

나는 어떻게 말을 꺼낼까를 생각했다.

"어제 도모노 완구에 가서 새삼 느낀 것인데…… 아니, 말씀하고 싶지 않다고 하는 걸 억지로 캐물을 생각은 없습니다. 하지만 도모노 완구 사장님의 말씀으로는 사토미 씨 아버님이나 어머님은 성실한 종업원이고 회사를 그만둘 때의 상황도 이렇다 할 만한 기억은 남아 있지 않은 모양입니다. 그래서…… 사토미 씨가 경험한 그 무서운 일—

그 때문에 아버님과 어머님이 서둘러 도모노 완구를 그만두고 도망쳐야 할 정도의 일이라는 건 적어도 다른 사람이 눈치 챌 수 있는 일은 아니었던 것 같습니다. 그렇다고 해서 사토미 씨의 오해라거나 착각이라고 단정할 생각은 없습니다. 다만 역시 좀더 자세한 내용을 듣지 않으면—아, 제가 들어도 괜찮을 일인지 어떤지는 잘 모르겠지만요."

횡설수설이 되고 말았다. 나호코의 의견에 영향을 받았기 때문이다. 어린 여자애에게는 기억해 내기도 끔찍하고 무서운 일—.

"미안합니다. 맞는 말씀입니다."

사토미의 목소리가 가라앉았다.

"나중에 말씀드리겠습니다. 저도 지난번 뵙고 난 뒤로, 그런 이야기를 할 거였다면 확실하게 제대로 말씀드렸어야 했다고 반성했습니다. 숨길 거라면 철저하게 가슴속에 묻어 두고, 이야기할 거라면 탁 털어놓고 이야기해야겠죠."

이 사람은 반성하는 방법도 성실하다.

"다만, 그때는 정말로 처음 뵙는 자리라 그 정도 말씀을 드리기도 버거워서."

장소는 이번에도 '스이렌'이었다. 내가 만나기로 약속한 다섯 시보다 십오 분 일찍 가니 사토미는 이미 나와 있었다.

"하마다는 여섯 시까지 올 수 있답니다. 약간 늦어지는데, 죄송합니다."

벌써 하마다 씨의 아내 같은 말투다.

나는 도모노 완구에서 나눴던 이야기를 자세하게 전해 주었다. 에이지로 씨의 말, 그의 기억 상태, '별로 기억에 남아 있지 않으니 가지타 씨란 사람은 성실한 종업원이었을 것이다' 라는 말도 그대로 되풀이해서 전달했다.

"그렇습니까……?"

사토미는 약간 쓸쓸한 목소리로 중얼거렸다.

"아버지나 어머니나 도모노 완구 사장님에게는 너무 신세를 졌다고 이야기했는데. 이런 이야기는 어긋나게 마련이군요."

"아버님과 어머님이 도모노 완구 시절 일을 이야기한 것은 사토미 씨가 몇 살 정도였을 때입니까? 리코 씨는 그다지 자세한 이야기는 모르는 것 같더군요."

"모를 겁니다. 그런 옛날 이야기가 나온 건 제가 중학교 때 정도까지였는걸요. 저하고 리코는 열 살 차이가 나니 그때 리코는 아무것도 몰랐을 겁니다."

"그 뒤에는 부모님이 도모노 완구 이야기를 포함해서 옛날 이야기는 하시지 않았다?"

"그렇습니다. 택시 일이 잘되었기 때문에 옛날 이야기보다 앞으로의 일을 자주 이야기하게 되었죠."

그래서 자매의 기억에는 뚜렷한 차이가 생기고 만 것이다.

"저, 내내 생각해 봤습니다."

눈을 내리깔고 사토미가 말했다.

"부모님에게 리코는 인생을 다시 시작한 상징적인 의미를 지닌 애였죠. 리코가 태어나서 아무런 어려움 없이 쑥쑥 자라는 것이 바로 부모님의 인생이 재기한 증거라고나 할까요? 이해가 되십니까?"

나는 그녀의 얼굴을 바라보며 고개를 끄덕였다. 무슨 말을 하는지는 잘 알겠다. 그게 옳은 견해인지 어떤지는 몰라도.

"저는 다릅니다. 부모님에게 전 어두운 과거를 알고 있는 자식, 인생의 좋지 않은 시기를 공유하고 있는 자식이었습니다. 그래서 어머니나 아버지나 제게 미안하게 생각하셨던 게 아닌가 생각합니다. 그런 말씀을 하신 적도 있었으니까요."

"아버님이?"

"아버지와 어머니. 두 분 다요."

"어떤 때였습니까?"

"어떤……?" 사토미는 불안한 듯이 내 눈을 바라보았다. "이따금요. 제게는 사 주지 않았던 장난감을 리코에겐 사 주시거나 했을 때. 리코가 철이 들고 나서는 그런 일도 없어졌지만요."

나는 작정을 하고 캐물었다.

"사토미 씨는 네 살 때 유괴당한 적이 있습니다. 유괴해서 가둔 사람은 사토미 씨 아버지 잘못이라는 이야기를 했고요. 그 문제에 대해서 부모님과 이야기한 적은 있습니까?"

눈을 감고 약간 참는 표정을 짓더니, 사토미는 고개를 저었다.

"부모님에게 확인은 하지 않았군요."

"하지 않았습니다."

"한 번도요? 단 한 번도 말입니까?"

내 생각에 그건 자연스럽지 않은 것 같았다. 네다섯 살이라면 물론 무리지만, 어느 정도 커서라면, 그래도 아직 무서웠던 기억이 선명하게 남아 있었다면, 물어보고 싶고 추궁하고 싶어지는 게 사람 마음 아닐까?

그럴 생각은 없었지만 내가 지나치게 캐물었던 모양이다. 내 의문이 그녀의 아픈 곳을 찌른 것 같았다.

"어떻게 그럴 수 있겠습니까?"

갑자기 사토미가 언성을 높여 되물었다.

"어렸을 때는 제가 겪었던 일을 말로 표현할 수 없었습니다. 말을 할 수가 없었던 겁니다."

"그렇죠. 하지만 철이 들고 나서는—."

"오히려 더 이야기할 수 없죠. 점점 더 말을 할 수 없었습니다. 제가 기억하고 있는 무서운 것은 부모님이 싫어하는, 멀리하려고 하는 과거에 있었으니까요. 게다가 부모님은 제가 그런 일을 기억하고 있을 리가 없다고 믿고 있는 것 같았습니다."

"그것도 확인해 보았습니까?"

"콕 집어서 물어본 적은 없었습니다. 그럴 수 있었다면—."

무척 조바심 난다는 눈빛을 하고 있었다.

"같은 지붕 아래서 활달하게 자라는 동생이 있습니다. 부모님은 무작정 리코를 귀여워했죠. 어째서 리코를 그렇게 귀여워했느냐 하면, 그 애가 아무것도 모르기 때문입니다. 그래서 저도 아무것도 모르는 척, 잊은 척할 수밖에 없었습니다. 자기가 보고 들은 것도 잊었다, 아버지와 어머니한테 들은 이야기도 잊었다, 나도 리코와 똑같다. 이렇게요. 결코 그렇게는 되지 않았지만요."

그렇게 말하고 자조적인 웃음을 지었다. 사토미에게는 어울리지 않는 웃음이었다.

저는 그렇게 되지 못했어요. 부모님은 저를 리코와 똑같이 봐 주지 않았죠.

"대체 무슨 일이 있었던 겁니까?"

나는 가능한 한 따스하게 물었다.

하나, 둘, 깊이 숨을 들이쉬고 다시 토하고, 사토미는 고개를 들었다.

"어딘지 모르는 집에—끌려갔습니다. 부모님은 없고, 모르는 여자가 있었습니다. 그 사람이 제게 밖에 나가면 안 된다고 했습니다. 저는 집에 가고 싶다고 울었죠. 하지만 돌려보내 주지 않았습니다. 창문도 열지 않았어요. 집에 가고 싶다고 계속 울고 소란을 떨었더니 화장실에 가두었습니다. 어두컴컴하고 지저분한 집이라 화장실은 냄새가 심해서 구역질이 날 정도였습니다.

저는 무서워서 계속 울고, 울다 지쳐 잠이 들었다가, 다시 눈을 뜨니 여전히 같은 곳에 갇혀 있었습니다. 먹을 건 물론이고 물도 주지 않고."

눈꼬리가 경련을 일으키듯 움직였다. 입술에는 핏기가 없다. 주먹을 너무 꼭 쥐고 있어서 손가락 관절이 튀어나올 것 같다. "여자는 방 안을 빙빙 서성거리고 있었던 것 같습니다. 안절부절못하고, 어쨌든 가만히 있지를 못했습니다. 제가 집에 보내 달라고 하자 화장실 문 너머로 조용히 하라거나, 너희 아버지 잘못이라거나, 말을 듣지 않으면 죽여 버린다거나 하는 소리를 질렀습니다. 그렇지 않을 때는 짐승처럼 으르렁거리고 있었죠. 이따금 누군가와 전화 통화를 하는 것 같았지만 내용은 들리지 않았습니다."

거기까지 이야기하고, 떨리는 손으로 잔을 집어 들더니 물을 한 모금 마셨다. 넘친 물이 턱으로 흘러내렸다. 눈빛이 빛났다. 공포와, 아마도 분노로.

슬쩍 달래듯이 내가 물었다. 나 스스로도 익숙하지 않은 표현이라 말을 하기 힘들었다.

"그 여성이 폭력을 휘둘렀다거나 한 일은?"

"없습니다."

"맞거나 묶이거나 한 적은 없었나요?"

"없습니다. 하지만."

무서웠다고 사토미는 중얼거렸다. 당연하죠, 라고 내가 말했다.

"그렇게 해서 이틀 밤이 지난 뒤에 어머니가 데리러 와 주었습니다. 여자는 울고 소리치며 저항했지만 어머니가 나를 데리고 나왔습니다. 그래서 겨우 집에 돌아올 수 있었던 거죠."

뭔가가 찰칵찰칵 소리를 내고 있었다. 사토미가 왼손에 찬 팔찌 타입의 손목시계가 테이블에 부딪히고 있다.

그게 '유괴'의 전말인가?

"가지타 씨는—아버님은 없었습니까?"

"집에 올 때까지 아버지를 만나지 못했습니다. 어머니와 제가 먼저 집에 도착하고—한참 지나서 돌아오신 것 같습니다."

사토미는 관자놀이에 손가락을 댔다. 창백했다.

"괜찮으세요?"

"죄송합니다." 그녀는 손으로 눈언저리를 덮고 가만히 있었다. 나는 등받이에 기대어 잔의 찬물을 마셨다. 반 정도 마셔 버렸다.

"무서운 경험이었군요."

사토미는 반응하지 않았다.

"더 묻기는 죄송하지만, 조금만 더 질문하겠습니다. 그런 일이 있었던 건 어떤 계절이었습니까?"

"계절—기억하지 못합니다."

"그때 사토미 씨는 유치원에는?"

"다니고 있었습니다."

"이틀 밤을 갇혀 있었다면 유치원에는 가지 못했던 겁니까?"

사토미는 고개를 들고 눈을 깜빡거렸다. 조금 전에 보이던 눈빛은 사라졌지만 초점이 흔들렸다.

"그렇군요……. 어쨌더라? 어쩌면 유치원에 가지 않는 시기였을지도. 모르겠습니다. 하지만 여름은 아니었다고 생각합니다. 아뇨……. 여름이었던가? 어쨌든 방 안에서 냄새가 너무 나서, 너무 심해서 쓰레기통 같았다는 게 기억납니다. 여름방학이었던 걸까?"

그러고 보니 땀에 흠뻑 젖었던 것 같은 기억도 난다고, 모호한 말투로 중얼거렸다.

"사토미 씨를 데리고 나올 때는 어머니가 와 주셨다."

"예."

"그럼, 사토미 씨를 그 집에 데리고 간 건 누구였는지 기억합니까?"

사토미는 또 손으로 눈을 덮고 생각에 잠겼다. 기다리는 나도 몸에 힘이 들어갔다.

"모르겠네. 기억이 나지 않습니다."

"그럼 차에 태웠나요? 손을 잡아끌고 가지는 않았겠죠."

"예. 하지만 제가 내 발로 그런 곳에 가지는 않았겠죠? 부모님이 데려가지도 않았을 겁니다. 그러니—절 살살 구슬리거나 해서 데리고 갔을 겁니다. 그 이외에는 있을 수 없겠죠."

"예. 그렇군요."

이런 상황에서는 미안하지만, 나는 재미있는 것을 깨달았다. 입을 삐죽 내밀고 언성을 높이며 뭔가를 주장할 때의 사토미는 리코와 많이 닮았다.

사토미는 백에서 담배를 꺼내 불을 붙였다. 나는 메모지를 펼치고 지금 들은 내용을 적어 넣었다. 사토미는 연기를 내뿜으며 물끄러미 내 손을 바라보았다. 내가 잘못 쓰지 않나 지켜보는 것처럼.

"사토미 씨를 데리고 가서 가둔 건 여자였군요."

그게 제일 뜻밖이었기 때문에 확인했다.

"예, 여잡니다."

"몇 살 정도 되는 여자였죠?"

"모르겠습니다. 네 살짜리 애가 보기에는 노인과 어린애 정도나 구별할 수 있겠죠. 나머지는 모두 한 묶음으로 '어른' 일 거예요."

"얼굴은 기억이 납니까?"

대답이 없어서 메모지에서 고개를 드니, 사토미는 고개를 젓고 있었다.

"기억이 나지 않습니다."

"전혀 기억이 나지 않아요?"

"그렇지는 않아요. 하지만 이러이러한 얼굴이었다는 설명은 할 수가 없군요."

"좀 전에는 '모르는 여자'라고 했는데, 그때까지 정말로 한 번도 만난 적이 없는 사람이었나요?"

사토미는 입술을 깨무는 듯한 표정을 지으며 가만히 생각에 잠겼다. 손가락에 낀 담배에서 연기가 피어올랐다. 그것마저도 생각을 방해해 성가시다는 듯이 재떨이에 쿡쿡 눌러 꺼 버렸다.

"모르겠습니다."

한숨을 내쉬는 것 같은 소리를 냈다. 답답하다는 듯이 손가락을 쥐었다 폈다 했다.

"전혀 모르는 사람은 아닌 것 같다는 느낌도 듭니다. 얼굴 생김새도 떠올릴 수 있고요. 하지만 그걸 제대로 설명할 수가 없어요. 초점이 맞지 않는다고나 할까?"

어쩌면 구체적으로 생각해 내기가 두려운 건지도 모르겠다고 굳은 표정으로 중얼거렸다.

"그래서 기억을 봉인해 버렸다거나……. 그런 일 흔히 있다고 하지 않나요?"

분명히 자주 듣는 이야기다. 하지만 소설 안에서 그렇다는 주석이 붙는다.

"그렇다면, 그 여자가 사토미 씨 아버님이나 어머님과 아는 사이일 가능성도 없지는 않군요."

"그렇게—되나요?"

사토미는 그걸 인정하고 싶지 않은 모양이다.

나는 네 살짜리 가지타 사토미를 지금의 모모코로 바꾸어 상상해 보았다. 나와 아내의 친구나 알고 지내는 사람—별로 많지는 않지만

—그런 사람들을 모모코는 어떻게 인식하고 있을까? 이십팔 년 뒤에 모모코는 그 사람들을 기억할까?

무척 친하고 자주 왕래하며 가족처럼 지내고, 또 어느 정도 세월에 걸쳐서 그 관계가 계속된 사람이 아니면 네 살짜리 어린아이의 기억에는 남지 않는 게 아닐까? 예를 들어 가지타 부부의 동료라거나 이웃에 살던 사람 정도라면 사토미가 구체적으로 기억하지 못한다 해도 무리는 아닐 것 같다는 생각이 들었다.

그런 생각이 들어, 나는 툭 내뱉었다. "이거 상당히 어렵군."

그러자 사토미가 바로 반응했다.

"믿을 수 없다는 뜻인가요?"

또 목소리가 날카로워졌다.

"믿지 않는 거로군요. 앞뒤가 제대로 연결되지 않아서인가요?"

나는 아무 대답도 하지 않고 가지타 사토미를 바라보았다. 내 얼굴에 그녀 자신의 표정이 비칠 것이다. 그걸 깨닫게 해 주고 싶었다.

사토미는 눈치 챘다. 돌연 무척 부끄러워했다. 워낙에 총명한 사람이다.

"죄송합니다. 흐트러진 꼴을 보여서."

"괜찮습니다."

나는 미소를 지었다. 사토미는 미소 대신 손수건으로 눈꼬리를 훔쳤다. 마스카라가 번져 버렸다.

"사토미 씨가 집에 돌아온 뒤, 부모님은 이 문제에 대해 뭔가 말씀하신 게 있었습니까?"

"어머니는 제게—혼자 둬서 미안하다고 했습니다. 아버지는 아무 말씀 없으셨지만, 두 분 모두 홀쭉하게 야위어 있었고요."

"그럼 부모님은 사토미 씨에게 무슨 일이 있었는지 설명을 해 주지 않았군요."

"예."

"그렇다면 그때 돈—몸값을 건네주지는 않았다는 건 사토미 씨의 상상이겠네요?"

"예. 그렇지만 집에 그런 돈은 없었고, 제가 갇혀 있는 동안에 그 여자는 돈 이야기는 한 마디도 하지 않았습니다. 계속 너희 아버지 때문이다, 너희 아버지 잘못이다, 라는 이야기만 반복하고."

나는 메모를 하면서 생각했다. 겨우 집에 돌아온 어린 딸에게 가지타 부인은 말했다.

—혼자 둬서 미안해.

유괴를 당했다가 간신히 구출된 딸에게?

무사해서 다행이라거나, 다친 데는 없느냐가 아니라?

이야기가 잘 안 맞지 않는가.

그런 생각을 입 밖에 낼 수는 없었다. 사토미가 마음을 가라앉기를 바랐다.

"그런 일이 있은 뒤, 시간이 얼마나 흐른 뒤에 부모님이 도모노 완구를 그만두셨나요?"

"글쎄요……. 어느 정도였을까?"

사토미는 또 눈을 감더니 손가락으로 관자놀이를 문지르면서 생각에 잠겼다.

"보름이나—한 달 정도일까? 아니, 더 빨랐을지도 모르겠네요."

"사원 기숙사를 나와 이사할 때, 부모님이 뭐라고 하셨습니까?"

"아뇨, 아무 말도. 그냥 다른 곳으로 간다고만 했습니다."

하치오지에서 이사한 곳을 사토미는 기억하지 못했다. 다만 일시적으로 가지타 씨와 헤어져, 어머니와 둘이 살았다고 한다.

"다니던 유치원도 도중에 옮겼겠군요."

"그렇습니다. 제가 유치원에 다시 들어간 건 다섯 살 때였는데, 그때는 지바에 있었습니다. 이치하라 부근이에요. 그때 살던 연립주택 앞에서 찍은 사진도 남아 있죠."

이윽고 도쿄로 돌아와 도쿄 공동 무선 택시에 취직하기까지 가지타 씨는 어중간한 직장들을 전전했다. 살림살이는 힘들었던 모양이다. 사토미는 그때 초등학교에 들어갔다고 했다.

"급식비가 밀려서 무척 창피했던 적도 있었죠."

가지타 부인이 모처럼 생긴 둘째 아이를 중절한 것도 이 시기다. 사토미가 여섯 살 때. 둘째를 키울 여유가 없었다—.

"결국 부모님도 이런 상태로는 안 되겠다고 생각했겠죠. 도쿄로 돌아와 직장을 찾기로 한 겁니다. 이치하라에 살았던 건 이 년가량 됩니다. 저는 또 초등학교를 옮기게 되고……."

그래도 다행이었다고 한다. 이치하라에서 살던 연립주택은 좁고 마음에 들지 않았기 때문에 이사는 기뻤다고 했다. 그 이야기를 하며 겨우 눈빛에 생기가 되살아났다.

이윽고 택시 운전기사 일에 익숙해져 생활이 안정되었다. 가지타 부인은 임신을 했다. 그게 리코였다. 이번에는 아기를 포기하지 않아도 되었다. 낳아 기를 수가 있었다.

가지타 집안의 어둡고 불안정한 시절은 이렇게 해서 끝났다—.

"아버님이 도쿄 공동 무선 택시에 계실 때는 어디 살았습니까?"

"아다치 구입니다. 우메다라는 곳인데 택시 회사의 영업소 근처였죠."

처음에는 연립주택으로, 리코가 초등학교에 들어가던 해에는 전세지만 단독주택으로 이사했다고 한다. 같은 아다치 구였다.

"그리고 다음에 고엔지미나미에 있는 아파트로 옮긴 건—?"

"어머니가 돌아가신 뒤였습니다."

리코가 아파트에 살기를 희망했고, 고엔지미나미에 나온 물건을 고른 것도 그녀였다고 한다.

"멋있는 동네에 살아 보고 싶다고 해서 처음에는 지유가오카라거나 다이칸야마 같은 동네 이름도 들먹였었죠."

사토미는 처음으로 동생을 제대로 비난하는 듯한, 야유하는 듯한 말투로 말했다.

"임대라고는 하지만 어머니의 추억이 남아 있는 집이어서, 아버지는 처음엔 이사하는 걸 내켜하지 않았습니다. 어쩌면 고엔지로 이사하면 하치오지가 가까워지니 싫은 게 아닌가 하는 생각이 들었습니다. 이야기는 하지 않았지만 결국 아버지도 리코가 졸라 대는 바람에 꺾여 버렸고요."

마음은 내키지 않지만 귀여운 리코의 부탁을 뿌리칠 정도로 심하게 피하고 싶은 것은 아니다—도쿄의 서쪽 동네로 이사. 분명히 사토미의 말대로 고엔지로 가면 아다치에 있는 것보다는 하치오지가 훨씬 가까워진다.

예전에 도망쳐 나온 동네. 그러나 세월이 흘러 기억은 희미해졌다. 이제 겁먹을 건 없다—고 생각해 보았다. 가지타 씨 입장이 되어서.

두려운 '과거'가 아무래도 확실하게 보이지 않기 때문에 그런 상상도 초점이 흐려졌다.

갇혀서 야단맞고, 먹을 것도 주지 않는 상태에서 알지도 못하는 여자가 히스테릭한 언동으로 위협한다. 네 살짜리 아이에게는 그야말로 무시무시한 체험이었을 것이다. 그러나 사토미의 이야기에 깊은 동정을 느끼면서도 나는 아직 그걸 가지타 부부의 인생에서 일어난 일로 배치할 수가 없었다. 이 기묘한 '유괴'는 어디에 어떻게 끼워 넣어야 할 조각일까?

"—실례합니다."

누군가의 목소리가 들려, 나와 사토미는 동시에 고개를 들었다. 면도자국이 푸르스름한 얼굴에 어깨가 넓은 남자가 우리 테이블 바로 옆에 서 있었다.

"늦어서 미안."

그는 사토미에게 사과했다. 그 한마디에 생기를 잃었던 사토미의 뺨에 혈색이 돌아왔다.

건강한 남자로구나. 하마다 도시카즈에 대한 내 인상이었다. 그와 만난 사람은 모두 그렇게 느낄 것이다.

햇볕에 그을려 다부져 보인다거나, 눈매가 야무지다거나, 체격이 좋다거나 하는 외형적인 면만이 아니다. 목소리나 말투, 시선, 고개를 끄덕이는 작은 몸짓, 모든 것이 의젓한 느낌이 좋았다.

우리는 회사원답게 먼저 명함을 주고받았다. 그의 직함은 '고객 담당 서비스 제2부문 주임'으로 되어 있었다.

"이마다 그룹에서는 우리 시스템을 사용하지 않았습니다. 아쉽습니다."

무척 아쉽다는 말투지만 표정은 넉넉하게 웃고 있다. 인사가 끝나자 실례하겠습니다, 오늘은 덥군요, 하며 웃옷을 벗어 등받이에 걸쳤다. 옅은 푸른색 핀 스트라이프 와이셔츠가 아주 젊어 보인다. 그는 사토미와 동갑이니 나보다는 세 살 어릴 뿐이다. 그런데 그의 모습을 보고 있자니 내가 무척 늙은 것처럼 느껴졌다.

"본사 빌딩 말입니까?"

"그렇습니다. 사내 랜 시스템, 신축 때 입찰에서 우리가 차점이었죠. 근소한 차이로 떨어진 모양입니다."

"미안하군요." 내가 일단 사과했다. 사토미는 웃고 있었다. 손 떨림은 멎은 모양이다.

"좀더 일찍 사토미와 알게 되었다면 연줄을 댈 수 있었을 텐데 하는 생각이 들었습니다."

"무슨 소리야. 우리 아버지는 그냥 운전기사였는데."

"농담이야, 농담."

고객 담당 제1부문은 신규 설치 기획을 담당하고, 제2부문은 그 뒤의 유지 관리나 클레임 대응이 업무라고 한다.

"말하자면 제1부문의 뒤처리를 하는 거죠. 불리한 부서입니다." 하마다가 활달하게 말했다. 그 매끄럽고 정중한 말투와 시원시원한 태도는 타고난 성격에 직장에서의 훈련이 쌓여 만들어진 모양이다.

두 사람이 나란히 있으니 그야말로 잘 어울리는 커플로 보였다. 이 년 전, 친구 결혼식 피로연에서 알게 되었다고 한다.

"그게 웃깁니다. 저는 신부 측 친구고, 사토미는 신랑 측 친구였습니다. 보통은 거꾸로 아닙니까? 그래서 처음에는 상대의 심중을 탐색했죠. 서로 신랑신부에게 딱지 맞은 사람이 아닌가 하고."

그런 일 없었어, 라며 사토미가 웃으면서도 진지하게 반박했다.

"전혀 그렇지 않습니다. 어휴, 만날 농담만 한다니까."

부럽군요, 라고 내가 말했다. 달리 무슨 말을 할 수 있겠는가. 하마다와 토닥거리는 사토미는 완전히 다른 사람처럼 생기가 넘쳤다. 늘 이러면 좋을 텐데.

그때 깨달았다. 나는 사토미가 반지를 끼고 있는 걸 본 적이 없다. 지금도 가냘프고 흰 손가락에는 아무것도 없었다. 약혼반지는 이미 받았을 텐데.

내가 표준이라고는 생각하지 않지만, 나는 약혼할 때 세 달치 월급을 털어 넣어 나호코에게 다이아몬드 반지를 선물했다. 그녀는 그걸 늘 왼손 약지에 끼고 있다. 적어도 나하고 만날 때는 반드시.

특별히 깊은 의미가 있지는 않을 것이다. 두 사람은 이렇게 사이가 좋다. 고지식한 사토미라 값비싼 반지를 평소에 끼고 다닌다는 건 아깝다고 생각하는지도 모른다.

"애써 시간을 내 주셨는데 쓸데없는 이야기는 어지간히 해."

행복한 듯이 웃음 지으며 사토미는 약혼자를 나무랐다.

"괜찮습니다. 근데 두 분의 사이좋은 모습을 보니 배가 아프군요."

"죄송합니다."

꾸뻑 고개를 숙이고, 하마다는 약간 진지한 표정을 지었다.

"좀 전에 제가 도착했을 때 스기무라 씨가 무척 진지한 표정으로 사토미와 이야기하고 계시기에 말을 건네기 힘들어 그만 이야기를 듣고 말았습니다."

그는 사토미를 바라보며 물었다.

"결국 이야기했구나." 사토미는 고개를 끄덕였다.

"어떻습니까? 이상한 이야기죠?" 하마다는 나를 향해 슬쩍 한쪽 눈썹을 치켜올려 보였다.

"하마다 씨는 알고 계셨습니까?"

"이야기를 들었습니다. 들은 지 꽤 됐죠. 일 년 정도 전인가?"

사토미는 수줍은 모양이다.

"그럼, 가지타 씨가 세상을 뜨기 전부터 알고 계셨군요."

"예. 어린 시절 이야기를 하다가 이 사람이 말을 했습니다. 자기에겐 무서운 기억이 있다고."

그 무렵 두 사람 사이가 가까워져서 진지하게 교제를 하고 있었기 때문에 사토미는 자신의 아픈 부분에 대해 털어놓았을 것이다. 나는 예의 바르게 그 장면을 깊이 상상하지 않기로 했다. 수줍어하는 사토미를 보기는 처음이라 제법 귀여웠다.

"그때부터 저는 이 사람이 지나친 생각을 하고 있다고 했었죠."

유괴라니―라고 했다. "좀 과장된 거겠죠."

"하지만 평범한 일은 아니죠."

"그건 그렇지만, 그래도."

와이셔츠 위로 팔짱을 꼈다. 이것도 고객 서비스 담당자의 몸가짐인가? 저녁 시간인데도 아직 와이셔츠 칼라가 빳빳했다.

"게다가 이 사람은 아버님이 돌아가시자 그건 사고가 아니라 계획 살인이었던 게 아닌가 하는 이야기를 꺼내더군요. 정말 어처구니가 없었습니다. 그렇게까지 생각하다니, 깜짝 놀랐죠."

"그래도……."

사토미는 몸을 웅크렸다. 그 자세 때문만이 아니라 하마다가 곁에 앉아 있으니 그녀는 훨씬 더 작아 보였다.

"스기무라 씨는 어떻게 생각하십니까?"

나는 신중하게 생각했다. 하마다의 말투는 가벼웠지만 자신의 생각 이상으로 애써 그런 마음을 드러내려는 의도가 느껴졌다. 그는 나름대로 사토미를 염려하고 있었다.

"적어도 가지타 씨가 세상을 떠난 사고와 사토미 씨가 예전에 겪었던 무서운 사건은 분리해서 바라보는 게 좋겠다고 생각합니다. 사람을 죽이려 할 때 자전거로 들이받는다는 건 너무 확실하지 않은 방법이니까요."

"봐, 그렇잖아?" 하마다가 기세를 올렸다. "무엇보다도 가령, 가령이야, 네가 네 살 때 있었던 그 사건이 확실히 아버님이 누군가의 원한을 샀기 때문에 일어난 일이라고 하더라도 아버님이 돌아가신 것은 그로부터 삼십 년이나 지난 뒤야. 삼십 년이라고 하면 살인사건도 시효가 두 번은 지났을 세월이지. 그렇게 지독한 원한을 품는 사람은 없을 거야."

"정확하게 이야기하면 삼십 년이 아니야. 이십팔 년이지." 사토미는 살짝 반박했다. 물론 화를 내지도 토라지지도 않았다.

"또, 꼼꼼하긴." 하마다는 웃음을 터뜨렸다. "그럼 정정할게. 이십팔 년이나 한 가지 일로 계속 원한을 품는 사람은 없을 거야. 원한이 그렇게 깊다면 훨씬 더 일찍 어떻게 했겠지."

그렇게 말하고 나서 역시 이건 너무 경박했다고 생각했는지 하마다는 얼른 눈을 깜빡거리며 덧붙였다.

"미안해. 말을 함부로 해서."

"괜찮아."

나는 다시 부러운 커플이라는 생각이 들었다.

"현재 제일 좋은 방법은 이십팔 년 전에 사토미 씨가 겪은 일의 정확한 상황을 파악하는 거라고 생각합니다. 그게 어떤 일이었는지 알면 사토미 씨의 불안도 좀 해소되지 않겠습니까?"

잘 어울리는 커플은 나란히 눈을 크게 뜨고 나를 보았다.

"그런 게 가능하겠습니까?" 하마다가 물었다. '그런 게' 부분은 사토미의 목소리와 듀엣이 되었다.

"가능할지 어떨지는 모르겠습니다. 다만 조사해 볼 수는 있습니다. 실제로 지금 하고 있는 것처럼."

"그렇지만 도모노 완구 사장님은 부모님에 대해 기억하지 못하셨잖아요."

"사장님에게는 부인이 계시고, 그 시절 사장님을 도왔던 세키구치 씨란 분에게도 물어볼 겁니다. 아직 완전히 포기한 건 아니죠. 뭔가 알게 될지도 모릅니다."

나는 옆구리에 끼고 나왔던 파일을 펼쳤다. 그 설날 기념사진을 꺼내 테이블에 얹어놓았다.

“이건 리코 씨에게 빌린 겁니다. 사장님에게 보여 드렸더니 잘 기억하고 계시더군요. 1974년에 찍은 거라고 합니다. 사토미 씨는 세 살 때였죠?”

하마다는 흥미롭다는 듯이 사진을 끌어당겨 기모노 차림의 사토미를 보더니 이게 너구나, 하며 손가락으로 가리켰다.

“얼굴이 안 변했네. 지금하고 똑같은 얼굴이야. 부모님과 함께 찍혀 있잖아?”

사토미는 시체 사진이라도 본 것 같은 표정이었다. 제대로 보려 하지 않았다.

“이건 뭐죠?” 내게 물었다.

아니나 다를까, 하는 생각이 들었다.

사토미는 리코에게 이 사진을 들고 나가지 마라, 쓰지 마라, 네겐 그런 권리가 없다고 했다 한다. 내가 듣기에도 무척 심술궂은 말이다.

여동생이 아버지의 앨범을 꺼내 뒤져 보리라는 것 정도는 예상할 수 있었을 테니 그런 핑계를 늘어놓으며 방해하기보다는 먼저 앨범을 어디 숨기거나 이 사진을 빼냈으면 좋았을 텐데 그러지 않았다. 그건 사토미가 이런 사진이 있다는 걸 몰랐고, 리코가 찾아낼 때까지 본 적이 없었기 때문일 것이다. 그녀는 자신의 무서운 추억으로부터 도피하기 위해 부모의 과거에 대해서도 계속 외면해 왔다. 그렇다면 앨범 같은 건 펼쳐본 적이 있을 리가 없다.

“그때 도모노 완구 사원들이 모여 찍은 기념사진입니다. 사장님 말씀으로는 창립 이십 주년 축하를 겸해 신년회를 열었다고 하더군요.

그래서 출석할 수 있는 사원은 모두 나왔답니다. 그렇다면 이 안에 사토미 씨를 가뒀다는 여자가 찍혀 있을지도 모릅니다."

사토미는 고집스럽게 사진을 외면하고 고개를 저었다.

"—저는, 그 여자 얼굴을 기억하지 못합니다."

"어떻게 생긴 사람이라고 설명할 수는 없어도 기억은 하잖아요? 보면 생각이 날지도 모릅니다."

"그래, 맞아." 하마다도 동조했다.

"그 여자가 도모노 완구 사원이었다고 할 수는 없겠죠. 그저 근처에 사는 사람이었을지도 모르잖아요?"

"그래도 가능성은 있지 않습니까?"

"보기만 해 봐. 괜찮아." 하마다는 그녀의 어깨를 살짝 안고 재촉했다. "만약에 누군지 알 수 있다면 해결이 될 테니까."

방심하면 사진에서 손이 나와 목을 조를 거라고 두려워하기라도 하듯이, 사토미는 조심조심 고개를 뻗어 사진을 들여다보았다. 옆에서 하마다도 같은 모습을 하고 있었다.

몇 초간 기다렸다.

안도한 표정으로 사토미는 다시 한번 고개를 저었다. "모르겠습니다. 여기 찍혀 있는 여자들은 기억이 없습니다."

나와 사토미 사이를 중재하듯 두 사람의 얼굴을 번갈아 보면서 하마다가 말했다. "여자들은 기모노를 입고 있군요. 옛날식 머리를 하고 있는 아주머니도 있고. 이런 상태면 알아보기 힘들지 않을까?"

그건 맞는 말이다. 세어 봤지만 기념사진에 찍혀 있는 여자는 열두 명이고, 그 가운데 열 명이 기모노를 입고 있었다. 옛날식 머리를 하고 있는 사람은 한 명뿐이지만, 그 당시에는 설날 옷차림으로 기모노를 입으면 여자들은 대개 머리를 새로 했을 것이다. 그래서 나머지 아홉 사람도 아마 평소와는 헤어스타일이 달랐을 것이다.

"그래. 그래서 모르는 걸지도."

약혼자의 도움에 사토미는 살았다는 표정을 지었다.

"그럼 사토미 씨를 무섭게 만든 여자가 아니라도 기억이 나는 사람은 없습니까? 그때는 사원 기숙사에 살고 있었으니 부모님의 동료는 바로 사토미 씨에게는 이웃 아저씨, 아줌마였을 겁니다. 기억이 나는 얼굴은 없습니까?"

사토미는 잠시 생각했다. 숨을 쉬는 소리가 들린다.

"이 아줌마—." 맨 앞줄 두 번째에 있는 중년 여자를 가리켰다.

"이 사람은 옆집에 살지 않았었나? 하지만 잘 모르겠어요. 확실치가 않아요."

다시 분위기를 바꾸려는 듯이 하마다가 내게 말했다. "생각해 보니 저도 네 살 때 옆집에 살았던 사람은 기억이 나지 않는군요."

나도 그렇다. 최소한의 실마리라도 찾을 수 없을까 생각했을 뿐인데, 곤혹스러워하는 모습을 보니 내가 젊은 커플을 못살게 굴고 있다는 기분이 들었다.

"너 말고 어린애는 없네. 여기 찍혀 있는 사람들 나이로 보면 어린애가 더 있어야 자연스러울 것 같은데."

하마다가 역시 재치 있게 화제의 방향을 바꾸었다.

"그렇네. 나뿐이네."

"사원 기숙사에서 누군가와 함께 놀았던 기억은 없어?"

"친한 애는 있었지. 유치원에. 기숙사에 사는 애는 아니었어."

사토미가 나는 친구가 별로 없었어, 소극적인 애였으니까, 라고 말했다.

"기숙사에도 애들이 있었지만 친구로 끼워 주지 않았어."

분위기가 가라앉았다.

"이 사진 찍었을 때 일은 기억나?" 하마다가 물었다.

"어렴풋이는."

나는 상상했다. 가족까지 모두 부른 신년회라 해도 어른들 모임이 아이들에게 재미있을 리 없다. 행사를 하는 도중에 애들은 따로 모여 밖에 나가 놀았을 것이다. 설이다. 하고 싶은 건 얼마든지 있다. 어른들이 막상 기념사진을 찍자고 했을 때도 다들 정신없이 어디서 놀고 있거나 불러도 모이지 않았을 것이다. 할 수 없다, 사진사를 계속 기다리게 할 수도 없으니 그냥 찍자.

그리고 단체사진에는 아이들이 끼워 주지 않아 부모 옆에 그대로 남아 있던 가지타 사토미만 어른들에 둘러싸여 쓸쓸하게 찍혔다—.

알았습니다, 신경 쓰지 마세요, 하며 나는 사진을 치웠다. 사토미는 미안하다고 사과했다. 나는 점점 심술궂은 직장 상사가 된 기분이 들었다.

"그레스덴하이츠 이시카와 쪽도 진지하게 조사해 볼 생각입니다."

어쨌든 분위기를 바꾸려고 나는 애써 밝고 믿음직스럽게 들리도록 말했다.

"아아, 현장?" 하마다가 반응했다.

"그렇습니다. 가지타 씨가 무슨 일로 그 아파트를 찾아갔었는지, 그것도 수수께끼죠. 용건을 알아낼 수 있다면 그쪽에서도 사토미 씨의 불안을 줄일 수가 있을 것 같습니다."

가지타 씨는 사토미에게 그녀의 결혼을 앞두고,

—제대로 정리해 두어야 할 일이 있다.

이렇게 말했다고 한다. 사토미는 그 말을 아버지가 그레스덴하이츠 이시카와를 찾아간 것과 연결시키고 있다.

"리코짱은 그냥 드라이브였다고 했었는데. 별로 이상하게 여길 만한 모습은 보이지 않으셨잖아?"

하마다가 사토미에게 물었다. 그는 약혼자의 동생을 '리코짱'이라 부르고 있었다.

"나도 그건—이제 잘 모르겠어."

사토미는 모호하게 말했다. 나는 그녀에게 웃음을 건넸다.

"뭐 알아볼 수 있는 만큼 알아봅시다."

구체적으로는 어떻게 할 것이냐고 묻는다면 대답할 길은 없었다. 사백 가구 가까운 집들 문을 일일이 두드리며 묻고 돌아다닐 것인가? 이쪽에 가지타 노부오 씨란 분이 찾아오지 않았습니까? 그게 진지한 조사일까?

나도 이제 잘 모르겠다. 그러니 어쨌든 지금은 아무것도 묻지 말아 달라. 파일을 정리하면서 또 화제를 바꾸었다.

"그래, 결혼식과 신혼살림 준비는 잘되고 있습니까?"

하마다와 사토미는 얼굴을 마주 보았다. 하마다는 멋쩍은 듯이 웃음을 짓고, 사토미는 살짝 고개를 숙였다.

"식을 연기하고 싶다고, 이 사람이."

"예. 들었습니다. 리코 씨도 아버지를 친 범인을 잡는 일이 먼저라고 했다면서요."

"그런 소릴 합니까? 범인을 잡는 건 경찰이 할 일인데. 못 말리는 녀석이군. 정말 어리다니까."

기꺼이 형부 시늉을 했다.

"상중이라는 건 압니다."

"그게 아닙니다. 이 사람은—뭐랄까, 그런 상식적인 문제도 있지만, 본심은 다른 겁니다."

나는 사토미의 얼굴을 보았다. 그녀는 몸을 웅크렸다.

"식장 쪽에서도 상중이라면 거기에 맞게 순서를 바꾼다거나, 얼마든지 준비할 수 있다고 합니다. 화려한 촛불 서비스 같은 걸 뺀다거나 말이죠. 결혼식을 취소한다는 건 별로 기분이 좋지 않고, 제 부모님도 여기까지 진행되었는데 연기할 것까지는 없지 않느냐고 하십니다. 무엇보다 이 사람이 얼른 시집와 주기를 바라고 계시는 거죠. 저희 집에는 딸이 없어서 부모님은 이 사람을 친딸처럼 여깁니다."

약혼자 부모님은 언니를 마음에 들어 한다, 고 한 리코의 말이 생각났다.

"그렇지만 이 사람은 자기 아버지의 옛날 일이 밝혀지지 않은 상태로 결혼하면 혹시 저나 저희 집안에까지 폐를 끼치게 되는 게 아니냐면서 걱정하고 있습니다. 정말이지 공연한 걱정을 사서 하는 거 아닙니까?"

나는 잠시 그 의미를 파악하기 힘들었다.

"그건 결국, 가지타 씨에게 원한을 품은 사람이 두 분이 꾸밀 새 가정에도 나쁜 영향을 미치지 않겠느냐고 하는 겁니까?"

"그렇습니다. 마치 서스펜스 드라마의 줄거리 같죠?"

나는 하마다와 완전히 동감이었다. 그런 인물이 있는지 어떤지조차 모르는데, 왜 그리 걱정을 하는 걸까? 장인이 '사토미는 소심하다' 고 한 건 그야말로 딱 맞는 평가였다. '그래서 무슨 일이 생기면 사소한 일이 큰 소동이 되고 말지.'

그렇지만 나는 이 소심한 미녀가 사랑스럽게 느껴졌다. 내버려두면 혼자서 고민하며, 계속 좁은 곳으로 들어가 무릎을 끌어안은 채 쭈그리고 앉아 있을 것이다. 이리 와, 함께 놀자, 하며 부르고 손을 잡아당겨 주고 싶어진다. 보살펴 주고 싶어진다.

장인이 사토미의 소심한 모습을 웃으며 따스한 눈으로 바라보고 있었던 것도 무리는 아니다. 하마다도 분명 사토미의 외모에 어울리지 않는, 이 쉽게 부서질 것 같은 섬세함에 크게 끌렸을 것이다. 이렇게 활달한 남자들은 의외로 그런 경향이 있다.

결혼하면 하마다라는 믿음직한 반려자를 얻어 사토미의 삶은 환해질 것이다. 지금까지 가 본 적이 없는 모든 바다를 건너, 모든 항구에 닻을 내리고 처음 보는 새로운 풍경을 보게 되리라. 그렇게 해서 생활이 변하면 아버지의 과거에 얽매이는 일도 사라질지 모른다.

"그럼 그쪽은 예정대로 진행할 수 있군요."

"예. 어젯밤에도 집에서 잘 의논했습니다. 그렇지?"

하마다가 고개를 끄덕이며 바라보자 사토미도 겨우 웃는 표정을 되찾았다. 나는 안도했다. 이 사람만큼 웃는 얼굴이 어울리는 사람 가운데 이 사람처럼 웃는 얼굴을 보기 힘든 사람도 드물 것이다. 억지웃음이나 슬픔을 숨기기 위해 사회적으로 웃는 얼굴이 아니라, 진심에서 우러나는 진짜 웃는 얼굴 말이다.

그 뒤에 나와 하마다는 한동안 월급쟁이들끼리 나눌 수 있는 세상살이 이야기를 했다. 사토미는 이따금 하마다의 말을 가로막듯 애교 있게 장난을 쳤다. 하마다는 상당한 노력가이자 야심가이기도 해서 앞으로 독립을 할 생각이라는 이야기를 해 주었다.

"걱정이 많은 이 사람은 애써 좋은 회사에 들어갔는데 아깝다면서 벌써 크게 반대하지만요" 하고 사토미를 쿡쿡 찌르며 웃었다. 나는 도모노 에이지로 씨가 이렇게 팔꿈치로 며느리인 후미코 씨를 쿡쿡 찌르던 모습이 생각났다.

나도 언젠가는 앞으로 새 가정을 꾸릴 거라는 젊은 커플 앞에서 나호코를 팔꿈치로 쿡쿡 찌르며 '이 사람 젊었을 때는 말이야' 하는 식의 이야기를 할 수 있을까? 모모코와 딸의 약혼자와 저녁 식사 테이블에 둘러앉아 '우리가 연애를 할 때는 말이야' 라며 이야기할 수 있게 될까?

우리는 금슬 좋은 부부인 셈인데 왜 나는, 뭐랄까, 우리도 장차 이런 모습이 될 수 있을까 하는 생각을 하게 되는 걸까? 나와 나호코 사이에 있는 뭔가가 내게 의문을 품게 만드는 걸까?

나도 사토미와 마찬가지로 소심하다. 늘 뒤를 돌아보며, 뭔가가 쫓아오지나 않는지 겁을 내고 있다.

그건 어째서일까?

사토미는 과거가 두렵기 때문이다.

나는 지금의 행복이 두렵기 때문이다.

※

사이좋은 하마다와 사토미를 보면서 멍하니 그런 생각을 하고 있는데, 테이블 가장자리에 내려놓았던 하마다의 휴대전화가 울리기 시작했다. 아름다운 화음의 착신 멜로디가 흘러나왔다.

어라, 하는 생각이 들었다. 어디선가 들은 적이 있는 멜로디다. 그런 생각을 하면서 다시 어라라, 했다. 최근에 지금과 비슷한 일이 있었던 것 같은 기분이 들었다.

누군가가 이것과 같은 착신 멜로디를 쓰고 있었다—.

하마다는 얼른 휴대전화를 집어 들더니, 서둘러 자리에서 일어섰다. 너무 서두르다 테이블에 부딪혀 잔이 흔들렸다.

"아, 죄송합니다."

사과하면서 하마다는 가게 밖으로 달려 나갔다. 에칭 유리 문 너머로 휴대전화를 귀에 대고 이쪽에 등을 돌린 그의 모습이 보였다.

나는 뒤를 돌아보며 사토미에게 미소를 지었다. "바쁜 모양이군요."

사토미는 나를 보고 있지 않았다. 내가 말을 걸었다는 것조차 깨닫지 못하고 있는 모양이다. 그녀는 하마다를 뚫어지게 바라보고 있었다. 즐거운 대화의 여운으로 입가에는 웃음을 짓고 있었지만 그 이외의 것은 정지되어 있었다. 컴퓨터에 에러가 생긴 것처럼. 뭔가가, 누군가가 그녀를 잘못 조작한 것처럼.

11

수요일, 내가 출근하자 시이나가 벌써 나와 컴퓨터 모니터 앞에 앉아 있었다. 내 얼굴을 보더니 반가운 듯이 손짓해 불렀다.

"보세요. 봐요, 봐요."

가지타 씨 전단지였다. 시이나는 나보다 컴퓨터를 훨씬 잘 다룬다.

보기 좋은 레이아웃이었다. 사건의 개요와 정보를 부탁하는 정중한 호소, 가지타 씨의 얼굴사진. 연락처에는 입간판에 있었던 조토 경찰서의 번호 말고도 내 휴대전화 번호가 나란히 적혀 있었다.

내가 들여다보고 있는데, 시이나는 걱정이 되는지 "봐요? 봐요? 보고 있어요?" 하고 물었다.

"봐, 봐, 보고 있어. 잘 만들었네." 나는 마음을 담아 말했다. "고마워."

"오늘 아침 여섯 시에 나와서 마무리한 거예요."

이제 이번 토요일에 나눠 줄 수 있을 것이다.

그레스덴하이츠 이시카와 관리실에 전화해 허락을 받아야만 한다.

그 이야기를 하자 시이나는 도와주겠다고 했다.

"그것까지 부탁하기는 미안하지."

나는 가지타 자매와 셋이서 나눠 주려 생각하고 있었다. 가지타 자매가 힘들다면 혼자라도 상관없다. 말을 꺼낸 사람은 나고, 나눠 주는 정도라면 크게 힘들지도 않을 테니까.

“괜찮아요. 어차피 한가하니까. 전 전단지 나눠 주는 데 익숙해요. 아르바이트한 적이 있어서. 그게 꽤 요령이 필요하거든요. 가르쳐 드릴게요.”

“그럼 핑곗김에 배워 볼까?”

“보수는 점심 식사 한 번 더 추가하는 걸로 하겠어요. 전단지 내용이 잘못된 건 없죠? 복사용으로 한 장만 출력해 둘 테니까.”

오전 중에는 사람과 만나거나 취재하러 나가거나 해야 해서, 의자에 앉아 있을 시간도 없었다. 한 시 조금 못 되어 편집부에 돌아와 보니 시이나가 다른 동료에게 전단지를 보여 주고 있었다. 사진 위치를 약간 중앙으로 옮기는 편이 더 눈에 잘 들어오지 않았을까 하는 이야기를 하고 있었다.

“좀 조용히해.”

탁한 목소리가 들렸다. 소노다 편집장이다. 모습은 보이지 않았다. 책과 서류, 교정지 더미 안쪽 어딘가에 있을 것이다. 이 편집부에 존재하는 종이로 된 물체의 모든 중량을 합산하면 아마 편집부 전원의 체중 합계보다 무겁지 않을까 하는 생각이 들었다.

“미안합니다.”

“무슨 이야기?”

“전단지입니다. 스기무라 선배가 부탁한. 전에 말씀드렸잖아요.”

만들어 보았어요, 분명히 근무시간이 아닐 때 했어요, 하며 시이나는 까먹지 않고 설명을 달았다.

소노다 편집장은 소형 테이프레코더에 달린 이어폰을 귀에 꽂고 시무룩한 표정을 드러냈다. 얼굴이 홀쭉했다.

"뭐라고? 무슨 일이야?"

"들리지 않았어요?"

"어째서 편집장이 손수 테이프 녹취 같은 걸 해야 하느냐고 물은 거 아니야?"

"그건 우리가 일손이 부족하기 때문이에요. 저를 정직원으로 만들어 주시지 않겠어요?"

"잘못 짚었어. 이 사람에게 부탁해."

편집장은 손에 든 연필 끝으로 나를 가리켰다.

"회장 직속 사위님이시니까."

시이나는 고개를 움츠리더니 내게 속삭였다. "스기무라 선배, 직속인가요?"

"예전에, 잠깐."

"지금은 아니고?"

"얼음여왕이 가위 들고 달려와 잘라냈지."

"아아, 도야마 씨! 알아요. 무섭죠. 뮬mule을 신고 출근한 비서실 여직원에게 회사에서 호객 행위를 할 작정이냐고 했답니다. 그런 건 뉴욕 매춘부들이나 신는 거라면서."

미즈 도야마라면 이상할 게 없는 발언이다.

"그 말을 들은 여직원은 어땠어?"

울면서 탕비실이나 화장실로 달려 들어갔나?

"맞받아쳤대요. 어머, 도야마 선배. 그건 옛날 정보예요. 그 테러 이후로 뉴욕 여자들은 모두 안전화를 신고 다니는걸요, 라고."

“그런 토픽이야말로 우리 「아오조라」에 실어야 해.”

“전 정직원이 되고 싶으니까 사양하겠습니다. 가위 무서워요.”

“아니, 무슨 수다들을 떨고 있는 거야?”

편집장은 심기가 무척 불편한 모양이다. 나는 시이나가 가지타 씨 전단지를 만들어 준 걸 설명했다.

“시이나는 분명히 근무시간 이외에 했다고 합니다. 복사는 편의점에서 할 겁니다.”

“그렇지만 전기 요금은 들잖아. 비품도 감가상각되고.”

“왜 그렇게 가시가 돋아 있습니까?”

“그 전에 가르쳐 줄래? 이바라키 사투리는 왜 이리 알아듣기 힘들어?”

“누구 테이프를 녹취하고 있는 겁니까?”

“사토 전무가 지난번에 상공회의소 기념식에서 한 강연이야. 홍보실 쪽에서 좋은 말씀이니 초록을 만들어 실으라고. 두 시간이나 떠들고 있어. 장난이 아니야.”

칵, 하며 이어폰을 뽑더니 테이프를 멈추고 담배에 불을 붙였다.

“사토 전무님은 흥이 오르면 고향 사투리가 나오죠. 강연에서는 상당히 인기 있습니다. 그리고 이바라키 사투리가 아니에요. 미토 사투리죠.”

“알고 있었어?”

“전에 인터뷰를 했었습니다.”

편집장은 옳거니 하는 표정으로 웃었다. “그럼 거래를 할까? 이 테이프 녹취를 해 주면 그 전단지 여기서 복사해도 돼. 종이 값도 내가 낼게."

"홍보실에서는 편집장님이 직접 하라고 하지 않았던가요?"

"그러니까 내가 한 걸로 해 두면 되잖아? 입 다물고 있으면 몰라."

회사 생활을, 아니 인생을 밝게 헤쳐 가기 위한 금언이다. 가지타 사토미에게 바치고 싶다.

나는 거래를 받아들였다. 받아들이고 나서야 마감 일자를 듣고 새파랗게 질렸다. 금요일 저녁까지 테이프 녹취 원고와 그걸 정리한 초록 초벌 원고를 갖춰 사토 전무에게 보내야 한다고 했다.

"전무님이 주말에 체크하신대. 그때밖에 시간을 낼 수 없다고."

그만큼 급한 일이기 때문에 편집장은 점심도 거르며 끙끙거리고 있었던 것이다.

시이나가 깜짝 놀랐다.

"오늘이 벌써 수요일이에요. 사흘밖에 안 남았어요. 그때까진 못해요."

"할 수 있어."

별 도리가 없다. 나는 일에 달라붙었다.

"아아, 홀가분하다. 난 점심 먹고 올 테니까 잘 부탁해용~."

소노다 편집장은 인도 면으로 된 원피스 자락을 휘날리며 노래를 부르며 나갔다.

그날은 자정이 다 될 때까지 야근을 했다. 퇴근할 준비를 하고 일층으로 내려가다가 마침 가게 문을 닫고 퇴근하려던 '스이렌'의 지배인과 딱 마주쳤다.

"아니, 웬일이세요?" 지배인이 깜짝 놀랐다. "희한한 일이군요."

"그렇게 되었습니다."

"늘 스기무라 씨의 출근과 퇴근에 시계를 맞춰 왔을 정도인데."

나는 웃었다. "요즘 시계는 그리 자주 고장이 나지는 않을 텐데요."

"예를 들자면 그렇다는 거죠. 예전에는 그런 사람을 가리켜 전서구傳書鳩라고 놀렸는데. 칼같이 퇴근한다고 해서. 요즘 젊은 애들한텐 통하지 않죠. 나 원, 참."

지배인의 분위기는 호텔 종업원처럼 단정하지만 입을 열면 술집 주인이 되어 버린다.

"요즘 식으로 이야기하면 전파시계인가요? 언제나 정확."

"아아, 그거 좋군요. 지각하지 않고, 옆길로 새지도 않고. 딱 어울립니다."

우리는 역까지 함께 걷다가, 거기서 헤어졌다. 지배인은 어디 들렀다 집에 갈 모양이다. 내가 전서구가 아니었다면 '딱 한 잔만 합시다' 하며 붙들었을지도 모른다.

이마다 콘체른에 온 뒤로 송년회나 환영회 등의 행사 때 이외에는 누군가가 그런 말을 건네는 일이 없어졌다.

그룹 홍보실을 비롯한 회사 동료들과 나는 결코 서먹서먹하지 않다. 일 문제로는 논쟁을 벌이기도 하지만 평소에는 늘 잘 지내는 편이다.

하지만 퇴근하고 나서 한잔 하자고 붙드는 동료는 없다. 내 앞에서는 누구도 회사에 대한 불평을 털어놓을 수 없기 때문이다. 그걸 할 수 없다면 월급쟁이들이 모여서 술을 마시는 의미가 없지 않은가.

그룹 홍보실은 게슈타포가 아니지만 스기무라 사부로는 게슈타포다. 그건 오해이긴 하지만 부당한 오해는 아니다.

쓸쓸하다는 생각이 들 때도 있다. 스스로 의식하고 있는 것 이상으로 나는 고독한 건지도 모른다. 학창시절이나 '아오조라쇼보' 시절 친구들과도 거리가 멀어지기만 한다.

하지만 오늘 밤만은 그게 오히려 다행이었다. 피곤했다.

집에 돌아오니 나호코가 야식을 준비해 두고 기다리고 있었다. 직원식당에서 저녁 식사를 했기 때문에 배가 고프지는 않았지만, 역시 아내가 직접 한 요리를 보니 기뻤다. 전서구든 전파시계든 될 만한 가치가 있다.

식사를 하면서 나는 아내에게 사토미와 나눈 이야기를 보고했다.

"사토미 씨를 유괴한 게 여자였다고?"

나와 마찬가지로 아내도 놀란다.

"그럼 내가 쓸데없는 걱정을 한 거네."

"이제 좀 마음이 놓여?"

"응. 그렇지만 사토미 씨에게 무서운 경험이었던 건 틀림없잖아? 그런 여자가 가둬 두고 겁을 주다니."

"상황은 여전히 확실치 않지만. 그런데 나는, 그게 실제 일어났던 일이 아니라 사토미 씨가 꾸었던 무서운 꿈이라면 더 쉽게 이해가 갈 것 같아."

"꿈과 현실을 뒤섞어 기억하고 있다는 거야? 그런 일이 있을 수 있을까?"

아내는 주방에 들어가 와인을 가지고 돌아왔다. 아내가 잔을 꺼내고 있는 동안 나는 마개를 땄다.

“그 여자는 가지타 씨에게 어떤 원한이 있었던 걸까?”

내게 물었다기보다 아내는 자문자답을 하고 있는 것 같았다.

“그런 소설을 읽은 적이 있어.”

“미스터리야?”

“응. 불륜 관계에 있는 남녀의 이야기야. 남자가 애인에게 반드시 아내와 헤어지고 너하고 결혼하겠다고 이야기해. 그렇지만 쉽사리 결단을 내리지 못하는 거야. 애인이 조바심을 내자 애 때문이라고 변명을 하지.”

“흔히 있는 이야기네.”

“그런 모양이야. 다행히 나는 경험한 적이 없지만.”

웃고 있다. 꽤 무섭다.

“난 전파시계니까 괜찮아.”

“그게 뭐야?”

“아무것도 아니야. 그래, 그래서 어떻게 돼?”

“결국 한바탕 옥신각신한 끝에 여자는 버림을 받아. 홧김에 남자의 애를 유괴해 버리지. 혼자서 하는 게 아니라 그 남자에게 원한을 품은 다른 공범자가 도와주지만.”

그 소설에서는 아이는 무사히 구출되고, 애인과 공범자는 체포된다. 아이의 부모는 부부의 끈을 재확인한다.

“해피엔딩이네.”

“아버지가 바보 같은 짓을 해서 험한 꼴을 당한 아이에게는 그렇지. 하지만 난 그 소설은 별로 마음에 들지 않았어. 공연히 말려든 애는 물론이고 애인도 불쌍해. 남자 말에 속아 농락당하고 버림받고, 결국은 범죄자가 되어 버리잖아."

나는 생각했다. 도모노 완구에는 여자 종업원도 있었다. 그 가운데 누군가가 가지타 씨와 친해져 가지타 부인에겐 알릴 수 없는 관계를 맺고 있었다고 해 보자. 아내가 이야기하는 그 소설처럼 두 사람의 사이가 틀어져, 화가 난 그 여자가 앙갚음으로 사토미를 유괴해 가둬 버린다—.

딸의 목숨이 위험해지자 가지타 씨는 부인에게 모든 걸 털어놓는다. 부인은 용기를 내어 홀로 여자 집으로 달려가 갇혀 있던 사토미를 찾아온다.

사토미를 유괴하고 가둔 여자는 히스테릭한 상태에서 이따금 누군가와 전화를 했다고 한다.

사토미에게 너희 아버지 잘못이라고 외쳤다고 한다.

사토미가 집에 돌아와 겨우 다시 만날 수 있었던 아버지는 야위어 있었다고 한다.

그리고 가지타 부부는 그 뒤 서둘러 도모노 완구를 떠났다.

줄거리만으로는 앞뒤가 맞는 것 같다.

"여보세요?"

아내가 식탁에 턱을 괴고 내 얼굴을 바라보고 있었다. 놀리는 듯한 표정을 짓고 있다.

"그렇게 심각하게 생각하지 마. 지금 한 이야기는 소설 속 이야기야."

"응. 그렇지만 있을 수도 있겠다는 생각이 들었어. 멋대로 이런 상상을 하는 건 가지타 씨에게 죄송하지만."

"그래. 하지만 가지타 씨는 젊었을 때 인기 있었을 거야. 핸섬했으니까."

나는 그런 건 느끼지 못했다. 이것도 남자와 여자의 차이일 것이다.

"그렇게 고생을 해서 세상 물정을 잘 아는 사람처럼 보이는 남자는 젊은 여자들에게 매력이 있지. 그냥 아는 척해 본 거야. 난 전혀 몰라. 남들에게 들은 이야기지."

남에게 들은 이야기라 다행이라고 생각했다.

그리고 한동안 이야기하다 보니 모모코의 '어째서'냐고 묻는 질문 공세가 오늘 밤에는 드디어 호호 아줌마에까지 이르렀다는 이야기가 나왔다. 오늘 밤은 호호 아줌마가 아기 돌보는 일을 맡았는데, 그만 작아져 버려 큰일이 났다는 이야기를 읽어 주었다고 한다.

"그런데, 엄마. 호호 아줌마는 왜 작아지는 거지? 어째서 또 원래대로 돌아오는 거야, 하고 묻던걸."

"그 질문은 나도 받았어. 처음에."

"뭐라고 대답했어?"

"그냥 그렇게 되는 거야, 라고."

"모모코가 그 대답으로 넘어갔어?"

"그랬어."

"이상하네. 내겐 자꾸 꼬치꼬치 캐물었어. 그거 병이야? 나도 작아지거나 하는 거야? 하면서."

"그건 이야기하는 기술의 차이야."

내가 뻐겼더니 아내는 진짜로 약올라했다. 재미있다.

"그렇게 끊을 수밖에 없어. 나는 『빨간 모자』를 읽어 주었을 때도 이미 경험했으니까. 아빠, 빨간 모자는 왜 혼자 숲에 가는 거야? 어째서 엄마, 아빠랑 가지 않아? 난 혼자 나가면 안 되잖아. 어째서 빨간 모자는 혼자 나가도 야단맞지 않아?"

그때도 나는 '그냥 혼자 나간 거야' 라고 우기면서 넘어갔다.

"그래도 괜찮을까?"

"괜찮아. 생각해 봐, 정확한 해답 같은 건 없는걸. '어째서일까, 모모코는 어째서라고 생각하니?' 하고 되묻는 것도 좋지."

"생각하는 계기가 되니까? 교육자 같은 발상이네."

"당신도 책을 읽을 때 작가의 설정이 납득이 가지 않고, 어째서 이럴까 하고 생각하는 일이 있잖아? 그럴 때는 어떡해?"

아내는 잠깐 입을 다물었다가 웃었다. "이 작가는 엉터리로 쓰는구나, 생각하고 읽는 걸 그만두지."

엄격한 독서가다.

식사를 마친 뒤 남은 와인을 들고 미지근한 목욕물에 몸을 담갔다. 반쯤 졸면서 『호호 아줌마』의 작가 알프 프로이센은 어린 독자에게 '어째서 호호 아줌마는 작아졌다 커졌다 하는 거야?' 라는 질문을 받았을 때 뭐라고 대답했을까를 상상해 보았다.

그런 생각을 하다 보니 그 질문이 가지타 사토미의 목소리가 되었다. 어째서 나는 동생보다 열 살이나 많은 거지? 어째서 내가 언니고 리코가 동생인 거지? 어째서 나는 리코처럼 귀여움을 받지 못한 거지? 어째서 리코는 부모님의 '샛별' 인데 나는 평범한 자식인 거지?

코끝까지 물에 잠겨 버려 깜짝 놀라 눈을 떴다. 물이 식어 추웠다.

✕

이튿날도 책상에 달라붙어 있었지만 그레스덴하이츠 이시카와 관리실장에게 전화하는 것은 잊지 않았다.

이번 토요일에 전단지를 나눠 주고 싶다는 이야기를 하자 구보 관리실장은 코멘소리로 대답했다.

"관리조합 이사장님에겐 이야기해 두었습니다. 그야 반대할 이유는 없다, 경찰 수사에도 협력하는 셈이 되니까, 하시더군요."

"감사합니다. 주민들 출입에는 방해되지 않도록 주의하겠습니다."

관리인 가운데 가지타 씨의 얼굴을 기억하는 사람이 있었는지를 물었다.

"아—, 그거 말이군요. 미안합니다. 물어봤지만 소득이 없었습니다. 이렇게 많은 가구가 살지 않습니까? 주민들 얼굴도 다는 알지 못할 정도니 외부에서 오신 손님은, 어지간히 인상에 남지 않으면."

"그렇습니까……?"

"이 가지타란 분이 우리 아파트 앞에서 자전거에 치여 돌아가신 분이라는 것조차 모르는 사람도 있으니까요. 미안합니다. 사진 돌려드릴까요?"

"아뇨, 아직은 갖고 계셔 주시겠습니까? 만약이라는 것도 있으니, 혹시 출입하는 업자들 가운데도 기회가 있을 때 보여 주시면 고맙겠네요."

아아, 그렇습니까, 하고 대답하는 목소리는 약간이지만 분명히 귀찮아하는 것처럼 들렸다.

시이나가 복사해 준 이백 장의 전단지는 대충 싸서 내 책상 아래 놓아두었다. 그날 차로 와서 가져가기로 했다.

시이나와는 현장에서 만나기로 했다. 아침 일찍부터 시끄럽게 하면 폐가 될 것이다. 그래서 오후 한 시부터 시작하기로 했다.

"경로의 날 공휴일이 있어서 토요일부터 사흘 연휴예요. 스기무라 선배, 연휴 첫날을 깨먹게 되는데 괜찮겠어요?"

"우리 집사람은 착해서 화내지 않아."

그뿐 아니라 나호코는 전단지를 나눠 준다는 이야기를 듣자 자기도 돕겠다고 했다. 나는 얼른 말렸다.

"우와, 정말 착한 분이네요, 회장님 따님. 스기무라 선배, 아껴 드리세요."

"당연히 그래야지. 일요일과 월요일에는 일박으로 하코네에 갈 예정이야."

"아-예, 예. 부럽군요. 좋겠네, 하코네 온천이라. 돈 많은 사람이 부러워요. 가난한 학생은 도쿄에서 찜통더위와 놀고 있을게요."

"시이나도 결혼으로 팔자 한번 고쳐 봐." 내가 웃으며 말했다. '돈 많은 사람'이라고 직접적인 표현을 썼지만, 그녀의 말투에서는 가시나 불쾌감이 느껴지지 않았다.

"어려워요. 전 역이고逆二高거든요."

"그게 무슨 소리야?"

"남자들보다 키가 크고 학력이 높고. 둘 다 남자를 주눅들게 만들죠. 특히 왕자님들은 다가오지 않아요. 넌 네 힘으로 인생을 헤쳐가라, 힘내, 라는 소리를 하고는 그만이죠."

"요즘은 그렇지도 않을 것 같은데."

"아-뇨, 일본 남자들은 여전히 보수적이죠. 그래서 저는 진짜로 흔히 이야기하는 '역삼고逆三高'가 되고 싶어요. 이룩하자, 고소득. 정식 사원이 되는 문제, 잘 부탁드립니다."

가지타 자매에게도 연락을 할까 생각하고 있는데 마침 리코가 전화를 걸어 왔다. 드디어 경찰 수사 담당자와 연락이 되었다고 한다.

"연락이 닿지 않아 도망 다니는 줄 알았다고 해 주었어요."

범인이 아니다. 담당 형사다.

"주절주절 변명을 늘어놓았지만, 간단하게 말하면 별 진전이 없는 것 같아요. 이런 일은 신중하게 해야 한다더군요. 살인자를 잡는 데 뭘 신중하게 한다는 건지."

토요일 계획을 이야기하자 그녀는 당연히 돕겠다며 의욕을 보였다.

"전단지라. 책 쓸 일로만 머릿속이 가득해서 그런 건 생각도 못 해 봤어요. 그런 방법이 있었군요. 감사합니다!"

리코가 전단지를 돌리고 있는 모습을 사진으로 찍어 책에 실으면 어떻겠느냐고 내가 제안했다. 리코는 기꺼이 받아들였다.

"카메라 가져갈게요."

"언니는 어떻게 할까요? 물어봐 주겠어요?"

리코는 내가 말을 끝내지도 않았는데 바로 '안 돼요, 안 돼' 하며 가로막았다.

"이번 토요일엔 예식장 담당자와 만날 약속이 있다고 했으니까요. 늦어져서 서두르고 있어요."

"아아, 결혼은 예정대로 진행하기로 했군요."

사토미와 하마다를 만났다는 이야기는 리코에겐 비밀이다. 처음 듣는 이야기인 척해야만 했다.

"아무래도 그런 것 같아요. 저는 잘 모르겠어요. 저쪽 부모님과 의논하는 것 같던데."

당신 언니의 일이니 너무 화내지 말아 달라고 하려다 그만두었다. 지금은 오로지 아버지를 위해 열심히 노력하겠다는 리코의 심정도 이해해 주지 않으면 불공평할 것이다.

"준비하고 싶다면 하면 되죠. 어떻게 되건 난 모르니까."

꽤 흥분해서 말했다. 내가 달랬다.

"아, 아. 그래도 우리가 전단지를 나눠 준다는 이야기는 해야죠."

"그럼 제가 이야기해 둘게요. 하지만 억지로 오지 않아도 된다고 하겠어요. 예식장 의논하는 데는 그쪽 어머니도 함께 간다고 했어요. 아직 의상도 정하지 않았고, 내친 김에 뒤풀이를 할 레스토랑도 미리 알아본다고. 전부터 스케줄을 잡아 두고 기다리는 것 같으니까요."

"부탁합니다."

하마다는 친밀하게 '리코짱'이라고 부르는데 리코는 언니의 약혼자를 계속 '그쪽'이라고 부른다. '형부'라고 부르기는 아직 이르다 해도 좀 쌀쌀맞은 느낌이 들었다. 하마다 씨가 벌써 형부 행세를 하니 리코 입장에서는 거북한 걸까?

"그런데 원고 진행 상태는 어떻습니까?"

리코는 목소리를 누그러뜨렸다. "글을 쓴다는 게 재미있네요."

"재미있습니까? 그거 다행이네요."

"쓰면서 아빠, 엄마에 대한 여러 가지 추억을 떠올려요. 즐거웠던 일이 생각나면 눈물이 나와요. 그래서 한꺼번에 너무 많이 쓸 수는 없어요."

그냥 하는 소리는 아니었다. 리코는 어머니, 아버지를 잃고 정말로 슬프다. 더 오래 어머니, 아버지의 딸이고 싶었던 것이다.

"단란한 가족이었죠? 회장님으로부터 조금 들었습니다."

"그건, 왠지 부끄럽지만. 제가 어리광이 많다는 이야기를 친구들한테 자주 들었어요. 그렇게 부모님에게 찰싹 달라붙어 있다니 이상하다고요."

"언니가 리코 씨는 아버지와 어머니의 '샛별' 이었다고 하더군요."

"샛별? 언니가 그런 소리를 했나요?"

사토미와 둘이 이야기할 때 들었다. 실수를 했다. 하지만 리코가 눈치를 챈 것 같지는 않았다.

"흐음. 언니가? 저는 늘 부모님이 언니만 믿음직스러워해서 섭섭했었는데. 전 늘 어린애 취급만 하고."

"남의 떡이 더 크게 보이게 마련이죠."

"그런가?"

꽤 의아하게 여기는 말투였다.

리코는 가지타 씨가 태어난 고향, 미즈 마을에 관해 조사하다가 재미있는 걸 발견했다고 한다.

"지금은 미즈초가 되어 있는데, 예전 마을 사무소 건물이 요즘에는 보기 드문 공법으로 지어졌대요. 금속을 사용하지 않고요. 목재를 끼워 맞춰 쐐기나 나무못으로 고정시켰다는군요."

이제는 관공서로 쓰지는 않지만, 현의 보호 지정을 받아 건물은 남아 있고, 일반인들에게도 공개되고 있다고 한다.

"어차피 들를 거니까 거기 가서 사진을 찍어 올 생각이에요. 아버지 출생신고가 된 곳이잖아요?"

홈페이지도 있다면서 리코가 그 주소를 가르쳐 주었다. 전화를 끊고 나서 알아보니 분명히 있었다. 건물의 전경 사진이 실려 있고, 그 유래와 건축 방법에 관해 자세하게 설명된 글이 딸려 있었다. 내부는 미즈초 기념관으로 꾸며져 있다고 한다.

가지타 씨의 책이 완성되면 나호코와 모모코를 데리고 드라이브 겸 구경하러 가는 것도 나쁘지 않겠다. 미즈의 명물이라는 직물이라거나 식물을 이용한 염색, 과자 등을 체크하며 잠시 즐겼다. 그런 뒤 마음을 가다듬고 다시 일을 시작했다.

12

토요일은 날씨가 좋았다. 구름 한 점 없는 푸른 하늘이었다. 한여름

더위도 아직은 여전했지만, 불어오는 바람은 습기가 없어 상쾌했다. 땀을 닦으며 시이나가 해를 올려다보고 눈을 가늘게 떴다.

"그야말로 하느님이 전단지 나눠 주는 착한 사람을 위해 마련해 주신 것 같은 날씨군요!"

시이나와 리코는 나이가 비슷하기도 해서 바로 허물없이 어울리게 된 모양이다. 시이나는 내가 처음 리코를 소개했을 때 자세를 가다듬고 위로의 말을 건넸다. 그 태도가 너무 정중해서 리코는 당황한 것 같았다.

그 뒤 시이나가 다른 데를 보고 있는 사이에 리코가 슬쩍 내 옆으로 다가와 싱글싱글 웃으며 물었다.

"시이나 씨는 스기무라 씨의 걸프렌드인가요?"

"무슨 소릴. 직장 동료예요. 부하 직원이죠."

"흐음. 그렇구나."

시이나의 훌륭한 지도를 받아 우리는 처음 하는 일치고는 아주 요령 있게 많은 사람들에게 전단지를 나눠 주는 데 성공했다. 그레스텐 하이츠 이시카와의 주민들만이 아니라, 그 앞을 지나가는 사람들도 걸음을 멈추고 전단지를 받아 주었다. 새삼 입간판을 봐 주는 사람도 있었다.

한편 극히 소수였지만 전단지를 내민 손을 뿌리치고 지나가는 사람도 있고, 눈길조차 주지 않는 사람도 있었다.

품위 없는 한 중년 남자가 마치 일부러 그러듯 밀쳐내자 리코는 화가 난 표정을 지었다. 그러자 시이나가 달랬다.

"일일이 신경 쓰면 안 돼요. 별별 사람들이 다 있으니까요."

관리조합의 호의로 현관홀이나 엘리베이터 홀에도 전단지를 붙일 수 있었다. 전단지를 받지 못한 주민들도 거기서 볼 수 있을 것이다.

사토미는 결국 오지 않았다. 그렇지 않아도 가지타 씨의 갑작스러운 죽음 때문에 준비가 늦어졌기 때문이라고 한다. 하마다 씨의 어머니도 사정을 알았다면 이쪽 일을 먼저 하라고 할 테지만, 그렇게 되면 사토미는 또 신경을 쓰게 될 것이다.

"지나치게 신경 쓰고 있기에 그런 건 나쁜 버릇이라고 해 두었습니다. 그러니까 이 일은 그냥 모르는 척해 주세요. 언니라면 스기무라 씨에게도 끈덕지게 사과하려 할지 모르지만."

내가 멋대로 짠 계획이니 전혀 상관없지만, 전화 한 통 없다는 것은 사토미답지 않다.

어쩌면 리코는 언니에게 오늘 일을 알리지 않았는지도 모르겠다는 생각이 들었다. 사토미는 그렇지 않은데, 리코는 점점 더 고집이 심해지는 것 같으니 충분히 있을 수 있는 일이다. 바쁜 나머지 사토미에게 직접 전화하지 않았던 것을 나는 살짝 후회했다.

전단지는 생각했던 것 이상으로 빨리 줄어들었다. 연신 잘 부탁드립니다, 라고 하면서 고개를 꾸뻑이다 보니 목소리는 쉬고 땀도 났다.

한 시간가량 지났을 때 구보 관리실장이 나를 불렀다. 골프웨어 같은 폴로셔츠에 헐렁한 바지 차림의 자그마한 중년 남자가 함께였다.

"관리조합 이사장님인 구도 씨입니다."

일부러 보러 와 준 것이다. 전단지 배포를 잠깐 시이나에게만 맡기고 리코와 나는 이사장에게 인사를 하고, 보도 가장자리로 물러서서 이야기를 나누었다.

"이게 성과가 있으면 좋겠군요. 경찰도 바빠서—아니, 그래서는 곤란하지만 어지간해선 한 사건에 전념할 수 없는 것 같으니."

그새 구도 이사장의 이마에는 땀이 솟아났다. 짧게 깎은 머리에 섞인 흰머리가 햇빛에 반짝인다.

"구보 씨에게 들었습니다만, 여기서는 전에도 자전거와 보행자의 접촉 사고가 있었다고 하더군요."

"예, 그때도 난리가 아니었습니다. 아무리 우리가 조심해 달라고 부탁을 해도 주민들만의 문제는 아니니까요."

자전거 도난도 많아서 골치를 앓고 있다고 한다. 출입구와 자전거 주차장에 감시 카메라를 달자는 의제가 다음 이사회에서 다시 한번 논의될 예정이라고 했다.

"의견 통일이 워낙 어려워서—위험해!"

큰 소리를 지르며 구도 이사장이 옆으로 펄쩍 뛰어 움직였다. 나는 얼른 뒤를 돌아보았다. 다음 순간 왼쪽 옆구리에 충격을 느꼈다. 나는 몸을 틀고 앞으로 넘어지며 보도에서 차도로 튀어나갔다.

"스기무라 씨!" 리코가 비명을 질렀다.

반사적으로 두 손을 짚었기 때문에 정통으로 도로에 부딪히지는 않았다. 그래도 무릎이 부딪히고 어깨가 부딪혔다. 턱과 왼쪽 뺨이 아스팔트에 세게 쓸렸다.

무슨 일이 일어났는지 알 수가 없었다. 기를 쓰고 일어나려고 하는데 옆구리에서 등 쪽으로 심한 통증이 느껴졌다. 순간 팔과 다리에서 힘이 빠졌다. 목소리도 나오지 않고, 숨도 쉴 수 없었다.

구도 이사장과 구보 관리실장이 달려와 나를 일으켜 세우고 차도에서 보도로 옮겨 주었다. 바로 눈앞으로 차 넘버가 스쳐갔다. 타이어 냄새와 휘발유 냄새가 섞인 바람이 뺨을 스쳤다.

누군가가 큰 소리로 외치고 있었다. 나는 온몸이 웅웅 울리는 느낌이 들어, 그 소리를 들을 수 없었다. 아직 숨을 쉴 수 없었다. 심호흡을 하려고 하면 등이 경직되었다.

"죄송합니다, 죄송합니다! 괜찮으세요?"

나는 보도에 주저앉아 발을 축 늘어뜨리고 있었다. 시야 한구석에 자전거 바퀴가 보였다. 큰 소리도 그쪽에서 들려왔다.

"피할 수 있을 거라고 생각했습니다."

젊은 남자의 목소리였다. 놀라서 목소리가 이상하게 나왔다.

"사람이 서 있는데 들이받다니!"

구보 씨가 호통을 쳤다.

"피해서 지나갈 수 있을 줄 알았는데."

아무래도 뒤에서 자전거가 들이받은 모양이다. 비스듬히 내 앞에서 있던 구도 이사장은 달려오는 자전거를 보고 위험하다고 소리를 쳤던 것이다.

"스기무라 선배, 움직이면 안 돼요. 괜찮으세요? 내 얼굴 보여요?"

시이나가 옆에 쭈그리고 앉아 있었다. 리코도 보였다. 휘둥그레진 눈에 검은 눈동자만 보였다.

"구급차를 불러야 해!"

괜찮아, 괜찮아, 그 정도는 아니다, 라고 했다. 아니, 말하려 했다.

하지만 목소리가 나오지 않았다. 시이나가 벨트 색에서 휴대전화를 꺼내 걸고 있다. 나는 손을 움직여 그러지 않아도 된다고 몸짓으로 말하려 했다. 하지만 팔을 들 수가 없었다. 머리가 아프다. 머리를 부딪치지는 않았는데.

"그대로 차에 치였다면 큰일 날 뻔했네."

"정말 죄송합니다."

자전거 주인인 젊은 남자가 싹싹 빌고 있었다. 내 바로 옆에 있지만 얼굴이 흐릿하게 보여 표정을 알 수가 없었다. 그냥 가늘고 새하얗고 긴 풍선처럼 보인다.

내게 부딪친 자전거는 옆으로 쓰러져 있었다. 뒷부분 짐칸에 골판지 상자가 묶여 있다. 점점 눈의 초점이 맞아져 상자 옆구리에 인쇄되어 있는 글자를 읽을 수 있게 되었다. 천연수. 미네랄워터 페트병이 담긴 상자였다. 자전거의 무게와 타고 있는 사람의 체중과 이 짐. 합계한 중량이 가속하며 내게 부딪쳤던 것이다.

현기증이 났다.

그래도 괜찮다, 구급차는 필요 없다고 하려고 입을 빠끔거리는데 삐뽀삐뽀 하는 사이렌 소리가 다가왔다.

다행히, 크게 다치지는 않았다.

골절은 없다. 타박상뿐. 머리를 부딪치지 않았으니 의식도 정상. 이마와 뺨과 턱의 찰과상은 노란색 소독약을 바르는 것만으로 치료가 끝났다.

그레스덴하이츠 이시카와에서 구급차를 타고 오 분도 걸리지 않은 것 같다. 커다란 종합병원이다. 시설도 잘 갖춰져 있었다.

"정말로 입원하지 않아도 괜찮겠습니까?"

응급처치실 한쪽 구석, 나는 바퀴가 달린 들것에 누워 있었다. 그 옆에 등받이 없는 의자를 놓고 시이나와 리코가 앉아 있다. 시이나는 괜찮지만 리코의 안색은 아직도 잿빛이었다.

"괜찮아. 의사가 돌아가도 된다고 했어."

정확하게는 빈 병상이 없기 때문에 입원하려면 다른 병원을 알아봐야 하는데 어떻게 하겠느냐고 물었다. 나는 그렇게 하는 게 좋겠느냐고 되물었다. 의사는 크게 염려할 것은 없을 것 같다고 대답했다. 그 '크게'의 퍼센트가 어느 정도인지는 모르지만, 나는 그걸로 됐다고 생각했다. 병원은 싫다.

"집에는 알리지 않았지?" 나는 시이나에게 물었다.

"알리지 않았어요. 원래는 알려야 하지만."

"우리 집의 경우는 예외야."

"선배는 여기 오면서 내내 그 소리만 했어요. 이런 일로 놀라게 하면 아내가 쓰러진다고."

그리고 시이나는 리코에게 '스기무라 선배의 부인은 심장이 약하다'는 설명을 덧붙였다.

"아, 알고 있어."

아직 굳은 표정인 채로 리코가 고개를 끄덕였다. 벌써 십 년은 알고 지낸 친구를 대하는 태도였다. 그러고 보니 응급조치를 마친 내게 왔을 때 리코는 시이나의 팔에 매달려 있었다.

"놀라게 해서 미안해요." 나는 리코에게 사과했다. "많이 놀랐죠?"

"그런 건 상관없어요. 사과해야 할 건 저죠. 죄송합니다."

"아니에요. 그렇지 않아요."

나 때문도 아니지만 리코 때문도 아니다. "자전거 주인은?"

"지금 대기실에서 경찰에게 조사를 받고 있어요. 엄청나게 야단맞고 있죠."

구도 이사장이 함께 있다고 한다. "경찰이 나중에 선배한테도 이야기를 듣고 싶다고 하던데요."

"그렇겠죠."

"이거 사건이죠? 아버지 때와 똑같아요."

분노와 불안을 섞어 리코가 중얼거렸다.

"자전거 주인, 체포되겠죠?"

"글쎄. 스기무라 선배에게 달렸다고 생각하는데."

일을 복잡하게 만들 생각은 없었다. 다행히 생명에는 지장이 없다. 부상도 가벼웠다.

그보다 리코의 눈앞에서 가지타 씨의 죽음을 떠올리게 만드는 꼴이 되어 버려 미안했다. 게다가 일이 꼬이게 만들어서는 리코가 딱하다는 생각이 들었다.

"전단지, 어떻게 됐지?"

"관리실에 맡기고 왔어요. 이제 거의 다 뿌렸고, 남은 건 구보 씨라는 실장님이 해 주신다고."

이사장에게나 구보 관리실장에게나 신세만 지게 되었다. 그것도 면목이 없다.

진통제 때문인지 머리가 멍한 상태로 경찰 조사를 받았다. 자전거가 정통으로 내 등에 충돌한 것은 아니고, 상대방도 필사적으로 피하려고 했기 때문에 오른쪽을 치고 지나간 모양이었다. 덕분에 타박상은 입었지만 등뼈나 갈비뼈도 부러지지 않을 수 있었다. 내가 차도로 튀어나가 버린 이유도 치였기 때문이 아니라 순간적으로 피하려다 그러지 못하고 균형을 잃었기 때문인 모양이다.

자전거 주인은 반쯤 울상이었다. 나는 지금까지 살아오면서 들었던 것보다 더 많은 '미안합니다'와 '죄송합니다'라는 말을 들었다. 분명히 아프기는 했지만 경상으로 끝났고, 경찰을 번거롭게 만들고 싶지는 않다고 하자 그는 더욱 울상을 지었다. 앞으로의 문제는 다시 의논하기로 하고 그가 돌아갈 수 있게 되자 나도 마음이 놓였다.

"선배는 참 성격도 좋군요."

시이나는 좀 못마땅한 모양이었다.

"길에서 이야기하느라 정신을 판 것도 잘못이지."

"그렇지 않아요. 보도에 있었는데."

"자전거도 보도로 다녀도 되게 되어 있어."

"자칫하면 차에 치였을지도 모른단 말이에요."

"치이지 않았으니 됐잖아?"

"그건 구보 씨와 구도 씨 덕분이죠. 스기무라 선배가 굴렀을 때 차가 오는 걸 봤는데 전 움직일 수가 없었어요. 발이 움직이질 않아서."

배구로 단련된 시이나의 근육도 경직되어 버린 것이다.

리코는 몹시 풀이 죽어 있었다. 그곳은 저주받은 게 아니냐는 소리를 했다. 나는 시이나에게 리코를 집에 데려다 주라고 부탁했다.

"선배는 어떻게 할 거죠?"

"택시 타고 갈 거야. 혼자서 갈 수 있으니까."

"차는?"

그랬다. 그레스덴하이츠 이시카와 근처의 유료 주차장에 넣어 놓았다.

"내일이라도 가지러 올 거야. 노상 주차는 아니니 괜찮겠지."

미적거리는 두 사람을 설득해서 응급처치실에서 내보냈다. 엇갈려서 구도 이사장이 들어왔다. 내내 병원에 있어 준 모양이다. 어쩔 수 없었겠지만, 여기 또 남 보살피기 좋아하는 사람이 있었다. 굳은 표정이었지만 역시 세상사에 익숙하여 시이나와 리코보다 훨씬 침착했다.

"큰일을 당했네."

"어처구니없는 일로 폐를 끼쳐서 죄송합니다."

"뭐 불행 중 다행이긴 하지만."

구도 이사장은 의사한테서도 이야기를 들었다고 했다. 통증이 가실 때까지는 안정하는 게 좋다, 조금이라도 이상하다는 생각이 들면 바로 재검사를 받아라. 학생에게 설교하는 선생님 같은 말투로 이야기했다.

"타박상이라고는 해도 후유증이 있을지도 모르니 방심할 수 없지. 문제 삼지 않고 넘어갈 모양인데, 그 부분도 제대로 각서를 받아 두는 편이 좋을 거요."

해프닝 때문인지, 우리도 급속하게 친해진 것 같은 기분이 들었다. 구도 이사장은 내가 옷을 갈아입는 걸 도와주었다.

"가지타 씨라고 했나? 그 따님은 괜찮을까? 아까 복도에서 만났을 때 눈이 빨갛던데."

내 앞에서는 참고 있었을 것이다.

"아버지 생각을 떠올리게 만들고 말았습니다."

"당신 책임이 아니야. 어쩔 수 없었어. 눈앞에서 사람이 다치다니, 그것만으로도 무서운 일이지."

그러고 보니—하며 이사장이 눈의 초점을 잡았다.

"가지타 씨가 돌아가셨을 때도 구급차 소리를 듣고 모여든 우리 주민들 가운데 속이 좋지 않아 쓰러진 여자가 있었지. 구급차가 한 대 더 필요한 게 아닐까 생각했어."

"병원으로 옮겼습니까?"

"아니, 겨우 일어서서 집으로 돌아갔으니까. 젊은 사람은 아니었지만, 얼굴에 피가 싹 가신 것처럼 창백해져서."

신경이 쓰이는 이야기다. 혹시 가지타 씨가 아는 사람일까?

"가지타 씨를 알고 있는 것 같았습니까?"

"아니, 구경꾼이야. 그렇지만 그때 가지타 씨는 이미 망가진 인형처럼 손발을 늘어뜨리고 쓰러져 있었고, 보도에 피가 흘러나와 있었기 때문에 쇼크를 받았겠지."

그뿐일까? 나는 정신을 더 집중해서 생각해 보려 했지만 역시 무리인 듯했다. 머리가 돌지 않았다. 간신히 물었다.

"이사장님은 그 여자를 아십니까?"

이사장은 고개를 저었다. "아니, 아니야. 관리조합 이사 같은 걸 한다고 해 봤자 입주자 모두의 얼굴을 기억하는 건 아니니까. 이름도 모르는 사람이 훨씬 더 많아. 그런데 구두는 어디 있지?"

걸터앉은 채로 누군가가 신겨 주는 신발을 신기는, 유치원 시절 이후로 첫 경험이었다.

나는 웃어 보였다. 내 두 발로 제대로 서 있는 모습을 보여 주었다. 택시 요금도 제대로 지불했다. 그런데도 내가 무슨 일이 있었는지를 설명하기도 전에 뻔히 다친 사람으로 보이는 내 모습을 보고 나호코는 깜짝 놀라 울음을 터뜨렸다. 나호코는 울면서 내 시중을 들었다. 그래서 나도 따라 울 뻔했다. 부모가 서로 부둥켜안고 울거나, 울먹이는 모습을 보며 모모코는 영문도 모른 채 따라서 울음을 터뜨렸다.

모모코가 흐느끼는 것을 보더니 나호코는 별안간 마음을 추슬렀다. 씩씩하게 나를 눕히고, 병원에서 준 약을 살펴보더니 습포를 갈아 주었다.

"모모짱, 아빠는 괜찮아. 그러니 이제 울지 마."

상처가 나아지면 일박이 아니라 일주일이건 열흘이건 가족 여행을 가야겠다고 속으로 결심했다.

그날 밤은 모모코도 나호코의 침대에 들어와, 식구 셋이서 나란히 누워 잤다. 나는 이불 속에서 모모코와 손을 잡았다. 덕분에 꿈도 꾸지 않고, 상처의 통증 때문에 깨는 일도 없이 푹 잤다.

13

연휴가 끝나고 출근하니, 소노다 편집장이 내 얼굴을 보자마자 말했다.

"아리랑치기 당했어?"

통증은 상당히 가라앉았고, 부기도 빠졌다. 다만 찰과상이나 타박상은 나으려 할 때가 더 흉하게 보인다. 특히 얼굴일 경우에는 유난히 더 심하다.

나는 사정 설명을 했다. 편집장은 웃지 않았지만 웃음을 터뜨릴 것 같은 표정을 지었다.

"저주받은 장소네."

"가지타 씨 딸도 그러더군요."

"인간공학적으로 뭔가 문제 있는 설계 아니야? 그 아파트 출입구."

"그럴지도 모르죠."

"그런 일을 당한 만큼 수확이 있으면 좋겠네. 가지타 씨의 딸들도 걱정 많이 하겠지?"

그렇지 않아도 공휴일인 어제 가지타 자매가 나란히 우리 집까지 병문안을 와 주었다. 역시 사토미답게 오기 전에 미리 전화를 주었기에 이제 괜찮으니 굳이 걸음을 하지 않아도 된다고 했지만, 우리 집 앞까지 다 와서 전화를 하는 거라고 했다.

자매를 함께 보는 것은 '스이렌'에서 만난 뒤로 처음이었다. 그렇게 나란히 있으니 두 사람이 사이가 틀어진 것처럼 보이지는 않았다. 실제로 리코의 언니에 대한 가시 돋친 태도는 상당히 누그러진 것 같았다. 기운도 되찾은 모양이다.

한편 사토미는 지난번 만났을 때는 기분이 제법 좋아 보였는데 다시 풀 죽어 있었다. 내가 다친 것이 자기 책임이라는 듯이 사과했다.

"원래는 저하고 리코가 해야 할 일을 대신 해 주시다 이런 일을 당하시다니……. 부인께도 정말 면목이 없습니다."

응급병원에서 리코에게 스스로를 탓하지 말라고 했던 것과 똑같은 이야기를 반복해야만 했다.

나호코는 재치 있게 모모코를 거실로 데리고 왔다. 자, 모모짱, 손님들에게 예쁘게 인사할 수 있어요? 안녕하세요? 어머, 귀여워. 몇 살이에요?—이런 이야기를 주고받다 보니 겨우 화제가 바뀌었다.

"기막힌 타이밍이었어." 나는 주방에서 살짝 아내를 칭찬했다.

"아역은 중요해. 특히 우리 모모코의 연기력은 보증수표야. 상으로 아이스크림을 줘도 되겠지?"

분위기가 풀어지자 이번엔 리코의 독무대가 되었다. 우리 집 가구와 세간을 정신없이 칭찬하며 멋진 집이라고 눈을 반짝였다. 나호코는 리코가 아무리 칭찬을 해도 얌전히 웃고만 있었다. 저건 뭐죠? 이건 어디 거죠? 이런 질문에 정성스럽게 대답했다.

"그런데, 우리 집을 어떻게 알았죠?"

내가 물었다. 집 주소를 가르쳐 준 기억이 없었기 때문이다.

"전에 아빠한테 들었죠. 회장 선생님을 모시고 여기 들른 적이 있다면서요?"

장인이 우리 집에 오는 건 드문 일이기는 하지만 분명 몇 번인가 있었다.

"이름만 알면 위치는 물어볼 필요도 없는 아주 유명한 아파트인걸요. 집이 좋네요, 정말 부러워. 우리 같은 서민은 꿈도 꾸기 힘든 곳인데, 한 번이라도 안에 들어와 볼 수 있어서 감격했어요."

연신 한숨을 쉬며 감탄하고 있다. 사토미도 그런 동생에게 이러쿵저러쿵 주의를 주지는 않았다. 다만 두 사람이 가져온 꽃다발을 나호코가 크리스털 꽃병에 꽂아 장식한 것을 보고 리코가 "에, 아, 그러기에 내가 뭐랬어, 언니. 더 좋은 꽃을 사야 하는 건데. 꽃이 이렇게 초라하니 꽃병에게 면목이 없네. 그거 바카라 크리스털이죠?"라고 했을 때는 역시 한마디 했다.

"그만 해, 좀. 아까부터 혼자 떠들잖아. 어린애처럼."

그래도 리코는 멈추지 않고, 리빙보드 위에 놓여 있던 우리 결혼사진을 보며 또 한바탕 요란을 떨었다.

"스기무라 씨, 긴장해서 잔뜩 얼었네. 사모님, 멋져요. 웨딩드레스가 대단해요!"

그걸 계기로 말이 없어진 사토미 쪽으로 관심을 돌리려고, 나호코가 그녀의 결혼 이야기를 화제로 꺼냈다. 아, 능수능란하다.

"약혼자 분을 지난번에 소개받았어. 아주 잘 어울리는 커플이야. 미남미녀지."

내가 일부러 놀리듯 이야기하자 사토미의 얼굴이 바로 빨갛게 물들었다.

"축하드려요. 준비가 힘들 테지만, 그래도 역시 즐겁죠. 저도 한 번 더 하고 싶어요."

그런 생각을 하고 있었나?

"맞아요, 사모님. 찬스가 없는 건 아니에요!" 리코는 나를 놀렸다. "결혼이 인생에 딱 한 번뿐인 건 아니죠."

"아니, 이런."

"그게 아니고요. 결혼식만 한 번 더 하고 싶다는 거죠." 나호코가 웃었다. "이번에는 우치카케일본 전통식 혼례복도 입어 보고 싶어. 새하얀 걸로. 결혼식용 면 모자를 쓰는 것도 좋겠네."

"사모님은 웨딩드레스를 입으셨나요?"

"예. 가체를 얹는 게 싫었어요. 무겁고 머리가 아프다는 이야기를 들어서. 하지만 지금 와서 생각해 보니 좀 섭섭하네."

사토미는 신사에서 결혼식을 할 예정이라 전통 복장을 선택했고, 피로연 때는 칵테일 드레스를 입기로 했다고 한다.

"중매인은?"

"없습니다. 식장 담당자 이야기로는 요즘 중매인을 세우는 커플은 열 쌍에 한 쌍 있을까 말까 할 정도랍니다."

"그러세요……? 자기, 그럼 우린 시대를 앞서간 거네."

우리도 중매인은 없었다. 우리 집에서는 부모님조차 참석할지 어떨지도 알 수 없는 상태였다. 그것은 시대의 풍조를 앞서간 게 아니라, 어디까지나 개인 사정 때문이었다.

"앞으로 바쁘겠군요. 제가 혹시 도울 일이 있다면 망설이지 말고 이야기해 주세요. 거들게요."

나호코의 말에 사토미는 온몸으로 송구스러워했다. "무, 무슨 말씀을. 어떻게 아가씨께 그런."

"가지타 씨에겐 아버지가 신세를 많이 지셨는걸요."

그때 우리가 나누는 대화에서 벗어나 창문으로 밖을 바라보거나 거실 안을 구경하고 있던 리코의 휴대전화가 울렸다. 소파에 두었던 그녀의 백 안에서 호출음이 들려왔다.

리코는 뒤를 돌아보더니 서두는 기색도 없이 아아, 죄송합니다, 라고 했다. 호출음은 두 번 울리고 그쳤다.

"문자 메시지라 그냥 둬도 괜찮아요."

"알 수 있나요?"

"알죠. 착신음으로."

그렇구나, 이번 착신음은 지난번에 '스이렌'에서 리코의 휴대전화가 울렸을 때 들리던 멜로디와는 달랐다. 뚜륵뚜륵, 하는 평범한 전자음이었다.

"착신음을 바꿀 수 있는 건가?"

내가 나호코에게 묻자 아내뿐 아니라 여자 세 사람이 얼굴을 마주보며 웃음을 터뜨렸다.

"바꿀 수 있어."

"마음에 드는 소리를 고를 수 있어요."

"스기무라 씨, 몰랐어요?"

여자들의 공격에 나는 당황했다. "알아. 그 정도는 알지. 하지만 문자 메시지와 통화를 착신음으로 구분할 수 있다는 이야기는 들어 본 적이 없어."

여자들은 또 웃었다.

"그래? 요즘 나오는 기종이라면 통화 상대별로 착신음을 다 다르게 설정할 수도 있어. 자기 휴대전화도 그래. 전에 쓰던 건 안 되지만 이번 건 최신형이니까. 사용 설명서 읽어 봤어?"

귀찮아서 대충 훑어보기만 했다.

"설정만 하면 되니까 간단해."

"그건 결국, 예를 들면 집에서 내 휴대전화로 걸려 왔을 때는 〈꼭 닮은 집〉이 울리게 할 수가 있다는 건가?"

다니야마 히로코가 부르는 〈꼭 닮은 집〉은 지금 텔레비전에서 방영되는 '모두의 노래' 가운데 모모코가 가장 좋아하는 곡이다.

"그래, 맞아."

"그래서 착신음만으로 누구한테서 걸려온 전화인지 알 수 있어요." 사토미는 그렇게 말하고 혼자 웃었다. "하마다 씨는 직장 상사한테 걸려 온 전화에는 〈스타워즈〉 다스베이더의 테마가 울리게 해 두었던 적이 있어요."

하마다 씨는 사토미의 약혼자라고 내가 아내에게 설명했다.

"비서실 누군가도 우리 아버지가 전화를 걸면 그런 착신음이 나올지도 모르겠네."

"의외로 그 반대일지도." 나는 '얼음여왕'의 얼굴을 떠올렸다. 장인이 다스베이더의 테마를 듣고 얼른 전화를 받는 모습도.

"가지타 씨한테서 걸려 온 전화에는 미소라 히바리의 〈운전기사 양반〉이 울리게 해 두었을지도."

사토미는 고개를 갸웃거렸다. 리코한테 이 에피소드를 전해 듣지 못한 모양이다. 나는 유라쿠 클럽의 기우치 씨한테 들은 이야기를 들려주었다. 리코는 모르는 척하며 이번에는 다시 우리 결혼사진을 손에 들고 들여다보고 있다.

"그런 일이 있었습니까?"

천천히 그렇게 말하며 사토미는 기쁜 표정을 지었다. 아버지는 정말 행복한 분이셨군요—.

"흐음. 뭐 잘된 거 아니야?"

아침 커피를 마시면서 소노다 편집장은 심드렁한 반응을 보였다. 아직 졸린 모양이다.

"그러면 결혼식도 예정대로군."

"예, 바쁘게 준비하고 있는 것 같습니다."

"제일 행복할 때겠지."

'세상이 두 사람을 위해 있는 것 같을 거야' 라는 말을 하고 싶었을 거라는 생각이 들었다.

연휴 뒤라 화요일, 수요일은 일이 많았다. 타박상 때문에 약간 힘들었다. 나는 공연히 걱정이나 끼쳐서는 안 된다, 얼굴 멍이나 상처가 좀 가신 뒤에 하자는 핑계로 미루다 목요일 저녁에 드디어 그레스덴 하이츠 이시카와의 관리실을 찾았다. 가지타 사토미에게 배운 대로 과자 상자를 들고 갔다.

구보 실장은 남은 전단지를 나눠 주는 것 정도는 아무것도 아니었다, 그보다 댁이 크게 다치지 않아 다행이라며 기뻐해 주었다. 그리고 콧등에 주름을 잡으며 "습포 냄새가 나는군요"라고 했다.
"구도 이사장님께도 인사를 드리고 싶은데 몇 호에 사시나요?"
"810호입니다. 사모님이 계실 테지만 이사장님은 아직 퇴근하시지 않았을지도 모릅니다. 그분은 세무사라서. 사무실을 딴 데 갖고 있습니다."
"바쁘시겠군요."
"그야 뭐. 하지만 이사장을 벌써 몇 번째 연임하고 있는 건가? 좋은 분입니다. 실무에 밝고 성실하고요. 그런 분이 한 명이라도 있어 주면 관리조합이 든든하기 때문에 다른 입주자들도 편하죠. 그런데 전단지 뿌린 뒤로 무슨 반응이 있었습니까?"
아직은 아무 반응도 없었다.
"그래요. 우리도 신경을 쓰겠습니다."
현관 홀 게시판에나 엘리베이터 홀 게시판에도 시이나가 만든 전단지가 붙어 있었다.
810호를 찾아가니 구보 실장의 예상대로 구도 부인이 나왔다. 저녁 식사 준비를 하고 있었는지 앞치마를 걸치고 있었고, 뭔가를 볶는 냄새가 현관까지 풍겨 왔다. 나는 정중하게, 하지만 짤막하게 고맙다는 인사를 하고 과자 상자를 건넸다.
"얼른 범인이 잡히면 좋겠네요."
구도 부인의 격려를 받고 그레스덴하이츠 이시카와를 나왔다.
끈질긴 늦더위도 누그러들어 저녁 바람은 서늘할 정도였다. 나는 입간판 옆에 잠시 서 있다가 내가 자전거에 부딪친 곳에도 서 보았다. 그러다가 무심코 이시카와 다리 쪽으로 걸음을 옮겼다. 오늘도 모퉁이 집 할머니는 창문으로 밖을 바라보고 있을까?

다리 위까지 올라가 바라보니 그 집 창문은 닫혀 있고, 할머니의 모습도 보이지 않았다. 그 대신 전에 앞치마를 입고 있던—할머니의 딸이나 며느리로 보이는 모퉁이 집 주부가 도로로 난 이층 창가에서 빨래를 걷는 모습이 보였다. 이미 해는 저물었다. 깜빡했을 것이다. 자칫하면 밤새 널어둘 뻔했다.

애당초 목적이 있었던 게 아니기 때문에, 할머니가 보이지 않는다고 돌아서는 것도 우습다는 생각이 들었다. 다리 위에서 경치를 바라보고 있다가 이층 창가에 있는 그 주부와 눈이 마주쳤다.

거리가 있지만 나는 고개를 숙여 인사를 했다. 여자도 고개를 숙였다. 빨래를 안고 창 안쪽으로 들어간다.

그리고 바로 모퉁이 집 현관문을 열고 그 여자가 나왔다. 분명 내게 용건이 있는 것 같았다.

"안녕하세요?"

여자는 힐끔 주위를 보더니—길 반대편에 그레스덴하이츠 이시카와 방향으로 걸어가는 양복 차림의 남자 이외에는 아무도 없었다—종종걸음으로 다가왔다.

"지난번 저 아파트 앞에서 전단지를 나눠 줬다는 분이시죠? 오봉 연휴 기간에 일어난 사건에 대해 조사하고 있다고 하셨죠?"

"예, 그렇습니다."

"자전거에 치였다면서요? 구급차가 달려오고 소동이 있었다고."

나는 쓴웃음을 지으며 사정 이야기를 했다. 앞치마를 입은 주부는 웃지 않았다.

"우리 집 애 친구가 전단지를 받았는데요. 이번에는 목격자를 찾아 전단지를 뿌리던 사람이 자전거에 치였다는 이야기도 듣고 왔더군요."

여자의 아이는 중학교 일학년이라고 했다.

"학군이 넓어서 이 근처 애들은 공립이라면 모두 같은 중학교에 다니니까요. 제삼중학교죠. 이 길로 쭉 가면 있어요."

그러면서 뒤를 대충 가리켰다.

"우리 애 친구 가운데는 저 아파트에 사는 애도 있습니다."

그래서 바로 그런 이야기를 들은 모양이다.

"저어…… 그래서 말이죠."

여자는 말을 꺼내기 힘든 듯 머뭇거렸다. 오늘 밤은 앞치마를 걸치지도 않고, 수수한 색조의 여름 스웨터에 바지 차림이다. 샌들을 걸친 발가락을 꼼지락거렸다.

"무슨 까닭에선지 제삼중학교에서 소문이 돌고 있는 것 같아요."

"전단지 이야기가 말입니까?"

"그도 그렇고…… 뭐라 해야 할까, 그 팔월에 있었던 사건 때 남자를 친 학생 이야기가."

나는 눈이 휘둥그레졌다. 여자는 고개를 끄덕였다. 이런 문제에 얽혀도 괜찮을지 어떨지 모르겠지만 입을 다물고 있다는 것도 마음이 편치 않다는 복잡한 감정이 차분하지 못한 태도에 그대로 드러났다.

여자는 '친 아이'가 아니라 '친 학생'이라고 했다.

"그 애가 제삼중학교 학생입니까?"

"그런 모양이에요. 아니, 그게 사건이 일어난 지 얼마 되지 않아서죠. 여름방학이었지만 애들이야 학원도 다니고 동아리 활동도 있다

보니 아는 애들은 알고 있는 것 같더군요. 저도 애한테 이야기를 들은 거라 정확하진 않지만."

소문은 전부터 있었다고 한다.

"이런 동네에선 아직도 이웃끼리 잘 알고 지내고 학교에서도 애들끼리 교우 관계가 있어요. 하물며 사람이 죽은 사건인데, 태도가 이상하거나 하면 완전히 숨길 수는 없죠."

빠른 말투로, 그야말로 고자질하는 걸 부끄러워하듯이, 뭔가에 쫓기는 기세로 여자는 단숨에 말했다.

"그렇지만—역시 뭐랄까, 말하기 힘들다고 할까? 고자질 같아서. 그래서 애들도 입을 다물고 있는 겁니다. 감싸준다는 건 아니지만. 무슨 말인지 아시겠죠?"

"예, 잘 알겠습니다."

"그게 뭐…… 그 전단지를 보고 말이에요, 애들도 애들 나름대로 여러 가지 생각을 할 테고, 유족 분들이 열심히 범인을 찾고 있다 보니 느끼는 점도 있었겠죠. 그래서 또 소곤소곤 소문이."

여자는 갑자기 얼굴을 찡그리더니, "우리 애가 워낙 덜렁이여서," 하며 화난 듯이 말했다. 내 얼굴이 아니라 아무도 지나가지 않는 길 쪽을 노려보았다.

"우리 할머니한테도 그 사건에 대해 물어보러 온 사람이 있었다고 학교에서 말을 해 버렸답니다. 그 사람이 전단지를 뿌리다 자전거에 치인 사람이라는 것까지는 모르고요. 아마도 그 이야기를 들은 사람은 깜짝 놀라겠죠. 그래서 이번에는 전단지를 뿌리던 사람을 친 것도 팔월 사건의 범인이 아니겠느냐는 소문이 돌았어요. 입막음이라고 합니까? 그렇다면 역시 내버려두면 안 되겠다고 떠들더랍니다. 하지만 그건 좀 기분 나쁜 이야기 아니에요? 그냥 두지 않으면 어쩔 거냐고 했더니 동급생을 경찰에 찌를 거 아니냐고 하더랍니다."

자칫 질문을 던지면 여자가 기분이 상할 것 같아 나는 그저 고개만 끄덕이며 듣고 있었다.

"친구들이 우리 애에게 물었답니다. 너희 집에 또 그 사람이 물어보러 오면 이야기할 거냐고. 만약에 이야기를 하면 책임이 커지겠죠. 우리 애는, 난 그런 고자질 따위는 절대 하지 않을 거라고 집에 돌아와서 막 화를 냈지만요."

여자는 무척 혼란스러운 모양이었지만, 하고자 하는 이야기의 가장 중요한 내용은 자기 자식이 말려들지 않도록 이 근방에서 얼쩡거리지 말아 달라는 이야기인 모양이다.

그렇다면 얼씬거릴 수는 없다. 나는 여자를 안심시키기 위해 천천히, 하지만 또렷하게 말했다. "폐를 끼친 것 같군요. 죄송합니다."

여자는 허둥거렸다. "아뇨, 아뇨. 그런 건 아니고요."

"자제 분이 기분 상하지 않도록 이제 여쭤보지 않겠습니다. 자제 분을 끌어들여서 좋을 일은 없을 테니까요."

여자는 말없이 고개를 숙였다. 흔들리는 그녀의 마음이 보이는 듯했다.

"더 이상은 여쭙지 않겠습니다. 그러니 미안하지만 이것만 확인해 주십시오. 그 소문이라는 건 가지타 씨를 친 애가 제삼중학교 학생이라는 이야기가 아니냐는 겁니다. 애들 사이에서는 그 애가 아무개 군이라는 것도 소문이 났고."

여자는 고개를 끄덕이더니 얼굴을 들었다. 그제야 내 얼굴을 바로 쳐다보았다. 다짐을 받듯이 얼른 말했다.

"우리 애가 그 애를 알고 있는 건 아닙니다. 같은 학년이라는 것만 알고, 그것도 주워들었을 뿐이죠."

"예, 알겠습니다."

"뭐라더라, 그 애가 여름방학 기간 중에 다쳤다던가? 그리고 갑자기 자전거를 타지 않는다고."

가지타 씨는 자전거에 치인 상처 때문에 세상을 뜬 것은 아니다. 치여 넘어져 운 나쁘게 머리를 부딪쳤기 때문이다. 하지만 커다란 어른을 그렇게 심하게 넘어뜨릴 정도의 충돌이 있었으니 자전거에 타고 있던 애가 다쳤다고 해도 이상할 것은 없다. 충돌한 뒤에 균형을 잃고 자전거와 함께 넘어졌을 가능성도 크다.

빨간 티셔츠를 입은 소년이 쓰러져 피를 흘리는 가지타 씨 옆에서 자전거를 후다닥 일으켜 세우고 달려 사라지는 모습이 눈에 떠올랐다. 그 얼굴은 공포로 일그러져 있다—.

"자전거 어쨌느냐고 친구가 물었더니 망가져서 버렸다고 했답니다."

여자의 목소리가 점점 작아졌다.

"내내 틀어박혀 있는 일이 많고, 학교에도 나왔다 빠졌다 한다는 거예요."

그런 상태라면 금방 눈에 띌 것이다. 주위에서 눈치 채고 소문이 나는 것도 무리가 아니다. 중학교 일학년이라도 A와 B를 더해 C를 이끌어 낼 줄은 알 것이다.

여자로부터 이런 이야기를 들을 수 있는 기회는 지금뿐이다. 무엇부터 물어봐야 할까. 내 마음은 조급하기만 할 뿐, 헛돌고 있었다. 결국 사건에 관해서 조사하는 관계자라기보다는 이런 이야기를 들은 어른이라면 누구나 생각해 낼 말밖에 꺼낼 수가 없었다.

"그 애 부모님은 눈치를 채고 있을까요?"

"글쎄요. 모르겠습니다." 여자는 잘라내듯 말했다. "눈치 챌 거라면 벌써 챘겠죠. 알고 감싸는 거라면 계속 감출 겁니다. 하지만 만약에 그게 사실이라면 불쌍한 건 그 애죠."

나도 그렇게 생각한다.

"그 애 이름은—모르시겠군요."

내 질문이나 내 존재까지도 털어내려는 듯이 여자는 무서운 기세로 고개를 저었다.

"모릅니다. 우리 애도 이야기하지 않았어요."

이 여자의 아이도 괴로울 것이다. 다들 괴로운 딜레마에 빠져 있는 동급생들로부터 '너 찌를 거냐?'는 추궁을 받아 괴로워하고 있을 것이다.

"잘 알겠습니다. 감사합니다. 이 문제는 결코 입 밖에 내지 않겠습니다. 이젠 이쪽을 찾아오지도 않겠습니다. 아이에게도 그렇게 전해주십시오."

그걸로 문제가 해결이 될 거라고는 생각하지 않지만 나는 그럴 수밖에 없었다.

내 말에 외면한 채로 고개를 끄덕이고, 여자는 서둘러 집으로 들어가려 했다. 나는 남은 말이 떠올라 반걸음 정도 그녀를 쫓아갔다.

"아, 그리고, 토요일에 저를 쳐서 다치게 한 자전거는 사실은 쇼핑을 하고 돌아가던 사람입니다. 가지타 씨 사건과는 전혀 관계가 없습니다."

여자는 '예, 예' 하고 대답하더니 문을 쾅 닫아 버렸다.

집에 돌아와 나호코와 이야기를 했다. 아내는 내가 생각한 것과 같은 말을 했다.

"사건 직후니까 그 애의 태도가 이상해서—뭐 여름방학 중에는 눈에 띄지 않았다고 해도 이학기가 시작되면 애들은 매일 학교에 가잖아?"

"응. 어쩌면 부모 형제보다 더 긴 시간을 동급생들과 함께 지내게 되겠지."

"그래서 소문이 났다면 그걸 경찰도 파악하고 있는 게 아닐까? 탐문수사를 하고 있을 테니까."

맞는 말이다. 나는 리코가 힘들게 전화 연결한 담당 형사로부터 들었다는 말을 떠올렸다.

—이런 일은 신중하게 해야 한다.

리코는 뭐가 '이런 일'이냐고 화를 냈지만, 그건 결국 '상대가 미성년, 그것도 중학교 일학년 학생이니까' 라는 의미였던 건 아닐까? 리코에게 그 이야기를 하지 않은 것은 그녀가 유족이기 때문이고, 그녀의 분노가 가라앉지 않았기 때문에 그런 판단을—.

리코라면, 만약에 그 애의 이름이나 주소를 알게 되면 직접 쳐들어

갈지도 모른다.

"경찰도 자수하기를 기다리는 게 아닐까?"

그렇다. 경찰이 가서 잡는 게 아니라 본인이 부모와 함께 경찰에 출두하는 게 바람직하다. 상황을 보면서 그걸 기다려 주자. 그런 방침인 게 아닐까? 확실한 목격 증언도 없고, 결정적 물증인 자전거도 이미 없다. 망가져서 버렸다. 그렇다면 그게 가장 적합하고 타당한 방법이다.

"그럼 문제는 그 애 부모네."

그렇게 중얼거리는 아내의 눈이 불안하다는 듯이 흐려졌다.

"남의 일이 아니야. 그 애도 일부러 가지타 씨를 죽이지는 않았는걸. 모모코도—만약에 그런 일이 생긴다면 자기, 아니 우리는 어떻게 할까?"

그 여자가 정보원이라는 사실을 감춘 채, 더 자세한 것을 조사하려면 어떻게 해야 할까? 제삼중학교(아마 정식 명칭은 조토 제삼중학교 정도겠지)를 직접 찾아가 일학년을 담당하는 선생님을 만나 볼까? 이 정보를 가지타 자매에게 전달해야 할까? 좀더 알아보고 나서가 아니면 오히려 애만 태우게 하는 건 아닐까? 그보다는 우선 조토 경찰서에 가서 담당 형사를 만나 보는 게 먼저일까?

뜻하지 않은 수확이었지만 기쁘기보다는 당황했다. 역시 난 아마추어다. '자전거에 치인 보람이 있었다'고 하자, 아내는 농담이라도 그런 소리 하는 게 아니라며 야단을 쳤다.

나로서는 한 단계 훌쩍 진전된 이 사태를 어떻게 다뤄야 할지 알 수가 없었다. 머리를 감싸 쥐었다.

금요일에 하루 종일 그런 생각을 하다 지쳐 있는데, 뜻하지 않게 쉽게 문제가 해결되었다. "전단지를 보고 연락을 하는 겁니다만." 하며 내 휴대전화로 그 담당 형사가 전화를 걸어 왔던 것이다.

14

우즈키라는 드문 성을 가진 사람이었다.

쉰 살가량 되어 보였다. 얼굴이나 체격이 딱딱해 보이는 게 아니라 네모지다. 무두질한 가죽처럼 윤기 있게 햇볕에 그을렸다. 이 연배의 사람치고는 드물게 흰자위가 맑고 깨끗해 갈색 얼굴과 선명한 대비를 이루고 있었다.

그는 새로 바뀐 경찰수첩을 보여 주었다. 계급은 순사장이고, 소속은 수사과라고 했다. 일반적인 형사 사건을 다루는 부서일 것이다.

"소년과에 계신 분이 아니군요."

나는 일부러 처음부터 잽을 던졌다. 우즈키 형사는 빙긋 하지도 않았다.

나는 조토 경찰서로 찾아가겠다고 했지만 그가 그럴 필요는 없다고 해서 '스이렌' 에서 만나게 되었다.

그렇게 약속을 하고 전화를 끊은 뒤에 깨달았다. 우즈키 형사는 내가 정말로 이마다 콘체른 직원인지 아닌지 직접 찾아와 확인하고 싶을지도 모른다고. 그렇다면 편집부 회의실에서 보자고 하는 게 나았을 텐데. 정리정돈은 안 되어 있지만.

그리하여 지금 양복 차림에 넥타이는 매지 않은 중년 형사와 고풍스러운 내부 장식이 되어 있는 박스석에서 마주 앉았다. 이 또한 마쓰모토 세이초 원작, 노무라 요시타로 감독의 영화에 나오는 한 장면이 아닐까?

"여러모로 알고 계시다시피," 하며 우즈키 형사는 나를 정면으로 바라보며 말했다. "스기무라 씨라고 하셨죠? 이 건과 어떤 관계가 있는 겁니까?"

쓱쓱 잽을 뻗다가 중량급 펀치를 얻어맞은 기분이었다. 나는 얼른 타월을 던지고 얌전히 자초지종을 털어놓았다.

내가 이야기를 시작하고부터 끝낼 때까지 우즈키 형사는 전혀 표정을 바꾸지 않았다. 눈도 깜빡거리지 않았다. 어쩌면 나와 완전히 동시에 눈을 깜빡였기 때문에 내가 모르는 건지도 모른다.

약간 무서웠다.

잔에 있는 물을 마시더니 우즈키 형사는 묵직한 헛기침을 했다. 내가 천 년을 살아도 흉내 낼 수 없을, 위엄 있는 헛기침이었다.

"사정은 잘 알겠습니다."

반숙 달걀의 흰자처럼 깨끗한 흰자위 안에서 검은 눈동자가 떼구르르 움직이며 나를 바라보았다.

"그렇다면 우리로서는 지금 현재 당신을, 가지타 씨의 유족 대리인으로 생각해도 괜찮을까요?"

정보 제공을 호소하는 전단지에 내 휴대전화 번호를 적은 것은 리코의 번호를 적어 놓으면 장난 전화나 골치 아픈 문자 메시지가 올까 봐 피한 것이었지 다른 의도는 없었다. 하지만 지금 이렇게 정색을 하고 물어 오니 나는 그야말로 가지타 자매의 전권대사라는 생각이 들었다.

"그렇습니다."

"그러니까 가지타 씨 유족의 신뢰를 받으며, 또한 그에 상응하는 책임도 지고 계신 거로군요?"

"예, 그렇습니다."

몇 차례 호흡을 하는 동안에 우즈키 형사는 나를 관찰하고 있었다. '엑스선 눈을 지닌 사나이'라는 생각이 들었다. 그건 피터 허코스초능력자로 알려졌던 네덜란드인란 사람의 별명이었지? 그는 사실 사이코메트러가 아니었다고 한다. 바로 앞에 있는 이 각이 진 얼굴의 아저씨도 초능력자는 아닐 것이다. 경험을 쌓았을 뿐이다. 사람을 꿰뚫어보고, 남의 거짓말을 간파하며, 사람의 속마음을 들여다본다.

나는 긴장해서 숨을 멈췄다.

어떤 결론이 나올지는 모르지만 각이 진 얼굴의 형사는 코로 숨을 내쉬었다.

"전화를 드리기 전에 가지타 씨의 유족 분들을 찾아뵈었습니다. 전단지를 뿌리게 된 경위를 듣고 싶었기 때문에요. 사토미 씨와 리코 씨라고 하던가?"

우즈키 형사는 메모나 쪽지도 보지 않고 정확하게 가지타 자매의 이름을 불렀다.

"제가 만나 뵌 건 리코 씨였는데, 그분도 토요일에 스기무라 씨와 함께 전단지를 돌렸다더군요. 자세한 이야기를 해 주었습니다. 스기무라 씨를 무척 신뢰하고 계신 것 같았습니다."

뭐야, 벌써 뒷조사를 다 하지 않았는가.

"그래서—" 하며 다시 내 얼굴을 쏘아보았다.

"저도 솔직하게 말씀드리겠습니다. 아시겠지만 저희는 이미 가지타 씨를 친 자전거를 몰던 사람을 알고 있습니다. 제삼중학교 학생입니다. 일학년 남학생이죠."

내 무릎이 떨리고 다리에서 힘이 빠졌다. 푸식, 하는 소리가 들린 것 같았다.

꽤 오래전 이야기지만 박물관에 전시되어 있는 공룡의 골격 표본이 움직이게 되어 견학하러 온 아이들과 유쾌한 모험을 한다는 이야기를 모모코와 함께 읽은 적이 있다. 모모코는 그 이야기에 완전히 반해, 뼈라는 것에 흥미를 가지게 되었다. 그리고 자기 몸의 뼈를 만져 보고, 무릎 관절, 이른바 '종지뼈'가 동그랗다는 사실을 알았다. 어째서 이 뼈만 동그란 거야, 아빠?

그때 뭐라고 대답했는지는 까먹었다. 하지만 지금이라면 확실하게 가르쳐 줄 수 있다. 그건 말이야, 모모코. 종지뼈가 뚜껑 노릇을 하기 때문이란다. 사람은 그리 기력이 빠져나가고 들어오고 하거든.

"정말입니까?

목소리가 떨려 나왔다.

"정말입니다. 구월 들어서 바로 알게 되었습니다."

우즈키 형사는 나를 빤히 노려보았다.

"제삼중학교는 이학기제를 채택하고 있기 때문에 여름방학은 8월 26일에 끝났습니다. 27일부터 새 학기가 시작됐죠."

어쨌든 여름방학 중에는 그 아이 주변에서만 모락모락 하던 소문이 개학을 하자 바로 퍼졌을 것이다.

지난 주 토요일에 내가 뿌린 전단지는 그 불에 기름을 뿌린 격이었다—.

"실은 제삼중학교에 계신 카운슬러로부터 조토 경찰서로 연락이 왔습니다. 신고가 아니라 상담이었죠."

8월 15일에 그레스덴하이츠 이시카와 앞에서 발생한 자전거에 의한 사망 사고와 관계가 있어 보이는 학생이 상담을 하러 왔었다고.

"본인이—그 학생이 카운슬러에게 털어놓았다는 겁니까?"

"확실하게 이야기한 건 아니었던 모양입니다. 다만 그 내용으로 미루어 눈치 챌 수 있었다는 거죠."

"그래서 신고한 거로군요."

"신고가 아니라 어디까지나 상담입니다."

우즈키 형사는 단호하게 정정했다.

"결국 본인이 그 일 때문에 크게 고민하고 괴로워하는 모양이라 그 상담을 받아 주면서 다소 시간이 걸리더라도 본인 스스로 경찰에 출두하도록 만들고 싶다는 겁니다."

"그건 알겠는데, 그뿐이라면 굳이 경찰에 알리지 않아도 카운슬러만 알고 있으면 되지 않습니까?"

우즈키 형사는 내 지성을 의심하는 눈치였다.

"본인이 무서워하고 있었습니다. 누가 신고하지 않을까 하고."

"신고? 아아."

나도 참 바보다. 그렇다, 소문이 났기 때문이다.

"실제로 그 시점에서 우리는 이미 몇 가지 정보를 제공받은 상태였습니다."

"제삼중학교 학생이나 학부형이 제공했겠군요?"

형사는 내 질문을 무시했다. 하긴 그것도 대답이기는 하다.

"그래서 학교 카운슬러 입장에서는 우리가 그 학생에게 가지 않도록 사전에 손을 쓴 셈이죠. 시간을 좀 달라는 부탁이었습니다."

그 문제를 어떻게 생각하는가에 대한 이야기는 없었지만, 우즈키 형사가 그 카운슬러의 판단을 존중하고 있다는 게 느껴졌다.

"그 애 부모님은 어떻게 하고 있을까요?"

"그 문제에 관해서는 말씀드릴 수 없습니다."

딱 거절당해 버렸다. 아마 부모도 알고 있을 것이다. 어쩌면 알면서도 적극적으로 감싸고 있는지도 모른다.

—입 다물고 있으면 몰라.

느닷없이 내 머릿속에 소노다 편집장의 목소리가 들려왔다. 설마 그 아이 부모가 그런 말을 했을 리는 없을 테지만 그래도 그 말은 상황에 너무 잘 어울렸다.

입 다물고 있으면 아무도 모른다. 잊어라. 악의가 있었던 것도 아니고, 일부러 그런 것도 아니다. 가지타 씨나 그 소년이나 피차 운이 없었을 뿐이다.

하지만 그로 인한 결과는 너무나도 중대하다.

바로 그런 이유로 부모는 자식을 감싼다. 바로 그런 이유로 그 소년은 번민한다.

"제가 어렸을 때는 학교 카운슬러 같은 건 없었습니다."

뜬금없이 무슨 소리냐는 듯이 우즈키 형사는 눈을 약간 크게 떴다.

"요즘 학교에는 문제가 많아서, 그런 제도가 생겼다는 건 뉴스나 신문을 통해 알게 되었죠. 제 딸아이는 아직 유치원생이기 때문에요."

우즈키 형사는 말없이 턱을 끄덕였다.

"솔직히 카운슬러가 무슨 도움이 되겠는가 하는 생각을 했었습니다. 하지만 아무래도 필요한 제도인 것 같군요."

그제야 우즈키 형사의 각이 진 얼굴에 부드러운 보조선이 그어진 듯한 느낌이 들었다. 그렇다고 해도 아마 베테랑일 이 형사의 마음의 면적을 계산할 수 있을 정도로 뚜렷한 보조선은 아니었다. 그래도 나는 기뻤다.

각이 진 얼굴을 한 형사의 각이 진 시선도 약간 부드러워진 느낌이 들었다.

"가지타 씨의 따님들에게는 정말 면목이 없지만, 조금 더 기다려 달라고 스기무라 씨가 전해 주실 수 없겠습니까?"

"형사님은 리코 씨에게 아직 아무 이야기도?"

"말씀드리지 않았습니다. 우리 입장에서도 유족 분들에게 직접 이런 부탁을 드리는 건 아무래도 꺼려져서요. 리코 씨의 진지한 표정을 보니 더욱 그랬습니다. 유족 입장에서는 무슨 소리냐, 아무리 상대방이 어린애라고 해도 얼른 대처하는 게 맞지 않느냐고 생각하시는 게 당연할 테니까요."

그래서 어물어물 변명을 했을 것이다. 담당 형사는 정말로 도망 다니고 있었던 것이다.

"이제 그리 오래 기다리지 않아도 되리라 생각합니다. 며칠 안 남았습니다. 학교 카운슬러 선생님은 애가 경찰서에 출두할 때 따라오겠다고 했습니다."

"알겠습니다. 가지타 사토미 씨와 리코 씨에게는 제가 분명히 전하겠습니다."

내 약속을 듣고서야 형사는 아이스커피에 입을 댔다.

"그 애가 이제 곧 출두한다는 말은 그러니까, 결국."

말하기 힘들다. 내가 우물우물해야 할 차례였다.

"제가—전단지가 그 애를 몰아세운 걸까요?"

"몰아세운 건 아닙니다."

커피에 넣은 밀크를 빨대로 저으면서 형사가 말했다.

"오히려 결단을 내린 계기가 되지 않았을까요? 본인 입장에서도 그런 형태로 유족의 분한 마음을 알게 되었다는 점에서는 의미가 있었겠죠. 이 사건은 신문 보도도 자세하게 나오지 않았고, 지금까지는 그럴 기회도 없었으니까요."

가슴이 뜨끔했다. 그러면 본인이 직접 전단지를 보았을까?

전단지를 뿌리고 있을 때 중학생 정도로 보이는 아이들을 몇 명이나 보았다. '빨간 티셔츠를 입은 소년'이라는 목격 증언이 머릿속에 있었기 때문에 그레스텐하이츠 이시카와 앞을 지나가는 소년들에게는 적극적으로 전단지를 나눠 주려 했었다.

그런 소년들 가운데 혹시 당사자가 있었던 걸까? 부모가 일부러 전단지를 받아다 아이에게 보여 줄 리도 없을 테니까.

지난달 자전거에 치인 사람이 죽은 그 아파트 앞에서 전단지를 뿌리고 있더라. 누군가에게 그런 이야기를 듣고 가만히 있을 수가 없어서 살펴보러 왔다면. 그 애는 누구한테 전단지를 받았을까? 나일까? 시이나일까? 리코일까?

부디 리코가 아니었다면 좋을 텐데. 나나 시이나였다면 좋을 텐데. 아니 그 반대인가? 리코가 주는 걸 받는 편이 더 나았을까?

"책 쪽은 어떻게 하실 겁니까?"

얼른 정신을 차리니 우즈키 형사가 나를 보고 있다. 내가 무슨 생각을 하는지 빤히 알고 있다는 눈초리였다.

"글쎄요. 그 애가 출두해 준다면 책을 낼 이유는 없어지겠죠."

형사는 두세 차례 고개를 끄덕였다. 안도한 모양이다.

"가지타 씨의 따님들은 아버지가 그렇게 돌아가셔서 무척 슬퍼하고 있습니다. 화도 내고 있고요. 하지만 두 사람 모두 마음이 고운 여성입니다. 결코 쓸데없이 그 애를 괴롭히고 싶어 할 리가 없을 겁니다. 두 사람과 의논해 보겠습니다. 잘 이야기하면 분명히 이해해 줄 겁니다."

"잘 부탁드리겠습니다. 그 애가 출두하면 제가 책임을 지고 가지타 씨의 따님들에게 연락을 드리겠다고 전해 주십시오."

우즈키 형사는 내게 고개를 숙였다. 정수리가 컴퍼스로 그린 듯이 둥글게 머리카락이 빠져 있었다. 나는 웃음을 참았다. 왠지 마음이 가벼워져 아무것도 아닌 일로 웃음이 터져 나올 뻔했다.

"다치신 데는 괜찮습니까?"

"예?"

"스기무라 씨도 자전거에 부딪치지 않았습니까? 가지타 리코 씨가 무척 미안해하더군요."

나는 얼른 손으로 얼굴 반쪽을 가렸다. 이미 늦었지만.

"큰 상처는 아닙니다. 괜찮습니다. 하지만 그 길은 정말 위험하더군요. 뭔가 대책을 세울 필요가 있지 않겠습니까?"

우즈키 형사는 진지한 표정을 지으며 등을 쭉 폈다. 눈언저리에 살짝 웃음이 떠올랐다.

"맞는 말씀입니다. 교통과에 재촉하겠습니다."

우리의 만남은 한 시간도 채우지 않고 끝났다.

가지타 자매와는 운 좋게 바로 연락이 닿았다.

이번에는 '스이렌'을 이용하지 않고 일이 끝나면 내가 바로 자매의 아파트를 찾아가기로 했다.

듣자니 납골은 모레인 일요일이라고 한다. 오늘 밤에는 가지타 씨의 유골이 집에 있다. 한번 향을 올리러 가고 싶다는 생각을 하고 있었고, 우즈키 형사한테 들은 이야기를 가지타 씨가 계신 곳에서 자매에게 전달하고 싶었다. 빠듯하기는 했지만 늦지 않아 다행이었다.

시간이 시간인지라 사토미는 식사 준비를 하고 있었던 것 같은데,

나는 그걸 정중히 사양하고 가지타 씨의 유골과 위패 앞에 합장을 한 뒤 바로 본론으로 들어갔다.

3LDK 아파트로, 가구나 비품이 많고 어수선한 느낌은 들었지만 마음이 편안해지는 집이었다. 다다미가 깔린 방에 높은 책꽂이가 하나 있고, 책이 빽빽하게 꽂혀 있었다. 영화나 연극에 관한 것이 대부분인 듯했다. 큰 판형의 사진집도 눈에 띄었다. 가지타 씨가 가부키를 좋아했다는 이야기를 떠올렸다.

자매와 나는 평소에는 식탁으로 쓸 4인용 테이블에 마주 앉았다.

중국 이야기인지 유럽 이야기인지 잘 모르지만, 나쁜 소식을 전하러 온 사자의 목을 베는 황제가 있었다고 한다. 가지타 자매 입장에서는 우즈키 형사가 가져온 정보가 나쁜 정보일까 좋은 정보일까? 나는 판단을 내릴 수 없었다.

이야기를 듣더니 자매는 오래간만에—적어도 내가 보기에는—얼굴을 마주 보았다.

먼저 입을 연 것은 사토미 쪽이었다.

"다행이구나. 그렇지, 리코짱?"

사토미가 '리코짱'이라고 부르는 것을 처음 들었다.

"잘됐네."

언니의 얼굴을 보면서 고개를 끄덕이고, 리코는 나를 쳐다보았다.

"그 애, 정말 출두하겠죠?"

"며칠 남지 않았다고 합니다."

"하지 않으면 어떻게 하죠? 자칫하면 마음이 바뀔 수도 있잖아요? 그럴 경우 경찰은 어떻게 할 생각일까?"

"너무 많이 늦어지면 경찰이 움직이겠죠."

"그렇게 되지 않으면 좋겠네. 아니, 그렇게 되지는 않을 거야."

그렇게 중얼거리며 사토미는 자리에서 일어나 아버지 유골 앞에 앉아 향에 불을 붙였다. 고개를 숙이고 꽤 오래 합장을 했다.

나와 리코는 말없이 그녀의 뒷모습을 바라보았다.

"벌을 받지는 않겠죠?"

리코가 식탁으로 눈길을 떨어뜨리고 툭 내뱉었다. 식탁 한쪽에 찻잔 밑바닥 때문에 생긴 것인지 둥그런 테두리 자국이 보였다. 가지타 씨가 남긴 것인지도 모른다. 리코는 그걸 보고 있었다.

"미성년이잖아요. 중학교 일학년이면."

원래 교통사고의 경우에는 결과적으로 사람이 죽거나 다치더라도 상해죄나 살인죄가 되지는 않는다.

업무상 과실 상해 또는 과실 치사로 인정된다. 요즘은 음주 운전이나 신호 무시 등 악질적인 위반으로 사람을 죽게 한 경우에는 위험운전 치사죄라는 것이 적용되지만, 상당히 엄격하게 인정되는 모양이다.

어쨌든 리코의 말대로 사고를 일으킨 것이 미성년인 이번 경우에는 체포해서 벌을 주는 게 아니라 소년을 보호하고 감독, 지도하게 될 것이다.

"그래도 아버지가 왜 돌아가셨는지, 사고가 어떻게 해서 일어났는지 모르는 채로 사는 것보다는 훨씬 낫겠지만. 그건 가르쳐 주겠죠?"

"담당인 우즈키 형사에게 물어볼게요. 그 형사라면 분명히 가르쳐 줄 거라고 생각합니다."

리코는 깊은 한숨을 내쉬면서 어깨를 크게 흔들었다. 목 언저리가 넓은 원피스를 입고 있어서 빗장뼈가 또렷하게 드러났다. 그러고 보니 처음 만난 지 이제 보름밖에 지나지 않았는데 리코는 약간 야윈 것 같았다. 원래 가냘픈 여성이기 때문에 두드러지지는 않지만, 턱도 홀쭉해 보였다.

"기다려 달라고 하지 않아도 우린 기다릴 수밖에 없죠. 제삼중학교 학생이라는 것 이외에는 이름도 주소도 모르는걸요." 혼잣말처럼 중얼거리는 리코의 목소리가 약간 잠겼다.

사토미는 식탁 옆을 지나 한 평 반 정도 되는 주방으로 들어가 커피를 끓이기 시작했다. 고개를 숙이고 울고 있었다. 눈물이 두세 방울 반짝거리며 싱크대 안에 떨어졌다.

"저 내일 우즈키 형사에게 전화할래요. 알겠습니다, 기다리겠습니다. 그러니 잘 처리해 주십시오, 하고 이야기하겠어요."

"감사합니다." 나는 자매를 향해 고개를 숙였다. 가지타 씨를 친 아이를 대신해서? 그 애의 부모를 대신해서? 우즈키 형사를 대신해서? 주제넘은 기분이 아니라 한 아이의 부모로서. 내 귓속에는 만약에 모모코가 그런 상황에 처하면 어쩌지, 하고 중얼거리는 아내의 목소리가 들려오고 있었으니까.

"분명히 두 분 마음이 그 애에게 통할 겁니다."

"고맙다고 해야 할 사람은, 우리 쪽이죠." 사토미는 눈물을 흘리며 더듬더듬 그렇게 말했다. "정말 신세가 많았습니다. 스기무라 씨 덕분입니다."

"언니도 참. 아직 일러. 고맙다는 인사는 그 애가 출두하고 나서 해야지."

리코는 고집스럽게 그렇게 말하고 덜컹덜컹 의자 소리를 내며 일어섰다. 잠깐 화장실에 다녀오겠다며 짧은 복도를 종종걸음으로 걸어 화장실로 들어갔다.

희미하지만 흐느껴 우는 소리가 들려왔다.

커피 향이 풍기는 가운데 나는 사토미에게 말을 걸었다. 고개를 들고 주방 카운터 너머에서 그녀는 눈물 고인 눈으로 나를 바라보았다.

리코에게 들리지 않도록 나는 부드럽고 작은 목소리로 말했다. "아버님의 죽음은 불행한 사고였습니다. 누군가에게 원한을 사서 살해된 건 아니었습니다. 더 이상 사토미 씨가 두려워할 필요는 없습니다. 이제 마음이 개운해졌죠?"

사토미는 뭔가 이야기하려 했지만 입 언저리를 떨 뿐이지 말을 하지 못했다. 아이가 울상을 짓는 듯한 표정을 하고 있었다. 입을 꾹 다물고 엉엉 울고 싶은 걸 애써 참는 사토미가 늠름해 보였다.

"다만 사토미 씨가 네 살 때 겪은 무서운 일에 관한 수수께끼는 아직 풀리지 않았습니다. 그래서 저는 계속 조사해 볼 생각입니다."

이런 분위기에 휩쓸리면 덩달아 울게 될 것 같아 나는 억지로 웃음을 지었다.

"조사한다고 해 봤자 아마추어라서. 지금까지도 이렇다 할 성과를 올린 건 아니죠. 도모노 완구에 갔다 왔을 뿐입니다. 하지만 어차피 시작한 일이니 좀더 알아보고 싶군요. 저도 일단 취재기자이기는 하니까요."

사내보 기자지만.

"이런 조사 업무는 제게 공부가 됩니다."

사토미는 말없이 몇 번이나 고개를 끄덕이고, 그대로 웅크리듯이 고개를 숙였다.

나는 자매의 슬픔을 존중해서 잠시 입을 다물고 있기로 했다.

이윽고 화장실에서 나온 리코는 울어서 눈이 새빨갛게 부어 있었다. 식탁 옆에 있던 티슈 박스에서 화장지를 살짝 뽑더니 소리를 내며 코를 풀었다. 그 티슈를 뭉뚱그려 구석에 있는 쓰레기통에 힘껏 던졌다. 티슈는 쓰레기통 가장자리에 맞더니, 살짝 튀어 그 안쪽으로 떨어졌다.

"헤헤헤."

리코는 나를 보며 웃더니, 아버지의 유골과 위패에 합장을 하고 종을 딸랑딸랑 울렸다.

사토미가 끓여 준 커피를 한 모금 맛보니 공연히 담배가 피우고 싶어졌다. 제각각 담배를 피우고 있는 자매에게 한 개비 얻어 불을 붙였다. 우리는 사이좋은 세 개의 굴뚝이 되었다.

"리코 씨, 책은 어떻게 할 거예요?"

내 물음에 리코는 천장을 올려다보며 잠깐 생각했다.

"글쎄요……. 이제 낼 필요가 없어졌네요."

사토미가 동생의 옆모습을 바라보았다.

리코가 벌떡 일어나더니 환한 표정으로 내게 물었다. "스기무라 담당자 님, 제 책의 콘셉트를 바꿔도 괜찮을까요?"

"작가의 생각을 듣고 싶군요."

"아빠에 대한 추억을 적은 책으로 하는 거예요. 순수하게, 그리운 아버지의 추억 이야기를. 그러면 책을 내 주지 않겠죠?"

나는 집게손가락을 세웠다. "조건이 하나 있습니다."

"뭔데요?"

"그 콘셉트로 간다면 가지타 씨가 십일 년 동안 이마다 요시치카의 개인 운전기사였다는 사실이 더욱 중요해져요. 지금까지보다 더 그 부분에 초점을 맞춰 원고를 쓸 것. 그렇다면 낼 수 있습니다."

사토미가 고맙다는 눈빛으로 나를 바라보았다. 나는 눈짓으로 응답했다. 다만 그녀만 알고 있고, 동생에게는 알리고 싶지 않다는 가지타 씨의 과거를 리코가 파고들지 못하게 하기 위한 방편으로 그렇게 말한 것은 아니었다. 내 진심이었다.

낼 수 있을 뿐만 아니라, 그 책이라면 팔릴지도 모른다. 재계 유명인사의 개인 운전기사. 그 유족이 쓴 추억의 기록이다.

"역시 회장 선생님의 존재가 크군요."

"그렇습니다."

"그렇지만 그렇게 되면 회장 선생님께는 폐가 되지 않을까요? 범인을 잡기 위해, 범인에게 호소하기 위해 책을 낸다는 대의명분이 사라지면 뭐랄까—폭로물? 아니, 물론 그런 건 쓸 리가 없지만."

나는 웃었다. "그건 정도의 문제겠죠. 중요한 것은 어느 정도까지 어떻게 쓰느냐 하는 문제입니다. 장인도 그렇게 말씀하실 거라고 생각합니다."

리코는 '아아' 하는 소리를 냈다. 내 편집자로서의 어드바이스에 감탄했나 보다 생각했더니 그게 아니었다.

"스기무라 씨가 저희들 앞에서 회장 선생님을 '장인' 이라고 부른 건 처음이군요. 늘 회장님, 회장님 했잖아요."

듣기 좋은걸요—라고 했다. 사토미도 미소를 짓고 있다.

나도 왜 그렇게 불렀는지 몰라 쑥스러워졌다. 이 집에 가득한 가지타 자매의 아버지에 대한 사랑 때문에 내 마음도 영향을 받았는지 모르겠다.

15

일요일은 비가 내렸다.

동틀 녘에 나는 아주 이상한 꿈을 꾸었다. 앞뒤도 맞지 않고 토막난 장면들 속에 여러 사람들과 함께 있었다. 벌써 몇 년째 만나지 못한 친구나 형, 누나도 나왔다. 가지타 씨도 있었다. 리코는 보이지 않았지만 사토미는 있었다. 여러 편의 편집도 안 된 영화 러시 필름을 계속해서 본 것 같은 꿈이었다. 눈을 뜨자마자 머릿속에서 후르르 떨어져 지워지고 말았다. 그런데도 사토미와 함께 있던 장면만은 또렷하게 남아 있었다.

어떻게 된 일인지 나는 사토미와 둘이서 호수 같은 곳에서 작은 배를 타고 떠 있었다. 사토미는 울고 있었다. 나는 그녀를 달래며 서툴게 노를 젓고 있었다.

—바닥에 누가 가라앉아 있어요.

사토미가 수면 아래를 가리키며 말했다.

—건져 올려야겠네.

나는 사토미가 가리키는 곳으로 보트를 몰아가려 했지만 뜻대로 되지 않았다. 뱃머리가 자꾸 그곳에서 멀어져 갔다.

꿈속의 나는 가라앉아 있는 사람이 가지타 씨라는 걸 알고 있다. 가지타 씨는 장례식을 마치고 납골식을 기다리고 있으니 그런 곳에 가라앉아 있을 리가 없는데 왜 이렇게 된 걸까?

마음먹은 대로 보트를 조종할 수가 없어서 나는 사토미에게 말한다. 그쪽으로는 갈 수 없을 것 같다고. 그러자 사토미는 슬픈 듯이 고개를 숙이며 뱃전에 손을 짚었다. 그리고 물속을 들여다보면서 이렇게 말했다.

—저기 내가 가라앉아 있는데.

아니야, 아니야. 가라앉아 있는 사람은 사토미 씨 아버지야. 사토미 씨는 분명히 보트에 타고 있잖아. 나는 그녀를 열심히 설득했지만 사토미는 고개만 저을 뿐이었다. 보트에서 몸을 내밀고 당장이라도 호수에 뛰어들 기세다. 안 돼—하고 큰소리를 지르다 눈을 떴다.

아내와 딸은 아직 자고 있다. 나는 일어나 화장실로 가서 창밖을 내다보았다. 비가 오고 있었다. 가을비의 시작이었다. 서늘하고 부드러운, 조용한 비였다. 여름의 마침표였다.

다시 잠이 든 뒤로는 꿈을 꾸지 않았다. 다음에 깼을 때는 머리맡에 있는 시계가 열한 시를 가리키고 있었다. 자다가 중간에 깨면 늘 늦잠을 자게 된다.

얼른 일어나니 깔끔하게 정리된 탁자에 아내가 남긴 메모가 있다.

〈모모코와 함께 리드미크 체조교실 체험 입학 때문에 나가요. 두 시쯤 끝나면 전화할게요. 냉장고를 열어 봐요.〉

분부대로 냉장고를 들여다보니 브런치 플레이트에 담긴 내 아침 식사가 있었다. 그걸 데워 먹고 신문을 읽었다.

접시를 닦고 있는데 휴대전화가 울렸다.

얼른 손을 닦고 받았지만, 폴더형 휴대전화를 열자마자 착신음이 끊어졌다. 수신기록을 보니 발신 번호 표시가 없었다.

이 휴대전화 번호를 아는 사람은 별로 많지 않다. 내 교제 범위가 좁은 것이다. 그런 사람들의 전화번호는 모두 등록해 놓았다. 전화가 오면(착신 멜로디로 알 수는 없어도) 화면 표시로 누구한테 온 건지 바로 알 수 있다.

이 발신 번호 표시가 없는 전화는 누가 걸었을까?

나는 휴대전화를 들고 서재로 들어갔다. 책상에 앉아 지금까지의 경위를 문장으로 정리하기로 했다.

장인은 화요일까지 출장 때문에 오사카에 가 있다. 돌아오더라도 회장실을 비운 사이에 밀린 업무에 쫓길 것이다. 당장은 만나 뵐 수 없다. 전화로 느긋하게 이야기할 수 있는 틈도 내기 힘들다. 출장에서 돌아오면 늘 그렇다. 보고서를 만들어 장인께 보내면 업무 처리 중간에 훑어볼 수 있을 것이다.

편지도 아니고 사내보 기사도 아닌, 업무 보고서를 쓰듯이 적었다.

내가 무얼 느끼고 무슨 생각을 했는지는 장인을 뵙게 되었을 때 전하면 된다. 이제 마음이 놓인다는 것도, 그 소년이 측은하게 여겨진다는 것도, 우즈키 형사가 엑스선 같은 눈을 지닌 사내로 보였다는 것도.

다 적은 문장을 다시 읽고 있는데 또 휴대전화가 울렸다.

도모노 에이지로 씨의 전화였다. 못 알아들을 수 없을 정도로 커다란 목소리였다. 인사를 하면서 나는 휴대전화와 귀와의 거리를 살짝 넓혔다.

도모노 완구에서 에이지로 씨의 한쪽 팔처럼 일하던 세키구치 씨와 연락이 닿았다고 한다. "세키구치는 말이야, 가지타 씨를 잘 기억한다고 하더군."

별로 기대하지 않았는데, 기쁘고 놀라웠다.

"그거 다행이군요. 옛날 일이라 아무래도 무리가 아닐까 생각하고 있었습니다."

"그 친구도 바로 기억해 낸 건 아닐세. 일기를 쓰고 있대. 스물너댓 살 때 시작해서 지금도 매일 쓰고 있다더군. 자네 믿어지나? 세키구치는 일흔다섯이야. 어쩜 그렇게 끈기 있게 쓸 수 있을까?"

"꼼꼼한 분이시군요."

"뭐, 그런 셈이겠지? 공장을 할 때는 세키구치가 사무 쪽을 전부 맡아서 잘 처리해 주었으니까."

그런데 말이야, 하고 헛기침을 하며 큰 소리로 말했다. "가지타 씨 부부가 우리 공장을 그만뒀을 때 함께 그만둔 종업원이 있다더군. 일기에 적혀 있는 모양이야. 에—, 그게—."

에이지로 씨는 손에 든 것을 읽는 말투가 되었다.

"노세 유코. 한자로는 野瀨祐子라고 쓰는 사무직 여사원이야. 얘가 함께 그만뒀어. 그냥 그뿐이야. 그 이상 무슨 일이 있었던 건 아닐세. 세 사람이 같은 날 그만두었을 뿐이야. 어떡할 텐가? 세키구치를 만나 볼 텐가?"

부탁드립니다, 라고 대답했다. "찾아 봬도 괜찮을까요?"

"그럼 세키구치 전화번호를 가르쳐 줄 테니까 의논해 보게. 그 친구는 말이야, 지금 미타카에 살고 있어. 나하고 마찬가지로 한가한 영감이니까 시간이야 낼 수 있겠지."

"알겠습니다. 감사합니다. 그런데 사장님, 아까 전화하셨습니까?"

"나? 아니, 걸지 않았어."

"그러세요? 아까 받지 못한 전화가 있어서요."

"난 아닐세. 지금 건 게 처음이야. 세키구치가 외출중이라 연결이 잘 안 되었거든. 겨우 통화가 되어 용건을 이야기했더니 그 친구가 일기를 뒤적이느라 시간이 걸렸고. 늦어져서 미안하군."

"무슨 말씀이세요. 저야말로 폐가 많았습니다."

통화를 끝내고 나는 다시 한번 착신 내역을 보았다. 도모노 완구 가게 전화번호가 나온다. 그 하나 전에 온 것이 아까의 번호가 뜨지 않은 전화였다.

아무리 들여다봐도 그 이상의 정보는 알 수 없었지만 신경이 쓰였다.

다시 걸려 올 것 같은 느낌이 들었다. 전단지를 본 누군가가 내게 정보를 제공할까 망설이고 있는 게 아닐까?

물론 잘못 걸려 온 전화일 수도 있다.

그래도, 혹시—.

휴대전화를 옆에 두고 집 전화로 세키구치 씨의 집에 걸어 보았다. 세키구치 씨가 바로 전화를 받았다. 아마 기다려 주었던 모양이다.

"내일은 마침 병원에 가는 날이니 그쪽이 괜찮다면 바로 만날 수 있습니다."

병원은 신주쿠에 있다고 했다. 벌써 십오 년 가까이 혈압강하제를 처방받고 있다고 한다. 그 때문인지 세키구치 씨는 신주쿠 부근 지리에 밝아, 만날 장소로 내가 잘 아는 대형 전자제품점 옆에 있는 전혀 모르는 카페를 지정했다. 찾아가는 길 순서와 표시물을 자세하게 알려 주었다. 오후 한 시에 만나기로 약속했다.

장인에게 제출할 문서를 프린트하고, 책상을 정리한 뒤 거실로 돌아와 차분하게 신문 일요판을 읽었다. 평소에는 대충 훑어보는데, 그것도 마음이 내켰을 때뿐이다. 오늘은 구석구석, 통신 판매용 '행운을 부르는 황금 도장'이니, '정겨운 히트곡 대전집 CD 전30매 세트'니 하는 광고까지 읽었다. 그 CD 전집에 수록되어 있는 가요곡을 몇 곡 알고 있는지 세어 보았다. 미소라 히바리의 히트곡은 세 곡이 들어 있었다. 〈운전기사 양반〉은 없었다. 그러고 보니 셋이서 노래방에 가자고 나호코에게 이야기한 것이 생각났다.

시야 한쪽 구석에 휴대전화가 있다. 빨리 와라. 내가 바라는 사람이 아니라도 괜찮다. 아까 제가 전화를 했습니다, 우연히 전화번호를 남기지 않는 전화로 걸었습니다, 라고 알려 준다면 누구든 상관없다.

일요일 텔레비전은 따분하다. 읽던 책이라도 가져올까? 오히려 전화에 신경 쓰지 않으면 걸려 오는 게 아닐까?

일어선 순간 집 전화가 울렸다. 나호코였다.

"지금 오모테산도에 있어. 밖에서 차 한잔 하고 쇼핑한 뒤에 집에 가려 하는데, 자기는 어떡할 거야?"

휴대전화의 특징이라는 게 뭔가? 휴대할 수 있다는 것이다. 덕분에 우리는 중요한 정보를 알려 줄지도 모르는 전화를 기다리며 집이나 직장에서 애를 태우고 있을 필요가 없어졌다. 노무라 요시타로 감독의 영화에 나오는 형사들과는 전혀 다르다.

"짐 들어 주러 갈게."

휴대전화를 바지 뒷주머니에 집어넣고 집을 나섰다.

모모코는 리드미크 체조가 어지간히 마음에 들었던 모양이다. 가게 안에서나 길에서나 틈만 나면 해 보이려 들었다. 상당히 어려웠다. 나는 따라하지 못할 것 같다.

나호코는 일용품에서부터 사치품까지 여러 가지를 샀다. 내게는 새 잠옷을 사 주었다. 긴소매지만 얇아서 초가을에 딱 좋을 것 같다고 했다.

"티셔츠랑 반바지를 입고 자는 건 좋지 않은 버릇이라고 생각해."

찔끔. 이런 주의도 받았다.

쇼핑을 하는 중에 비가 멈춰, 오픈 카페에서 티타임 세트 케이크를 먹고 있는데 내 휴대전화가 울렸다. 내가 너무 서둘러 전화를 받았기 때문에 아내의 눈이 동그래졌다.

액정화면에는 또 전화번호가 나타나지 않았다.

"여보세요?"

근소한 차이였다. 상대는 내 '여보' 라는 말 정도는 들었을 것이다. 내 귀에는 뚜-뚜- 하는 무뚝뚝한 소리만 들려올 뿐이었다.

"잘못 걸린 전화?" 나호코가 고개를 갸웃거리며 웃음을 터뜨렸다.

"아빠가 마치 전화를 삼켜 버릴 기세였지, 모모짱?"

모모코는 자기가 고른 월귤 파이가 생각만큼 맛이 없는지 먹다 남긴 상태였다. 음식을 남기면 호되게 야단맞는다는 걸 알기 때문에 이걸 어떻게 해야 할까 열심히 궁리중이었다.

"모모코, 아빠 케이크하고 바꿀까?" 내가 말했다.

"그래도 괜찮아?" 딸은 표정이 확 밝아졌다.

"괜찮아. 쇼트케이크는 입에 맞지 않아서. 아빤 그게 먹고 싶은걸."

월귤 잼을 넣은, 말하자면 어른들을 위한 파이였다. 그런데도 모모코가 그걸 주문한 것은 『호호 아줌마』에서 아줌마가 손수 만든, 맛있을 것 같은 월귤 잼이 나오기 때문이다. 호호 아줌마의 남편은 막 구워 낸 팬케이크에 그 잼을 듬뿍 발라 먹는 걸 무척 좋아한다.

모모코는 얼른 접시를 바꾸더니 쇼트케이크에 있는 커다란 딸기를 집어 들었다.

"무슨 전화냐니까?" 아내가 말했다.

"으응," 고개를 끄덕이며 나는 아내의 얼굴을 보았다. "집에 있을 때도 걸려 온 전화야. 이게 두 번째야."

아내에게는 이미 우즈키 형사한테 들은 내용을 모두 이야기해 주었다. 그래서 내가 무슨 생각을 하고 있는지 눈치 챘을 거라고 생각했다. 눈동자가 움직였다.

"스팸 문자는 아니야? 되걸게 해서 나중에 비싼 요금을 물게 된다거나 하는. 뉴스에서 봤는데.

"그런 건 아닐 거야. 그런 거라면 내가 다시 걸게 하는 것이 목적이니까 전화번호를 남기지 않으면 아무 의미가 없지."

나호코는 포크를 내려놓더니 입가를 손가락으로 눌렀다. "생각을 너무 많이 하지 않는 게 좋지 않겠어?"

"정보 제공자일지도 몰라. 장난 전화일지도 모르고." 내가 말했다. "가능성은 몇 가지 있겠지."

"응, 그렇지."

"하지만 난 본인일지도 모른다는 생각이 들어."

가지타 씨를 친 소년이 경찰에 출두할까 심각하게 망설이면서 전단지에 실린 내 전화번호로 건 것이 아닐까—하는 생각이 든다.

"근거 같은 건 없어. 느낌뿐이지. 내가 전화를 받으려 하면 얼른 끊어 버리기 때문에 그냥 그렇게 생각하는 거야."

아내는 내 잔과 자기 잔에 홍차를 더 따르더니 천천히 한 모금 마시고 나서 말했다.

"어쨌든 기다려 봐. 당신 느낌이 맞다면 분명히 또 걸려 올 거야."

그때 아내의 휴대전화가 울렸다. 우리는 둘 다 깜짝 놀랐다. 액정화면을 본 나호코는 쓴웃음을 지었다.

"남녀소개 사이트 광고야. 어휴, 정말. 메일 주소 또 바꿔야겠네."

그날은 번호가 뜨지 않는 전화는 더 이상 걸려 오지 않았다. 우리도 그 문제를 화제로 삼지 않았다.

식탁에서 리드미크 체조교실 입학 신청서를 쓰면서 아내는 체험 입학에서 있었던 이야기를 해 주었다.

"아, 참. 재미있는 일이 있었어."

나호코와 비슷한 또래의 여자가 혼자서 네다섯 살 된 사내아이 셋을 데리고 왔었다고 한다.

"얼굴이 닮지 않았으니 세쌍둥이는 아닌 것 같고, 연년생 형제인가 보다 생각했는데 전혀 그렇지 않았어. 베이비시터 업체 사람이 맡고 있는 애들을 데리고 온 거야. 셋 다 다른 집 애들이었지."

베이비가 아니라 정확하게 이야기하면 차일드시터겠지.

"상당히 잘된대. 주말에도 일 때문에 쉬지 못하는 부모님들이 많고, 그게 아니더라도 외출이나 여행 때문에 애들을 맡기는 수요가 늘고 있다는 거야. 그 베이비시터 회사에서는 그냥 맡아서 집을 봐 주기만 하는 게 아니라 이런 학원이나 문화 센터 같은 데 데리고 오가는 일도 맡기 때문에 소문이 난 모양이야."

아내에게도 '한번 이용해 주십시오' 하며 명함을 줬다고 한다. 나는 「아오조라」 취재 때문에 만났던 그린 가든의 서무과장을 떠올리고, 아내에게 그 이야기를 해 주었다. 나호코는 무척 측은하다는 표정으로 이렇게 말했다.

"이웃에 부탁하기 힘들다는 심정은 이해가 가. 만에 하나 무슨 일이 있으면 맡아 준 쪽이나 맡긴 쪽이나 다 불행이니까."

나는 또 다른 기억이 떠올랐다.

"장인어른은 모모코가 아기였을 때 거의 품에 안으려 하시지 않았어. 이따금 안더라도 바로 나나 당신에게 되돌려 주셨지."

—떨어뜨려서 망가지면 변상할 수도 없으니까.

그렇게 말하면서.

나호코는 재미있다는 듯이 웃었다. “그래, 맞아. 그러셨지.”

“우리 아버지도 형 아이들을 안을 때 그런 말씀을 하셨어.”

“아, 참. 무서운 이야기를 들었어. 가사이 씨한테.”

우리 집에 출퇴근하는 가정부다. 평일 낮에만 오기 때문에 나는 처음 인사를 왔을 때만 보고 그 뒤로는 만난 적이 없다. 통통하게 생긴 오십대 여자인데 다행히 나호코와는 서로 마음이 맞는 모양이다.

“요즘 가정부를 하는 젊은 여성들이 늘고 있대. 취업난이 계속되고 직원을 모을 때도 ‘하우스 키퍼’라고 모집하니까 이미지도 나쁘지 않겠지.”

가정부도 어엿한 계약을 맺지만 경우에 따라서는 그때그때 고용주의 이런저런 요구에 응해야만 할 때가 있다.

“가사이 씨와 같은 지부에 있는, 올해 들어온 젊은 여자애가 파견나간 곳에서 두 살짜리 남자애를 돌봐 달라는 부탁을 받았다는 거야. 그 집에는 그 애 아래로도 아기가 있는데 갑자기 열이 났대. 애기 엄마는 아기를 안고 병원에 갔지. 남편은 출장중이었고.”

“긴급사태군.”

“그렇지. 부탁을 받은 쪽 입장에서도 계약에는 없는 일이었지만 거절할 수도 없잖아? 할 수 없이 애를 떠맡았지. 그런데 그 젊은 가정부는 그렇게 어린 애를 돌보는 건 태어나서 처음이었대. 어떻게 해야 할지 몰랐지. 게다가 한창 장난이 심한 두 살짜리 사내애니까. 잠깐만 눈을 떼도 무슨 짓을 할지 알 수가 없지. 아기가 갑자기 병이 나서 엄마의 태도가 이상했던 것도, 자기만 두고 나간 것도 마음에 들지 않았을 거야. 울면서 떼를 쓰니 감당을 할 수 없었겠지. 그 가정부도 어쩔 줄 몰랐을 거야."

그래서 어떻게 했느냐 하면, 장롱을 뒤져 애 엄마의 벨트를 하나 꺼내 사내애를 침대 기둥에 묶어 두었다고 한다.

"에구, 이제 마음이 놓인다, 하며 청소를 하고 있는데 애 엄마가 돌아왔지. 그리고 애의 모습을 보고 이웃에까지 들릴 정도로 비명을 질러서 큰 소동이 났어."

애 엄마가 깜짝 놀라 불같이 화를 내는 것도 무리는 아니다.

"젊은 가정부는 야단을 칠 수도 없고, 떼를 쓰다가 다치는 것보다는 이게 나을 것 같았다고 울면서 변명을 했다지만 그게 통할 리가 없지. 그날로 당장 해고당하고 말았대. 가사이 씨도 나쁜 마음이 있어서 그런 건 아니니 이해는 가지만 너무 심했다면서 한탄을 했어."

이야기가 끊어져, 잠깐 서로 아무 말이 없었다.

"자기, 이번엔 무슨 생각을 하고 있어?"

가지타 사토미 생각을 하고 있었다. 그 '유괴' 사건을.

"그것도 말이야—애를 잘 다루지 못하는 사람이 무슨 사정이 있어서 가지타 씨 부부한테서 사토미를 맡았는데 어쩔 줄 몰라 그랬다고 해석할 수는 없을까?"

아내는 눈을 깜빡거렸다. "그래서 화장실에 가뒀다고?"

"응. 너무 심하게 발버둥 쳐서."

"오늘 나 자기에게 놀라는 날이네. 아냐, 아무리 그래도 그건 너무하지. 그리고 사토미를 가둔 여자가 그냥 어린애를 다룰 줄 몰라서 그랬다면 '네 아빠 잘못이야' 라거나 '말을 듣지 않으면 죽여 버릴 거야' 라고 소리쳤다는 건 이상하잖아?"

나는 손가락으로 뺨을 긁었다. "그래도, 사토미 씨가 자꾸만 떼를 써 대니 좀 심하게 겁주었을 뿐인 건 아닐까? 그런 말을 함부로 하는 여성이었을 수도 있고."

아내는 뺨을 볼록하게 만들었다.

"아무리 그래도 상식 밖이네. 사토미 씨 문제는 삼십 년 가까이 된 일이잖아. 그 시절 여자들은 자기가 애를 낳지 않았더라도 형제를 돌본다거나 이웃집 애를 봐 준다거나 해서 어느 정도 경험은 갖고 있었을 거야. 애를 보면서—그것도 네 살짜리 여자애야. 말을 하면 알아들을 나이지—그토록 이성을 잃고 극단적인 짓을 할까?"

형세가 불리했다. 그냥 해 본 생각인데.

"그렇군."

"그렇지? 그게 지금과는 사정이 완전히 다른 점이야. 가사이 씨의 후배 여자애는 그때까지 아기와 손을 잡아 본 적도 아기를 만져 본 적도 없었다는걸."

내가 말했다. "제가 졌습니다, 항복."

아내는 부러 허리에 두 손을 얹고 으스댔다.

"그렇지만 겁주는 말, 그게 사토미 씨 기억이 맞는다고는 할 수 없겠지."

"너희 아버지 때문이라고 하는 말?"

"그래, 그래. 기억이란 건 떠오를 때마다 조금씩 바뀐다고 하니까, 실제로 그 여자가 소리 질렀던 말을 네 살이었던 사토미 씨가 액면 그대로 이해하고 기억할 수 있었을 거라는 생각이 들지는 않아. 모모코도 그런걸."

사토미의 머릿속에서 어렸던 그녀를 겁주었다는 그 여자의 말이 정리되고, 재해석되고, 바뀌거나 변했을 가능성이 있다는 이야기다.

밤이 이슥해져 잠자리에 들기 전에 나는 서재로 가서 도모노 완구의 기념사진을 꺼내 책상에 얹어놓았다. 스탠드를 켜고 물끄러미 바라보았다. 누런빛을 많이 띠는 불빛 아래서 1974년의 도모노 완구 종업원들이 사장 부부를 둘러싸고 웃고 있다. 혼자 얼굴을 찌푸린 세 살배기 가지타 사토미는 기모노 소매 아래로 나온 두 주먹 안에 커다란 비밀을 숨기고 있기라도 한 듯이 꼭 쥐고 있었다.

16

"아, 이거 가지타 씨 부부로군. 함께 찍혀 있는 건 분명히 딸이지. 이름이 뭐라고 했더라?"

도모노 완구의 사무 쪽을 관리했었다는 세키구치 씨는 도모노 사장과는 대조적으로, 비만형에 사람 좋아 보이는 다이코쿠텐大黑天 뚱뚱한 모습을 한 복덕의 신 같은 얼굴이었다. 간이 나쁠 뿐만 아니라 당뇨도 있다고 한다.

"뚱뚱한 동안은 괜찮은 병이니까"라며 세키구치 씨는 상당히 느긋했다.

그 설날에 찍은 기념사진은 세키구치 씨에겐 없다고 했다. 굵은 검은 테 안경 안쪽에서 그 시절이 그립다는 듯 눈을 가늘게 뜬다.

"나도 인화한 걸 받았을 텐데 정리하지 못하고 있다가 어딘가 섞여 버렸겠지. 난 사진 정리를 잘 못하네. 다른 건 꼼꼼한 편이지만."

"그토록 오랜 기간 일기를 쓰셨으니까요."

"일기라고 할 수는 없지. 그냥 메모일세. 거의 한두 줄이니까. 그런 기록을 오래 남길 수 있었던 건 생각한 걸 쓰는 게 아니라 있었던 일을 쓰기 때문이지. 생각한 걸 전부 적는다면 사흘도 못 가서 때려치우겠지."

세키구치 씨는 일기장을 가지고 나왔다. 만져 보니 가장자리부터 삭아 부서지지 않을까 하는 생각이 들 정도로 낡은 대학노트였다. 펼쳐 보니 정말로 하루에 대한 기록은 세 줄 정도로, 한자와 가타카나, 히라가나, 숫자에 기호까지 섞여 있어 얼핏 봐서는 무슨 이야기를 적은 건지 알 수 없는 부분이 많았다. 기록한 본인 이외의 사람에게는 거의 암호에 가까웠다.

"가지타 씨가 시급을 받는 종업원으로 도모노 완구에 온 게 1969년 10월이었지. 이쯤이네."

그 부분에 해당하는 메모를 손가락으로 가리켜 주었다. 희미해진 연필 글씨로 '梶田信夫가지타 노부오' 라고 적혀 있었다.

"이름 아래 제작보(시)라고 적혀 있지? 제작 보조로 시간급 종업원으로 고용했다는 이야기네."

그로부터 반년 뒤, 가지타 씨는 정사원이 되고 부인도 사무직 시간급으로 채용되어 두 사람은 사원 기숙사에 살게 되었다. '가지타 202 입주' 라고 적혀 있었다. 부모가 도모노 완구에 정착해 생활이 안정되고 나서 자기가 태어난 거라는 사토미의 이야기는 옳았다.

"이 일기에는 사원들이 들어오고 나가는 상황이라거나 단골 거래처 담당자 이름, 은행에서 얼마를 빌렸다, 하는 그런 내용만 적혀 있네. 나도 일이 많아서 말이야, 회사 일로 머릿속이 복잡했지. 다시 읽어보고 나도 놀랐는데, 집사람과 자식 이야기는 전혀 나오지 않더군. 바로 이 무렵에 큰애가 맹장염으로 결막염까지 일으켜 혼쭐이 났는데 그런 것도 적혀 있지 않더군."

그래서 일기라고 적기는 했지만 업무일지나 마찬가지라며 겸연쩍게 말했다.

"덕분에 도움이 되었습니다. 그런데 노세 유코 씨는—?"

"아아, 노세 씨 말이군. 하지만 나도 얼굴은 기억이 나지 않네. 여기 적혀 있어서 이름이 나왔을 뿐이지. 사무 쪽에서 일하던 여성이었을 걸세."

입사는 1974년 4월이었다.

"그럼 이 사진에는 찍혀 있지 않겠군요. 1974년 1월에 찍은 기념사진이니."

"그렇지. 노세 씨가 어떤 사람이었는가 하면."

일기 페이지를 넘기며 중얼거렸다. 세 군데에 쪽지가 붙어 있었다.

"들어왔을 때와 그만둘 때에는 내가 기록을 남겼네. 자, 여기. 노세 유코(사무)라고 적혀 있지? 그리고 그만둔 게 1975년 9월 말이었고. 그때 가지타 씨 부부와 함께 그만두었네."

나는 적혀 있는 글씨를 보았다. '가지타, 노세 퇴사. 202호실 청소'라고 적혀 있다.

"노세 씨는 사원 기숙사에 있지 않았나 보죠? 그분의 방 호수는 적혀 있지 않네요."

안경을 잡으며 세키구치 씨는 자기가 적은 기록을 확인하고 "그렇군"이라고 대답했다.

"노세 씨는 젊은 독신자가 아니었을까? 기억은 나지 않지만 나이 든 여성은 사무직으로 채용하지 않았으니까. 그런데 우리는 기숙사라기보다는 사택이었네. 가족을 거느린 종업원들에게 먼저 배정했겠지. 주택 보조금을 지급하기보다 결국은 사택을 제공하는 게 더 싸게 먹혔지."

그렇군.

"그런데 노세 씨에 관해서는 찾아보았더니 한 군데 더 적어 둔 내용이 있더군."

1974년 11월 10일이었다.

'노세 가불(부친)'이라고 적혀 있다. "가불이라면 급여를 먼저 당겨 받는다는 의미죠? 괄호 안에 부친이라고 적은 건?"

"노세 씨 아버지가 왔을 걸세, 아마." 세키구치 씨가 말했다. "아버지가 딸의 급여를 가불하러 온 거지. 그래서 내가 그렇게 적었겠지.

이때는 출납을 담당하고 있던 게 내가 아니었을 거야. 나중에 보고만 받은 게 아닐까? 나라면 그런 식으로는 가불해 주지 않으니까. 하지만 내가 보지 않을 때는 출납 담당이 그런 짓을 꽤 하기도 해서 야단을 치고는 했지."

기억을 떠올리기도 화가 난다는 말투였다.

"가불은 병이 나거나 다쳤거나 하는 그럴 만한 사정이 없는 한, 해 주면 안 되는 거야. 그걸 해 주면 정신이 해이해져."

아버지가 자식의 급여를 멋대로—.

"노세 유코 씨는 어떤 분이었는지, 기억이 나십니까?"

"그게," 세키구치 씨는 통통한 손으로 주름이 진 목덜미를 쓰다듬었다. "미안하군. 생각이 나지 않아. 전혀 기억에 남아 있지가 않네. 1974년 봄에 들어와 이듬해 구월에 그만뒀으니."

"가지타 씨 부부는 어떻습니까?"

"그쪽도, 특별하게 기억이 나지는 않는군. 여기 적혀 있는 정도밖에는……. 영 도움이 되지 못해 미안하네."

이십팔 년 전 일이니 당연하다는 생각이 들었다. "아뇨. 무슨 말씀을. 오래된 이야기인데 제가 무리한 부탁을 드렸죠. 이 일기가 있다는 것만 해도 대단하죠."

"다만 사장님도 말씀하셨다시피 가지타 씨는 제작 쪽으로 들어왔지만 자주 운전을 했던 것 같군. 우리 공장에는 경트럭이 두 대 있었지. 운송업체하고도 계약을 맺었지만 그것만으로는 제대로 물건을 공급할 수가 없어서 불편했거든."

이야기를 하다 보니 세키구치 씨는 '도모노 완구'라 하지 않고 '우리 공장' 이라고 불렀다.

"사장님은 워낙 장난감을 좋아하는 분이었지. 지금도 여전하시지만. 대개는 그렇게 좋아하는 사람이 사장을 하면 제대로 풀리지 않기 마련인데 사장님은 사업 수완도 있었지. 아, 정말 재미있는 회사였어."

그런 만큼 누전에 의한 화재 때문에 공장 문을 닫게 된 것은 세키구치 씨에게도 뼈아픈 일이었던 모양이다. 그 시절 이야기가 시작되자 끝이 없었다. 나는 한동안 경청하다가 틈을 봐서 화제를 되돌렸다.

"가지타 씨 부부와 노세 씨가 함께 그만두었습니다. 무슨 이유가 있었던 겁니까? 짐작이 가는 게 있습니까?"

"글쎄. 뭔가 특별한 일이 있었다면 나도 기억을 할 텐데. 하지만 전혀 기억이 나지 않아. 일기에도 아무것도 적혀 있지 않고. 그래서 세 사람이 우연히 한꺼번에 그만두었을 뿐이라고 생각하네. 인력을 보충해야 하기 때문에 인원수만 적어 두었던 것 같군."

단순히 타이밍의 문제인가? 그뿐일까?

사토미가 모르는 여자에게 '유괴' 를 당한 것은 유치원 여름방학인 팔월이었을 가능성이 높다. 그리고 가지타 부부와 노세 유코는 구월 말에 도모노 완구를 떠났다—.

시간을 내 주신 사례를 하고 싶다고 해도 세키구치 씨는 고집을 부리며 받으려 하지 않았다. 별로 어려운 일 없었다, 옛날 이야기를 할 수 있어서 재미있었다며 웃었다. 나는 정중하게 인사를 하고 겨우 커피 값을 내는 걸로 고마움을 표시했다.

✻

휴대전화가 울린 것은 신바시 역 계단을 내려가고 있을 때였다. 부르르, 하고 진동이 울렸다.

발신 번호 표시가 없다.

어제 못지않게 재빨리 전화를 받았다.

"여보세요" 하며 전화를 귀에 댔다. 역 광장의 소음이 거슬렸다. 통화가 끊어졌을 때의 그 무정한 뚜-뚜-, 하는 소리는 들리지 않았다. 아직 연결되어 있다.

"여보세요? 저는 스기무라입니다. 그레스덴하이츠 이시카와 앞에서 뿌린 전단지를 보고 전화 주신 분입니까?"

대답이 없다. 잡음이 들린다. 이 역은 왜 이리 시끄러울까?

"들리십니까? 전화해 주셔서 감사합니다. 제가 스기무라입니다. 말씀을—."

그때 '뚜-뚜-' 하는 소리가 들려왔다. 끊어진 것이다. 또 놓치고 말았다.

확신이 생겼다. 장난 전화나 잘못 온 전화가 아니다. 이 발신 번호가 표시되지 않는 번호로 전화를 건 누군가가 있다. 내게 연락을 하고 싶으면서도 동시에 도망치고 싶어 하는 두 개의 벡터 사이에서 흔들리고 있는 누군가가.

※

추분에는 우리 식구 셋이서 나호코 어머니의 산소에 성묘를 하러 갔다. 춘분과 추분 때의 관습이다. 산뜻하게 갠 시원한 날씨라 지바 공원묘지로 가는 길은 즐거운 드라이브였다. 성묘를 마치고 코스모스가 흐드러지게 핀 광장에서 모모코와 원반던지기를 하며 놀았다. 도중에 젊은 커플이 같이 하게 되고, 두 사람이 데리고 온 강아지도 함께 놀았다. 온순한 콜리였는데 사람들보다 원반을 훨씬 더 잘 잡았다. 그 커플과 손을 흔들며 헤어질 때는 아니나 다를까, 모모코가 연신 '개를 키우자' 고 졸라 댔다. 근처에 있는 목장의 바비큐 레스토랑에서 저녁 식사를 배불리 하고 집으로 돌아왔다.

휴대전화는 하루 종일 한 통도 걸려 오지 않았다.

이튿날 아침, 집에서 아침을 먹고 있을 때 가지타 리코가 전화를 했다.

"아침 일찍부터 죄송합니다."

"무슨 일 있어요?"

"별일은 아닙니다. 토요일에도 일요일에도 아무 움직임이 없었잖아요. 초조해서. 스기무라 씨 쪽으로는 연락이 없었나요?"

안타깝게도 없었다.

"심정은 이해가 갑니다. 저도 마찬가지예요. 하지만 우즈키 형사가 그렇게 철석같이 약속했으니 좀더 참고 기다려 봐야죠."

리코는 초조해하는 것이 분명한 말투로 이야기했다. 발신 번호가 표시되지 않는 전화 이야기는 하지 말자. 공연히 스트레스만 더 줄 뿐이다.

언니는 뭐 하고 있느냐고 묻자 전화를 바꿔 주었다. 초조하기는 사토미도 마찬가지인지 목소리가 가라앉아 있었다.

"아침부터 죄송합니다. 리코가 너무 신경이 예민해진 것 같아요. 일요일 납골 때도 아버지를 묘소에 모시기 전에 범인이 잡혔으면 좋았을 거라며 울기도 했습니다."

"일요일에는 공교롭게도 비가 왔었는데."

"예. 그렇지만 부모님 묘소는 요즘 식으로 건물 안에 있어서."

"아, 그렇다면 날씨 때문에 번거롭지는 않겠군요."

"건물 자체가 새로 지은 거라 너무 번쩍번쩍합니다. 좀 싸구려로 보일 정도로."

상상이 간다.

"우리 부모님은 두 분 다 친척들과 왕래가 없었잖아요. 아버지는 인연을 끊어 연락도 되지 않습니다. 그래서 편한 측면도 있어요. 까다로운 숙부나 숙모가 계셨다면 이렇게 품위 없이 번쩍거리는 묘에 모셨다고 잔소리를 들을 뻔했습니다."

약혼자와 그 부모가 와 주었습니다, 라고 사토미가 말했다. 기뻤을 것이다. 그런 느낌이 목소리에 고스란히 묻어났다.

"시어머니 되실 분이 손수 나서서 이런저런 일들을 돌봐 주셨고요."

사실은 장례 때도 상당히 힘이 되어 주셨다고 한다.

"마음이 든든하겠군요."

"예. 일반적으로는 시어머니라면 거북한 법인데. 저는 어머니가 안

계셔서 허전하고 불안한 반면 좋을 때도 있구나 하는 생각이 들었습니다."

나는 도모노 완구에 근무하던 세키구치 씨를 만나서 했던 이야기를 들려주었다.

"세키구치 씨는 사무 쪽 책임자였다고 합니다. 무척 뚱뚱하고 안경을 쓴 분인데 기억이 나세요?"

"글쎄요……."

"노세 유코 씨라는 여성 사무원 쪽은 어떻습니까? 이름을 들은 기억이 있다거나."

사토미는 미안하다는 듯이 기어들어 가는 목소리로 '모르겠습니다' 라고 대답했다.

회사에 오 분 지각을 했다. 오늘은 시이나가 출근하는 날이다. 전단지가 뜻하지 않은 방향에서 효과를 거두었다는 것을 그녀에게 알려줘야지. 애당초 시이나의 아이디어였으니까.

하지만 열 시가 다 되어 타임카드를 찍고 나온 그녀는 묘하게 힘이 없었다. "다퉜어요"라고 했다.

"누구하고?"

"그이하고."

요즘 식 악센트로 말했다. 고등학교 이학년 때부터 사귀기 시작했다고 한다.

"뭐야, 역이고逆二高라고 한숨을 쉬더니 어엿하게 애인이 있었잖아?"

"그 애는 왕자님이 아니에요. 지금은 원거리 연애라는 걸 하고 있어요. 그 애가 하필 규슈에 있는 대학에 다니니까."

어제는 반년 만에 데이트를 했는데 사소한 일로 말다툼을 하게 되었다고 한다.

"시이나가 그런 일로 시무룩해지기도 하는구나."

"무슨 실례의 말씀이세요, 스기무라 선배. 저도 여자랍니다."

길게 한숨을 내쉬었다. 키가 크기 때문에 역시 한숨도 긴 모양이다.

"역시 이제 글렀나?" 턱을 괴고 중얼거렸다. "물리적인 거리는 극복할 수 없어요. 저쪽이 무슨 생각을 하는지 저는 전혀 모르겠어요. 뭐 그건 피차 마찬가지일 테지만."

"일단 점심은 약속대로 뭐든 먹고 싶은 걸 살 테니까 힘을 내."

시이나는 이탈리안 레스토랑을 선택했다. 거기서 우즈키 형사를 만난 이야기를 해 주었다. 시이나는 박수를 치며 기뻐했다.

"그 애 본인을 위해서도 출두하는 게 절대적으로 좋겠죠. 곧 결단을 내리지 않겠어요?"

너무 기쁘니 디저트를 두 가지 시켜도 되겠느냐고 하기에 나는 오케이했다. 그녀가 서양배 젤라토와 커스터드 푸딩에 입맛을 다시고 있을 때 내 휴대전화가 진동했다.

발신 번호가 표시되지는 않았지만 그 전화는 아니었다. 그냥 스팸메일이었다. 나는 혀를 차며 삭제했다.

시이나는 어제 나호코가 보여 준 것과 똑같이 눈을 동그랗게 뜨고 있었다.

"드라마에서밖에 본 적이 없지만, 지금 전화 받는 모습은 유괴범한데서 연락이 오기를 기다리는 형사 같았어요. 혀를 차는 것도 스기무라 선배에겐 드문 일이네요."

나는 사정 이야기를 했다. 내 추측도 설명했다.

"으음……." 스푼을 입에 문 채로 시이나는 생각에 잠겼다. "저도 그 추측에 한 표 던질게요. 그거 아마 그 애일 거예요. 목격 정보를 제공하려는 사람이라면 그렇게 망설일 리가 없을 테니까. 그 애의 동급생이라거나 친구가 고자질을 하려는 거라고 해도—."

"역시 망설일 테지."

"전화를 하기로 결심했다면 통화를 하겠죠. 통화를 하지 않을 거면 처음부터 걸지 않았을 거예요. 고자질할 거라면 자기 이름을 이야기하지 않으면 되니까, 그렇게 고민을 하지는 않을 거 아니에요?"

디저트를 부지런히 먹고 나서 그 이야기를 다시 꺼내며 중얼거렸다.

"그 애는 가지타 씨의 유족이 자기를 어떻게 생각하고 있는지 알고 싶은 걸지도 모르겠네요."

"응? 무슨 뜻이야?"

"그 애 심정을 상상해 보는 거죠. 유족은 얼마나 화가 나 있을까? 자기를 용서해 줄까? 무섭다. 그걸 알고 싶기도 하고 알고 싶지 않기도 하다. 화를 내는 게 당연하고, 쉽사리 용서를 받을 수 없다는 건 알 거예요. 중학교 일학년이라면."

오후 일을 하다 틈을 내어 나는 본사 건물에 있는 회장실로 올라갔다. 말 그대로 올라가는 것이다. 꼭대기 층이니까. 다른 층과는 인테리어가 전혀 다른, 구름 위에 있는 듯한 층이다. 이 층에 설치되어 있는 것은 모두, 서류함 같은 것마저도 비품이라고 부르기에는 실례가 된다. 가구 수준이다. 복도의 카펫 두께도 다르다.

장인을 만날 수는 없었지만, 비서실에는 지옥의 문지기처럼 '얼음 여왕'이 버티고 있어, 나는 그녀에게 일요일에 작성한 보고서를 건넸다. 내용이 뭐냐고 물어 「아오조라」에 실을 원고인데 회장님이 한번 봐 주셨으면 한다고 대답했다.

찝찝한 기분을 느끼며 별관으로 돌아왔다.

퇴근 무렵이 되어서야 생각이 나서 도모노 완구 설날 기념사진을 복사했다. 그리고 그레스덴하이츠 이시카와로 갔다. 관리실의 구보 실장에게 사진을 보여 주고 찍혀 있는 사람 가운데 낯익은 얼굴이 있는지를 물어보았다.

"이건 제법 오래된 사진이군요."

"1974년에 찍은 겁니다."

"우와. 내가 부동산 회사 영업사원을 하고 있을 때로군요. 제법 오래된 게 아니라 강산이 세 번 정도 변했겠네요."

안타깝게도 아는 얼굴은 없다고 했다. 구도 이사장이 사는 810호로 가려 했더니 본인이 양복 차림으로 잔뜩 부푼 가죽 서류가방을 들고 엘리베이터 앞에 서 있었다. 행운이다.

"지난번 가지타 씨가 사고를 당하셨을 때 구경하던 사람들 가운데 몸이 안 좋아졌다는 여자 분이 계셨다는 말씀을 하셨죠? 그분이 여기 찍혀 있지 않은가요?"

구도 이사장은 안주머니에서 돋보기안경을 꺼내 찬찬히 사진을 살펴봐 주었다.

"모르겠네. 상당히 오래된 사진이라 찍혀 있다고 해도 알아보지 못하겠군. 그때도 얼굴을 얼핏 봤을 뿐이라."

노세 유코라는 여성이 여기 찍혀 있지 않다는 것은 확실하기 때문에 큰 기대를 걸었던 것은 아니다. 한번 물어보았을 뿐이다.

"고생하시네. 뭔가 진전이 있었나?"

흥미롭다는 표정을 짓는 이사장을 엘리베이터에 태우고 헤어졌다.

그레스덴하이츠 이시카와에 들렀기 때문에 귀가가 조금 늦었다. 나호코가 내 얼굴을 보자마자 '좀 전에 가지타 리코 씨한테서 전화가 왔었어' 라고 했다. 나는 얼른 물었다.

"우즈키 형사가 무슨 연락을 준 건가?"

"그게, 그렇지 않아."

깊은 생각에 잠긴 표정을 지었다. 아내는 눈썹이 약간 옅은 게 신경 쓰여서 집에서 맨얼굴로 있을 때도 눈썹만은 그리고 있다. 의아하다는 표정을 짓자, 그 눈썹이 뜻밖에 미묘한 곡선을 그렸다.

"저녁에 리코 씨 집에 이상한 전화가 걸려 왔대."

제일 알기 쉽게 이야기하면 협박 전화라고 아내는 말했다.

나는 모모코가 듣지 않을까 신경이 쓰였다. "모모코는?"

"목욕하고 주스 마시는 중이야. 텔레비전 보고 있으니까 괜찮아."

우리는 현관에 서서 소곤소곤 이야기를 했다. "무슨 소리야, 협박 전화라니."

"응……. 리코 씨도 어떻게 해석해야 좋을지 모르겠는지 제대로 설명을 하지 못했지만. 남자 목소리로 가지타의 과거를 들쑤시지 말라고 했다는 거야. 잠깐만. 내가 들은 걸 메모해 두었어."

아내는 슬리퍼를 끌며 거실로 가서 모모코에게 한두 마디 이야기를 하고 돌아왔다. 메모를 내게 내밀었다.

〈가지타의 과거를 들쑤시지 마라. 호된 꼴을 당할 것이다. 그 녀석이 죽은 건 천벌이다.〉

이렇게 적혀 있었다. 또박또박한 글씨체다. 전화를 끊고 나서 다시 적은 메모일 것이다.

"어떻게 생각해?" 의아해하는 수준을 넘어서 아내는 확실히 걱정스럽다는 표정이었다.

"어떻게…… 생각하면 좋을까?"

액면 그대로 받아들인다면 그야말로 협박이다.

"사토미 씨가 아버지의 과거를 두려워한 게 결코 쓸데없는 걱정이 아니었던 거 아닐까?"

나는 메모를 다시 읽으며 고개를 끄덕였다.

"리코 씨는 상태가 어땠어?"

"허둥대지는 않는 것 같았어. 오히려 어리둥절한 느낌이었지. 이게 대체 뭐지, 하는 듯한. 리코 씨는 언니가 예전에 유괴당했던 일에 대해서는 모르는 거야?"

"몰라. 사토미 씨는 동생에겐 숨기고 있어. 리코 씨는 언니에게 이 이야기를 했대?"

아내는 고개를 저었다. "사토미 씨는 오후에 외출했대. 아직 들어오지 않았고."

나는 서둘러 전화를 걸었다. 리코가 바로 받았다.

"미안합니다. 소란을 피워서."

애써 웃고는 있지만, 평소의 리코에 어울리지 않게 약간 움츠러든 듯한 목소리였다.

"괜찮아요. 이런 전화가 걸려 와 깜짝 놀랐겠네요."

전화가 온 것은 여섯 시가 조금 지나서였다고 한다. 잔뜩 목소리를 죽이기는 했지만 남자인 것은 틀림없다. 젊은 목소리는 아니었다. 중년 남자 같았다고 한다.

나는 메모를 읽고, 그 남자가 했다는 말을 확인했다. 리코가 맞다고 확인해 주었다.

"전화를 받을 때는 그런 말이 현실감이 없어서 얼른 느낌이 오지 않았어요. 드라마 대사 같잖아요. 그렇지만 이렇게 다시 들어 보니 무서운 협박이군요."

"댁 전화는 발신자 번호 표시가 되나요?"

"예? 아, 예. 돼요."

"뭐라고 표시되었죠?"

"그게—, 뭐였더라?"

"번호는 나오지 않았어요?"

"표시되지 않았어요. '공중전화'였으니까. 아마 그랬을 거예요."

리코가 갑자기 소리 내어 웃었다. "어머, 내가 좀 겁을 먹었네요."

"두려워하는 게 당연하죠."

"하지만 이거 장난 전화 아닐까요? 전단지를 본 사람이 재미삼아."

"그렇지 않아요. 집 전화로 걸었잖아요? 전단지를 본 사람이 건 거라면 제 휴대전화로 걸었을 겁니다. 집 전화번호는 알 수가 없을 테니까요."

그렇군요, 하며 리코는 더 움츠러든 듯이 속삭였다. "그래도 조사해 보면 집 전화번호를 알아낼 수 있겠죠. 아버지 이름도 전단지에 적혀 있었고요."

"장난 전화를 거는 녀석이 그렇게까지 노력을 할까요? 더 요란한, 아니, 요란하다는 표현도 이상하지만, 매스컴에서 크게 보도한 살인 사건이라면 이야기가 다르겠죠. 하지만 아버님 사건은 그렇지 않잖아요."

리코는 입을 다물었다.

내가 물었다. "이 전화 말고 최근에 이상한 일은 없었나요? 모르는 사람이 집 근처를 어슬렁거린다거나."

"그런 일은—없었을 거예요. 언니한테도 물어볼까요?"

나는 망설였다. 이런 이야기가 사토미의 귀에 들어가면 그녀는 또 흐트러질 것이다. 하지만 덮어두었다가는 위험할지도 모른다.

—축하드립니다.

그렇게 웃던 가지타 씨는 그런 표정에 이르기 전의 인생에서 나로서는 상상도 할 수 없는 어두운 곳을 지나왔는지도 모른다.

사토미만이 그걸 알고 있었다. 사토미만이 그 시절을 알고 있기 때문에.

"언니가 들어오면 제게 전화해 달라고 전해 주시겠어요? 제가 할 말이 있습니다. 그때까지는 이야기하지 말아 주세요."

알겠습니다, 라고 대답한 리코는 약간 나무라듯이 말했다. "스기무라 씨, 무척 당황하셨네요. 뭔가 마음에 짚이는 일이라도 있는 것 같아요. 우리 아빠는 누군가에게 이런 식으로 협박을 당할 사람은 아니었어요."

"물론입니다." 나는 힘주어 말했다. 사람들이 거짓말을 할 때 다들 그렇게 하듯이. "하지만 자기도 모르는 사이에 원한을 사는 일도 있습니다. 그래서 걱정하는 거죠."

"원치 않게 원한을 샀을 수도 있다는 건가요?"

내키지는 않지만 그런 이야기다.

"문단속에 신경을 쓰세요." 나는 일단 전화를 끊었다. 그 뒤 식사를 했지만 내가 좋아하는 반찬들이 있었는데도 거의 맛이 나지 않았다.

"자기, 괜찮아?"

내가 잘못 본 건지는 모르지만 아내의 표정도 굳어 있었다.

"괜찮아. 두렵다기보다 후회하고 있어. 사토미 씨의 이야기를 처음부터 좀더 진지하게 받아들였어야 했던 게 아닐까 하는 생각이 들어서."

"경찰에 알릴 거야?"

이 단계에서는 신고해 봐야 별 수가 없을 것이다. 그래도 우즈키 형사하고는 의논을 해 볼까?

식사를 마치고 서재에서 사토미의 전화를 기다렸다. 모모코를 재우는 건 아내에게 맡겼다. 기다리는 동안에 아내가 꼼꼼하게 적어 놓은 협박 문구를 다시 읽었다.

가지타의 과거를 들쑤시지 마라.

호된 꼴을 당할 것이다.

그녀석이 죽은 건 천벌이다.

천벌이다. 나는 그 부분에 연필로 동그라미를 쳤다. 옛날식 표현이라는 생각이 들었다. 그래도 약간 마음이 걸렸다. 뭔가 이상하다.

가지타 씨는 천벌을 받아 죽었다. 하지만 들춰내면 곤란한 과거가 남아 있다. 가지타 씨에게보다는, 아니 어쩌면 가지타 씨에게도 마찬가지겠지만, 협박자에게 곤란할 일이. 전화를 건 사람은 그렇게 말하고 있다. 그러니 들춰내지 말라고.

그건 별로 이상할 게 없다. 이상한 것은—.

그때 전화가 울렸다. 사토미의 전화였다. 무슨 일인지는 몰라도 분위기를 눈치 챘는지 목소리가 딱딱하다.

"무슨 일 있었습니까?"

내가 사정을 설명하는 동안 그녀는 한마디도 하지 않았다. 나는 떡하니 가로막고 선 침묵을 향해 이야기하는 것 같았다.

"역시……."

사토미가 겨우 입을 열었다. 울지는 않았다. 우는 것보다 더 좋지 않은 상태다.

"괜찮습니다. 무슨 일이 일어난 건 아니니까요. 그냥 그런 전화가 왔을 뿐입니다. 앞으로 얼마든지 대책을 세울 수 있을 겁니다."

"리코에게 취재를 그만두게 하겠습니다. 책을 내는 것도 그만두게 하겠어요. 처음부터 더 확실하게 못하도록 했어야 하는데."

"사토미 씨—."

"미안합니다. 전 역시 두려워요."

숨을 한번 내쉬고 내가 물었다. "그건 당연하죠. 하지만 사토미 씨, 무슨 일이 있었는지 알고 싶다는 생각은 없습니까?"

솔직히 이야기하면 나는 그런 생각이 있다. 전화를 기다리며 생각하다가 깨달았다. 가지타 자매를 위험에 빠뜨리고 싶지는 않지만 알고 싶어 견딜 수가 없다. 이 협박자는 도대체 누굴까? 무얼 들춰내지 말라고 위협하는 걸까?

“전 이제 됐어요. 알고 싶지 않습니다. 아버지는 이미 돌아가셨어요. 들춰낼 것 없습니다.”

“그렇다면 사토미 씨는 이 문제를 계속 끌고 가게 됩니다.”

“상관없어요. 달라질 게 없는걸요.”

늘 뒤를 신경 쓰고, 지나온 시간을 신경 쓰며 부모의 과거에 있었던 일을 두려워한다.

그게 뭔지 몰라도, 언젠가는 터무니없이 나쁜 결과를 가져오는 게 아닐까 두려워하는 생활. 사토미는 네 살 때부터 쭉 그런 인생을 살아왔다.

“우즈키 형사와 의논해 보지 않겠습니까?”

사토미의 침묵이 흐트러졌다.

“모르겠습니다. 지금은 제대로 생각할 수가 없네요. 리코와 이야기해 보겠습니다.”

“사토미 씨.” 내가 마음을 굳히고 입을 열었다. “이번 기회에 리코 씨에게 사토미 씨가 네 살 때 있었던 일을 이야기하는 게 좋겠습니다. 리코 씨도 기분 나빠하고 있지만 실감하지는 못하고 있습니다. 그건 리코 씨가 모르는 게 있기 때문이죠. 아버님과 어머님의, 택시 운전기사가 되기 전의 인생에 관해서도 이야기를 해 주세요. 사토미 씨가 무엇 때문에 불안해하는지 구체적으로 설명을 하는 겁니다. 쉽지 않겠지만 지금은 그게 필요하지 않겠습니까?”

알겠습니다. 사토미는 마지못해 그렇게 대답하고 통화를 끝냈다. 나는 다시 메모를 들여다보았다.

17

이튿날 가지타 리코가 회사에 찾아왔다.

내 얼굴이 어지간히 심각했었나 보다. 소노다 편집장은 특유의 심술궂은 모습을 보이지 않고, 내가 회의실을 쓸 수 있도록 순순히 허락해 주었다.

얼핏 보아 리코의 태도에는 이상한 점이 없었다. 내게 미소를 지어 보이고, 편집부원들에게도 싹싹하게 인사를 했다.

"언니한테 전부 들었어요."

오늘은 가을에 걸맞게 긴소매의 흰 블라우스에 연지색 미니스커트 차림이다. 루주도 거기에 맞춰 칠했다. 오른손 약지에서는 큼직한 루비 반지가 반짝거렸다.

"무슨 생각이 들었습니까?"

"무서운 일이었더군요. 언니가 불쌍해요."

눈을 내리깔고 두 손을 모았다.

"저는 전혀 몰랐어요. 스기무라 씨는 언니한테 이야기를 들어 알고 계셨죠?"

"예, 그렇습니다. 미안해요."

시이나의 한숨과는 달리 리코의 한숨은 애처로웠다.

"저만 따돌림을 당했군요. 그건 좀 뜻밖이었어요."

나는 다시 한번 미안하다고 했다. 리코가 살짝 웃었다.

"하지만 그건 됐어요. 제게 불쾌한 이야기를 하지 않으려 한 거니까요. 그리고 전 별로 두렵지 않아요."

분명히 그렇게 보였다.

나는 문득 후회가 되었다. 어젯밤 그대로 가지타 자매의 집으로 달려가 두 사람의 대화를 들을걸 그랬다. 무슨 일에나 쾌활하고 적극적인 이 아가씨는 자기가 태어나기 전의 부모 인생에 관한 새로운 이야기를 들었을 때 얼마나 놀랐을까?

어젯밤에는 아내와 딸을 놔두고 집을 비울 생각은 들지 않았다. 협박자는 가지타 씨 집에 전화를 걸었다. 그는 리코가 아버지의 과거를 찾아 몇 사람 취재하고 있다는 사실도 알고 있다. 그렇다면 내 존재도 알고 있을 가능성이 있다. 내 쪽에도 뭔가 접촉을 시도해 올 가능성이 충분히 있는 것이다.

아무리 그 가능성이 작다고 해도, 우리 집에 '호된 꼴을 당할 것이다'라는 식의 협박 전화가 걸려올 위험이 있다면 아내가 그 전화를 받게 만들 수는 없었다. 오늘도 전화가 오면 부재중 메시지를 내보내도록 하라고 얘기해 두었다.

"언니는 무척 겁을 먹었지만 원래 겁쟁이니까요. 저는 달라요. 지지 않을 거예요."

"그럼 아버님 책을 만들 겁니까?"

"만들 거예요. 여기서 그만두면 지는 거잖아요?"

결코 지지 않겠다는 듯이 웃음을 지었다. 아니, 이상한 이야기지만 이미 이겼다는 듯한 웃음으로 보였다.

"옛날에 무슨 일이 있었는지는 모르지만 우리 엄마 아빠는 성실한 분들이었어요. 남들에게 원한을 살 일도 없을 테고 도망칠 필요 따윈 전혀 없을 거예요."

책 만드는 일을 계속 도와줄 수 있겠느냐고, 리코는 고쳐 앉으며 물었다.

"저는 책을 내고 싶어요. 팔릴지도 모르잖아요?"

나는 바로 대답할 수가 없었다. 겁을 내고 있는 게 아니라, 나도 제대로 파악할 수 없을 정도로 많은 것들을 한꺼번에 생각하고 있었기 때문이다.

"언니는 반대하고 있잖아요?"

"울더군요." 리코가 말했다.

"무서운 경험을 했기 때문이에요. 리코 씨에게도 그런 일이 생길까 봐 두려워하고 있는 겁니다."

"전 괜찮아요. 그리고 언니가 이야기하는 그 유괴 말이에요. 저는 그렇게 대단한 일은 아니었다고 생각해요. 이웃 사람과 말썽이 생겼던 정도 아닐까요? 사소한 문제를 언니가 멋대로 부풀린 거예요. 스기무라 씨는 언니를 잘 모르기 때문에 액면 그대로 받아들이고 계신 거죠. 회장 선생님은 이 문제를 알고 계신가요?"

나는 말없이 고개를 끄덕였다.

"뭐라고 하시던가요?"

"걱정하고 계시지만, 리코 씨가 이야기한 것처럼 사토미 씨가 좀 소심한 면이 있다는 말씀도 하셨죠. 그게 정말로 유괴 사건이었는지 어떤지 모르겠다고."

"예, 그렇죠?" 리코는 웃음을 지었다. 마치 마음을 가다듬듯이 두 손을 쥐고 어깨를 흔들었다.

"저는 노력할게요. 일단 오는 일요일에 미즈에 다녀올 생각이에요. 스케줄을 그렇게 잡았으니까요."

"멀리 여행하지는 않는 편이—."

"괜찮아요. 혼자 가는 것도 아니니까."

도전적인 눈빛으로 나를 바라보았다. 이 아가씨는 무엇 때문에 이렇게 마음이 앞서는 걸까?

결국 리코는 손님용 찻잔에는 손도 대지 않고 선뜻 일어섰다.

"스기무라 씨, 부탁이에요. 계속 제 담당을 맡아 주세요. 책이 나와도 아무 일도 일어나지 않을 거예요. 내기를 해도 좋아요. 전화로 협박이나 하는 비겁한 놈이니까 보나마나 겁쟁이일 겁니다. 그 이상은 아무 짓도 하지 못할 거예요. 안 그래요?"

그리고 회의실을 나가려 하다가 문득 생각이 났다는 듯이 뒤를 돌아보았다.

"아, 참. 언니가 연락을 할지도 모르겠어요—아무래도 결혼을 연기해야겠다고 하더군요."

나는 입을 멍하니 벌렸다. "또 그 이야기가 나왔습니까?"

"예. 하마다 씨 집안에 폐를 끼치는 일이 있어서는 안 된다면서. 저쪽 부모님께 사정 이야기를 할 거냐고 물었더니 그럴 수는 없다면서 또 울더군요. 그러니 뭔가 다른 핑계를 대겠죠."

"그건—결혼 그 자체를 취소한다는 이야기인가요?"

"글쎄요. 일단은 연기하고, 제가 책을 내고 아무 일도 없으면 또 생각해 보지 않겠어요?"

리코가 돌아간 뒤에도 나는 한동안 회의실에 남아 있었다. 책상에 팔꿈치를 짚고 깍지를 낀 손에 턱을 얹고 내내 생각에 잠겨 있었다. 여전히 모래를 움켜쥔 것처럼 형태가 느껴지지 않고, 왕겨처럼 쥐어지지 않아 좀처럼 파악할 수 없는 막연한 느낌 때문에 생각에 잠겨 있었던 것이다.

노크 소리가 났다. 편집장이 고개를 디밀었다.

"끝났으면 비워 주지 않을래? 손님이 오셔서."

"편집장님."

"왜?"

"지금 제 표정이 어떻습니까?"

"여느 때와 같은 표정이야. 그 높으신 회장님의 무사태평하신 사위님의 표정."

의심이 많은 탐정의 얼굴로는 보이지 않는 모양이다. 무능한 편집자로 보이지 않은 것만 해도 다행인가?

✕

"고양이가 '아아, 드디어 때가 왔다' 고 말했습니다. '저는 여러 날 기다리고 또 기다렸는데 드디어 오늘 그날이 왔습니다. 제 등에 타세요. 그리고 당장 밖으로 나가죠.'

아줌마가 등에 올라타자 고양이는 눈을 박차고 달리기 시작했습니다."

나는 모모코의 침대 옆에 앉아 『호호 아줌마』를 읽고 있다. 오늘 밤은 아홉 번째 이야기 '아줌마와 비밀의 보물' 이다.

모모코는 졸린 듯이 눈을 반쯤 감고 있었다. 그래도 이야기에 빠져 열심히 졸음과 싸우고 있다.

"아빠, 고양이의 비밀 보물이 뭘까?"

"그걸 먼저 알게 되면 재미가 없지."

"조금만 가르쳐 주면 안 돼? 힌트." 내 사랑스러운 딸은 크게 하품을 했다.

"오늘은 여기까지 할까?"

"에이-, 끝까지 읽어 줘."

낮에는 아무 일도 없었다고 나호코가 말했다. 이상한 전화도 걸려오지 않았다. 자기, 괜찮아. 너무 걱정하지 않는 게 좋아.

"그럼 한 페이지만이다."

반 페이지도 읽지 않아 잠이 들 것이다.

"언덕 옆의 자작나무에는 여러 마리의 까치가 앉아 있었습니다."

까치들은 아줌마를 등에 태운 고양이를 놀리려 든다. 어라, 고양이가 왔네! 내가 까치처럼 톤이 높은 목소리를 내려고 숨을 들이쉬었을 때, 바지 주머니에서 휴대전화가 울렸다.

발신자 표시가 없는 것이 눈에 들어왔다.

나는 책을 손에 든 채로 얼른 일어섰다. 모모코는 잠이 들었다. 등 뒤로 문을 닫으면서 복도에서 전화를 받았다. "여보세요. 스기무라입니다."

아무 소리도 들리지 않았다. 전화는 연결된 상태였다.

"스기무라입니다. 몇 번 전화를 주신 분이시죠? 끊지 말아 주세요. 제발 끊지 말아 주세요."

전화기 저편에서 숨소리 같은 게 들렸다. 사람이 있는 것이다.

"저어……."

잘못 들은 게 아니다. 환청도 아니다. 내게 말을 한 것이다.

멀고 아주 가느다란 목소리다. 휴대전화 회사의 안테나와 중계 기지를 거치면서도 용케 지워지지 않고 내 전화기까지 도착했다. 아아, 이건 어린애 목소리다. 겁먹은 소년의 목소리다. 내 심장이 뛰었다. 심장이 머리끝까지 뛰어올랐다가 다시 발바닥까지 급강하하고, 거기서 다시 튀어 오른다.

"얘, 너지?"

가능한 한 부드럽게, 모모코에게 책을 읽어 줄 때와 같은 목소리로 불러 보았다.

"전화 잘했어. 고맙구나. 큰 용기를 낸 거야."

상대방은 아무 말이 없이 듣고 있다. 나는 몸까지 앞으로 구부리며 말했다.

“네 사정은 잘 알고 있단다. 네 심정도 충분히 이해해. 아니, 이해하지 못할지도 모르겠지만 나도 곰곰이 생각은 해 보았어. 무섭겠지. 나도 무섭단다. 지나간 일은 이제 돌이킬 수 없어. 하지만 말이야, 이대로 도망쳐 버리면 넌 지금 그 두려운 마음을 내내 짊어지고 살아가게 돼. 그런 건 싫지? 오히려 더 괴로울 거야.”

전화 저편의 침묵이 흔들리고 있다. 술렁거렸다.

“가지타 씨에겐 따님이 두 분 있어. 두 사람 다 아버지를 무척 좋아했지. 그래서 많이 슬퍼하고 있어. 하지만 그렇다고 해서 널 용서하지 않는다는 건 아니야. 그런 일은 절대 없을 거야. 두 사람이 슬퍼하는 건 자기 아버지에게 무슨 일이 있었는지 전혀 모르기 때문이야. 그걸 생각해 봐 주지 않겠니?”

“가지타 씨.” 내 휴대전화가 속삭였다.

“그래, 가지타 씨야.”

흥분한 감정의 밑바닥을 빠져나가듯이 이성이 내게 속삭였다. 상대방 목소리를 잘 들어.

“가지타 노부오야. 돌아가신 분 이름이지. 운전기사였고, 예순다섯 살에 딸이 둘 있어.”

이성이 나를 나무랐다. 지금 목소리 들었어? 제대로 듣고 있는 거야?

방금 ‘가지타 씨’라고 속삭인 목소리는 어린애 목소리가 아니었다.

급한 마음에 내 머리는 기능을 잃고 있었다. 하지만 귀는 제대로 작동했다.

그건 여자 목소리였다.

나는 할 말을 잃고 발신 번호가 표시되지 않은 휴대전화 화면을 들여다보았다. 그리고 다시 한번, 이미 끊어졌을 거라고 각오하면서 귀에 댔다.

아직 흔들리는 듯한 침묵이 있었다. 그 침묵이 내게 물어 왔다.

"스기무라 사부로 씨, 계십니까?"

틀림없이 여자 목소리였다. 귀를 기울여야 겨우 들릴 정도로 작은 목소리였지만 틀림없다.

"예, 제가 스기무라입니다."

내 목소리를 들었을 것이다. 거실 문을 열고 나호코가 몸을 반쯤 내밀었다. 눈짓으로 무슨 일이냐고 묻는 아내에게 나도 눈짓으로 응답했다.

"저는 스기무라 사부로입니다. 가지타 노부오 씨가 돌아가신 사건 때문에 정보를 얻기 위해 전단지를 만들어 그레스텐하이츠 이시카와 앞에서 나눠 준 사람입니다. 전단지를 보시고 전화 주신 건가요?"

전화를 건 여자는 잠깐 뜸을 들이고 나서 대답했다. "—그렇습니다."

나호코가 내게 다가와, 내 귓가에 자기 귀를 갖다 댔다.

"몇 차례 전화를 주시지 않았나요? 아니면 이번이 처음이십니까?"

대답이 돌아올 때까지 나는 숨을 두 번 쉬었다. 호흡 소리가 전화기에 들어가지 않도록 충분히 조심했다.

"전에도 몇 번 전화했습니다. 하지만, 그냥 끊고 말았죠. 죄송합니다."

나는 아내에게 고개를 끄덕이고 발신 번호가 표시되지 않은 휴대전화 화면을 잠깐 보여 주었다.

"신경 쓰지 마십시오. 이렇게 전화를 걸어 주셔서 감사합니다."

미안합니다—하고 그 여자는 사과했다. 그 목소리는 나로서는 짐작할 수가 없는 감정 때문에 갈라져 나오는 것처럼 들렸다.

"가지타 씨가 돌아가신 것은 알고 있었습니다. 자전거에 치이셨다고 하더군요."

"예. 안타까운 일입니다."

"친 사람은 찾았습니까?"

"아직입니다만, 곧 찾을 수 있을 겁니다. 경찰이 수사를 진행하고 있습니다."

그렇습니까, 그거 다행이로군요. 여자는 기어들어 가는 목소리로 말하더니 다시 입을 다물었다. 그걸 알고 싶어서 전화를 걸었을까? 그렇다면 여기서 전화를 끊어 버릴 것이다. 무슨 말을 건네야 전화를 끊지 않을까?

하지만 그 여자는 뜻밖의 질문을 던져 왔다. "가지타 씨에겐 따님이 두 분 계시죠?"

"예, 그렇습니다."

"저는…… 한 명밖에 모릅니다. 사토미라고 했었죠."

나는 눈을 크게 떴다. 아내가 내 팔꿈치를 잡았다.

"가지타 씨와 아는 사이입니까?"

"예전에 크게 신세를 져서—."

말꼬리가 흐려졌다. 울고 있나?

"죄송합니다" 하고 사과하는 목소리에는 분명 울음이 섞여 있었다.

"전단지 이야기를 듣고 가지타 씨를 치고 달아난 자전거 주인이 아직 어디 사는 누군지 모른다는 걸 처음 알았습니다. 이미 해결되었을 걸로 생각하고 있었죠. 저는 저어, 그 자리에 있었지만 아무것도 할 수 없었습니다. 따님에게 정말 면목이 없군요."

머리가 어찔했다. 아내가 나를 꽉 붙잡았다.

그 자리에 있었다?

"혹시 쓰러져 있는 가지타 씨를 보고 속이 안 좋아졌다는 분 아닙니까?"

"예, 맞습니다……. 그것도 알고 계셨습니까?"

"관리인에게 들었습니다. 그레스덴하이츠 이시카와에 사는 분이시군요?"

"아아, 아뇨. 살고 있는 건 아닙니다."

"그러면 그때 우연히 거길 방문했던 겁니까?"

괴로운 듯이 코를 훌쩍이고, 호흡이 떨리더니 여자가 대답했다. "그레스덴하이츠 이시카와에는 제 이모님이 살고 계십니다. 어머니 동생인데 이제 연세가 많으시지만 매년 오봉 연휴 때는 자식들과 손자들을 데리고 해외여행을 가십니다. 그때 제가 집을 봐 드리죠. 화분에 물을 주거나 고양이가 있어서 먹이를 챙겨 주기도 하고—."

만약에 손이 닿았다면 나는 선 채로 내 무릎을 쳤을 것이다. 그래서 8월 15일이었던 것이다.

"그래서 가지타 씨가 사고 난 뒤의 일은 몰랐습니다. 오봉 연휴가 끝나고 저는 이리로—제 집으로 돌아왔으니까요. 그런데 지난주에 이모님께 드릴 말씀이 있어서 전화를 했다가 그 8월 15일에 있었던 사고 때문에 이런 전단지를 뿌리더구나, 하는 이야기를 들었습니다."

자세한 내용을 알고 싶어서 내게 전화를 걸었다가 끊었을 것이다.

그토록 주저하는 이 여자에게는 뭔가 이유가 있다. 가지타 씨와 뭔가 관계가 있다.

목소리로는 삼십대 후반이나 마흔 살 정도로 여겨졌다. 다만 전화로 듣는 목소리는 실제 목소리와 다르기 마련이다. 구보 관리실장은 속이 좋지 않아 쓰러진 여자가 '젊지는 않았다' 고 했는데—.

말투에 독특한 억양이 있다는 것을 깨달았다. 사투리라고 할 정도는 아니지만 적어도 표준어가 아닌 억양이다. 어미가 전체적으로 치켜 올라가는 느낌이 들었고, 발음도 약간 이상했다. 이 여자는 어디 살며, 어디서 이 전화를 걸고 있는 걸까?

"가지타 씨는 팔월 오봉 연휴 기간 중에는 당신이 그레스덴하이츠 이시카와에 계시는 걸 알고 찾아갔군요."

"예, 찾아와 주셨습니다."

"그날 당신은 가지타 씨와 만나기로 되어 있었겠고요."

대답 대신 신음하는 듯한 숨소리가 들려왔다.

"정말로 죄송합니다."

울음이 터지는 걸 참기 위해 숨을 멈추고 말을 하려고 했다.

"눈앞에 가지타 씨가 쓰러져 있는데 전 도망치고 말았습니다. 가지타 씨가 떠나시고 얼마 지나지 않아 구급차 사이렌 소리가 들리고 소란스러운 것 같아 밖에 나가 보았던 겁니다. 그랬더니—피가, 피가 흐르고, 거기 있던 분들이 돌아가신 것 같다고 해서—."

나는 말없이 귀를 기울였다. 아내도 몸이 굳어 있었다.

"도망치거나 하지 말고 곁에 있어야 했습니다. 저 같은 인간을 찾아왔기 때문에 그분이 그런 일을 당한 겁니다. 하지만 제겐 그럴 자격이 없습니다. 가지타 씨를 만나는 게 아니었는데. 사모님이나 따님을 뵐 면목이 없습니다."

숨이 가쁜지 심하게 콜록거렸다. 그 기침 소리를 듣고 이 여자는 목소리가 주는 인상보다 젊지는 않다는 걸 깨달았다. 어쩌면 쉰 살이 넘었을지도 모른다.

"좀 전에 가지타 씨에겐 크게 신세를 졌다고 말씀하셨죠?"

그녀의 기침이 가라앉기를 기다려 천천히 물었다. 수면에 사람 그림자가 비치기만 해도 이 물고기는 도망쳐 버릴 것이다.

"당신은 가지타 씨에게 은혜를 입은 일이 있습니다. 잘은 모르지만 폐를 끼친 일도 있을지 모릅니다. 그게 언제쯤이었습니까? 상당히 오래된 일입니까?"

우느라 흐트러진 숨소리를 잠시 들었다. 그녀는 대답 대신 내게 물었다.

"스기무라 씨는 아시죠?"

"무슨 말씀이신지."

"저에 대해 가지타 씨한테 듣지 않으셨나요? 범인 찾는 일을 도울 정도니 가지타 씨와는 특별히 친하셨겠죠. 혹시 스기무라 씨는 사토미와 결혼하실 분입니까?"

떠보고 있는 것일 테지만 그런 느낌은 들지 않았다. 말하고 싶어서, 속마음을 털어놓고 싶어서 견딜 수 없지만 그게 두렵다. 그녀는 내가 계기를 마련해 주기를, 허락해 주기를 기다리고 있다는 느낌이 들었다.

그 계기는 무얼까? 뭐가 신호가 될까? 나는 필사적으로 머리를 굴렸다.

"저는 사토미 씨의 약혼자가 아닙니다. 가지타 씨와는 업무로 알게 되어 신세를 졌습니다."

거짓말은 아니다. 칠 년 반 전, 가지타 씨가 건넨 축복의 말은 지금도 내 가슴에 남아 있다.

"아주 좋은 분이었습니다. 돌아가신 게 안타까워 견딜 수가 없습니다."

이것도 거짓말은 아니다. 신호는 무얼까? 무슨 이야기를 하면 이 여자가 문을 열어 줄까?

"아아, 그럼 스기무라 씨도 운전기사인가요?"

오해를 바로잡지 않고 나는 잠자코 있었다.

"사모님도 돌아가셨다고 하고……. 좋은 분이셨는데." 여자는 그렇게 말하고 나서 코를 훌쩍거렸다.

"사토미도 예뻤죠. 우리가 만드는 인형보다 예뻤어요. 얌전하고 착한 아이라 사모님이 부업을 할 때 자주 데리고 와서—."

전혀 연결되지 않고 과열 현상만 보이던 내 머리의 회로가 딱 한 곳에서 겨우 연결되었다.

도모노 완구다.

나호코와 결혼할 때에 내 평생 해야 할 도박은 다 했다고 생각하고 있었다. 이렇게 엄청나게 큰 도박을 했으니 앞으로는 하늘에 운을 맡기는 상황을 맞게 되는 일은 다신 없을 거라고.

그런데 또 있었다.

호흡을 가다듬고 물었다.

"노세 유코 씨죠?"

긍정하는 대답은 없었다. 하지만 정답을 맞혔다는 건 알 수 있었다.

"역시 알고 계시는군요. 전부 아시죠? 저에 대해서."

그림자가 모습을 갖추고, 흐릿하던 것에 초점이 맺어졌다. 갑자기 전화 저편의 먼 목소리에서 인격이 느껴졌다. 생생한 육성이 되었다.

"알고 계시죠? 그래서 아깐 그런 말씀을 하신 거죠? 저라는 걸 알면서도."

아니다. 나는 발신자 번호 표시가 없는 전화를 건 사람을 경찰에 출두하는 걸 망설이는 중학교 일학년생 소년이라고 생각했었다. 그래서 그런 말을 했다. 무서울 것이다, 하지만 이대로는 내내 무거운 마음을 짊어지고 살아가게 될 거라고.

어처구니없게 단추를 잘못 끼웠다. 노세 유코는 내 이야기의 의미를 잘못 알고 있다.

"미안합니다. 전화 같은 건 하지 말았어야 했는데. 용서해 주세요."

노세 유코는 울음을 터뜨렸다. 그래도 그녀가 마음속으로는 약간 안도하고 있다는 것이 느껴졌다. 이제야 이야기할 수 있다. 여기 알고 있는 사람이 있다. 이미 알고 있기 때문에 털어놓아도 괜찮다. 이렇게 생각하고 있는 것 같았다.

그걸 알고 있기에 나는 굳이 오해를 풀려 하지 않았다. 뭐든 괜찮아요. 다 풀어 놓으세요. 당신이 끌어안고 살아온 비밀들을.

아아, 드디어 때가 왔다. 고양이가 말했습니다. 나는 여러 날 기다리고 또 기다렸는데 드디어 오늘 그날이 왔습니다.

내가 말했다. "이렇게 전화를 주신 건 잘못이 아닙니다."

한바탕 울고 다시 여러 차례 사과했다. 그리고 노세 유코가 말했다.

"가르쳐 주세요."

나라면 반드시 대답해 줄 거라고 하는 확신—소망이 담긴 그 목소리가 아득한 거리를 두고 시간을 뛰어넘어 내 귀를 때렸다.

"가지타 씨는 스기무라 씨에게 저에 대해 무슨 말씀을 하셨습니까? 저 때문에 어처구니없는 일에 말려들어 버렸는데, 가지타 씨는 저를 한 번도 꾸짖은 적이 없었습니다. 그날 만나 뵈었을 때도 옛날과 마찬가지로 좋은 말씀을 많이 해 주시고 저를 염려해 주셨죠. 하지만 저는 아버지의 시체가 어떻게 처리되었는지, 너무 무서워서 견딜 수 없습니다."

저는— 저는—.

"저는 아버지를 제 손으로 죽인 여자입니다. 살아서는 안 될 인간이죠. 그런데 가지타 씨는 어째서—제게 그렇게 친절하게—저를 용서해 주셨는지. 어떻게 그러실 수 있었을까요."

아무리 선명하고, 떠올리고 싶지 않아도 생각나 버릴 만큼 강렬한 기억이라 해도 그걸 이야기하지 않고 숨기는 세월이 길면 풍화가 일어난다. 노세 유코의 이야기는 자주 맥락이 끊기고 앞뒤 관계가 분명치 않았다. 그녀는 내내 울고 있었기 때문에 목소리도 알아듣기 힘들었다.

질문을 하는 내 쪽에도 문제가 있었다. 그녀는 내가 모든 것을 알고 있다고 생각하고 있었다. 그렇지 않으면 전화를 건 일 자체가 돌이킬 수 없는 과오가 되어 버리기 때문에 억지로 그렇게 생각하려 애쓰고 있었다.

나는 허점이 드러나지 않도록 주의 깊게 질문을 해야 했다. 어려운 연극이었다.

아내는 휴대전화를 귀에 대고 그런 아슬아슬한 외줄타기를 하고 있는 나를 잘 이끌어 거실로 데려가 주었다. 그리고 소파에 앉은 내 옆에서 내내 노세 유코의 목소리를 함께 듣고 있었다. 도중에 딱 한 번 발소리를 죽이고 모모코가 자는 모습을 보러 갔지만 바로 돌아왔다.

이십팔 년 전 팔월, 노세 유코는 자기 아버지를 살해했다.

술주정뱅이에 도박을 좋아하는, 도저히 대책이 없는 사내였다. 일 년 내내 딸한테 돈을 뜯어내고, 모자라면 딸의 직장에 쳐들어가 멋대로 급여를 가불해 써 버리는 인간이었다.

도모노 완구에서 가불을 받았던 문제에 대해서는 내가 먼저 물어보았다. 그녀는 바로 그 사실을 인정하고, 역시 스기무라 씨는 그런 자세한 내용까지 알고 계셨군요, 하며 놀랐다.

살해에 이르는 자세한 경위는 들을 수 없었다. 삼십 년 가까이 지났어도 노세 유코의 마음속에서 그 일은 말로 표현할 수 없는 일일 것이다. 불가능할 것이다. 그래서 그녀는 그 부분에 관해서는 이야기를 들으셨죠, 알고 계시죠, 어쩔 수 없었습니다, 고의로 그런 건 아니었습니다, 라는 이야기만 반복할 뿐이었다.

그래도 밤늦도록 돌아오지 않는 아버지가 걱정이 되어—그 이전에도 경찰서 유치장에 들어가거나 다른 집 처마 밑에서 잠이 들어 폐를 끼치거나 하는 일이 여러 번 있었기 때문에—찾으러 나갔다고 한다. 아니나 다를까, 엉망으로 취해 길가에 짐승처럼 웅크리고 있는 아버지를 발견했다. 그것이 발단이 되었던 모양이다.

"술만 마시지 않으면 오히려 점잖은 사람이었습니다. 하지만 취하면 사람이 완전히 변했습니다. 저를 몇 번이나 죽일 뻔했어요. 돈이 없다고 하면 바로 불같이 화를 내는 겁니다. 때리고 차고, 늘 멍투성이였습니다. 남들 눈에 보일 만한 곳은 때리지 않았죠. 제게는 몰라도 밖에서는 남들에게 잘하는 사람이라 그런 건 알고 있었습니다."

1975년의 그 무더웠던 밤, 그녀는 다시 발작한 듯이 폭력을 휘두르는 아버지로부터 자신을 지키려 했다. 그 결과 아버지가 죽었다.

"뭐가 틀어졌는지 아버지가 제게 덤벼들었습니다. 엉망으로 취해 있었죠. 뿌리치려고 밀쳤는데 비틀거리다 쓰러지며 머리를 부딪쳐서……."

당시의 하치오지, 도모노 완구에서 그다지 멀리 떨어지지 않은, 노세 유코가 살던 연립주택 주변에는 지금처럼 주택이나 빌딩이 들어서 있지는 않았다. 깊은 여름밤인데다가 풀밭과 숲이 사방에 있었다. 가로등도 별로 없어 어둠은 짙었다.

그녀는 시체를 어두운 곳에 숨기고 그 자리에서 도망쳤다.

"어렸을 때부터 우리 집은 아버지의 술주정 때문에 엉망이었죠. 어머니는 일찍 병으로 돌아가셨는데, 그것도 아버지가 죽인 거나 마찬가지예요. 오빠가 있었지만 일찍 집을 나가 버렸습니다. 저도 중학교를 나오자마자 직장을 얻어 집에서 빠져나왔습니다. 아버지에게 들키지 않도록, 이용당하지 않으려고 필사적이었습니다. 그렇지만 언제나 들키고 말았어요. 아버지는 제가 어디로 도망치더라도 반드시 찾아냈습니다. 그런 쪽에도 아주 교활하게 머리가 잘 돌아갔죠. 도모노 완구에 있을 때도 그랬습니다. 어느 날 일이 끝나고 집에 돌아오니 아버지가 문 앞에서 히죽히죽 웃고 있었습니다."

그렇지만 그것도 이젠 끝이다. 이제 아버지는 없다. 내가 이 손으로 매듭을 지었다. 노세 유코는 흥분했고, 의기양양해졌다. 그러면서도 죽고 싶을 만큼 겁이 났다.

그래서 도모노 완구에서 유일하게 친하게 지내던 가지타 부부의 집으로 달려갔다.

"아버지가 그런 인간이었기 때문에 저는 사람을 두려워했습니다. 하지만 가지타 씨는 달랐습니다. 낯을 가리는 저에게 처음부터 친절하게 대해 주셨죠. 사모님도 그랬습니다. 오빠나 언니 같은 느낌이 들었죠. 그래서 의지할 데라고는 가지타 씨밖에 없었습니다."

가지타 부부는 전부터 노세 유코가 아버지 때문에 고통받고 있다는 사실을 알고 있었다.

그래서 사정 이야기를 듣고 그녀를 감싸 주기로 했다. 어떤 이유에서건 살인은 살인이다. 유코는 벌을 받게 될 것이다. 그런 말도 안 되는 이야기가 어디 있느냐며 가지타 씨는 화를 냈다고 한다.

"가지타 씨는 우리같이 약한 입장에 있는 사람들에겐 경찰이 얼마나 잔혹하고 용서가 없는지 잘 알고 있다고 하시더군요. 사정 이야기 따위는 귀 기울여 주지 않을 거다, 살인범으로 교도소에 들어가면 그걸로 인생 끝장이다, 라면서요."

그것은 가지타 씨가 도모노 완구에 들어가기 이전의 위험했던 인생으로부터 얻은 교훈이었을지도 모른다.

세 사람은 의논했다. 아직도 늦지 않았다. 시체를 몰래 처리해 버리자. 멀리 옮겨 묻어 버리면 된다. 아무도 발견하지 못하도록. 원래 일정한 주거가 없는 아버지다. 훌쩍 딸을 찾아와 한동안 밥을 축내다 또 나가 버리곤 했다. 그러니 괜찮다. 시체만 발견되지 않으면 아무도 의심하지 않을 것이다.

가지타 씨는 당신 아버지의 시체를 옮기기 위해 도모노 완구의 경트럭을 썼군요, 라고 내가 물었다. 그 회사는 업무용 차량의 열쇠 관리가 허술했으니.

내가 알면서 확인하고 있다고 믿는 그녀는 아무런 망설임도 없이 그렇다고 대답했다. 도모노 에이지로 씨가 이 사실을 알면 대체 어떤 표정을 지을까? 기억에 남아 있지 않은, 그래서 '성실한 종업원' 이었을 가지타 부부가 완구를 운반하는 경트럭을 그런 목적으로 사용한 일이 있다는 사실을 알게 된다면.

가지타 씨는 혼자 하겠다고 했다. 하지만 당찬 가지타 부인은 혼자서는 무리다, 나도 거들겠다며 나섰다. 그러다 보니 그저 겁을 먹고 움츠러든 노세 유코는 처음부터 계산에 넣지 않았다.

문제는 사토미였다. 시체 처리에 시간이 얼마나 걸릴지 알 수가 없다. 멀리 옮긴다면 하룻밤이 걸릴지도 모른다. 그동안 사토미를 혼자 있게 해야 한다. 그렇다고 해서 데리고 갈 수도 없다. 겨우 네 살짜리 어린애였다.

"그래서 가지타 씨와 사모님이 안 계시는 동안 제가 사토미를 맡았던 겁니다."

처음에는 사원 기숙사의 가지타 부부 집에서 기다릴 생각이었다고 한다. 하지만 냉정한 가지타 씨는 그건 위험하다고 생각했다. 그때 도모노 완구는 여름휴가 중이었다. 고향으로 돌아간 사원도 있어 기숙사는 비어 있었다. 그렇지만 아무도 없는 것은 아니었다. 가지타 부부의 귀가가 늦어져 아침에나 돌아오게 된다면, 부부가 딸을 내버려둔 채 집을 비웠고 대신에 기숙사에 살지 않는 노세 유코가 있다는 사실을 누군가 알게 될 수도 있다. 게다가 노세 유코의 태도가 심상치 않다면 그걸 눈치 챈 사람이 뭔가 수상하다고 여길지도 모른다.

그래서 가지타 부부는 노세 유코에게 사토미를 그녀의 집으로 데리고 가, 거기서 기다리고 있으라고 했던 것이다.

"집에 데리고 왔을 때는 잘 자고 있었는데, 역시 뭔가 이상하다고 느꼈겠죠. 사토미가 밤중에 잠에서 깨더니 부모는 보이지 않고, 모르는 집에 와 있다는 걸 깨닫고 무서웠나 봅니다. 울기 시작했죠. 저는 어째야 좋을지 몰랐습니다. 사토미가 시끄럽게 굴면 이웃들도 이상하게 생각할 테고. 너무 무서워서 함께 울었죠."

지금도 가지타 사토미의 기억에 남아 있는 '유괴'는 바로 이 날의 일이었던 것이다.

외롭게 살던 노세 유코는 아이를 어떻게 다뤄야 하는지 몰랐다. 게다가 아버지를 죽게 한 직후에 그 시체의 뒤처리는 남에게 맡기고 기다릴 수밖에 없는 상황이었다. 신경이 예민해진 것도, 울어 대는 사토미에게 고함을 지른 것도, 사토미가 밖에 나가면 곤란하기 때문에 화장실에 가둔 것도—.

어쩔 수 없는 일이라고 하고 싶지는 않다. 하지만 상상할 수는 있었다.

나는 묻지는 않았다. 사토미에게 '이렇게 된 건 너희 아버지 때문이야' 라거나 '말 듣지 않으면 죽여 버릴 테야' 하는 말을 했습니까?

물어도 본인은 기억하지 못할 거라고 생각했기 때문이다. 그런 말은 했을 것이다. 사토미를 조용하게 만들기 위해 머릿속에 떠오르는 모든 말을 했을 것이다.

그날 밤은 노세 유코 자신이 광기의 늪에 빠져 있었다. 자기 몸에서 흘러나온 폭력의 여파도 남아 있었다. 네 살짜리 가지타 사토미는 그걸 느끼고, 거기에서 풍기는 죽음의 냄새를 맡고 겁이 났을 것이다.

그 두려움이 시간을 거슬러 올라가 기억을 바꿨을 가능성도 충분히 있다. 또한 네 살짜리 사토미는 그런 일이 있을 때까지 부모와 친하게 지내고, 서툴기는 하지만 사토미에게도 친절하게 대했을 게 틀림없는 노세 유코란 여성과 자신을 가두고 위협했던 무서운 여자를 같은 사람이라고는 도저히 생각할 수가 없었다. 두 여성상은 몽롱하게 괴리된 채, 사토미의 머릿속에서 하나의 터부로 가라앉아 봉인되어 버렸던 것이다.

어쩌면 사토미의 귀에는 무서운 협박으로 들렸던 이야기도 사실은 그런 내용이 아니었을지도 모른다. 노세 유코가 사토미에게 한 말이 아니었을지도 모른다.

"일이 이렇게 된 건 아버지 때문이야. 아버지 잘못이야."

그 '아버지' 는 노세 유코의 아버지를 말하는 것이었을지도 모른다.

"가지타 씨 부부는 언제 돌아오셨습니까?"

"다음 날 점심때쯤이었을 겁니다. 하룻밤 사이에 두 분 모두 얼굴이 변했을 정도로 지쳐 있었죠."

사토미는 이틀 밤을 갇혀 있었다고 한다. 밤이 그토록 길고 끝이 없게 느껴졌나? 어머니가 구해주러 와 줄 때까지의 시간 또한 기억 속에서 연장되어 버린 건가?

시체는 지치부의 산속에 묻었다고 했다. 지금도 노세 유코는 그 정확한 위치를 모른다. 가지타 씨가 몰라도 된다고 했다는 이야기다.

앞으로도 모를 것이다. 과실 치사건 상해 치사건 사체 유기건 시효는 이미 지났다. 앞으로 지치부 산속 어딘가에서 백골 시체가 발견된다 해도 이제는 들춰질 일이 없을 것이다.

이제 괜찮다고 가지타 부부는 노세 유코에게 말했다. 아무것도 걱정할 것 없다고.

하지만 그렇게는 되지 않았다.

부부와 노세 유코는 서로 얼굴을 바라볼 수가 없게 되었다. 백주에 아무 일도 없었다는 듯이 함께 살아갈 수는 없었다.

어딘지도 모를 산속에 묻힌 시체가 가지타 부부와 노세 유코 사이에, 세 사람에게만 보이는 유령이 되어 가로막고 섰기 때문이다. 세 사람의 눈동자가 마주치면 거기에 초점이 맺어져, 쉰 땀 냄새를 풍기는, 비참한 술주정뱅이 망령이 나타났다.

그래서 도모노 완구를 그만두고 서로 헤어지기로 했다. 다른 곳에서 다른 삶을 살기로 했다. 그래도 부부는 노세 유코의 이삿짐 싸는 일을 도와줬다고 한다.

"그런 일만 없었더라면 가지타 씨는 도모노 완구에 계속 근무해서 관리직까지 올라갔을지도 모릅니다."

다른 인생은 각자에게 있어서 더 힘든 삶이었다. 적어도 가지타 부부가 다시 자리를 잡기까지는 몇 년이나 되는 세월이 필요했다.

"서로 왕래는 없었지만 만약의 경우를 대비해 계속 전화번호는 알리고 지냈습니다. 그래서 지금 어떻게 지내는지, 잘 지내는지, 근황 정도는 서로 알고 살았죠. 그럴 때도 가지타 씨는 늘 제 걱정을 해 주셨습니다. 하지만 제대로 이야기를 나눌 수는 없었습니다. 저는 거기서도 또 도망치고 있었습니다. 이번에는 가지타 씨로부터 도망친 거죠. 늘 도망만 다녔습니다. 너무 죄송해서."

아닐 것이다. 노세 유코는 가지타 씨의 목소리를 통해 들리는 과거의 목소리로부터 도망쳤다. 이십팔 년 전 한여름 밤에, 그녀의 귀에 남았던 마지막 소리로부터.

그건 아버지의 단말마의 비명일까? 아니면 그녀 자신의 숨죽인 절규일까?

"그 사건 뒤로 직접 만난 것은 지난달 초였습니다. 이십팔 년만이었죠."

마지막으로 딱 한 번, 내가 물었다.

"지난 달 15일에 가지타 씨는 무슨 용건으로 당신을 찾아갔던 겁니까?"

노세 유코가 대답해 주었다. 그 말을 듣고 나는 고개를 크게 끄덕였다.

사토미가 시집을 가게 되었다. 피로연에 와 주지 않겠느냐—는 이야기를 했다고 한다.

"저 때문에 가지타 씨 부부는 모처럼 잡은 좋은 직장을 그만두고 도쿄를 떠나기까지 했습니다. 어린 사토미는 영문도 모른 채로 쓸쓸하고 괴로웠으리라 생각합니다. 살림살이도 힘들었겠죠. 저는 이십팔 년 전 그 일이 마음에 걸려 견딜 수가 없었습니다. 그 사건이 사토미에게 나쁜 영향을 끼쳤으면 어쩌지, 그런 일이 있었기 때문에 사토미의 인생이 바뀌어 버렸다면 어쩌지, 하며."

걱정 마. 사토미는 어엿한 성인이 되었어. 벌써 서른두 살이야. 좋은 남자를 만나 결혼할 거고. 그걸 보러 와 줘. 결혼하는 모습을 보러 와 줘. 아무리 말로 설명해 봐야 소용없지. 사토미의 행복한 표정을 보면 돼. 가지타 씨는 그렇게 생각했을 것이다. 그래서 처음으로 만나러 갔다.

그게 사토미가 들었다는 '제대로 정리해 두어야 할 일'이었다.

노세 유코는, 마음으로는 축복하겠지만 참석할 수는 없다고 거절했다.

"제겐 그럴 자격이 없습니다. 멀리서 행복하기를 기원하겠습니다, 라고 말씀드렸죠. 가지타 씨는 제 심정을 이해해 주셨는지 바로 돌아가셨습니다."

그리고는 그레스덴하이츠 이시카와 출입구에서 자전거에 치인 것이다.

긴 이야기 끝에 내가 말했다. 당신에겐 가지타 씨가 돌아가신 이 사건을 끝까지 지켜볼 자격이 있다. 의무도 있다.

"당신은 처음에 가지타 씨 부부가 당신에 대해 정말로 어떻게 생각하고 있었는지를 알고 싶다고 하셨습니다. 그 대답은 이미 나와 있지 않은가요? 가지타 씨가 이십팔 년 전에 당신을 감싸준 일을 후회하고, 당신을—사람도 아니라고 생각했다면 어째서 사토미 씨의 결혼식에 와 달라고 하겠습니까? 그렇지 않습니까?"

노세 유코는 또 울었다. 하지만 자신을 책망하며 스스로 괴로워 울던 지금까지의 눈물과는 다르다는 생각이 들었다.

그녀도 알고 있었다. 설명을 들을 필요도 없이 마음으로는 알고 있었다. 그래도 누군가의 입을 통해 그 말을 듣고 싶었던 것이다.

우리는 모두 그렇지 않은가? 자기 혼자 알고 있는 것만으로는 부족하다. 그래서 사람은 혼자서는 살아갈 수 없다. 어찌할 수 없을 정도로 자기 이외의 누군가가 필요하게 마련이다.

노세 유코에게 이제 가지타 부부는 없다. 나는 그녀가 그걸 인정하고, 그걸 견뎌 낼 수 있도록 아주 약간만 도와주었다.

"범인이 밝혀지면 알려 드리겠습니다. 이제 곧 해결될 겁니다. 제 휴대전화로 다시 연락을 주시겠습니까?"

노세 유코는 잠시 생각하고 나서 그럴 수는 없다고 대답했다. 이제 다시는 전화하지 않겠습니다.

"범인이 잡히면 아파트 앞에 있는 입간판이 없어지겠죠?"

"아아, 간판이 있는 걸 아십니까?"

"이모한테 들었습니다."

입간판이 없어지면 사건이 해결되었다는 걸 알 수 있다. 그거면 됐다, 고 그녀는 말했다.

"이모님도 옛날 일—가지타 씨에 관해서는 아무것도 모르지 않습니까?"

"모릅니다. 이야기하지 않았죠. 이모도 아버지를 무척 싫어하셨고, 아버지는 내내 소식이 끊어진 걸로 되어 있기 때문에 걱정하는 것 같지도 않습니다. 인연이 끊어져 아버지에 대해서는 이미 완전히 잊었는지도 모르죠. 그래서 털어놓을까 하는 생각도 한 적이 있지만 그럴 수가 없었어요. 역시 무서웠습니다."

전단지 문제나 입간판 문제나 어디까지나 '이모가 사는 아파트에서 일어난 사건'이라는 형태로밖에 물어볼 수가 없었다. 노세 유코는 그래서 답답하고 괴로웠을 게 틀림없다.

비밀은 사람을 고독하게 만든다.

"스기무라 씨, 가지타 씨 성묘를 가시게 되면요."

"예."

"제 몫의 향도 좀 피워 주시겠습니까? 저는 이제—가지타 씨 부부 곁에 다가갈 수가 없습니다."

알겠습니다, 라고 나는 말했다.

전화를 끊을 때, 노세 유코는 '고맙습니다'라고 했다.

지금 어디 살며, 무얼 하고 있는지. 지금도 노세 유코라는 이름으로 살고 있는지. 묻지 않았다. 그럴 필요를 느끼지 않았다. 하지만 단 한 가지 묻고 싶은 것이 있다.

당신은 지금, 행복하십니까?

시계를 보니 오전 세 시였다. 아내나 나나 잠이 오지 않아 아직 거실 소파에 나란히 앉아 있었다.

“저어, 자기.”

나호코가 불쑥 입을 열었다.

“가지타 씨 부부에게 어째서 리코 씨가 ‘샛별’이었는지, 난 알 수 있을 것 같아.”

노세 유코를 감싸 주기 위해 선의로 한 일이라 해도 한밤중에 시체를 옮기고, 어둠을 틈타 산을 올라가 흙을 파고, 누군가에게 들키지 않을까 두려워하면서 사후경직이 시작된 시체를 거기 묻는다—그런 작업을 한 것이 부부의 마음에 상처를 주지 않았을 리는 없다.

부부가 리코를 낳은 것은 그 일로부터 오 년 뒤의 일이었다. 택시 회사를 다니며 자리도 잡고, 생활도 안정되었다. 이제 됐다. 이제 과거는 쫓아오지 않는다. 아무도 모르게 어둠이 삼켜 주었다.

애는 우리가 앞으로 꾸려갈 새 인생에 빛나는 희망의 별이다—.

한편 사토미는 철없는 나이였지만 부모가 맛본 그 공포를 알고 있다. 그 뒤 얼마나 고생했는지도 알고 있다.

알고 있는 애는 알고 있기 때문에 측은하고, 알고 있기 때문에 티 없이 밝지는 못했다.

리코는 이렇게 말했다. 부모님은 언니만 믿음직스러워했다고. 그건 부모에겐 리코의 언니가 어리기는 하지만 전우였기 때문이다.

가지타 사토미를 두렵게 만들었던 것은 이십팔 년 전 팔월의 더운 밤에 겪었던 일은 아니라는 생각이 들었다. 그때만의 사건이라면 유연한 어린아이의 마음은 일찌감치 그 어둠을 잊었을 것이다.

사토미의 마음에 새겨져 그 마음을 좀먹고, 지금도 그녀가 먼 곳을 볼 때 눈동자에 그늘이 지게 만드는 원인은 오히려 그 사건 뒤의 세월

일 것이다.

어린아이는 모든 어둠에서 괴물의 모습을 찾아낸다. 그리고 천에 하나, 만에 하나는 그 어둠 속에 진짜 괴물이 숨어 있을 수가 있다. 한 번 진짜 괴물을 본 사토미는 모든 어둠에 숨어 있는 괴물이 실체가 있는 것이 되고 말았다.

바로 그런 까닭에 가지타 부부가 젊어지고 온 것을 사토미도 짊어지고 왔다. 가지타 씨 부부보다 훨씬 더 오래.

18

우즈키 형사로부터 연락이 온 것은 점심시간, 본사 빌딩 앞뜰에 나와 이마다 콘체른 샤라쿠 클럽 멤버의 사진을 찍고 있을 때였다. 「아오조라」의 동호회 멤버 모집란에 싣기 위해서다.

샤라쿠 클럽은 사진 애호가들의 모임이다. 당연히 장비에 대해 정통한 그런 사람들의 단체사진을 나는 디지털카메라로 찍고 있었다. 피사체들은 즐거운 듯이 웃으며 속삭이고 있다.

세 번째 셔터를 눌렀을 때 휴대전화가 울렸다.

“조금 전에 가지타 씨를 친 자전거 소년이 어머니와 학교 카운슬러 선생님을 따라 출두했습니다.”

나는 그저 “감사합니다”라고만 했다.

“나 금방 눈 감았는데.”

“찍히는 건 익숙지가 않아 놔서.”

샤라쿠 클럽 회원들의 쾌활한 목소리가 들려왔다.

“조금 전에는 가지타 씨 유족과 앞으로의 문제를 의논하기 위해 변호사를 선임한다고 하더군요. 가지타 씨 댁에 사과하러 찾아뵙고 싶어 하는데, 소년 본인보다 오히려 어머니가 넋이 나간 것 같아 실제로 방문하려면 약간 시간이 걸릴지도 모르겠습니다.”

통화를 끝내고 나는 네 번째, 다섯 번째 컷을 찍었다. 핀트는 맞았어? 프레임 안에 제대로 들어가나? 저마다 나를 놀리면서 회원들은 남은 점심시간을 보내기 위해 물러갔다.

나는 건물 앞 정원의 나무 그늘에 걸터앉아 카메라를 무릎에 얹고 휴대전화 전원을 껐다.

이제 곧 가지타 자매도 연락을 해 올 것이다. 나는 지금 사토미와 리코, 누구로부터도 이야기를 듣고 싶지 않았다.

사토미에겐 아직 무엇을 어떻게 이야기해야 할지 알 수가 없었다. 생각이 정리되지 않았다. 노세 유코가 들려준 과거의 진상을 그녀에게 전해도 될지 어떨지 알 수가 없었다.

리코에게는—물어봐야만 할 일이 있다. 하지만 어떻게 물어봐야 할지 알 수가 없었다.

지금 나는 무얼 알고 있고 무얼 모르는 건지 알 수가 없는 상황이었다.

단 한 가지 확실한 것은, 노세 유코는 리코에게 그런 협박 전화를 걸지 않았다는 사실이다.

누구도 걸지 않았다는 이야기다.

직원 식당에서 점심을 마치고 편집부로 돌아와, 오늘은 외부에서 일을 좀 본 뒤에 현지 퇴근하겠다고 말해 두고 가방을 집어 들었다. 인쇄 회사와 의논해야 할 일이 밀려 있었고, 기획물에 등장시킬 예정인 회사 직원과 만날 일도 있었다.

"전화 오면 메모 남겨 주세요."

하늘은 흐리고 바람이 찼다. 아침 일기예보에서는 오늘 날씨가 시월 하순 같을 거라고 했다. 길게 꼬리를 끌던 여름에 밀려 있던 가을이 조급해진 모양이다.

두 가지 일을 마치고 다음 목적지로 서둘러 가기 위해 오카치마치에서 JR 우에노 역으로 가고 있을 때, 그 노래를 들었다.

걸음을 멈추고 주위를 둘러보니 지나다니는 사람이 많은 보도 쪽으로 문을 내고 있는 조그만 CD 가게가 있었다. 점포 앞에 바퀴가 달린 상품 진열대를 내놓고 손으로 쓴 POP 광고물을 세워 두었다. 진열대 옆에 세워둔 작은 접사다리 위에 둥그런 모양의 CD플레이어가 놓여 있다.

그 노래는 거기서 흘러나오고 있었다.

얼른 CD 가게로 들어갔다. 제일 안쪽에 흠칫 놀랄 만한 금발머리에 소매 없는 티셔츠를 입은 젊은 남자가 있었다. 그가 '어서 오세요' 하며 기운 없는 목소리로 말했다.

"지금 밖에 나오는 곡 말입니다."

내 어깨 너머로 점원은 CD플레이어가 있는 쪽을 바라보았다.

"무슨 곡입니까? 귀에 익은데 제목을 몰라서."

가게 안에는 다른 곡이 흐르고 있다. 소란스러운 외국곡이다. 여기서는 바깥에서 나오는 노래가 점원 귀에 들리지 않을 것이다. 나는 그를 손짓해 부르며 성큼성큼 진열대 쪽으로 갔다. 느릿한 대답에 어울리지 않게 점원은 선선히 밖으로 나왔다.

"아아, 이거 말입니까?"

후렴 부분을 듣기만 하고도 그는 바로 말했다.

"이 곡은 〈사랑에 빠져〉입니다."

"사랑에 빠져." 내가 되뇌었다.

"그렇죠. 전에 히트한 곡인데요."

"유명한 노랜가?"

"크게 히트했으니까요. 텔레비전 드라마 주제곡으로."

"드라마 주제곡."

나는 멍하니 복창했다.

"그게 〈금요일의 아내들에게〉라고 하는 상당히 인기 있었던 드라마죠. '금요아내'라고 줄인 말로 불렸던."

점원은 히죽히죽 웃었다. 한쪽 귀에 찬 세 개의 싸구려 같은 피어스가 반짝거렸다. 하지만 친절한 점원이었다.

"드라마 내용이 어떤 거였죠? 연애물?"

"그렇죠. 뭐랄까, 불륜물입니다."

불륜물. 이번에는 그 말을 따라하지 않고 마음속으로만 확인했다.

“시노 히로코가 나왔죠. 다마 뉴타운 쪽의 멋진 주택가에서 로케이션했는데, 드라마 무대가 된 그곳까지 찾아가 보는 팬들도 있었을 정도로 화제가 되었던 드라마입니다. 아, 기무라 다쿠야와 야마구치 도모코가 나온 〈롱 베이케이션〉 때 신오바시 다리를 보러 가는 팬이 많았던 것처럼 말이죠.”

둘 다 오래된 이야기죠, 그는 혼자 멋쩍은 듯이 웃었다.

“이게 그 드라마 주제곡인가? 이게 불륜을 노래했다는 건 널리 알려져 있나요?”

“그야 다들 알고 있겠죠. 가사도 그러니까요. 토요일 밤에도 일요일에도 그대를 만나고 싶어, 라는 식으로요.”

“요즘 이십대나 삼십대들도 압니까?”

“드라마를 방영할 때 보지 않았다고 해도 알고 있는 게 이상할 건 없죠. 노래방이 있잖아요. 누가 노래방에서 부르면 그대로 정보 소스가 되는 거죠. 하긴 요즘 젊은 애들은 쇼와 30년대1955년~1964년나 쇼와 40년대1965년~1974년 무드 가요를 좋아하고 레코드판을 구하러 오기도 하니까요.”

나는 지갑을 꺼냈다. “이 CD 주세요.”

뜻밖에 친절하고, 겉모습과는 달리 나이가 든 듯한 점원은 텔레비전 주제가 모음집은 여러 개 있지만 이걸 사시는 게 이익입니다, 수록곡이 많으니까요, 하고 또 히죽히죽 웃으며 CD를 봉투에 넣어 주었다.

제목이 〈사랑에 빠져〉죠? 다시 한번 확인하고 나는 역으로 향했다.

"웬일이야? 조퇴?"

놀라는 아내를 거실로 데려와 오디오 세트에 CD를 넣었다. 설명하기 전에 우선 〈사랑에 빠져〉를 들려주었다. CD 해설집에 실린 가사도 읽었다.

그러고 나서 아내에게 내 생각을 이야기했다.

약 한 시간 뒤에는 둘이서 서재의 컴퓨터 앞에 앉아 도치기 현 미즈초의 홈페이지를 보고 있었다.

"우리 차 내비게이션은 이따금 상태가 좋지 않으니 길을 미리 알아 두는 편이 좋을 거야."

아내는 그렇게 말하며 지도를 갖고 왔다.

일요일, 나는 아침 일찍 일어났다. 아내도 일어나 나를 위해 도시락을 만들어 주었다. 런치 바스켓에 넣은 샌드위치와 보온병에 든 뜨거운 커피였다.

"개관 전에 가 있어야 하니 한참 기다리겠지? 얼마나 걸릴지 모르니 자리를 비울 수도 없을 거야. 먹을 걸 가져가야 해."

고마워—하며 받아들었다.

"헛걸음이 되면 좋을 텐데."

내 말에 아내는 늠름한 표정으로 단호하게 고개를 저었다.

"그렇지 않아. 오늘은 확실히 해 두는 게 좋아."

그리고 내 등을 밀었다.

"자기가 짐작한 게 맞다고 생각해. 다녀와요."

✕

처음 찾아가는 곳이지만, 길이 잘 정비되어 있었고 사전에 조사를 해 두었기 때문에 길을 헤매지 않고 도착했다. 시계를 보니 오전 열 시 오 분 전이었다.

미즈초 역사 기념관. 돌로 된 팻말에 붙은 동판에는 그렇게 새겨져 있었다. 바로 아래 괄호 안에 '옛 미즈초 사무소'라고 적혀 있다.

펼쳐진 논과 밭. 그 안에 군데군데 커다란 민가가 흩어져 있었다. 당당한 일본식 가옥으로, 광이 있는 집도 보인다. 간토 지방 북쪽의 거센 바람을 막기 위해 북쪽과 동쪽에 방풍림을 둘러싼 집이 많았다.

내 머리 위로는 가을의 한가로운 푸른 하늘이 펼쳐져 있다.

옛 미즈초 사무실은 마치 나무를 이용해 성을 미니어처로 만든 것 같은 건물이었다. 삼 층 건물이지만 삼층 부분은 아주 작았다. 기와지붕을 얹은 오두막 같은 것이 이층 위에 오도카니 앉아 있었다. 그게 마치 천수각天守閣 성의 중심에 세운 가장 높은 망대처럼 보였다. 오랜 세월 비바람을 견뎌 온, 외벽에 붙어 있는 널빤지는 거의 검은색으로 보였다. 가느다랗게 금이 가, 건조하기 때문인지 흰 가루가 묻은 것 같았다.

마을 중심가나 사철선 미즈역도 이곳에서는 북동쪽으로 상당히 떨어진 곳에 있다. 이런 논밭 한가운데 옮겨 짓기 전에는 이 건물도 그쪽에 있었을 것이다.

건물도 은퇴 생활에 들어간 것이다. 행복한 노후라는 생각이 들었다.

역사 기념관은 정각 열 시에 문을 열었다. 입장료 백 엔을 내고 안으로 들어갔다. 접수창구에 있는 푸른색 사무복을 입은 중년 여성이 아침에 제일 먼저 들어온 관람객을 흥미롭다는 듯이 바라보았다.

건물 안에는 나 혼자뿐이었다. 나는 천천히 전시물을 구경하고, 이런 시설을 방문할 때마다 한번 해 보고 싶었던 일을 실행에 옮겼다. 관람 표시 방향을 거꾸로 거슬러 구경하는 것이었다.

해 보니 이해가 되었다. 이런 전시는 대부분의 경우 시대가 오래된 순서로 진열되는데, 사실은 그 반대여야 한다. 제일 현대에 가까운 것들을 출발점으로 삼아야 한다. 그게 시간을 거슬러 올라가는 것 같아 더 재미있다. 작은 마을의 작은 역사라 실은 깜짝 놀랄 만한 내용은 아무것도 없었지만 시간을 되감는 재미가 나를 무척 즐겁게 만들어 주었다.

출구 근처에 현재의 미즈초 항공사진과 함께 미즈초의 역사 연보가 게시되어 있었다. 도로가 개통되었다거나 기업을 유치했다거나, 태풍이나 지진으로 피해를 입었다는 등의 중요한 내용들은 굵은 글자로 적혀 있다.

가지타 씨가 이 지역에서 태어난 해에는 아무것도 적혀 있지 않았다.

건물 안을 한 바퀴 쭉 돌고 밖으로 나올 때는 다시 접수창구 앞을 지나게 되었다. 아까 그 여성이 말을 걸었다. "도쿄에서 오셨습니까?"

"예."

"일 때문에 오신 건가요?"

"그런 셈이죠."

나는 폴로셔츠에 면바지를 입고 있었다.

"볼 만한 게 없는 데지만 편한 시간 되십시오. 수타 소바가 맛있습니다. 찰기 있으라고 넣는 첨가물이 없는 진짜 시골 소바니까요."

그녀는 내게 '미즈초 관광지도'라는 한 장짜리 유인물을 건네주었다.

"실은 여기서 누굴 만나야 합니다. 한동안 바깥 벤치에서 기다리려구요."

"어머머, 그러시군요. 그렇게 하세요."

건물 바로 옆에 주차장이 있었다. 콘크리트로 포장되어 있고, '관람객용 주차장'이라고 적힌 빛깔이 바랜 간판 옆에 자동판매기가 있었다. 벤치 두 개가 건물을 등지고 주차장 가장자리에 있었다.

내 차는 주차장을 독차지하고 있다. 건물 뒤편 가까운 쪽에 자전거가 두 대 세워져 있었다. 한 대는 아마 아까 그 접수창구에 있던 여자의 출퇴근용일 것이다.

차에서 보온병과 가지고 온 책을 꺼내 벤치에 걸터앉았다.

정오가 되자 맑게 갠 푸른 하늘에 동요 〈고향〉의 아름다운 멜로디가 들려왔다. 나는 일어서서 허리와 발을 쭉 펴고 주위를 둘러본 뒤 멜로디가 흘러나오는 곳을 찾았다. 멀리 밭 너머에 막 시작된 테트리스 게임 화면처럼 군데군데 빌딩 모습이 보였다. 그 가운데 하나만 삐죽 솟아오른 막대 같은 전파탑이 있었다. 가을 햇살을 받아 가늘고 긴 몸통이 하얗게 빛나고 있다. 꼭대기에 둥글게 붙어 있는 몇 개의 안테나와 스피커가 이상하게 생긴 버섯 같다. 동요는 거기서 들려오는 모양이다.

오전에는 관람객이 한 명도 없었다.

차로 돌아가 운전석에서 도시락을 먹었다. 커피는 아직도 꽤 뜨거웠다. 라디오로 NHK 뉴스를 들었다. 사건은 몇 건 있었지만 대체로 평화로웠다. 내가 이런 곳에서 시간을 보내고 있는 사이에 도쿄가 파괴되어 버린 것 같지는 않았다.

두 시쯤 되자 가족 동반 관람객 한 팀이 왔다. 주차장에 세운 왜건형 승용차에서 젊은 부모와 어린 사내아이 셋이 내렸다. 왁자지껄하게 건물 안으로 들어갔다. 아이들이 건물 안에서도 떠드는 소리가 가끔 들려왔다.

그들이 돌아가자 나는 또 벤치에 홀로 남았다. 졸음이 밀려왔다.

읽고 있던 책의 글자에 의식을 집중하려 했지만 어느새 꾸벅꾸벅 존 모양이다. 다가오는 차의 엔진 소리에 눈이 번쩍 떠졌다.

푸르스름한 빛이 도는 회색 세단 한 대가 주차장으로 들어왔다. 금방 세차를 했는지 차체가 빛이 났다. 운전자는 내 차와 같은 줄의 가장 먼 곳에 주차했다. 문이 열렸다.

조수석에서 가지타 리코가 내렸다.

짙은 남색 와이셔츠에 청바지를 입고 있다. 머리는 뒤로 묶었다. 스물두 살의 젊은 아가씨가 아니라, 화장을 해 어른처럼 보이려는 중학생 같았다.

나는 벤치에 앉아 있었다.

운전석 문이 열리고, 내려선 운전자가 차 앞을 돌아 리코 옆으로 왔다. 리코와 비슷한 옷차림에 키가 큰 남자였다. 서로 맞춘 듯한 옷차림을 한 젊은 커플이다.

리코는 그의 팔에 팔짱을 꼈다. 남자는 한쪽 팔로 그녀와 팔짱을 끼고, 남은 한쪽 손으로는 선글라스를 벗었다.

하마다 도시카즈였다.

나는 벤치에서 일어섰다. 책을 어떻게 할까 잠깐 망설이다가 옆구리에 꼈다.

주차장을 가로질러 다가오는 두 사람은 걸으면서 어깨와 허리를 부딪치며 연신 장난을 치고 있었다. 서로의 얼굴만 쳐다보느라 나를 보지 못했다. 거리가 이 미터 정도로 가까워져 내가 부르려 입을 열려고 했을 때 리코의 시선이 나를 포착했다.

리코가 걸음을 멈췄다.

언젠가 '스이렌'에서 봤던 사토미와 마찬가지였다. 누군가가 그녀를 잘못 작동시킨 것 같았다. 시스템이 멈춰 버려 모든 동작이 정지한 것이다.

나를 보지 못한 게 아니라, 리코의 그런 모습을 뒤늦게 눈치 채는 바람에 하마다 도시카즈는 그녀보다 한 걸음 더 앞으로 걸어 나왔다. 두 사람의 팔짱이 풀렸다.

그리고 그도 나를 보았다. 아주 잠시 도대체 누군가 하는 표정을 지었다.

그의 눈이 휘둥그레지며 입이 반쯤 열렸다.

늘 기민한 가지타 리코가 내게 먼저 물어 왔다.

"스기무라 씨."

목소리가 떨리지는 않았다. 이 가을하늘처럼 맑은 목소리였다. 그리고 몸을 에는 한겨울의 찬바람처럼 날카로웠다.

"여기서 뭘 하고 계신 거죠?"

✻

나란히 벤치에 앉자, 하마다 도시카즈의 짙은 남색 셔츠에서 남성용 향수 냄새가 났다. 리코는 하마다의 차 조수석에 있었다. 내가 먼저 십오 분만 하마다와 이야기를 할 수 있게 해 달라고 했기 때문이다.

앞 유리창 너머로 이쪽을 보고 있는 리코는 눈을 가늘게 뜨고 있었다. 나와 하마다의 대화를 입술 움직임으로 읽어 내려는 듯이. 우리가 나누는 대화를 집어 삼키려고 웅크리고 있는 포식자처럼.

"언제부터였습니까?"

하마다 도시카즈는 정색을 하고 부루퉁한 표정을 지었지만 그래도 역시 건강하고 활달해 보였다.

"언제라뇨?"

"리코 씨와 언제부터 사귀었습니까?"

그는 손등까지도 햇볕에 잘 그을었다. 그 손을 들어 자기 머리를 쓸어 올렸다.

"얼마나 되나? 사 개월이나 오 개월 정도. 그 정도 되겠군요."

"사토미 씨와 결혼 약속을 한 건?"

"반년 전입니다." 무뚝뚝하게 대답했다.

벤치 가장자리에 엉덩이를 걸치고, 무릎을 쭉 내민 채 몸을 앞으로 구부리고 있다. 그 자세로 목을 꼬아 그제야 내 눈을 보며 말했다.

"됐습니다. 무슨 이야기를 들어도 어쩔 수 없죠. 칭찬받을 일은 아니니까요."

그렇게 말하면서도 그는 입가에 희미한 웃음을 짓고 있었다.

한 여자와 결혼을 약속하고 그 여동생과 친밀하게 지낸다. 처제가 될 사람을 조수석에 태워 단둘이 멀리 나가 팔짱을 끼고 걷는다. 나는 이해가 되지 않았다. 하지만 이 넓은 세상에는 그걸 칭찬할 수 있는 가치관이 있을지도 모른다. 하마다 도시카즈는 그런 가치관 속에 살고 있는지도 모른다.

"그럴 생각은 아니었습니다. 어쩌다 보니 이렇게 된 거죠."

희미한 웃음을 지우고 하마다는 입술을 찡그렸다. 자전거에서 떨어진 어린애가 누가 보고 있지도 않은데 '아프지 않아, 난 이 정도로 울지 않아' 하며 허세를 부리는 듯이 주먹을 쥔 손등으로 그 입술을 닦았다.

"앞으로 어떻게 할 생각입니까?"

"어떻게라니……?"

또 웃는다. 그의 표정은 만화경 같았다. 살짝 움직이기만 해도 그 무늬가 이리저리 바뀐다. 하지만 애당초 만화경 안에 들어 있지 않은 빛깔은 보이지 않을 것이다. 그 무늬가 이리저리 바뀐다 해도 빛깔의 기조는 정해진 범위 안에 있다.

그의 얼굴 제일 위에 떠올라 있는 빛깔의 기조는 비열했다.

"전 사토미와 결혼할 겁니다. 예정대로."

자기 무릎 사이로 땅바닥을 내려다보며 그가 말했다. 스니커를 신은 그의 오른쪽 발끝 바로 옆에 씹다 버린 껌이 달라붙어 바짝 말라 있었다. 내게는 그것이 지금 막 그가 내뱉은 말처럼 보였다.

"리코 씨는 어떡하실 겁니까?"

"정리할 겁니다. 그러기로 이야기가 되어 있습니다. 제가 사토미와 결혼할 때까지만 사귀기로. 그 뒤에는 사이좋은 형부와 처제 사이가 되는 거죠."

나는 눈을 들어 하마다의 차 안에 있는 리코를 보았다. 그녀는 나를 똑바로 쏘아보더니 사이드 미러 쪽으로 눈길을 돌렸다.

"사토미 씨가 눈치 채지 못할 거라고 생각합니까?"

바늘에 찔린 듯이 그는 움찔 반응했다. 상반신을 돌려 다시 나를 보았다.

"사토미가 그런 이야기를 했습니까? 스기무라 씨에게 뭐라고 했습니까?"

나는 잠자코 있었다.

"아니면 스기무라 씨가 사토미에게 이야기한 겁니까?"

만화경은 빙빙 돌며 무늬를 바꾸었다. 하지만 보이는 빛깔은 여전히 비열했다.

"난 아무 이야기도 하지 않았습니다. 여기 온 것도 나 혼자 생각입니다. 오늘 리코 씨가 미즈에 온다는 걸 알고 있었죠. 혼자 올 리가 없다는 것도 알고 있었습니다. 함께 올 상대가 당신일 거라고 짐작하게 된 건 겨우 그저께였습니다."

그래서 나는 또 도박을 했다. 그러나 그것은 아내도 이야기했듯이 승산이 희박한 승부는 아니었다.

"당신들 두 사람은 휴대전화에 같은 착신 멜로디를 사용하고 있죠?"

"무슨 소릴 하는 겁니까?"

나는 목소리에 힘을 주었다. "같은 착신 멜로디를 사용하고 있죠? 당신이 리코 씨에게 전화를 했을 때나 리코 씨가 당신에게 전화를 했을 때나 〈사랑에 빠져〉가 울리도록 해 두었죠. 누가 전화했는지를 알 수 있도록 말입니다."

'불륜의 사랑을 노래한 곡이죠' 라고 내가 말했다.

"재미있는 취향이군요. 당신 아이디어입니까?"

하마다가 묘하게 풀이 죽었다. "리코가 그러자고 했습니다." 변명하듯 말했다. "계집아이 같죠? 그게 리코답기는 하지만."

"오래된 노래인데."

"언젠가 사토미가 가르쳐 줬다고 했습니다. 불륜의 사랑을 노래하지만 명곡이라고."

그런데 아무 생각 없이 사용했다는 건가? 이건 너무 심술궂지 않은가?

사토미는 리코의 착신 멜로디 중 하나가 〈사랑에 빠져〉라는 것을 알고 있을 것이다. 그리고 나하고 하마다와 셋이 '스이렌' 에 있을 때 하마다의 휴대전화에서 〈사랑에 빠져〉가 울려 나오는 것을 들었다.

사토미는 아마 CD 가게의 친절한 점원에게 듣지 않더라도 〈사랑에 빠져〉가 어떤 내용의 노래인지 알고 있었을 것이다.

그래서 그때 멈춰 버렸던 것이다.

잠시 죽었던 건지도 모른다.

"사토미 씨는 이 사실을 모릅니다. 그러나 어렴풋이 눈치 채고 있을 거라고 생각합니다. 계속 모르는 척하고 있는 그녀의 심정을 생각해 보는 건 어떻겠습니까?"

하마다는 살집이 좋은 큼직한 손바닥으로 얼굴을 쓱 문질렀다. 땀을 흘리는 것 같지는 않았다.

"리코가 유혹을 했습니다."

그렇게 말했다.

"언젠가는 형부와 처제 사이가 될 테니 저에 대해서 잘 알고 싶다면서, 친해지고 싶다고 했죠."

"멀리할 필요는 없다고 생각했다?"

"그야 그렇지 않습니까? 사토미의 동생은 제 처제가 되니까요."

"형부와 처제에겐 형부와 처제에 맞는 관계라는 게 있겠죠."

쯧, 하고 혀를 차며 하마다는 또 땅바닥을 쳐다보았다. 초조한 듯이 다리를 떨기 시작했다. 벤치 다리가 덜컥덜컥 소리를 냈다.

"리코는 재미있는 애입니다. 사귀어 보고 깜짝 놀랐습니다. 사토미와는 전혀 다르죠. 어리광을 부리고 툭하면 조르면서 저를 행복하게 만들어 줍니다. 내가 없으면 안 된다, 다른 남자는 안 된다는 것도 깨달았고요."

"그런데도 당신은 사토미 씨와 결혼하겠다고? 리코 씨가 당신이 없으면 안 될 정도로 당신을 좋아하고 있다는 걸 알면서?"

"어쩔 수 없죠. 순서가 그러니까요. 먼저 만난 건 사토미입니다. 리코도 잘 타일렀습니다. 우리 사이는 내가 사토미와 결혼할 때까지만이라고. 오늘 여기 온 것도—."

갑자기 목소리를 낮추고 힐끔 자기 차의 앞 유리창을 바라보았다.

"저로서는 마지막 데이트라고 생각한 겁니다."

가만히 움직이지 않고 있는 무서운 것을 쿡 찔러 보고 얼른 도망치는 듯한 지금 시선으로는, 리코의 표정까지 보지는 못했을 게 틀림없다.

리코는 조수석에서 두 손으로 얼굴을 가리고 있었다.

도쿄 같은 데서도 바람이 거센 겨울밤이면 하늘이 맑아져 놀랄 정도로 많은 별이 보일 때가 있다. 멍하니 하늘을 올려다보다가 아무렇게나 흩어져 있는 것 같은 별이 '아아, 저건 별자리다. 저 별과 저 별, 그리고 저 별을 연결하면 북두칠성이 된다' 는 걸 문득 알게 되어 기쁠 때가 있다.

눈곱만큼의 기쁨도 없었지만, 내 머릿속에서는 그런 현상이 일어나고 있었다. 여기저기 흩어져 있던 것들이 하나로 연결되었다.

"리코 씨는 지금까지 제대로 글을 써 본 적이 없습니다. 무슨 일을 치밀하게 계획을 세워 진행하지도 못하는 성격이었습니다. 그런데 그녀의 취재나 작성하고 있는 노트는 놀랄 정도로 깔끔했죠. 그건 당신이 도와주었기 때문이죠? 리코 씨의 취재에 따라나선 건 이게 처음이 아니죠?"

하마다는 턱 끝을 내밀더니 자포자기한 듯이 고개를 한 번 끄덕였다.

"당신은 리코 씨로부터 아버지 책을 낼 계획이라는 이야기를 들었습니다. 그걸 돕고 있었죠. 한편으론 사토미 씨가 그걸 싫어한다는 사실도 알고 있었고, 그녀가 네 살 때 겪은 무서운 일에 대해서도 알고 있었습니다."

"유괴당했다는 이야기 말이죠? 그런 건 중요한 문제가 아닙니다. 사토미가 뭐든 너무 좋지 않은 방향으로만 생각하는 거죠."

그건 착각이다. 본인에게는 중요한 문제였다. 사토미의 기억은 이십팔 년 전에 실제로 일어난 괴롭고 슬프고 무서운 일의 유일한 증거가 되는 것이다.

그렇지만 이런 사내에게 그 이야기를 할 수는 없었다. 나는 기분이 나빠지려 했다.

"리코 씨와 사귄 건 사토미 씨에 대한 배신입니다. 게다가 리코 씨가 언니가 두려워하는 일을 하려는 걸 알면서도 도왔다는 것은 당신이 사토미 씨를 이중으로 배신했다는 이야깁니다."

내 눈앞에 그늘이 졌다. 차에서 내린 리코가 바로 앞에 서 있었다.

"십오 분 지났어요."

그러고는 하마다 곁에 걸터앉았다.

두 사람은 똑같은 스니커를 신고 있었다. 같은 디자인에 같은 컬러였다. 산 지 얼마 되지 않는 것 같았다.

중간에 하마다가 끼어 있지만 나는 리코의 체온을 느낄 수가 있었다. 분노로 불타오르고 있다. 그것은 사실 순수한 분노가 아니라 창피함이 섞여 있다는 것을 깨닫지 못한 채로 그녀는 순수한 소녀의 눈을 하고 나를 바라보았다.

"이 사람에게 뭐라 하지 말아요. 이이가 나를 유혹한 게 아니에요. 우리는 서로 사랑하고 있어요."

이런 식으로 사랑하는 남녀에게 나는 무슨 말을 할 수 있을까.

"그러면 언니는 어떻게 되는 겁니까?"

"다 이야기할 거예요. 털어놓고, 약혼을 취소하게 할 거예요. 그리고 이이는 저랑 결혼할 거예요."

나와 하마다 사이는 십 센티미터 정도 떨어져 있었지만 리코는 그에게 달라붙어 있었다. 그래서 지금 그녀의 과감한 선언을 듣고 하마다가 부르르 떨었다는 것을 느꼈을 것이다.

“리코 씨는 하마다 씨를 통해서 언니가 왜 그렇게 돌아가신 아버지의 과거를 조사해 책을 만드는 걸 싫어했는지 이유를 알고 있었죠?”

리코는 고개를 끄덕였다. 등을 쭉 펴고 앉아, 하마다의 무릎에 왼손을 얹고 있다. 나는 당장이라도 그가 리코의 손을 더듬어, 어린애가 엄마의 손을 잡듯이 꼭 쥐는 게 아닐까 하는 생각이 들었다.

그의 손은 움직이지 않았다. 무릎 사이에 축 늘어뜨리고 있었다.

“그렇지만 말했잖아요? 우리 아빠는 착실한 분이었어요. 남에게 원한을 산다거나 그런 범죄 같은 것에 관계할 분이 아니에요. 언니는 멋대로 상상을 부풀려서, 혼자 멋대로 무서워하고 있을 뿐이에요. 전 화가 났어요.”

“언니에게?”

리코는 단호하게 말했다. “그렇죠. 언니가 그런다는 건 부모를 전혀 믿지 않는다는 말 아니에요?”

당신은 괴물을 보지 못했으니까, 당신은 가지타 부부의 ‘샛별’이었으니까, 그런 잔인한 소리를 할 수 있다. 나는 마음속으로만 그렇게 되받았다.

“팔월에 아버님이 돌아가시고, 언니가 시월에 예정되어 있는 결혼식을 나중으로 연기하겠다는 말을 꺼냈을 때 리코 씨는 어떻게 생각했죠? 기뻐했습니까?”

리코의 눈매가 사나워졌다.

“왜 그렇게 기분 나쁘게 이야기하는 거죠?”

“하마다 씨에게 들었습니다. 이 사람은 리코 씨에게 두 사람의 교제는 결혼할 때까지만이다, 시간 제한이 있다고 했지 않습니까?"

리코는 내가 아니라 하마다의 얼굴을 들여다보았다. 리코는 하마다의 손을 잡더니 깍지를 끼고 더 꼭 움켜쥐었다.

"사실은 약혼을 취소하고 싶었지만 이 사람은 말을 꺼낼 수 없었던 거예요. 언니에게 미안하다고, 언니가 불쌍하다면서요. 그 심정을 이해해요. 이 사람이 착하다는 걸 알고 있고, 틈바구니에 끼어 괴로워하는 모습을 보고 있을 수가 없어서 저는 일단 받아들였어요. 이 사람이 언니와 결혼할 때까지 평생 기억할 수 있는 좋은 추억을 만들고, 그리고 헤어지자고. 그리고 그다음에는 이 사람의 처제로 살아가자고 결심했어요. 정말이에요."

"그리고 하마다 씨에게 몰래 취재나 원고 작성에 도움을 받은 거로군요."

"그래요. 안 되나요? 아빠 책을 만들고 싶다는 제 마음에는 거짓이 없었어요. 처음에 스기무라 씨에게 이야기한 그대로죠. 그리고 그 책은 저와 이 사람이 서로 사랑한 기념이 되기도 하는 거예요."

나는 그런 책의 담당 편집자인 것이다.

"사토미 씨의 마음은 흔들리고 있었죠. 저나 회장님에게 결혼식을 연기하지 않는 게 좋겠다는 이야기를 들었고, 하마다 씨의 부모님도 그렇게 하라고 권했죠. 그래서 불안해하면서도 일단은 연기하지 않기로 했습니다. 당신은 그게 마음에 들지 않아 심하게 반대했고요. 리코 씨는 제게 이렇게 말했습니다. 아버지를 죽인 범인이 잡히지도 않았는데 들떠서 결혼할 때가 아니라고."

"그건 정말 그렇게 생각했기 때문이죠!"

나는 리코가 '준비하고 싶다면 하면 되죠. 어떻게 되건 난 모르니까' 라고 했던 말을 떠올렸다. 그때도 아마 전화 저편에서 이렇게 무서운 표정을 하고 있었을 것이다. 수화기를 움켜쥐고 전화선을 물어뜯을 듯한 표정을 짓고 있었으리라.

"그런가? 부끄럽지 않아요? 언니의 결혼을 방해하기 위해 아버지를 구실로 내세운 것이?"

"아뇨. 왜 그런 소릴 하는 거죠? 스기무라 씨가 뭘 안다고?"

그렇게 소리치는 리코의 말을 나는 바로 되받아쳤다.

"하지만 리코 씨가 아무리 불평을 해도 결혼 준비는 빠른 속도로 진행되어 갔죠. 하마다 씨는 그런 흐름을 거스를 수 없었습니다. 그렇죠? 결혼을 취소할 마음도 전혀 없었고요. 사토미 씨와 함께 저를 만났을 때, 하마다 씨는 무척 행복해했습니다."

"그만해!" 하며 리코가 이를 드러냈다. "듣고 싶지 않아. 듣고 싶지 않아요!"

"리코 씨를 사랑하고 있다는 하마다 씨는 사토미 씨와 함께 있을 때는 누구보다 사토미 씨를 사랑한다는 표정을 짓고 있었어요. 그야말로 아주 잘 어울리는 커플—."

리코가 무언가를 내게 던졌다. 그게 얼굴에 맞더니 땅바닥에 떨어졌다.

꼬깃꼬깃해진 손수건이다. 테두리의 우아한 레이스가 엉망이었다.

숨을 몰아쉬며 떨고 있었다. 뺨은 납빛, 눈 주위만 새빨갛다. 아름다움이고 귀여움이고 눈곱만큼도 남아 있지 않았다.

"그래서 리코 씨는 거짓말을 했죠."

맑은 흰자위 안에 얼어붙은 리코의 눈동자를 바라보며 말했다.

"이번이야말로 언니가 결혼식을—아니 결혼 그 자체를 백지로 돌리게 하기 위해 있지도 않은 협박 전화가 걸려 왔다고 거짓말을 한 겁니다."

그건 조작이었다. 누구도 리코에게 전화를 걸지 않았다. 누구도 리코를 협박하지 않았다. 그래서 그녀는 회사로 나를 만나러 왔을 때 전혀 두려워하지 않았던 것이다.

꾀를 내기는 했지만 연기가 서툴렀다.

쭉 펴져 있던 리코의 어깨에서 갑자기 힘이 빠졌다. 목덜미 부근에서 뒤로 묶은 머리가 흔들렸다.

"—즉흥적인 생각이었어요."

내게 하는 말도, 하마다에게 하는 말도 아니었다. 땅바닥에게 설명하고 있는 것 같았다. 땅바닥에 말라 붙은 껌에게 말하고 있는 것 같았다.

"아버지 납골 때—이 사람의 아버지와 어머니가 오셔서 언니하고 벌써 완전히 가족이 된 것처럼 화목해 보였어요. 전 그걸 견딜 수가 없었죠."

이이는 상관없어요. 이이는 어쩔 수 없었으니까. 리코는 감싸고 달래듯 잡고 있던 하마다의 손을 흔들었다. "언니와 있을 때는 그렇게 할 수밖에 없잖아요. 그렇게 꾸미지 않을 수가 없는걸요."

고개를 푹 숙인 채 하마다가 뭐라고 말했다. 내겐 그의 얼굴이 보이지 않았다. 앞으로 구부린 등밖에 보이지 않았다.

미안해, 라고 말한 것 같았다.

"그래서—괴롭고 슬펐어요. 역시 난 이 사람을 포기해야만 하는 건가 하는 생각이 들었죠. 그런데 스기무라 씨 집에 전화했을 때 부인이 받았잖아요?"

24일 저녁이었다. 내 귀가가 늦어져 리코한테서 온 전화를 아내가 받았다. 협박 전화가 걸려 왔다는 소식을 들었던 것이다.

리코는 울고 있었다. 언제부터 울기 시작했는지, 나는 눈치 채지 못했다. 눈물이 몇 줄기 뺨을 타고 흘러 턱 끝에 매달려 있었다.

"예, 스기무라입니다. 바깥양반은 아직 들어오지 않았습니다. 죄송합니다. 들어오면 전화드리라고 하겠습니다."

그날 밤 아내가 했을 말을 리코는 암송하듯이 중얼거렸다.

"부인이니 그렇게 말하는 게 당연하지. 하지만 난 가슴이 찢어지는 것 같았어요. 언니가 이 사람과 결혼하면 역시 그렇게 전화를 받겠죠. 누군가에게 인사를 할 때 그렇게 이야기할 거라고 생각하니—."

예, 하마다입니다. 바깥양반이 늘 신세가 많습니다. 나는 사토미의 목소리로, 그녀의 말투로 생각해 보았다. '스이렌'에서 하마다가 늦게 온다고 할 때, 그녀가 그의 성에 '씨'를 붙이지 않고 미안하다며 조심스럽게 사과하던 모습을 떠올렸다.

"스기무라 씨 댁에서 보았던 부인과의 결혼사진도 생각했죠. 언니도 이 사람과 그렇게 나란히 사진을 찍겠구나, 하고. 나는 그걸 지켜봐야 하죠."

분명히 사토미와 둘이 우리 집을 찾아왔을 때 리코는 나와 아내의 사진을 들여다보고 있었다.

하마다와 잡지 않은 쪽 손으로 주먹을 쥐고, 리코는 자기 무릎을 두

드렸다. 몇 번이고 몇 번이고 두드리며 소리쳤다.

"절대로, 절대로 참을 수 없다는 생각이 들었어요. 허락할 수 없다, 그런 건 받아들일 수 없다고."

리코는 몸을 떨고 있었다. 따라서 하마다의 상반신도 흔들거렸다. 그녀는 저렇게 가냘프고, 하마다는 저렇게 건장한데.

무릎을 두드리는 걸 그치더니 리코의 몸이 쑥 움츠러들었다.

"그래서 얼른—협박 전화가 걸려 왔다고 꾸며 냈던 겁니다."

그 이전에도 그런 생각을 해 본 적은 있다고 했다. 만약에 내가 누군가에게 협박을 당했다는 식으로 이야기한다면 언니는 겁을 먹고 결혼할 엄두도 내지 못하겠지—.

"어떻게 아셨어요? 그게 거짓말이었다는 걸? 처음부터 눈치 챘던 건가요?"

그날 밤 아내가 적어 준 협박 전화의 내용 메모를 바라보다가, 내가 무엇 때문에 이상하게 느꼈는지 깨달았다. 그 시점에서 이건 리코가 꾸며 낸 이야기가 아닐까 하는 생각이 들었다. 하지만 정말로 확신이 든 것은 노세 유코의 고백을 듣고 난 뒤고, 왜 리코가 그런 어처구니없는 거짓말을 했는지, 그 동기를 짐작하게 된 것은 우에노 거리를 걷다가 그녀와 하마다의 휴대전화 착신 멜로디가 〈사랑에 빠져〉라는 걸 알게 되었을 때였다.

"협박 전화 내용이 이상했기 때문에요." 내가 말했다. "누가 되건 가지타 씨를 죽인 사람이 그게 파헤쳐져서는 곤란하기 때문에 협박을 해 온다면 그런 식으로 이야기하지 않을 거라는 생각이 들었기 때문입니다."

가지타의 과거를 들쑤시지 마라. 호된 꼴을 당할 것이다. 여기까지는 괜찮다. 하지만 문제는 그다음이었다.

그녀석이 죽은 건 천벌이다.

"정말로 협박할 생각이었다면 그런 식으로 이야기할 리가 없습니다. '너도 가지타와 같은 꼴을 당하게 될 거다' 라거나 '너도 죽여 버리겠다' 라고 하겠죠. 예를 들어 자기가 가지타 씨를 죽인 건 아니라 해도 실제로 가지타 씨가 뺑소니 사고로 세상을 떠났는데 범인이 잡히지 않고 있는 상황에서는 그걸 이용해 협박할 거라고 생각하는 게 자연스럽지 않은가요?"

그래서 '그녀석이 죽은 건 천벌이다' 라는 표현을 쓴 것은—아니, 자기도 모르게 그 표현을 쓴 것은—가지타 씨가 죽은 것은 불행한 교통사고이고, 경찰에서는 그 범인을 지목하고 있으며 뺑소니 사건은 곧 해결되리라는 사실을 알고 있는 사람뿐이다.

가지타 씨가 계획적으로 살해된 것이 아니라는 사실을 확실하게 알고 있기 때문에 '너도 죽고 싶냐?' 라는 식의 표현을 고를 수는 없었던 것이다. 그런 면에서 리코는 너무 순진했다.

지금 생각하면 한심한 이야기지만 나도 가지타 씨를 친 소년의 존재를 알고 있었기 때문에, 그런 시점에서만 사물을 보고 있었기 때문에, 협박 말투가 부자연스럽다는 사실을 뒤늦게 눈치 챘던 것이다.

"하지만 리코 씨의 동기는 아직 몰랐죠. 리코 씨와 하마다 씨를 엮어서 생각할 수가 없었습니다. 나는 남녀관계에는 둔감한 인간이라."

리코와 하마다를 연결하여 거기에서 일그러진 별자리를 발견하자 그다음은 빤히 짐작할 수 있었다. 리코는 결혼식을 연기하게 만들고 싶은 것이다. 사토미의 결혼을 취소하게 만들고 싶은 것이다, 라고.

여기에 이르러 비로소 내 눈치를 살피는 눈빛으로 리코가 물었다.

"오늘 여기 잠복하고 있으면 제가 이 사람과 함께 오리라는 건 어떻게 아셨죠?"

잠복이라는 말은 너무 거창하다. 나는 쓴웃음을 지었다.

"어림짐작이었죠. 도박을 걸어 보았습니다. 리코 씨가 미즈에는 혼자 가지는 않을 거라고 하지 않았나요?"

"그럼 하루 종일 기다릴 생각이었어요? 내내 여기서, 하루 종일?"

"아내가 도시락을 싸 주었으니까요."

돌연 리코의 표정이 변했다. 눈초리가 치켜 올라가고 뺨이 꿈틀거렸다. 눈동자에서 새파란 불길이 타올랐다.

"전 스기무라 씨 부인 싫어요. 너무 싫어! 뭐야, 우아한 척하고."

갑작스러운 독설에 나뿐만 아니라 하마다도 놀라서 몸을 일으켰다. 리코는 얼굴을 들이밀고 내 멱살을 잡으려는 듯이 손을 뻗어왔다.

"스기무라 씨도 싫어요. 틀림없이 행복하고 금슬 좋은 부부겠죠? 아무런 고생도 모르고 호화롭게 살며 남을 깔보고 이러쿵저러쿵하고. 대단한 사람인 줄 아는 거지. 흥, 회장 선생님 애인의 딸인 주제에 말이야."

그녀의 침이 내 얼굴에 튀었다.

하마다가 "리코" 하고 이름을 부르며 황급히 그녀를 껴안으려 했다. 리코는 그 팔을 뿌리쳤다.

"스기무라 씨, 창피하지 않아요? 부인이 부자라서 그 돈으로 사는 거, 남자로서 한심하지 않아요? 부인이 첩의 딸이라면 스기무라 씨는 남자 첩이잖아요!"

"그만 해. 너 지금 무슨 소릴 하고 있는지 알아?"

하마다가 언성을 높였다. 리코는 펄쩍 뛰듯이 벤치에서 일어나더니 달려가 신경질적으로 하마다의 차 문을 열었다.

빨간 스니커가 휙 움직이더니 문이 거칠게 닫혔다.

나와 하마다는 벤치에 앉아 있었다. 하마다는 리코가 탄 자기 차와 내 얼굴을 번갈아 쳐다보았다.

"죄송합니다. 공연히 성을 내고 있는 겁니다. 이해하시죠? 원래 저런 앱니다. 아직 어린애죠."

나는 동요하지 않았다. 이렇게 대놓고 욕을 얻어먹은 게 처음이 아니었다. 우리 어머니의 입에 있는 독은 리코의 것을 천 배 정도는 농축한 만큼 강력했다.

"이만 가 보겠습니다." 하마다는 벤치에서 일어섰다. "돌아가는 길에는 사고 내지 않도록 조심해야겠군요."

가려는 그를 내가 질문을 던져 멈춰 서게 했다.

"당신은 리코 씨가 거짓말을 했다는 사실을 알고 있었습니까?"

청바지 뒷주머니에 손을 걸고 묘하게 풀이 죽은 표정으로 하마다는 고개를 끄덕였다. "거짓말을 했다고 바로 제게 전화를 걸었으니까요. 이제 결혼식이 연기될 거라면서."

"나무라지 않았군요."

하마다는 말없이 고개를 숙이고 있었다.

"당신 입장에선 시간을 벌 수 있어서 다행이었겠죠. 결혼을 백지화하는 사태까지는 가지 않더라도 결혼식을 연기할 수 있다면 그 사이에 상황이 변할지도 모른다. 리코 씨의 열이 식어 당신한테서 떠날지도 모른다. 어쩌면 사토미 씨 쪽에서 변화가 일어날지도 모른다. 이렇게 생각했겠죠?"

결혼식은 함부로 연기하지 않는 게 좋아. 나는 소노다 편집장의 말을 떠올리고 있었다. 연기하면 숨어 있던 문제가 표면화되는 경우도 있다—.

잠깐 침묵하고 나서 엉뚱한 방향을 바라보며—정확하게 전파탑이 있는 방향이었다—하마다가 말했다.

"그러고 보니 사토미는 요즘 날 만날 때도 약혼반지를 끼지 않았지."

뭔가 눈치를 챘다는 신호일지도 모르겠군요, 라며 남의 일처럼 말했다.

"하지만 사토미도 확실하게 이야기하진 않았습니다. 겉으로는 아무 일도 없는 척했죠. 우리 어머니와 사이좋게 가구를 보러 가고, 기쁜 표정으로 피로연 때 입을 의상을 고르기도 하고요. 둘 다 똑같지 않습니까?"

그를 후려패지 않도록 참기 위해 나는 책을 바꿔 들었다.

하마다가 나를 보고 있다. 그 얼굴을 올려다보며 나는 만화경 안에서 지금까지보다 훨씬 더 야비한 무늬를 발견했다.

하마다가 말했다. "당신 입장에서 보면 저는 형편없는 놈이겠죠. 당장의 연애 감정에 휘둘려 그때그때 얼렁뚱땅 넘어가려는 걸로 보일 겁니다. 경멸당해도 싼 놈이죠. 저도 압니다. 하지만 공교롭게도 제겐 당신 같은, 애정처럼 성가신 건 빼고 표적을 딱 정해 유리한 결혼 상대를 확실하게 공략할 만한 근성이 없습니다. 그 정도로 전략적이지는 못하죠. 훨씬 더 순간순간에 충실한 남자라서."

하마다가 차에 올라타 시동을 걸었다. 그들이 탄 차가 주차장을 빠져 나가 점점 작아져 그림자도 보이지 않을 정도로 멀어질 때까지 나는 벤치에 가만히 앉아 있었다.

내가 어렸을 때부터 우리 어머니는 독이 있는 입으로 여러 가지를 가르쳐 주셨다. 올바른 가르침도 있었고, 그릇된 가르침도 있었다. 내가 아직 판단을 유보하고 있는 가르침도 있다.

그런 '미결' 인 가르침 가운데 하나가 지금 이 미즈초라는, 태어나 처음 찾아온 곳의 휑한 논밭 한복판에 있는 주차장에서 '기결' 상자 안으로 옮겨졌다.

"사내와 계집은 말이야, 붙어 있다 보면 품성까지 닮게 되는 법이다. 그래서 사귀는 상대를 잘 골라야만 해."

나는 내친김에 '기결' 상자 한가운데쯤에 있을 가르침도 끄집어내 재음미했다.

"인간이란 누구나 상대가 제일 듣고 싶지 않은 소리를 하는 주둥이를 갖고 있지. 아무리 바보라도 듣기 싫은 소리는 아주 정확하게 한다니까."

노을이 물들기 시작한 하늘 어딘가에서 새가 울고 있었다.

나는 생각했다. 돌아가자.

그럴 생각은 없었다. 어쩌다 보니 그리 되었다. 나는 세타가야의 마쓰하라에 있는 장인 댁에 와 있었다.

드넓은 부지를 둘러싼 노송나무 판자 울타리는 도쿄 도내에서 손꼽히는 고급 주택지인 이 동네 안에서도 돋보인다. 나는 현관이 아니라 통용문으로 돌아갔다. 차는 담 옆에 붙여 주차시켰다.

인터폰을 누르고 이름을 대자 가정부의 목소리가 들려왔다. 내 모습을 나무로 된 통용문 설주 위에 설치된 방범 카메라의 빨간 라이트가 바라보고 있었다.

담 안에는 나호코가 나와 결혼할 때까지 살던 이마다 가문의 오래된 일본식 가옥과 손윗처남 일가가 사는 타일이 붙은 현대식 가옥이, 손질이 잘된 정원을 사이에 두고 서 있다. 다실도 있고 공들여 지은 정자도 있다. 입주 고용인이 쓰는 별채도 있기 때문에 정원 숲 안에 건물이 여러 채 흩어져 있다고 하는 표현이 옳을지도 모른다.

지난번 내가 여기를 방문한 것은 손윗처남이 연 꽃놀이 파티 때였다. 정원에 있는 나무에 여기저기 걸어 놓은 등롱 불빛을 머금은 벚꽃이 아름다웠다. 이 정원 안에는 벚꽃나무만 해도 열 그루나 있다.

지금은 정원 여기저기에 있는 밤새 켜 두는 등이 희뿌옇게 빛나고 있을 뿐 내 눈에는 정원을 가로지르는 포석밖에 보이지 않았다. 연못 옆을 지날 때 잉어가 튀어 올랐는지 첨벙, 하는 물소리가 났다.

장인은 일본식 옷차림을 하고 정원 쪽으로 난 객실에 있었다. 마루에 있는 팔걸이의자에 앉아 독서용 안경을 쓰고 있다.

"서재에서 이야기하지"라고 하며 나를 먼저 서재로 보냈다. 갑작스러운 방문이지만 놀라는 기색은 보이지 않았다. 오후 여덟 시가 지나 있었다.

몇 번을 와 봐도 훌륭한 건축물이라는 감탄은 하지만 익숙해지지 않는 이 저택에서 장인의 서재만은 달랐다. 무슨 이유 때문인지 나도 알 수는 없지만, 아마도 여기 있는 멋진 서가들과 수많은 책 덕분일 것이다. 책은 늘 나와 내가 모르는 세계를 연결해 주는 친절한 중개자였다. 나호코가 책을 좋아하지 않았다면 아무리 그녀에게 마음이 끌렸다 해도 나는 결혼까지 결심하지는 못했을 것이다.

책꽂이를 등지고 장인은 책상에 앉았다. 나는 그 앞에 등받이가 높은 의자를 가져다 걸터앉았다. 그렇다. 이런 위치 관계도 내 마음이 차분해지는 요인이다. 이것은 가족이 아니라 주종 관계의 위치이다. 내게 어울리는 포지션은 장인의 옆자리가 아니라, 장인과 동석하는 것이 아니라, 장인의 책상 앞쪽이다.

“보고서는 읽었네.” 장인이 먼저 입을 열었다. 여러 개의 광원에서 나오는 간접 조명이 장인의 얼굴 반가량은 약간 밝게, 반 정도는 어두워 보이게 만들고 있었다.

“다친 건 이제 괜찮은가?”

“괜찮습니다. 공연히 심려 끼쳐 드렸습니다.”

가정부가 홍차를 내왔다.

“차를 가지고 왔겠지?”

“예.”

장인은 음주 운전에는 엄격하다. 나도 아직 술 생각은 없었다. 홍차 향이 묘하게 포근하게 느껴졌다.

가정부가 나가자 장인은 설탕을 티스푼으로 두 개 넣었다.

“자전거 주인인 소년이 출두했다는 이야기는 사토미가 알려 주었어. 난 회의 때문에 없었는데 메모가 남아 있더군. 그 뒤 그 애와는 아직 이야기를 나누지 못했고."

"제가 말씀을 드렸어야 하는데. 늦어져서 죄송합니다."

"그런 건 괜찮네. 여하튼 잘된 일이야."

가지타가 살아 돌아오는 건 아니지만—하고 중얼거리고, 장인은 홍차를 입에 댔다. 그리고 설탕을 한 스푼 더 넣었다.

"그래, 어쩐 일인가?" 장인이 내 얼굴을 바라보며 물었다.

홍차를 젓는 장인의 손을 보면서 나는 노세 유코에게 들은 이야기를 했다. 오늘 미즈에 갔던 일도 이야기했다. 거기서 있었던 일에 대해서도 이야기했다.

이야기를 끝내고 고개를 들자 장인은 홍차 잔 옆에 팔꿈치를 짚고 손으로 뺨을 괴고 있었다.

"그렇게 된 건가?"

"예, 그렇습니다."

장인은 미소를 지었다.

"어지간히 우울한 모양인데, 자넨 나이에 비해 순정파야."

"그런가요?"

노세 유코 건을 이야기하는 걸까. 리코와 하마다 건을 두고 하는 이야기일까.

"어느 쪽이든 흔히 있는 일은 아니지만 놀랄 정도의 일도 아니야. 적어도 꺅, 하는 소릴 지르며 책상 밑으로 숨을 만한 일은 아니겠지."

"그래도 가지타 부부가 관계한 일은—범죄입니다."

"법률에 저촉된다는 의미에선 그렇겠지만."

조명이 그리는 그림자가 맹금 같은 장인의 얼굴을 더욱 날카롭게 보이도록 만들고 있다. 그렇지만 장인은 무척 느긋해 보였다. 아주 친근하게 느껴졌다.

순간, 나는 오싹 소름이 끼쳤다.

장인의 표정이 이야기하고 있다. 법에 저촉되지는 않았지만 난 훨씬 더 무서운 일을 몇 번이나 했지. 배신도, 음모도, 홍정이나 암투도, 수탈, 은닉도.

인간이란 원래 그렇다. 필요하면 뭐든 한다. 장인은 눈곱만큼의 꾸밈도 없이 내게 그렇게 이야기하고 있는 것이다. 문제는 그것을 짊어지고 갈 수 있느냐 없느냐 뿐이다, 라고.

나는 그 이야기를 알아들었고, 그리고 그걸 친밀하게 느꼈다.

내가 그렇게 느끼고 있다고 확신했기 때문에 미소를 띠는 것이다.

"노세 유코에 대해 사토미에게 이야기해 줄 생각인가?"

순간적으로 스쳐간 생각에 정신이 팔려 내 대답이 늦었다. 장인이 다시 질문했다.

"어쩔 생각인가?"

"솔직히 망설이고 있었습니다. 하지만 지금은 그런 사실을 이야기하지 않아도 괜찮다고 생각합니다."

"사토미도 그런 이야기를 들을 만한 상황도 아닐 테고."

무뚝뚝한 반응이었다. 쌀쌀맞다기보다 그냥 현실적인 말투였다.

"어떻게 할 건가는 자네에게 맡기겠네. 그리고—책 이야기는 흐지부지 되었군. 이제 그럴 필요도 없고 말이야."

"저는 좀 안타까운 생각도 듭니다."

"편집자 입장에서 말인가?"

"글쎄요, 잘 모르겠습니다."

정말 모르겠다.

"사토미와 리코, 하마다라던가 하는 남자 문제는 자네가 관여할 일이 아니야. 말할 필요도 없겠지만……. 아니면, 설마 중재 역할을 맡고 나설 생각인가?"

"아뇨. 제 능력으로는 어림없죠."

장인은 낮은 소리로 웃었다.

"어쩔 수가 없는 거야, 젊은 애들은. 그냥 놔두는 게 제일이지. 다툴 만큼 다투고, 자기들이 해결하겠지."

"회장님은 하마다 씨를 만난 적이 있으십니까?"

"아니, 없네. 소개받지 못했네. 결혼식에 초대는 받았지만 그것도 의례적인 걸 테지. 사토미도 내가 참석하리라고는 생각하지 않았을 거야."

"그렇습니까?"

사토미와 리코를 귀여워했던 게 아닌가? 자매에게 줄 선물을 사들고 가지타 씨의 집을 방문한 일도 있다던데.

그건 그것이고, 이건 이것인가?

나는 향기가 날아간 미지근한 홍차를 마셨다.

"자네 언젠가 내게 물었지?"

쭉 늘어선 책등을 바라보면서 장인이 말했다.

"가지타에 관해서 뭔가 느낀 점이 없었느냐고. 유라쿠 클럽에서 이야기할 때였지."

"예, 여쭤보았었습니다."

그 질문에 장인은 왠지 재미있다는 눈빛으로 내 얼굴을 바라보았었다.

지금도 그때와 똑같은 표정을 짓고 있다.

"느낀 건 있었어."

그렇게 말하고 장인은 팔짱을 꼈다. 소매 밖으로 드러난 팔이 야위었다. 독서용으로 쓰는 부드러운 간접 조명 아래서도 거친 피부가 보였다.

노인의 팔, 노인의 피부다. 나이가 들었다. 기력이 떨어졌다.

문득 도모노 에이지로 씨의 얼굴이 떠올랐다.

장인이 말했다. "물론 그 사람이 옛날에 범죄에 관련된 적이 있다거나 하는 그런 구체적인 것은 아니야. 나는 천리안이 아니니까."

재계에서는 천리안을 지닌 인물로 불리던 시절도 있었지만.

"다만 왠지—딱 오는 게 있었어. 그 눈 안쪽에 뭔가가 있다는 인상을 받았지. 말로 설명하기가 힘들군."

"그런데도 개인 운전기사로 가지타 씨를 고용하셨군요."

잠깐 생각하고 나서 장인은 내 말을 정정했다.

"그런데도가 아니라 바로 그렇기 때문이지."

장인이 등받이에 기대자 검은 가죽 의자 등은 소리도 없이 휘어져, 노인의 몸을 받아들였다.

"지금 나는 이중삼중의 안전 장치에 둘러싸여 있어. 회사가 에워싸고 있는 거지. 어째서 에워싸 주느냐 하면 내가 회사의 안전 장치이기 때문이야. 뭐 이젠 안전 장치의 일부에 지나지 않지만."

약간 멍한 표정으로, 눈만 어린애처럼 반짝였다.

"이따금 그게 질릴 때가 있네. 거추장스러워진다고나 할까, 재미없다고 할까. 요즘 식으로 이야기하면 짱난다고 해야겠지."

나는 살짝 웃었다. 장인도 웃었다.

"그래서 일부러 반항을 해 보고 싶어질 때가 있는 거야. 발작 같은 거지. 가지타를 썼을 때도 그런 기분이었어."

나는 장인의 이야기를 해석하려 해 보았다.

장인에겐 아직 믿을 수 있는 사람과 믿을 수 없는 사람을 구분하는 안목이 있는 걸까? 그런 능력이 있는 걸까? 자신이 쌓아올린 이마다 그룹이란 거대한 안전 장치 없이도 나는 아직 통하는 걸까? 잠깐 그걸 시험해 볼까—?

"가지타를 쓰고 그런 건 바로 잊었지. 가지타는 운전 솜씨가 뛰어났어. 무엇보다 입이 무거워서 좋았지. 그 친구는 '바위 같은 입'을 갖고 있었지. 그런 사람은 드물어. 약간 쓸모가 있는 재기 넘치는 사람보다 훨씬 귀중하네. 앞으로 그런 사람들은 이 세상에서 멸종될지도 몰라."

가지타 씨 자신에게 결코 입 밖에 낼 수 없는 비밀이 있었기 때문이다. 그래서 '바위 같은 입'이 되었다.

"뭐, 그런 이야기지. 그뿐일세."

걷어 올렸던 소매를 내리며 장인은 다시 나를 보았다.

"애썼군. 내가 수고를 끼쳤어."

나는 말없이 고개를 숙였다.

"한동안 모모코 얼굴을 못 봤어. 근일 중에 함께 밥이나 먹세."

"예. 모모코도 기뻐할 겁니다."

이따금 이런 대화를 나눌 때가 있다. 하지만 실현되는 것은 세 번에 한 번 꼴이다. 장인의 시간은 장인의 것이 아니기 때문에.

불쑥, 내 마음속에 있는, 아직 지도에 그려져 있지 않은 미지의 땅으로부터 거기 사는 야만족이 우렁찬 고함을 지르듯 한 가지 생각이 밀려왔다.

언젠가는 장인의 생애를 적은 책을 정말로 내고 싶다. 내가 그걸 만들고 싶다.

장인이 어떤 사람인지 알고 싶다. 장인이 자신도 파악하지 못한 곳까지 구석구석 파헤쳐 장인의 인생 지도를 그리고 싶다. 나는 장인을 탐험하고 싶다.

그러니—.

오래오래 살아 주세요. 홍차에 설탕은 두 스푼만 넣으시고.

19

아무 일도 없었다는 듯이 새로운 한 주가 시작되었다.

시이나는 소년이 출두했다는 이야기를 듣고 기뻐했다. 측은하기는 하지만 계속 끌며 고통스러워하기보다는 낫죠.

나도 그렇게 생각한다. 진심으로 그렇게 생각한다.

그리고 생각해 보지 않을 수 없는 것들이 있었다. 가지타 부인은 암 선고를 받고 저승사자의 발소리가 다가올 때 무슨 생각을 했을까. 끝까지 비밀을 지켜 냈다는 사실에 안도했을까? 그렇지 않으면 손자의 얼굴도 보지 못하고 죽어야 하는 것은 일종의 대가라고 생각했을까?

한여름의 뜨거운 콘크리트 위에 누워 의식이 끊어지기 직전, 가지타 씨는 무슨 생각을 했을까? 죽어 가면서 누구 얼굴을 떠올렸을까. 먼저 세상을 떠나 기다리고 있을 아내의 얼굴. 사랑하는 딸들의 얼굴. 조금 전, 이십팔 년 만에 본 노세 유코의 얼굴이었을까?

가지타 부부는 노세 유코를 지켜 주기 위해 시체를 처리한 일을 한 번 정도는 후회하지 않았을까?

노세 유코가 한 일은 아무리 막다른 궁지에 몰린 상황이었더라도 역시 죄라고 생각한 적은 없었을까?

더 나아가 쓸데없는 일까지 생각할 수밖에 없었다. 노세 유코는 정말로 아버지를 죽인 걸까? 이십팔 년 전, 가지타 부부가 한여름 하치오지의 깊은 밤을 달려갔을 때 유코의 아버지는 정말로 죽어 있었던 걸까? 그냥 밀려 넘어졌을 뿐이다. 혹시 숨이 붙어 있었다면? 혹은 가지타 부부가 도모노 완구의 경트럭에 '시체'를 싣고 달리는 도중에, 지치부 산 속에 구덩이를 파고 있는 중에 그 '시체'가 다시 숨을 쉬기 시작했다면?

노세 유코는 몰라도 가지타 부부까지 서둘러 하치오지에서 도망치지 않고서는 견딜 수 없었다는 사실—유코만 도망치고 부부는 도모노 완구에 남아 있는 게 나았다—, 그녀의 아버지를 어디 묻었는지 마지막까지 가르쳐 주지 않았다는 사실. 이 두 가지를 함께 생각해 보면 내 상상은 터무니없는 방향으로까지 번진다.

그리고 진짜로 무서워지고 슬퍼져 애써 그런 상상을 떨쳐 냈다.

진실은 이제 영원히 알 수 없게 되었다고 생각한다. 진실에는 수명이 있는 것이라고.

하지만 어두운 비밀은 인생을 괴롭게 만든다. 아무리 노력해서 다시 일어서도 그것은 인생의 어딘가에 남아 있다. 그리고 본인이 생각도 못한 곳에 그림자를 드리운다. 가지타 부부가 사토미에게 남긴 것이 바로 그것이다.

여름날에 빨간 티셔츠를 입고 바람을 가르며 자전거를 달리는 아이야. 너는 그 전철을 밟아서는 안 되는 것이었다.

"스기무라 선배, 저어."

시이나가 드물게 수줍어하는 표정을 지으며 내게 말했다.

"남자친구하고 화해했어요."

"그거 잘됐네."

"세 시간이나 통화했어요. 이번 달 제 용돈, 절체절명의 위기예요."

"괜찮아, 시이나."

"예? 그건 결국 계속해서 점심을 사 준다는 말씀인가요? 제가 회사 식당이나 서서 먹는 소바로 때우지 않아도 되도록?"

"그게 아니라. 원거리 연애라고 해도 포기할 일은 아니라는 뜻이지."

"뭐예요, 그게."

"가까이 있어도 어긋날 때는 어긋나는 법이니까."

나하고 비슷한 키의 꺽다리인 시이나는 맑은 눈을 동그랗게 떴다.

"스기무라 선배에게 연애 어드바이스를 받다니, 꿈에도 생각해 보지 못했어."

가지타 사토미한테서 전화가 걸려 왔을 때 나는 모모코와 욕조에 들어가 있었다. 얼른 일어나 목욕 가운을 입고 서재에서 통화를 했다.

큰 폐를 끼쳤습니다, 라고 그녀가 말했다. 목소리에도 미안해하는 마음이 묻어 있다. 울먹이는 목소리는 아니었다. 다 울고 난 뒤일까?

"리코 씨와는—."

"이야기했습니다. 스기무라 씨와 미즈에서 만난 날 밤에 그 애가 집에 돌아오자마자 바로."

'그래서 어떻게 할 거냐' 고는 묻지 않았다. 그렇지만 그녀가 말했다. "앞으로의 일은 잘 의논해서 결정할 생각입니다."

"누구와 의논하실 건가요?"

사토미는 입을 다물었다.

"사토미 씨." 내가 불렀다. "정말 죄송하지만 제 능력으로는 사토미 씨가 네 살 때 겪었던 일의 진상을 확인하지는 못했습니다."

한숨에 약간 맥 빠진 느낌이 묻어나는 목소리로 사토미가 '예' 하고 말했다.

"그렇지만 도모노 완구 사장님이나 세키구치 씨와 이야기해 보고 이런 생각이 들었습니다. 그 일은 역시 유괴는 아니었던 것 같다. 무슨 문제가 있었을 것이다. 하지만 그건 중대한 문제는 아니었다. 사토미 씨가 이십팔 년 동안 길게 끌어온 것은 착각이었던 거죠. 그러니 그 문제는 이제 잊는 게 어떻겠습니까?"

길 순서와 반대로, 시간을 거슬러 올라가는 것은 박물관이나 역사기념관 같은 데를 구경할 때로 충분하다. 건물 밖으로 나가면 햇살이 비치고 있다.

"부모님이 옛날에 어떤 고생을 했는지 사토미 씨는 알고 있었습니다. 그것도 그리운 추억으로 남겨 두는 겁니다. 사토미 씨가 그럴 마음만 먹으면 가능합니다. 그리고 앞으로는 앞만 보고 살아가는 거죠."

당신이 아무리 두려워하고, 행복을 놓치지 않으려 조심하고 있어도, 늘 뒤를 돌아보며 혹시 뭔가가 덮쳐오는 게 아닌지 어떤지를 확인하고 있어도 그건 아무런 대비책이 되지 못한다.

실제로 하마다는 사토미를 배신했다. 사토미의 행복은 날아가 버렸다.

그러니 자꾸 뒤를 돌아봐야 아무 의미가 없다.

그런 내용을 나는 열심히 설명했다.

전화 속의 침묵이 너무 깊어, 나는 그녀가 거기 없는 게 아닌가 하는 생각이 들었다. 내가 허공을 향해 설교하고 있는 게 아닌가 싶었다.

이윽고 사토미의 목소리가 들려왔다. 마치 전화기 자체가 떨리는 것처럼, 그녀의 목소리가 떨리고 있는 것이 귀와 손에 직접 느껴졌다.

"—처음이 아닙니다. 전에도 있었습니다."

"뭐가 말입니까?"

"리코가 이런 짓을 한 적이."

나는 손으로 눈을 문질렀다. 머리카락이 젖어 있어 머리를 움직이면 물방울이 떨어졌다.

"리코가 고등학교 일학년 때였습니다. 그때 저는 직장에서 알게 된 한 남자와 사귀고 있었습니다. 결혼하고 싶다는 생각이 든 건 그 사람이 처음이었죠."

그래서 기회를 보아 식구들에게도 소개했다고 한다.

"그리고 얼마 지났는데, 그 사람이…… 무척 난처한 표정을 지으며 내게 털어놓았습니다. 리코한테서 전화가 왔었다고. 불러내서 몇 번인가 만난 적도 있다더군요."

그때도 리코는 이렇게 말했다고 한다. 당신은 언니의 애인이고, 언젠가는 결혼할 거 아닌가요? 그렇다면 난 처제가 되는 거죠. 그러니 친해지고 싶어요.

"그 사람은 혼자 생활하고 있었습니다. 그 집에 리코가 쳐들어왔다고 합니다. 슈퍼마켓에서 잔뜩 장을 봐서 저녁을 만들어 주겠다고요. 자긴 처제라면서."

사토미의 애인 입장에서는 곤란했겠지만 함부로 뿌리치기도 어려웠을 것이다.

"리코에게 나쁜 생각이 없는 건 알고 있었고, 귀여운 애고, 무엇보다 제 동생이고 해서 거절하기 힘들었다고 사과를 했습니다."

하지만 결국 털어놓게 된 것은—.

"리코가 호텔에 가자고 그 사람을 꼬드겼답니다. 형부로서가 아니라 남자로 좋아하게 되었다면서."

어리광을 부리고 툭하면 조르면서 남자에게 행복한 마음이 들게 해주는 가지타 리코.

그러나 사토미의 옛 애인은 하마다 도시카즈보다는 훨씬 속이 찬 남자였다.

"미안하다고 하더군요. 하지만 솔직히 기분이 나쁘다, 어떻게 대처해야 좋을지 모르겠다, 좀 거리를 두고 너하고의 관계를 생각해 봤으면 한다, 고 하더군요. 정말 착한 사람이죠? 저는 알았다고 했습니다."

"그때 리코 씨와는—?"

"이야기하지 않았습니다. 그 사람이 생각할 시간을 달라고 한 말은 저를 배려해서 한 이야기라는 걸 알고 있었습니다. 하지만 리코에게는 눈치 채게 하고 싶지 않았어요. 제가 상처받았다는 걸 그 애가 알게 하고 싶지 않았죠."

저도 제 나름대로 고집이 있습니다, 라고 애써 고집 부리는 듯한 말투로 사토미가 말했다.

"리코도 모르는 척했죠."

나는 많은 생각을 했다. 여러 가지 이야기를 하려고 생각했다. 당신과 리코 씨는 부모의 사랑을 다투며 자랐다. 당신은 리코 씨가 '샛별'

이란 것을 부러워했고, 리코 씨는 당신이 부모님의 '전우'라는 것을 시샘했다.

당신은 겁쟁이지만 리코 씨는 투사다. 당신을 이기기 위해 당신이 지닌 것을 가로채고, 당신보다 자기가 더 강하다는 것을 증명한다. 그게 리코 씨가 살아가는 방법이다. 그걸 알면서도 패배를 인정하지 않고, 이기려고도 하지 않는다. 그게 당신이 살아가는 방법이다.

그만두자. 이런 분석이 무슨 소용이 있는가?

나는 침묵을 지켰다.

"우린 단둘인 자매인데." 사토미가 중얼거렸다. "어째서 이런 일만 생기는 걸까요?"

바로 단둘인 자매이기 때문에 리코 씨는 늘 당신을 표적으로 삼아왔던 거라고 하고 싶었다. 당신도 알고 있을 거라고 하고 싶었다.

하지만 그 대신 이렇게 말했다.

"사토미 씨 인생은 사토미 씨 것입니다. 누구도 그걸 가로챌 수 없죠."

"그럴까요?"

"그렇습니다."

"부모님이 살아 계신다면 이런 우리들을 보고 무척 슬퍼하시겠죠."

"부모님은 돌아가셨습니다. 아무것도 모르십니다. 그러니 슬퍼하거나 괴로워하지도 않을 겁니다."

전화가 또 떨렸다. 사토미는 울고 있었다. 이것이 겁내며 울기만 하는 이 사람의 인생에서 마지막 울음이 되기를 나는 기도했다.

"아버지가 계셨다면 분명히 리코 편을 들었을 거예요. 제게 양보하라고 했을 겁니다."

나도 모르게 야단을 쳤다. "그런 바보 같은 소리가 어디 있습니까! 어떻게 그런 오해를 할 수 있죠?"

"그야 아버지는 리코를 사랑하셨으니까."

"저도 딸이 있습니다. 당신은 딸이지 아버지가 아닙니다. 그러니 제가 하는 말을 들으세요. 가지타 씨가 살아 계셨다면 제일 먼저 하마다 도시카즈를 두들겨 팼을 겁니다. 그리고 내 소중한 딸들의 인생에서 물러나라고 야단을 치셨겠죠."

내 이마에 흐르는 물방울이 뺨에서 턱으로 흘러내렸다. 사토미가 흘리는 눈물의 감촉이 느껴졌다.

"이번에도 리코 씨와 하마다 씨의 문제를 눈치 채고 있었던 게 아닙니까?"

사토미는 대답해 주지 않았다. 나는 그녀를 몰아세웠다.

"전혀 눈치 채지 못했던 건 아니겠죠? 아닙니까?"

"—예."

"하마다 씨와 만날 때도 일부러 약혼반지를 빼고 나온 건 그 때문이죠?"

대답 대신 사토미는 자조 섞인 작은 목소리로 "바보 같죠?"라고 말했다.

"하마다도 눈치 채고 있었던 모양입니다. 하지만 그걸 심각하게 생각했던 것 같지는 않습니다."

하마다는, 둘 다 똑같지 않습니까, 라고 내뱉었다. 그 말투가 귓가에 되살아났다. 지금도 속이 좋지 않다. 구역질이 날 정도다.

"그런 사인을 보내면서도, 그래도 사토미 씨는 그에게 캐묻지도 않았고 화도 내지 않았습니다."

"화낼 수가 없었습니다."

하지만 지금은 화를 내고 있다. 점점 말이 빨라졌다.

"모르는 척하고 있었습니다. 그게 제일 낫다고 생각했습니다. 모르면 없었던 일이나 마찬가지죠. 저는 그게 좋았어요. 그래서 그냥 내버려두자고 생각했습니다."

두려웠기 때문에 아무 일도 일어나지 않은 것에서는 괴물을 찾고 있었으면서도 막상 진짜 괴물이 나타나자 보고도 못 본 척하기로 했다고 한다. 그것도 역시 두려움 때문에.

"우리가 결혼하면 리코도 하마다를 포기할 수밖에 없을 겁니다. 모든 건 그걸로 해결될 거라고 생각했습니다. 이번에야말로 나는 행복해질 수 있었습니다."

"가령 당신이 용서한다 해도 일단 언니와 동생 양쪽과 깊은 관계를 맺고 양다리를 걸친 불성실한 남자와 함께 살면 행복이고 뭐고 없습니다."

그건 착각이다. 그건 그저 네 의견일 뿐이다. 장인이라면 그렇게 말했을 것이다. 행복해 지느냐 아니냐는 본인 하기 나름이다. 쓸데없는 소리 하지 마라.

하지만 나는 말해 버렸다.

사토미는 오열했다. 목소리 톤이 높아지고, 커졌다.

"제가 조사해 달라고 부탁하지도 않았잖아요. 이런 일 조사해 달라고 부탁하지 않았잖아요?"

그건 사실이다.

사토미는 리코에게, 하마다에게 화를 내고 있는 게 아니라 내게 화를 냈다.

"어째서 미즈에는 갔던 거죠? 부탁도 하지 않았는데. 왜 그냥 내버려두지 않았어요?"

"사토미 씨—."

"스기무라 씨처럼 아무 걱정 없이 사는 사람이 제 심정을 알 리가 없죠!"

나나 사토미나 침묵 속으로 도피했다. 그렇지만 피난처가 되어야 할 침묵은 두 사람을 연결하는 전화선 안에 오그라들어 버렸다.

"죄송합니다." 내가 말했다.

죄송해요, 사토미가 말했다. 사람의 귀에 들릴 주파수의 한계에 가까운 작은 목소리였다.

그래도 당신은 행복해질 수 있다. 뭔가에, 누군가에게 쫓겨 꺄악 하고 비명을 지르며 책상 밑에 숨더라도 언젠가는 거기서 나와야만 한다. 나오면 세상은 아직 거기에 있다.

행복을 빌겠습니다, 라고 내가 말하기 전에 전화가 끊어졌다. 수화기를 내려놓고 나는 침묵에 싸였다.

재채기가 나왔다.

요즘 세상은 참 편리하다. 인터넷으로 검색하면 집에 있으면서도 뭐든 조사할 수가 있다.

아내와 둘이서 몇몇 노래방 정보를 찾아내 꼼꼼하게 검토했다. 학생들이 무리지어 들어와 소란스러워질 정도로 만만하지 않고, 어처구니없을 정도로 고급도 아니고, 네 살짜리 딸을 데려가도 괜찮을 정도의 편안할 것 같은 노래방을.

우리 판단이 옳은지 어떤지를 확인하기 위해 세 식구는 씩씩하게 외출했다.

우리 선택은 어긋나지 않았다. 노래방의 비품은 청결하고 아름다웠고, 음식이나 마실 것은 맛있었다. 부를 수 있는 곡이 풍부했고 점원은 싹싹했다. 유일한 결점은 옆방에서 노래하는 손님들의 목소리가 이따금 들려온다는 것뿐이었다.

처음에는 모모코의 독무대였다. 옆방에 지지 않겠다는 듯이 노래했다. 아내나 나나 배꼽을 잡고, 손뼉을 치며 격려하고, 때로는 함께 불렀다.

그리고 드디어 아내의 데뷔 무대였다.

"실은 말이야, 몰래 연습했어. 가사이 씨에게도 들어 보라고 했었지. 가사이 씨는 노래 잘해. 노래방 동호회에 들어 있대."

전주가 시작되자 아내는 모모코에게 이건 할아버지가 좋아하는 노래란다, 하고 설명했다.

"엄마, 잘해."

"그래, 해 볼게."

노래 시작이 약간 늦었다. 아내는 흥분해서 목소리와 마이크를 잡은 손이 떨렸다. 학예회 무대에 선 아이 같았다. 이런 식으로 떨리는 목소리라면 나는 평생 듣고 싶다고 생각했다.

아내의 눈동자는 맑았다. 노랫소리는 부드러웠다. 모든 것을 씻어 내 주었다. 나는 모모코를 무릎에 앉히고 귀를 기울였다.

—축하드립니다.

나를 축복해 줄 때 가지타 씨가 보여 주었던 웃는 얼굴을 떠올리면서.

잠깐 기다려요, 운전기사 양반
당신에게 부탁이 있어요
이 편지 몰래 건네주고
몰래 답장 받을 수 있게
해 줄 수 없겠어요

잠깐만요, 상대방 이름
묻는 건 촌스러워요
노래 가사에도 있잖아요
남의 연애를 방해하면
창가의 달마저 얄미워요
안 그래요, 운전기사 양반

이 작품은 픽션입니다. 실존하는 인물이나 기업, 단체 등과는 아무런 관계가 없습니다.

시집 『사금砂金』, 사이조 야소西條八十
『호호 아줌마』, 알프 프로이센

위의 두 작품에서 인용했습니다.

또한 미소라 히바리 씨의 〈운전기사 양반〉이란 노래가 없었다면 이 작품은 태어나지 못했을 거라고 생각합니다.
깊이 감사드립니다.

옮기고 나서

'스기무라 사부로' 라는 인물을 주인공으로 내세운 시리즈 제1탄입니다. 한동안 시대소설에 몰두하던 미야베 미유키가 2년 만인 2003년 11월에 발표한 현대물입니다. 일본 단행본 표지나 노블스 판형 표지 모두 마치 홈드라마의 한 장면 같은 일러스트로 장식되어 있습니다. 북스피어의 우리말판 표지 또한 같은 분위기입니다. 이 작품의 성격을 그대로 드러내고 있는 셈입니다.

재벌 회장의 사위라 해도 출세에는 별 관심 없고, 아내와 딸을 사랑하는 모범 가장. 장인이 거느리는 그룹의 홍보실에서 사내보 기자로 근무하는 스기무라 사부로는 그 이름만큼 평범한 남자입니다. '나쁜 생각' 은 할 줄 모르는 이 착한 남자가 어떻게 탐정 역할을 할까, 하는 생각이 듭니다. 당연히 그가 다루는 사건은 미스터리 소설치고는 아주 작습니다. 하지만 그 작은 사건에도 깊은 어둠이 있습니다. '사건은 작지만 고뇌는 깊다' 는 일본어판 단행본의 띠지 문구가 딱 어울립니다.

미야베 미유키를 꾸준히 읽어 온 저로서는 뭔가 전기를 이루는 작품이 아닐까 하는 생각을 해 봅니다. 재주가 없어 조목조목 들추며 설명할 수는 없습니다. 눈 밝은 독자들과 전문가의 몫이 되겠습니다. 물론 여전히 특유의 따스함이 있고, 인간에 대한 애정이 드러나는 작품입니다. 하지만 등장인물 가운데 가지타 리코와 하마다 도시카즈의 캐릭터 처리는 다소 낯설게 느껴졌습니다. 그리고 이 두 인물이 보여주는 마지막이 제법 불만스러웠습니다. 미야베 미유키라고 늘 따끈하고 포근한 미스터리를 써야 할 이유는 없습니다. 하지만 그 두 사람의 '결과' 만 드러나고 그들의 고뇌는 사실 크게 드러나지 않은 것 같습니다. 그래서 왠지 따스한 빛깔 속에 섬뜩한 무언가가 있다는 느낌이 듭니다. 남이 하면 불륜이고 내가 하면 로맨스라고 우기고 싶지는 않지만, 리코가 밉고 하마다를 패 주고 싶다는 생각이 듭니다. 표지 그림의 그 평온해 보이는 일상 속에 숨은 어둠을 이런 방식으로 드러내려 한 미야베 미유키의 의도가 궁금합니다.

사실 저는 이 두 캐릭터 때문에 미야베 미유키 소설의 변화를 어설프게 짐작하려는 셈입니다. '미야베 월드' 가 어떻게 변화해 갈지는 알 수 없습니다. 진행형인 작가이기 때문입니다. 북스피어가 2007년 이른 봄에 선보일 이 시리즈 제2탄 『이름 없는 독』을 우리말로 옮기며 확인해 봐야 할 것 같습니다. 탈 수 있는 상은 거의 다 쓸어간 미야베 미유키는 『이름 없는 독』으로 일본 문예춘추사가 발행하는 「주간분슌」 선정 '2006년 걸작 미스터리 베스트 1위'를 차지했습니다. 때론 닭살 돋게 만드는 이 애처가 탐정과 차 한잔 하며 '스이렌'에서 첫 만남을 즐겨 보시기 바랍니다. 내 기준이나 시각을 슬쩍 뒤로 물리고, 미야베 미유키와 눈높이를 맞추면 이 스기무라 사부로란 친구, 제법 괜찮게 느껴질 것입니다.

2006년 겨울, 권일영

† 우리말로 옮길 때는 KAPPA NOVELS SELECT판을 사용했으며, 단행본을 참고했습니다. 두 가지 판본의 내용상 차이는 없습니다.

†† 이 작품의 내용에 관한 문의는, 이메일 anuken@gmail.com, 또는 http://www.mamio.com/forums의 애프터서비스 Q&A 게시판으로 부탁드립니다. 정성껏 답변 드리겠습니다.

누군가
2판 1쇄 발행 2015년 8월 20일

지은이 미야베 미유키
옮긴이 권일영

발행편집인 김홍민 · 최내현
책임편집 임지호
편집 유온누리
마케팅 홍용준
표지디자인 이혜경디자인
용지 한승지류유통
출력 블루엔
인쇄 청아문화사
제본 대신문화사
독자교정 김흥식, 이동윤, 조미연, 조선영

펴낸곳 도서출판 북스피어
출판등록 2005년 6월 18일 제105-90-91700호
주소 (121-826) 서울특별시 마포구 방울내로 11길 43, 101-902
전화 02) 518-0427
팩스 02) 701-0428
홈페이지 www.booksfear.com
전자우편 editor@booksfear.com

ISBN 978-89-98791-39-1 (04830)
ISBN 978-89-91931-11-4 (SET)

책값은 뒤표지에 있습니다.
파본은 구입하신 곳에서 교환해 드립니다.